Jonathan Stroud

# Lockwood & Co.

## Die Seufzende Wendeltreppe

JONATHAN STROUD

# LOCKWOOD & CO.

## DIE SEUFZENDE WENDELTREPPE

Aus dem Englischen von
Katharina Orgaß und Gerald Jung

cbt

Bei diesem Buch wurden die durch das verwendete Material und die Produktion entstandenen $CO_2$-Emissionen ausgeglichen, indem der cbj Verlag ein Projekt zur Aufforstung in Brasilien unterstützt.
Weitere Informationen zu dem Projekt unter:
www.ClimatePartner.com/14044-1912-1001

FSC
www.fsc.org
MIX
Papier | Fördert gute Waldnutzung
FSC® C014496

Wir produzieren
Klimaneutral
ClimatePartner.com/14044-1912-1001
Druckprodukt

Penguin Random House
Verlagsgruppe FSC® N001967



1. Auflage 2023
Neuausgabe als cbt Taschenbuch Januar 2023

Die englische Originalausgabe erschien 2013 unter dem Titel »Lockwood & Co. – The Screaming Staircase« bei Doubleday, einem Imprint von Random House Children's Books, London

Übersetzung: Katharina Orgaß und Gerald Jung
Innenillustrationen: © 2013 Kate Adams
Umschlaggestaltung: semper smile, München
unter Verwendung einer Abbildung von © 2023 Netflix.
Mit freundlicher Genehmigung.
MP · Herstellung: LW
Satz: Uhl + Massopust, Aalen
Druck: GGP Media GmbH, Pößneck
ISBN 978-3-570-31542-2
Printed in Germany

www.cbj-verlag.de
www.lockwood-und-co.de

# Inhalt

# Vorwort des Autors

**Ein Mädchen und ein Junge** klopfen an die Tür eines Hauses im Südwesten von London. Es ist ein durchaus modernes Haus und ihre Kleidung ist aus unserer Zeit, aber beide tragen einen Degen am Gürtel und Umhängetaschen voll mit Salzbomben und Eisenketten. Denn sie sind beruflich unterwegs. Sie sind hier, um einen Geist zu besiegen.

Und das war auch schon so ziemlich alles, was ich wusste, als ich die ersten Seiten von »Lockwood & Co.« schrieb. Doch wer waren die beiden? Warum begleiteten sie keine Erwachsenen? Was erwartete sie Schreckliches hinter dieser Haustür? – Ich hatte keine Ahnung.

Was ich wusste, war, dass ich eine Geistergeschichte schreiben wollte, dass diese Jugendlichen meine Helden sein würden, und sollten sie etwas Schrecklichem begegnen, würde das unweigerlich folgende Duell spektakulär werden.

Das Elend mit Geistern ist allerdings, dass sie immer die besseren Karten haben. Sie sind konturlos, ektoplasmatisch und sehr schwer zu besiegen. Sie sind in der Lage, jede Menge Angst und Schrecken über die Lebenden zu bringen. Zudem halten sie sich meist an abgelegenen und schaurigen Orten auf, belauern dort ihre Opfer – Leute deren Habgier, Neugier oder schlicht Pech sie zu idealen Opfern macht. In Geschichten aus dem vorigen Jahrhundert, zum Beispiel von M. R. James, sind die Opfer oft Nerds, die ihre Nase in alte Manuskripte oder Artefakte gesteckt haben, die sie absolut nichts angehen. Und wenn dann infolgedessen ein fieser Geist auftaucht, kann man zu hundert Prozent davon ausgehen, dass es kein fairer Kampf wird. Man kann jedes einzelne Mal sein Geld getrost auf den Geist setzen.

Ich liebe diese Art Geschichten und wollte auf jeden Fall, dass meine Geister und Phantome mindestens so gruselig sind wie bei den Autoren, die ich schon immer so sehr mochte. Aber ich wollte auch mit deren Traditionen brechen, damit meine Helden eine faire Chance bekommen. Also entschied ich mich, die Regeln ein bisschen zu ändern.

Zunächst einmal würden meine Geister nicht in irgendwelchen abgelegenen Herrenhäusern zu finden sein. Bei mir tauchen sie einfach überall auf, bedrohen jeden mit dem Tod, der ihnen zu nahe kommt, denn in meinem Großbritannien grassiert eine Geisterepidemie ungeahnten Ausmaßes. Erwachsene können die Geister weder sehen noch hören – erst wenn es zu spät ist. Nur gewisse junge Leute – so wie meine beiden Helden Lucy Carlyle und Anthony Lockwood – haben eine übersinnliche Begabung, die es ihnen ermöglicht, gegen Geister anzutreten. Das verschafft ihnen schon mal einen gewaltigen Vorteil gegenüber anderen Sterblichen, aber ihr Überleben in einem Duell sichert es noch nicht. Also habe ich sie mit entsprechenden Hilfsmitteln ausgestattet. In dem Roman hat die Geisterwesen-Plage nämlich rund um die Geisterjäger und ihre Arbeit einen regelrechten Industriezweig entstehen lassen. Entsprechend ist jeder Agent mit einer Vielzahl an Waffen ausgerüstet, wenn er hinausgeht in die Nacht: Salzbomben, Silbernetze, Magnesiumgranaten und Degen mit rasiermesserscharfen Eisenklingen.

Aber ihre wichtigste Waffe sollte ihre Freundschaft sein: Ich habe meine Helden *einander* an die Seite gestellt in diesem Kampf. Schon als ich die erste Szene begann, wusste ich, dass die Beziehung zwischen Lucy und Lockwood (und zwischen ihnen und ihrem Freund George) das schlagende Herz dieser Geschichte werden würde. Und so begann ich die beiden beim Schreiben kennenzulernen: Lucys Mut, ihre Loyalität und Hingabe. Lockwoods selbstbewusstes Charisma und den Hauch des Geheimnisvollen, der ihn umgibt. Aber in ihren besonderen Begabungen standen sie sich in nichts nach. Und nachdem sie sich zusammengetan hatten und daraus Lockwood & Co. entstand, konnten sie es mit jedem Phantasma oder jeder Blutrippe aufnehmen, die ihren Weg kreuzte.

Und am Schluss schenkte ich ihnen noch Portland Road Nummer 35 – Lockwoods heruntergekommenes Stadthaus in Marylebone.

Es ist gleichermaßen ihr Zuhause und ihr Hauptquartier. Dort trainieren sie miteinander, dort ruhen sie sich aus, und dort können sie herumsitzen und um Mitternacht Kuchen futtern, ohne je befürchten zu müssen, dass ihnen ein Alb die Geistersieche verpasst. Es ist ihr sicherer Hafen – der Gegenpol zu all den heimgesuchten Gebäuden, in denen sie arbeiten, und deshalb fast so etwas wie eine weitere Hauptfigur.

Und mit der Verfilmung ist dieses Haus jetzt real geworden, komplett mit seinen Degenhalterungen, den mythischen Masken und staubigen Tischen, auf denen sich die unbezahlten Rechnungen stapeln. Es war ein unglaubliches Gefühl, dieses Haus am Set zu besuchen, die Außentreppe hinaufzusteigen, den Bannkreis aus Eisen zu überschreiten und geradewegs in Lockwoods Eingangshalle zu treten.

Es sind nun über zehn Jahre vergangen, seit ich jene ersten Seiten geschrieben habe. Seitdem hab ich Lucys und Lockwoods Welt komplett erforscht. Zu ihr gehören jede Menge bösartige Geisterwesen. Aber ebenso jede Menge Freundschaft, Humor, Liebe und Loyalität – und sie gleichen die Dunkelheit wieder aus. Genau das ist der Grund, warum ich meine Helden von Lockwood & Co. so liebe und immer noch glücklich bin, mit ihnen durch die Schatten zu schreiten, ganz egal, was uns dort erwarten mag.

Ich wünsche euch viel Spaß dabei, ihre Welt kennenzulernen.

Euer Jonathan

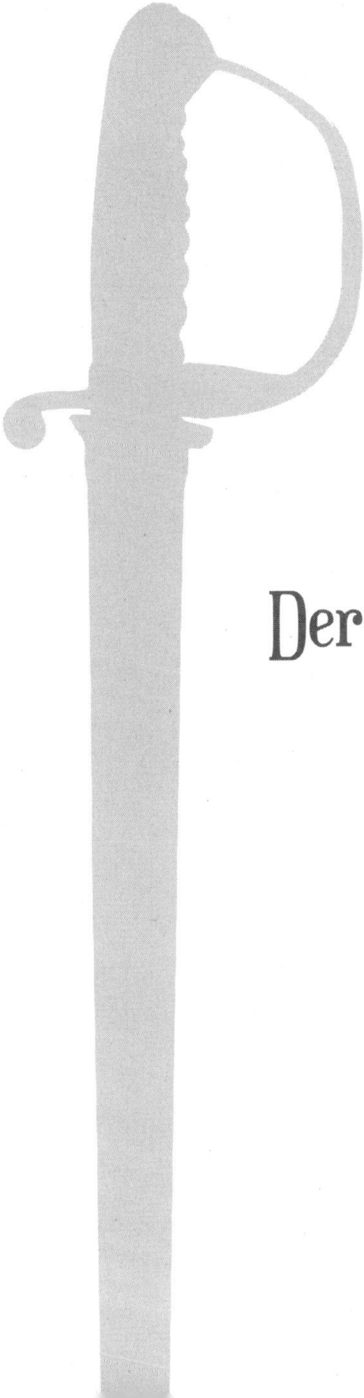

# I.

# Der Geist

# Kapitel 1

**Zu den ersten Fällen,** an denen ich bei Lockwood & Co. mitgearbeitet habe, möchte ich hier nicht viel sagen. Einerseits, weil die Opfer anonym bleiben sollen, andererseits, weil die Einzelheiten allzu grausig sind, aber vor allem, weil wir es tatsächlich fertiggebracht haben, diese Aufträge allesamt gründlich zu vermasseln. So, jetzt ist es raus. Kein Einziger dieser ersten Fälle lief so ab, wie es geplant war. Gut, den Mortlake-Geist konnten wir vertreiben, aber nur bis zum Richmond Park, wo er nun nachts in der Stille der Bäume sein Unwesen treibt. Der *Graue Wiedergänger von Aldgate* und die Wesenheit, die unter dem Namen *Knochenknirscher* bekannt war, konnten wir zwar unschädlich machen, aber leider erst, nachdem sich noch weitere (und, wie ich heute glaube, vermeidbare) Todesfälle ereignet hatten. Und was die Heimsuchung betrifft, welche die junge Mrs Andrews beinahe um den Verstand und den Rocksaum brachte … Wo immer die Ärmste jetzt sein mag, der Geist verfolgt sie nach wie vor. Lockwood und ich hatten also keine besonders ruhmreiche Bilanz vorzuweisen, als wir an jenem nebligen Nachmittag durch den Vorgarten der Sheen Road Nr. 62 gingen, die Stufen vor der Haustür hochstiegen und läuteten.

Die gedämpften Verkehrsgeräusche der Straße im Rücken, betätigte Lockwood mit der behandschuhten Rechten den Klingelzug. Das Läuten verhallte tief im Inneren des Hauses. Ich betrachtete die Tür. Der Lack warf kleine Blasen, der Briefschlitz war verschrammt, und hinter den vier rautenförmigen Milchglasscheiben war nichts als Dunkelheit auszumachen. Überhaupt wirkte der überdachte Vorbau unbenutzt und vernachlässigt. In den Ecken häufte sich das gleiche feuchte Buchenlaub, das auch Gartenweg und Rasen bedeckte.

»Ach übrigens ... bitte denk an unsere neuen Regeln«, sagte ich. »Nicht einfach drauflosreden. Nicht gleich vor dem Klienten Vermutungen darüber anstellen, wer wen wo und wann umgebracht hat. Und vor allem: Nicht den Klienten nachäffen! Das geht immer schief.«

»Ganz schön viele *Nicht*s«, erwiderte Lockwood.

»Aus gutem Grund.«

»Ich hab nun mal ein Ohr für Dialekte. Ich mache die Leute ganz automatisch nach.«

»Dann mach sie nach, wenn wir hinterher wieder unter uns sind. Aber nicht, wenn der Klient vor dir steht, nicht, wenn er dich hören kann, und schon gar nicht, wenn der Klient ein zwei Meter großer irischer Hafenarbeiter mit einem Sprachfehler und sonst weit und breit niemand zu sehen ist.«

»Für so einen bulligen Typen war er ziemlich schnell, das stimmt. Aber Wegrennen hält fit. Spürst du schon was?«

»Noch nicht. Aber das ist hier draußen auch eher unwahrscheinlich. Und du? Siehst du etwas?«

Lockwood ließ den Klingelzug los und richtete seinen Mantelkragen. »Komischerweise ja. Hier im Vorgarten hat sich ein Todesfall ereignet. Es ist erst ein paar Stunden her. Da vorn, unter der Lorbeerhecke.«

»Als Nächstes erzählst du mir bestimmt, dass die leuchtende Stelle nur ganz klein ist, oder?« Ich legte den Kopf schief und lauschte auf die Stille hinter der Haustür.

»Stimmt. Ungefähr so groß wie eine Maus«, gab Lockwood zu. »Oder ein Maulwurf. Wahrscheinlich hat ihn die Katze erwischt.«

»Dann hat der Todesschein vermutlich nichts mit unserem Fall zu tun.«

»Vermutlich nicht.«

In der rabenschwarzen Finsternis hinter den Milchglasscheiben regte sich etwas. »Los geht's!«, sagte ich. »Sie kommt. Denk dran, was ich dir gesagt habe.«

Lockwood bückte sich nach seiner Tasche. Wir traten einen Schritt zurück und setzten unser professionellstes und charmantestes Lächeln auf.

Nichts geschah. Die Tür blieb geschlossen.

Da war niemand.

Als Lockwood eben wieder etwas sagen wollte, hörten wir hinter uns Schritte.

»Tut mir furchtbar leid!« Die aus dem Nebel tretende Frau ging langsam, verfiel aber, als wir uns umdrehten, in einen leichten Trab. »Tut mir wirklich leid«, sagte sie noch einmal. »Ich wurde aufgehalten. Ich hatte nicht damit gerechnet, dass Sie so pünktlich sein würden.«

Sie kam die Vordertreppe hoch, eine untersetzte, rundliche Frau mittleren Alters mit einem runden Gesicht. Ihr glattes aschblondes Haar wurde über den Ohren von zwei Spangen zurückgehalten, was ziemlich streng wirkte. Sie trug einen langen schwarzen Rock und eine viel zu weite Strickjacke mit ausgebeulten Taschen. In der Hand hatte sie eine dünne Mappe.

»Mrs Hope?«, fragte ich. »Guten Abend. Ich bin Lucy Carlyle und das ist Anthony Lockwood, von Lockwood und Co. Sie hatten bei uns angerufen.«

Die Frau blieb auf der vorletzten Stufe stehen und schaute uns zum ersten Mal richtig an. In ihren grauen Augen spiegelten sich die üblichen Regungen: Misstrauen, Feindseligkeit, Unsicherheit und Angst. Angesichts unseres Berufs war das nichts Ungewöhnliches, deshalb nahmen wir es nicht persönlich.

Ihr Blick huschte zwischen Lockwood und mir hin und her. Sie musterte unsere gepflegte Kleidung, das sorgfältig gekämmte Haar, die blitzenden Degen an unseren Gürteln, die schweren Taschen in unseren Händen. Sie machte keine Anstalten, die Haustür zu öffnen und uns hereinzubitten. Ihre freie Hand hatte sie in der Jackentasche vergraben, die sich daraufhin noch mehr ausbeulte.

»Nur Sie beide?«, fragte sie schließlich.

»Nur wir«, erwiderte ich.

»Sie sind noch sehr jung.«

Lockwood knipste sein verbindlichstes Lächeln an, dessen Leuchtkraft den trostlosen Abend erhellte. »Das ist ja gerade der Witz an der Sache.«

»Genau genommen bin ich nicht Mrs Hope.« Sie erwiderte Lockwoods Lächeln reflexartig, aber das ihre blitzte nur flüchtig auf und erlosch sogleich wieder. Zurück blieb der ängstliche Ausdruck. »Ich bin Suzy Martin, die Tochter von Mrs Hope. Meine Mutter ist leider verhindert.«

»Aber Ihre Mutter hat den Termin mit uns vereinbart«, sagte ich. »Sie wollte uns durchs Haus führen.«

»Ich weiß.« Die Frau blickte verlegen auf ihre blank geputzten schwarzen Schuhe. »Sie weigert sich, jemals wieder einen Fuß über die Schwelle zu setzen. Die Umstände von Vaters Tod waren schrecklich genug, aber seither sind die nächtlichen … *Störungen* unerträglich geworden. Letzte Nacht war es so schlimm, dass Mutter einfach nicht mehr konnte. Sie hat ihre Sachen gepackt und ist zu mir gezogen. Wir wollen das Haus verkaufen, aber das geht natürlich nur, wenn … aber deswegen sind Sie ja hier. Verzeihen Sie die Frage, aber haben Sie denn keinen Vorgesetzten? Ich dachte, bei einer Ermittlung muss immer ein erwachsener Berater dabei sein. Wie alt sind Sie überhaupt?«

»Gerade alt genug und eben noch jung genug«, erwiderte Lockwood lächelnd. »Also im perfekten Alter.«

Jetzt mischte ich mich wieder ein: »Das Gesetz schreibt lediglich die Anwesenheit eines Erwachsenen vor, wenn die Agenten noch in der Ausbildung sind. Es stimmt zwar, dass die größeren Agenturen immer mit Beratern arbeiten, aber das ist *deren* Geschäftspolitik. Wir sind absolut qualifiziert und unabhängig und brauchen so etwas nicht.«

»Wir haben die Erfahrung gemacht«, sagte Lockwood honigsüß, »dass Erwachsene eher hinderlich sind. Aber wir können Ihnen gern unsere Zulassungsurkunde zeigen, wenn Sie das möchten.«

Mrs Martin strich sich mit der Hand über ihr ordentliches blondes Haar. »Nein … nicht nötig. Mutter wird sich schon etwas dabei gedacht haben, als sie ausgerechnet Ihre Agentur beauftragt hat.« Ihre Stimme verriet nicht, was sie selbst davon hielt. Eine kurze Pause entstand.

»Ich hätte da noch eine Frage«, brach ich das Schweigen. »Ist jemand im Haus? Als wir geklingelt haben, hatte ich den Eindruck …«

Mrs Martin hob sofort den Blick und sah mich an. »Das kann nicht sein. Ich habe den einzigen Schlüssel.«

»Dann habe ich mich wohl geirrt.«

»Ich will Sie nicht weiter aufhalten«, sagte Mrs Martin. »Meine Mutter hat das Formular ausgefüllt, das Sie ihr zugeschickt hatten.« Sie hielt uns die Mappe hin. »Hoffentlich hilft Ihnen das weiter.«

»Ganz bestimmt.« Lockwood versenkte die Unterlagen in der Innentasche seines langen, weiten schwarzen Mantels. »Vielen Dank. Dann fangen wir am besten gleich an. Richten Sie Ihrer Mutter bitte aus, dass wir uns morgen früh bei ihr melden.«

Die Frau überreichte Lockwood einen Schlüsselbund. Auf der Straße ertönte eine Autohupe. Eine zweite Hupe antwortete. Bis zur Ausgangssperre waren es noch ein paar Stunden hin, aber es dämmerte und die Leute wurden allmählich kribbelig. Sie wollten nach Hause. Bald schon würde sich nichts anderes mehr durch die Straßen Londons bewegen als Nebelschwaden und Mondstrahlen. Zumindest nichts, was Erwachsene *sehen* konnten.

Auch Suzy Martin war sich dessen bewusst. Sie zog fröstelnd die Schultern hoch und wickelte sich enger in ihre Strickjacke. »Ich muss los. Viel Glück für Sie beide …« Sie schaute uns nicht an, als sie hinzusetzte: »Noch *so* jung … In was für schrecklichen Zeiten leben wir bloß!«

»Auf Wiedersehen, Mrs Martin«, sagte Lockwood. »Schönen Abend noch.«

Sie gab keine Antwort, sondern eilte die Treppe hinunter und durch den Vorgarten. Der Nebel hatte sie im Nu verschluckt.

»Ihr gefällt das Ganze nicht«, stellte ich fest. »Wahrscheinlich sind wir den Fall morgen früh wieder los.«

»Dann lösen wir ihn am besten gleich heute Nacht«, gab Lockwood zurück. »Bist du so weit?«

Ich tätschelte meinen Degenknauf. »Klar.«

Lockwood grinste mich an, steckte den Schlüssel ins Haustürschloss und drehte ihn mit der schwungvollen Gebärde eines Zauberkünstlers herum.

* * *

Sobald man ein Haus betritt, in dem sich ein Besucher eingenistet hat, sollte man sich ranhalten. Das gehört zu den ersten Regeln, die man lernt. Kein Zögern, kein unschlüssiges Verweilen auf der Schwelle.

Warum? Weil es in diesen paar Sekunden noch nicht zu spät ist. Wenn man in der offenen Haustür steht, hinter sich die frische Luft und vor sich die Dunkelheit, müsste man verrückt sein, nicht den übermächtigen Wunsch zu verspüren, kehrtzumachen und wegzurennen. Hat man sich das aber erst einmal eingestanden, versickert der eigene Mut, das Herz beginnt zu rasen, die Kehle schnürt sich zu, und *zack!*, schon ist es passiert: Man will aufgeben, bevor man überhaupt angefangen hat.

Lockwood und ich hatten diese Erfahrung beide schon gemacht, darum traten wir entschlossen in die dunkle Diele, stellten unsere Taschen ab und machten leise die Tür hinter uns zu. Mit dem Rücken dagegengelehnt, standen wir reglos Seite an Seite und lauschten.

Die Diele des Hauses, in dem bis vor Kurzem das Ehepaar Hope gewohnt hatte, war ein schmaler, lang gestreckter Raum, den die hohe Decke großzügiger wirken ließ. Die schwarz-weißen Fliesen auf dem Boden waren diagonal verlegt, helle Tapeten zierten die Wände. Eine steile Treppe führte nach oben. Hinter der Treppe machte die Diele einen Knick und verlor sich in der Finsternis. Die Türen auf beiden Seiten des vorderen Teils standen klaffend offen wie schwarze Mäuler.

Wir hätten natürlich Licht machen können. Der Schalter war gleich neben der Tür. Aber das ließen wir schön bleiben. Die zweite Grundregel lautet nämlich: keine Elektrizität. Sie beeinflusst die sinnliche Wahrnehmung negativ. Im Dunkeln stehen und Augen und Ohren offen halten, ist immer noch das Beste. Außerdem schärft Angst die Sinne.

Also horchte ich und Lockwood spähte umher. Es roch muffig und ein bisschen säuerlich, so wie es eben riecht, wenn ein Haus nicht geliebt und gepflegt wird. Und es war kalt.

Ich beugte mich zu Lockwood hinüber. »Keine Heizung«, raunte ich.

»Mm-hm.«

»Da ist noch was, oder?«

»Mm-hm.«

Meine Augen hatten sich an die Dunkelheit gewöhnt, sodass ich jetzt Einzelheiten erkennen konnte. Neben der Treppe stand ein kleiner Lacktisch. Darauf befand sich eine Porzellanschale mit getrockneten Blüten. An den Wänden hingen gerahmte Landschaftsfotos und verblichene Plakate alter Musicals. Alles ganz alltäglich. Eigentlich war es ein hübscher Raum. Tagsüber, wenn die Sonne schien, wirkte er bestimmt einladend. Aber nicht um diese Uhrzeit, da das letzte Tageslicht durch die Scheiben in der Haustür fiel und in rautenförmigen Bahnen schiefe Särge, in denen sich unsere Schatten abzeichneten, auf den Boden warf. Und schon gar nicht, wenn man wusste, auf welch schreckliche Art der alte Mr Hope hier in der Diele ums Leben gekommen war.

Ich verscheuchte die morbiden Gedanken, machte die Augen zu und lauschte erneut.

Lauschte …

Dielen, Flure und Treppen sind die Adern und Atemwege eines jeden Gebäudes. Dort muss alles hindurch. Dort sammeln sich die Geräusche aus den anderen Räumen, man hört alles, was vor sich geht. Und manchmal hört man noch etwas anderes – Geräusche, die streng genommen dort nichts zu suchen haben. Es sind Echos aus der Vergangenheit, der Nachhall verborgener Geschehnisse …

So wie gerade jetzt.

Ich machte die Augen wieder auf, nahm meine Tasche und ging langsam zur Treppe.

Lockwood stand schon vor dem Lacktischchen. Das Licht, das durch den Glaseinsatz der Haustür fiel, erhellte sein Gesicht. »Hast du etwas gehört?«, fragte er.

»Ja.«

»Was denn?«

»Ein Klopfen. Es kommt und geht. Es ist sehr leise und ich kann es nicht orten. Aber es wird bestimmt noch lauter, wenn es hier drinnen erst richtig dunkel ist. Und du? Siehst du etwas?«

Lockwood zeigte auf den Boden vor der Treppe. »Du weißt, was mit Mr Hope passiert ist, oder?«

»Er ist die Treppe heruntergefallen und hat sich das Genick gebrochen.«

»Richtig. Die Stelle leuchtet immer noch, obwohl der Unfall schon drei Monate zurückliegt. Der Todesschein ist so hell, dass ich am liebsten meine dunkle Brille aufsetzen würde. Leider habe ich sie nicht dabei. Damit wäre das bestätigt, was Mrs Hope George am Telefon erzählt hat. Ihr Mann ist gestolpert, die Treppe heruntergestürzt und unten aufgeschlagen.« Er spähte die Stufen hoch. »Ziemlich steil. Kein schöner Tod.«

Ich ging in die Hocke. »Sogar die Fliesen sind hier gesprungen. Der Aufprall muss so –«

Es krachte zweimal kurz hintereinander. Ein heftiger Luftzug fegte über mein Gesicht. Bevor ich zurückweichen konnte, landete etwas Großes, Weiches direkt vor mir, und zwar mit solcher Wucht, dass meine Zähne aufeinanderschlugen.

Ich sprang zurück und zog meinen Degen. Mit dem Rücken an der Wand, die Waffe abwehrbereit erhoben, stand ich zitternd und mit hämmerndem Herzen auf der Treppe. Mein Blick huschte panisch umher.

Nichts. Auf der Treppe war niemand. An ihrem Fuß lag kein alter Mann mit verrenkten Gliedern.

Lockwood lehnte lässig am untersten Geländerpfosten. Inzwischen konnte ich sein Gesicht nicht mehr richtig erkennen, aber ich hätte wetten können, dass er spöttisch die Augenbraue hochzog. Er hatte überhaupt nichts gehört.

»Alles in Ordnung, Lucy?«

Ich atmete tief durch. »Nein. Ich habe den Nachhall von Mr Hopes tödlichem Sturz gehört. Als würde er mir direkt entgegenkommen und mich mit sich reißen. Lach nicht! Das ist nicht komisch.«

»Entschuldige. Das geht ja heute Abend früh los. Nachher wird es bestimmt noch spannend. Wie spät ist es?«

Dritte Regel: Kauf dir eine Uhr mit fluoreszierendem Zifferblatt. Am besten eine, die auch plötzliche Temperaturschwankungen und starke ektoplasmische Erschütterungen aushält.

»Kurz vor fünf.«

»Gut.« Lockwoods Zähne fluoreszierten natürlich nicht, aber wenn er im Dunkeln grinst, sieht es fast so aus. »Dann haben wir noch reichlich Zeit für eine Tasse Tee. Und danach schnappen wir uns den Geist.«

# Kapitel 2

**Bei der Jagd nach** Geistern kommt es oft auf die einfachen Dinge an: die versilberte Degenspitze, die im Dunkeln aufblitzt, die Eisenspäne auf dem Fußboden, die versiegelten Büchsen mit Griechischem Feuer für den äußersten Notfall …

Aber Tee – schwarz und im Beutel, vorzugsweise von Pitkin Brothers in der Bond Street – ist vielleicht die einfachste und zugleich wirkungsvollste Zutat für einen erfolgreichen Einsatz.

Natürlich sind Teebeutel nicht auf die gleiche Weise lebensrettend wie eine Degenspitze oder ein Schutzkreis. Sie schrecken den Gegner auch nicht ab wie eine auflodernde Magnesiumflamme. Aber Teebeutel sorgen für etwas, das mindestens genauso lebenswichtig ist: nämlich, dass man bei Verstand bleibt.

In einem Heimgesuchten Haus herumzusitzen und zu warten, ist nicht gerade lustig. Die Dunkelheit umfängt einen wie ein schweres Tuch, die Stille rauscht in den Ohren, und wenn man sich nicht zusammenreißt, sieht und hört man nach einer Weile Dinge, die gar nicht da sind. Soll heißen: Man braucht eine Ablenkung. Was das betrifft, hat jeder Mitarbeiter bei Lockwood

& Co. seine eigene Methode entwickelt. Ich persönlich zeichne gern. George liest Comics. Lockwood schmökert in Glamourzeitschriften. Gemeinsam ist uns, dass wir alle drei gern Tee trinken und Kekse dazu knabbern. Der Abend im Haus der Familie Hope stellte in dieser Hinsicht keine Ausnahme dar.

Die Küche lag am hinteren Ende der Diele, jenseits der Treppe. Sie war groß, modern und sauber, außerdem war es hier deutlich wärmer als in der Diele. Nichts ließ auf übernatürliche Aktivitäten schließen. Alles war ruhig. Ich hörte es nicht mehr klopfen und auch das Poltern auf der Treppe wiederholte sich nicht.

Ich setzte Wasser auf. Lockwood zündete eine Petroleumlampe an und stellte sie auf den Tisch. Als die Flamme größer wurde, nahmen wir unsere Gürtel und Degen ab und legten sie auf den Küchentisch. Unsere Gürtel haben sieben verschiedene Täschchen und Karabinerhaken, und wir überprüften wortlos und systematisch sämtliche Ausrüstungsgegenstände, die daran befestigt waren. Der Wasserkessel schnaufte und zischte leise vor sich hin. Wir waren die Ausrüstung schon im Büro durchgegangen, bevor wir aufgebrochen waren, aber sicher ist sicher. Vorige Woche war ein Mädchen von der Agentur Rotwell ums Leben gekommen, weil sie ihr Griechisches Feuer nicht nachgefüllt hatte.

Draußen vor dem Küchenfenster war die Sonne endgültig untergegangen. Wolkenschleier verhüllten den dunkelblauen Himmel, der Garten war im aufsteigenden Nebel fast versunken. Hinter der schwarzen Lorbeerhecke leuchteten die Fenster der Nachbarhäuser. Eigentlich waren sie gar nicht weit weg, schienen uns aber so fern wie Schiffe, die auf dem nächtlichen Meer am Horizont vorüberziehen.

Wir legten die Gürtel wieder an und überprüften ein letztes Mal die Gurte, die unsere Degen hielten. Dann goss ich den Tee auf und stellte die Becher auf den Tisch. Lockwood holte die Kekse raus. Die Lampe flackerte. Schatten tanzten in den dunklen Winkeln der Küche.

Nach ein paar Schluck Tee schlug Lockwood seinen Kragen hoch. »Mal sehen, was uns Mrs Hope mitzuteilen hat.« Er griff mit seiner schlanken Hand in die Manteltasche, legte die Mappe auf den Tisch und öffnete sie. Sein dichtes dunkles Haar glänzte im Lampenschein.

Während er sich den Fragebogen durchlas, warf ich einen Blick auf das Thermometer an meinem Gürtel. Fünfzehn Grad. Nicht gerade mollig warm, aber um diese Jahreszeit hätte es in einem unbeheizten Haus eigentlich kälter sein müssen. Ich holte mein Notizbuch aus einer Gürteltasche und vermerkte Ort und Temperatur, dazu die akustischen Phänomene in der Diele.

Lockwood schob den Ordner beiseite. »Interessant.«

»Im Ernst?«

»Quatsch. Das war ironisch gemeint. Oder eher sarkastisch? Ich kann mir den Unterschied einfach nicht merken.«

»Um ironisch zu sein, braucht man mehr Grips. Darum würde ich sagen, du warst sarkastisch. Was schreibt sie denn?«

»Lauter unbrauchbares Zeug. Sie hätte den Bogen genauso gut auf Lateinisch ausfüllen können. Ich fasse kurz zusammen: Die Hopes haben zwei Jahre in diesem Haus gewohnt. Davor hatten sie irgendwo unten in Kent gelebt. Mrs Hope schildert lang und breit, wie glücklich sie dort waren. Kaum Ausgangssperren, die Geisterlampen haben fast nie geleuchtet, man konnte spätabends noch spazieren gehen und traf dabei nur lebendige Nachbarn. Und so weiter, blablabla. Ich glaube ihr kein Wort.

Von allen Gegenden außerhalb Londons ist Kent am schwersten betroffen, das sagt George jedenfalls.«

Ich trank einen Schluck Tee. »Stimmt. Dort hat das Problem überhaupt erst seinen Anfang genommen, wenn du mich fragst.«

»Mit dieser Meinung stehst du nicht allein da. Aber wie auch immer, die Hopes sind nach London und in dieses Haus gezogen. Am Anfang war alles bestens. Keine Erscheinungen oder sonstige Anzeichen einer Heimsuchung. Mr Hope wechselte den Beruf und arbeitete ab da von zu Hause aus. Das war vor einem halben Jahr. Auch danach gab es keine besonderen Vorkommnisse. Bis er die Treppe runtergestürzt ist und …«

»Moment mal«, unterbrach ich Lockwood. »Wie kam es zu dem Sturz?«

»Er ist offenbar gestolpert oder ausgerutscht.«

»Ich meine, war jemand dabei?«

»Nein. Mrs Hope lag schon im Bett. Es war mitten in der Nacht. Sie schreibt, ihr Mann sei schon ein paar Wochen vor seinem tödlichen Unfall nicht gut beieinander gewesen. Er hatte Schlafstörungen. Sie glaubt, er wollte sich ein Glas Wasser holen.«

»Klar doch.«

Lockwood schaute mich an. »Meinst du, *sie* hat ihn die Treppe runtergestoßen?«

»Muss nicht sein, aber das könnte die Heimsuchung erklären. Verstorbene Ehemänner erscheinen ihren Gattinnen normalerweise nur, wenn sie gute Gründe dafür haben. Schade, dass Mrs Hope nicht persönlich mit uns sprechen wollte. Ich hätte ihr gern ein bisschen auf den Zahn gefühlt.«

Lockwood zuckte die Schultern. »Das klappt auch nicht

immer. Habe ich dir schon mal von meiner Begegnung mit dem berüchtigten Harry Crisp erzählt? Auf den ersten Blick ein netter Mann mit Lachfältchen und sanfter Stimme. Immer gut gelaunt und sehr überzeugend. Er hat mich sogar überredet, ihm einen Zehner zu borgen. Trotzdem stellte sich letztlich heraus, dass er ein brutaler Mörder war. Er hat seinen Opfern mit Vorliebe …«

»Danke, das hast du mir bereits beschrieben. Ungefähr tausendmal.«

»Ach ja? Jedenfalls kann es alle möglichen Gründe geben, weshalb Mr Hopes Geist keine Ruhe findet. Es muss nicht unbedingt Rache sein. Vielleicht hat er auf Erden noch etwas zu erledigen. Er könnte ein Testament gemacht haben, von dem seine Frau nichts weiß, oder er hat einen Haufen Geld unter der Matratze versteckt …«

»Lass gut sein, ich hab's kapiert. Das heißt also, die Heimsuchung begann erst nach seinem Tod?«

»Ein oder zwei Wochen danach. In den ersten Tagen nach dem Unfall war Mrs Hope oft außer Haus. Als sie aber das erste Mal wieder hier übernachtete, sah sie eine Erscheinung.« Lockwood tippte auf die Mappe. »Was es war, schreibt sie hier leider nicht. Da steht nur, sie hätte es unserem Sekretariat am Telefon geschildert.«

Ich musste lachen. »Unserem Sekretariat? Meint sie damit George? Das würde ihm aber gar nicht gefallen! Ich habe seine Mitschrift dabei. Soll ich vorlesen?«

Lockwood lehnte sich erwartungsvoll zurück. »Lass hören.«

Ich holte Georges Notizen aus der Innentasche meiner Jacke und strich die Blätter auf den Knien glatt. Ich überflog den Text kurz und räusperte mich. »Soll ich?«

»Nur zu.«

»Eine schwebende Gestalt.« Ich faltete die Blätter übertrieben umständlich wieder zusammen und steckte sie ein.

»Eine schwebende Gestalt? Ist das alles? War die Gestalt groß, klein, dunkel oder hell oder was?«

»Oder was, trifft es gar nicht schlecht. Ich zitiere: *Eine schwebende Gestalt erschien im hinteren Schlafzimmer und folgte mir auf den Flur.* So hat George es wortwörtlich mitgeschrieben.«

Lockwood tunkte den letzten Keks in seinen Tee. »Tolle Beschreibung. Fertige danach mal eine Phantomzeichnung an!«

»Hast du etwas anderes erwartet? Mrs Hope ist eine Erwachsene. Immerhin hat sie George erzählt, was sie dabei empfunden hat. Das ist schon aussagekräftiger. Sie hatte das Gefühl, als suche jemand nach ihr. Als wisse der Betreffende, dass sie da sei, könne sie aber trotzdem nicht finden. Die Vorstellung, dass er sie doch finden könnte, war grauenvoll, hat sie gesagt.«

»Schon besser. Sie hat also gespürt, dass eine Absicht dahintersteckte. Das deutet auf einen Typ Zwei hin. Aber ganz egal, was den armen Mr Hope umtreibt, er ist nicht der Einzige, der heute Nacht in diesem Haus zugange ist. Wir beide sind nämlich auch noch da. Was meinst du … wollen wir uns mal umsehen?«

Ich trank meinen Tee aus und stellte den Becher behutsam auf den Tisch. »Gute Idee.«

* * *

Wir verbrachten fast eine volle Stunde damit, das Erdgeschoss zu durchsuchen. Dabei leuchteten wir in jedes Zimmer kurz hinein, bewegten uns aber sonst im Dunkeln. Die brennende Lampe hatten wir in der Küche gelassen, außerdem Kerzen, Streichhölzer, weitere Petroleumleuchten und eine Ersatztaschenlampe. Ein hell erleuchteter Rückzugsort ist immer von Vorteil. Es ist auch ratsam, verschiedenartige Lichtquellen bereitzuhalten für den Fall, dass der Besucher über die Fähigkeit verfügt, einige davon untauglich zu machen.

In Küche und Esszimmer im hinteren Teil des Hauses schien alles in Ordnung zu sein, aber auch hier roch es muffig und trostlos. Die Zeitschriften auf dem Esstisch waren säuberlich gestapelt, in der Speisekammer stand noch ein Korb mit verschrumpelten, schon austreibenden Zwiebeln. Lockwood entdeckte nirgendwo optische Spuren und ich hörte nichts Verdächtiges. Das leise Klopfen, das ich beim Betreten des Hauses vernommen hatte, war verstummt.

Als wir wieder in die Diele kamen, schauderte Lockwood plötzlich, und auch ich spürte, wie sich die Härchen auf meinen Unterarmen aufstellten. Die Temperatur war weiter gesunken. Meine fluoreszierende Anzeige meldete neun Grad.

Im vorderen Teil des Hauses gingen von der Diele zwei fast quadratische, einander gegenüberliegende Räume ab. In dem einen standen ein Fernseher, ein Sofa und zwei bequeme Sessel. Hier war es wieder so warm wie in der Küche. Sonst wirkte alles unauffällig. Das andere Zimmer war ein eher ungemütlicher Salon mit den üblichen hochlehnigen Stühlen und polierten Kommoden. Vor den Fenstern hingen lange Gardinen und in großen Übertöpfen wucherten drei riesige Farnpflanzen.

Hier war es ziemlich kühl. Zwölf Grad laut Thermometer, also kälter als in der Küche. Das konnte alles und nichts bedeuten. Ich schloss die Augen und konzentrierte mich.

»Guck mal, Lucy!«, raunte Lockwood. »Da ist Mr Hope!«

Mir blieb fast das Herz stehen. Mit gezücktem Degen fuhr ich herum … und sah Lockwood vor einer Kommode stehen, die Taschenlampe auf eine kleine, goldgerahmte Fotografie gerichtet. »Mrs Hope ist auch mit drauf«, setzte er hinzu.

»Blödmann!«, zischelte ich. »Ich hätte dich beinahe durchbohrt!«

Er lachte leise. »Reg dich ab. Was hältst du von den beiden?«

Das Foto zeigte ein grauhaariges Paar in einem Garten. Mrs Hope war eine ältere, fröhlichere Ausgabe ihrer Tochter. Sie hatte ebenfalls ein rundes Gesicht, war geschmackvoll gekleidet und strahlte in die Kamera. Dem Mann neben ihr reichte sie nur bis zur Brust. Mr Hope hatte schütteres Haar, hängende Schultern und auffallend kräftige Unterarme. Auch er lächelte breit. Das Paar hielt Händchen.

»Auf dem Bild sehen sie doch ganz vergnügt aus«, sagte Lockwood.

Ich nickte skeptisch. »Trotzdem kommt Typ Zwei infrage. George sagt immer, Typ Zwei bedeutet, dass irgendwer irgendwem etwas angetan hat.«

»Ja, aber George ist auch ein schauerlicher, fantasieloser Kleingeist. Dabei fällt mir ein, dass wir ihn mal anrufen sollten. Ich habe ihm zwar einen Zettel hingelegt, aber er macht sich bestimmt trotzdem Sorgen. Aber vorher bringen wir unseren Rundgang zu Ende.«

Lockwood entdeckte keinen weiteren Todesschein und ich hörte nichts mehr. Damit war das Erdgeschoss abgehakt. Unsere Vermutung hatte sich bestätigt. Das, was wir suchten, war oben.

* * *

Tatsächlich: Kaum hatte ich den Fuß auf die unterste Treppenstufe gesetzt, fing das Klopfen wieder an. Erst war es so leise wie zu Anfang. *Tock-tock-tock*, machte es, als würde jemand mit dem Knöchel gegen die Wand klopfen oder einen Nagel in ein Brett hämmern. Von Stufe zu Stufe wurde das Klopfen lauter. Das meldete ich auch Lockwood, der mir wie ein Schatten folgte.

»Kälter wird es auch«, erwiderte er nur.

Tatsächlich sank die Temperatur mit jeder Treppenstufe, fiel erst von neun auf sieben und dann, auf halber Höhe der Treppe, auf sechs Grad. Ich blieb stehen und zog mit klammen Fingern den Reißverschluss meiner Jacke zu, den Blick unverwandt nach oben gerichtet. Am Ende der hohen, schmalen Treppe ballte sich die Finsternis. Ich verspürte den Drang, meine Taschenlampe anzuknipsen, beherrschte mich aber, weil mich das Licht nur geblendet hätte. Mit der Hand auf dem Degenknauf ging ich langsam weiter, dem anschwellenden Klopfen und der Eiseskälte entgegen.

Noch eine Stufe und noch eine. *Tock-tock-tock!* Das Klopfen hatte jetzt etwas Frenetisches, geradezu Wütendes. Sechs Grad, fünf Grad, dann nur noch vier.

Die Finsternis am Ende der Treppe war undurchdringlich. Die weißen Geländerstreben über mir glichen gebleckten Zähnen.

Ich hatte die letzte Stufe erklommen und stand oben …

… da hörte das Klopfen auf.

Das Thermometer zeigte immer noch vier Grad, elf Grad weniger als unten in der Küche. Bestimmt bildete mein Atem Wölkchen in der Luft.

Wir waren sehr nah dran.

Lockwood schob sich an mir vorbei. Er knipste kurz die Taschenlampe an und sondierte die Lage. Wir standen am Anfang eines Flurs. Tapezierte Wände, geschlossene Türen, Totenstille. Ein Stickbild in einem breiten Rahmen. Verblasste Farben und in Schönschrift der Spruch: *Trautes Heim, Glück allein.* Ein Wandschmuck aus früheren Zeiten, als es daheim wirklich noch am schönsten und sichersten gewesen war und niemand auf die Idee gekommen wäre, über den Kinderbetten eiserne Amulette aufzuhängen. *Vor* dem Problem.

Der Flur war L-förmig. Wir standen am kurzen Ende. Hinter uns erstreckte sich der längere Teil parallel zum Treppenaufgang. Der Parkettboden glänzte. Es gab fünf Türen: eine rechts von uns, eine direkt vor uns und drei weitere am langen Schenkel des »L«. Keine stand offen. Lockwood und ich verhielten uns ganz still, lauschten und beobachteten.

»Nichts«, sagte ich schließlich. »Sobald ich oben war, hat das Klopfen aufgehört.«

Lockwood antwortete nicht sofort. »Kein Todesschein«, kam es dann von ihm. Seine schleppende Stimme verriet, dass er die Maladigkeit genauso fühlte wie ich, jene bleierne Schwere, die einen befällt, wenn ein Besucher sich nähert. Lockwood stieß einen leisen Seufzer aus. »Ladys first, Lucy. Such dir eine Tür aus.«

»Lieber nicht. Weißt du nicht mehr, was los war, als ich mir bei dem Einsatz im Waisenhaus eine Tür aussuchen durfte?«

»Wieso? Du lebst doch noch.«

»Aber nur, weil ich mich rechtzeitig geduckt habe. Na gut. Ich entscheide mich für diese Tür hier. Dafür gehst du als Erster rein!«

Ich zeigte einfach auf die nächstbeste Tür rechts von uns. Wie sich herausstellte, befand sich dahinter ein erst kürzlich renoviertes Bad. Moderne Fliesen blitzten im Strahl der Taschenlampe auf, eine große weiße Badewanne, ein Waschbecken und eine Toilette. Es roch schwach nach Jasminseife und war genauso kalt wie draußen im Flur. Sonst fiel uns nichts auf.

Lockwood öffnete die nächste Tür. Sie führte in ein ehemaliges Schlafzimmer, das jetzt das vermutlich unordentlichste Arbeitszimmer von ganz London beherbergte. Vor dem Fenster, dessen schwere Vorhänge zugezogen waren, stand ein wuchtiger Schreibtisch. Die Platte war unter den Papierbergen kaum noch auszumachen. Auch sonst türmten sich überall Papierstapel. Dunkle Regale, in denen die Bücher kreuz und quer standen und lagen, nahmen drei Viertel der hinteren Wand ein. Außerdem gab es noch ein paar Schränke und neben dem Schreibtisch einen abgewetzten Ledersessel. Es roch schwach nach Rasierwasser, Whisky und einem Hauch Tabak.

Hier drinnen war es geradezu eisig. Zwei Grad, verkündete das Thermometer.

Ich bahnte mir einen Weg zwischen den bedenklich schiefen Stapeln hindurch und zog die Vorhänge beiseite. Staubwolken wirbelten auf und ich musste husten. Von den Häusern jenseits des Gartens fiel fahles Licht ins Zimmer.

Lockwood begutachtete den abgewetzten Perserteppich. »Alte Abdrücke.« Er tippte mit der Schuhspitze darauf. »Hier hat anscheinend ein Bett gestanden, bevor Mr Hope sich hier eingerichtet hat.« Sein Blick wanderte durchs Zimmer. »Vielleicht findet sein Geist keine Ruhe, weil er noch aufräumen muss.«

»Jedenfalls hat die Heimsuchung hier ihre Quelle«, sagte ich. »Schau dir das Thermometer an. Und hast du auch dieses bleierne Gefühl?«

Lockwood nickte. »Außerdem hat Mrs Hope hier ihre *schwebende Gestalt* gesehen.«

Irgendwo im Erdgeschoss schlug eine Tür. Wir fuhren zusammen. »Ja, ich glaube, hier sind wir richtig«, sagte Lockwood. »Lass uns einen Kreis ziehen.«

»Späne oder Ketten?«

»Späne reichen.«

»Meinst du? Es ist noch nicht mal neun und der Geist macht sich jetzt schon ziemlich heftig bemerkbar.«

»Ach was. Ich gehe nicht davon aus, dass Mr Hope nach seinem Tod plötzlich bösartig geworden ist, ganz egal, was ihm keine Ruhe lässt. Ketten wären eindeutig übertrieben. Außerdem ...« Er stockte.

»Außerdem *was?*«

»Ich hab die Ketten vergessen. Sieh mich nicht so an! Da läuft's einem ja kalt den Rücken runter.«

»*Du hast die Ketten vergessen?* Spinnst du?«

»George ist schuld. Er wollte sie ölen, und ich habe nicht nachgeschaut, ob er sie wieder eingepackt hat. Aber wir brauchen die Ketten hier sowieso nicht. Du ziehst den Kreis und ich werfe rasch einen Blick in die anderen Zimmer.«

Ich hätte noch einiges zum Thema »Ketten« zu sagen gehabt, aber zum Streiten war jetzt nicht der richtige Zeitpunkt. »Sieh dich vor«, sagte ich nur. »Als du das letzte Mal auf eigene Faust losgezogen bist, musste ich dich aus dem Badezimmer befreien.«

»Wie oft muss ich dir noch sagen, dass mich ein Geist dort eingeschlossen hatte!«

»Das behauptest *du*. Mir ist nichts aufgefallen, was darauf –«

Weg war er.

Den Kreis zu ziehen, dauerte nicht lange. Um in der Zimmermitte Platz zu schaffen, schob ich ein paar der vergilbten Papierstapel an die Wand. Dann schlug ich den Teppich beiseite und streute mit den Eisenspänen einen kleinen Kreis, weil ich nicht gleich alle Späne verbrauchen wollte. In diesen Schutzkreis würden wir uns flüchten, wenn es hart auf hart kam, und je nach dem, was wir entdeckten, mussten wir vielleicht noch mehr Kreise anlegen.

Ich verließ das Zimmer und rief durch den Flur: »Ich geh mal eben runter und hole noch mehr Späne.«

Lockwood antwortete aus einem der Schlafräume: »Ist gut. Setzt du noch mal Wasser auf?«

»Mach ich.« Auf dem Weg zur Treppe warf ich einen Blick durch die offene Badezimmertür. Das Treppengeländer war eiskalt. Ich zögerte auf der obersten Stufe und lauschte, erst dann setzte ich mich langsam in Bewegung, der trüb erleuchteten Diele entgegen. Nach ein paar Stufen glaubte ich es hinter mir rascheln zu hören, aber als ich herumfuhr, war nichts zu sehen. Mit der Hand am Degen ging ich bis zum Fuß der Treppe und dann durch die Diele zur Küche, durch deren Türspalt ein warmer Lichtstrahl fiel. Als ich eintrat, musste ich erst mal die Augen zukneifen, obwohl die Lampe nicht besonders hell war. Ich mopste einen Keks, spülte die Becher aus und setzte Wasser auf. Dann nahm ich unsere beiden Taschen und stieß die Küchentür mit dem Fuß auf. Jetzt kam mir die Diele noch dunkler vor. Im Haus war es totenstill. Auch von Lockwood war nichts zu hören. Wahrscheinlich überprüfte er immer noch die übrigen Zimmer. Ich ging die Treppe hoch – von kühl zu kalt zu eisig. In jeder Hand schleppte ich eine schwere Tasche.

Oben angekommen setzte ich die Taschen ab und verschnaufte in gebückter Haltung. Als ich mich wieder aufrichtete und nach Lockwood rufen wollte, sah ich das Mädchen.

# Kapitel 3

**Ich erstarrte.** Mein Herz hämmerte und ich konnte mich nicht mehr rühren. Das lag zum Teil am Schreck, aber nicht nur. Ein eisiges Gewicht lastete wie ein Grabstein auf meiner Brust, meine Glieder fühlten sich an wie in zähem Schlamm begraben. Eine lähmende Kälte kroch durch meine Gehirnwindungen, sodass ich nicht mehr klar denken konnte. Alle Kraft hatte mich verlassen, mir war, als könnte ich mich nie wieder bewegen. Ein Gefühl ergriff von mir Besitz, das in Verzweiflung umgeschlagen wäre, wenn ich nicht zu benommen für jede wie auch immer geartete Regung gewesen wäre. Nichts spielte mehr eine Rolle, mein eigenes Befinden am allerwenigsten. Stille, Schweigen und Reglosigkeit waren alles, was ich mir noch wünschte. Mehr hatte ich nicht verdient.

Anders ausgedrückt: Mich hatte die Geisterstarre befallen, ein typischer Zustand, der eintritt, wenn ein Typ Zwei Macht über einen ausüben will.

Jeder normale Mensch wäre dem Geist wehrlos ausgeliefert gewesen. Aber ich war eine erfahrene Agentin. Ich wusste, wie ich mich zu verhalten hatte. Ich überwand mich, die eisige Luft in gleichmäßigen Zügen einzuatmen, und wehrte mich gegen die Benommenheit, die meinen Verstand vernebelte. Kurzum: Ich zwang mich dazu, am Leben zu bleiben – und meine Hände glitten unauffällig in Richtung der Waffen an meinem Gürtel.

Das Mädchen stand in dem vollgestopften Arbeitszimmer, das ehemals ein Schlafzimmer gewesen war. Ihre Gestalt war verschwommen, aber ich konnte erkennen, dass sie barfuß auf dem zusammengerollten Teppich stand. Besser gesagt: Sie stand *im* Teppich, denn ihre Füße versanken bis zu den Knöcheln darin, als würde sie durch Wasser waten. Sie hatte lange blonde Haare und trug ein Sommerkleid. Das Muster mit den gelben Blumen hatte etwas Altmodisches. Das Kleid und das Mädchen selbst verströmten ein unirdisches Licht. Und ihr Gesicht…

Ihr Gesicht war ein dunkles Dreieck.

Es ließ sich schwer sagen, aber ich schätzte sie auf ungefähr achtzehn. Auf jeden Fall war sie älter als ich, aber nur ein paar Jahre. So stand ich eine ganze Weile da, ließ das gesichtslose Mädchen nicht aus den Augen, überlegte und ließ die Hände Zentimeter um Zentimeter zu meinem Gürtel wandern.

Dann endlich fiel mir ein, dass ich nicht allein im Haus war.

»Lockwood?«, rief ich. »Huhu, Lockwood!« Ich achtete darauf, dass meine Stimme nicht furchtsam, sondern ganz unbekümmert klang. Gegenüber Geistern darf man keine Angst zeigen und auch keine anderen starken Gefühle wie Wut und dergleichen. Das saugen sie sofort auf und werden nur noch aggressiver und tückischer. Lockwood gab keine Antwort. Ich räusperte mich. »Lo-ock-wo-ho-hod? Wo steckst du de-henn?« Ich schlug einen fröhlichen Singsangton an, als würde ich mit einem Baby sprechen oder einem niedlichen Haustier. Was ungefähr zum gleichen Ergebnis geführt hätte, denn Lockwood reagierte immer noch nicht.

Ich wandte den Kopf und rief ein bisschen lauter: »He, Lockwood, komm doch *bitte* mal her!«

Als er endlich antwortete, klang seine Stimme nur gedämpft bis zu mir. »Augenblick noch, Luce. Ich hab hier was entdeckt …«

»Das ist ja schön! Ich übrigens auch …«

Als ich mich wieder dem Mädchen zuwandte, war sie ein gutes Stück näher gekommen und stand schon beinahe draußen im Flur. Ihr Gesicht war immer noch nicht zu erkennen, aber das Flimmern des Anderlichts, das sie umgab, war noch heller geworden. Sie hielt die knochigen Arme eng am Körper und krümmte die Finger wie Krallen. Ihre nackten Beine unter dem Kleid waren schrecklich mager.

»Was willst du?«, fragte ich und spitzte die Ohren.

Worte streiften mein Ohr, zart wie Spinnenbeine: *»Mir ist kalt.«*

Bruchstücke. Immer erfährt man nur Bruchstücke. Ihr zartes Stimmchen hörte sich an wie aus weiter Ferne, zugleich aber bedrohlich nah. Deutlich näher als Lockwoods Stimme, als er mir geantwortet hatte.

»Ach, komm schon, Lockwood«, rief ich munter. »Es ist wirklich dringend …«

War das zu glauben? Seine Antwort klang doch tatsächlich gereizt! »Nerv mich nicht, Lucy! Ich habe einen Todesschein entdeckt! Er ist ganz, ganz schwach, aber auch in diesem Schlafzimmer ist jemand ums Leben gekommen. Muss aber schon lange her sein, denn ich hätte den Schein beinahe übersehen.

Es könnte sich um ein Verbrechen handeln. Das ist vorerst reine Spekulation, aber wenn meine Vermutung zutrifft, wären in diesem Haus gleich zwei Menschen gewaltsam zu Tode gekommen. Was sagst du dazu?«

Ich lachte künstlich. »Ich glaube, dass ich dir *helfen* könnte, diese Vermutung zu bestätigen, vor allem, wenn du mal herkommen würdest …«

»Ich weiß nur noch nicht, ob dieser erste Todesfall in irgendeiner Verbindung mit den Hopes steht. Immerhin haben sie nur zwei Jahre hier gewohnt. Es könnte also sein, dass die Phänomene, die wir beobachtet haben, gar nicht …«

»Gar nicht von Mr Hope verursacht werden?«, fiel ich ihm ins Wort. »Da hast du ganz recht! Sie werden *auf keinen Fall* von Mr Hope verursacht!«

Kurze Pause. Jetzt hatte er es endlich kapiert. »Wie bitte?«

»Ich habe gesagt, es ist *nicht* Mr Hope. Und jetzt komm endlich her!«

Wie euch vielleicht aufgefallen ist, hatte ich meine Bemühungen, unbekümmert zu klingen, inzwischen eingestellt. Das wiederum lag daran, dass die Erscheinung im Arbeitszimmer meine Aufregung gewittert hatte und nun auf den Flur herausgeschwebt kam. Die Nägel ihrer schmalen, bleichen Füße waren lang und gekrümmt.

Meine Hände lagen auf meinem Gürtel. Die eine umfasste den Degenknauf, die andere schloss sich um eine kleine Büchse mit Griechischem Feuer. Ich weiß natürlich, dass man in Wohnräumen keine Leuchtbomben entzünden soll, aber ich wollte lieber nichts riskieren. In meinen Handflächen sammelte sich kalter Schweiß, meine Finger rutschten von dem Metallbehälter ab.

Links von mir bewegte sich etwas. Aus dem Augenwinkel sah

ich, dass Lockwood in den Flur heraustrat. Auch er blieb wie angewurzelt stehen. »Ach so«, sagte er.

Ich nickte grimmig. »Ja – ach so. Und wenn ich dich das nächste Mal während eines Einsatzes rufe, bewegst du deinen Hintern gefälligst im Laufschritt her.«

»Tut mir leid. Aber wie ich sehe, hast du die Situation im Griff. Hat sie schon etwas gesagt?«

»Ja.«

»Was denn?«

»Dass ihr kalt ist.«

»Sag ihr, wir kümmern uns drum. Und fummle nicht an deinen Waffen rum, das macht es nur schlimmer.« Das Mädchen war wieder ein Stück näher gekommen und ich hatte meinen Degen ein paar Zentimeter aus dem Gurt gezogen. »Sag, dass wir ihr helfen«, setzte Lockwood hinzu. »Dass wir für sie suchen, was immer sie verloren hat.«

Ich befolgte seinen Rat mit so ruhiger Stimme wie möglich. Die erhoffte Wirkung blieb aus. Weder schrumpfte die Erscheinung zusammen noch änderte sie die Gestalt, sie verblasste weder noch verschwand sie, und sie tat auch sonst nichts von dem, was Besucher laut dem von der Agentur Fittes herausgegebenen *Leitfaden für Agenten* tun, wenn sie darauf hoffen können, erlöst zu werden.

»*Mir ist kalt*«, wiederholte das Geistermädchen nur, und noch einmal deutlich lauter: »*Ich bin allein und mir ist kalt.*«

»Was hat sie gesagt?« Lockwood hatte den Kontakt gespürt, aber nichts gehört.

»Noch mal das Gleiche. Aber diesmal klang es gar nicht mehr wie eine zaghafte Mädchenstimme, eher tief und dumpf wie aus einer Gruft.«

»Kein gutes Zeichen, was?«

»Nein. Ich denke, es soll eine Warnung sein.« Ich zog meinen Degen ganz heraus. Lockwood folgte meinem Beispiel. So standen wir der Erscheinung schweigend gegenüber. Niemals als Erster angreifen. Abwarten und den Gegner beobachten – was er tut, wie er sich verhält, was er vorhat. Die Erscheinung befand sich jetzt so dicht vor mir, dass ich jedes einzelne lange blonde Haar und jeden noch so winzigen Leberfleck erkennen konnte. Ich staune immer noch jedes Mal, dass ein Widerschein so deutlich sein kann. George nennt das den »Daseinswillen«, die Weigerung eines Lebewesens, alles aufzugeben, was es einst besessen hat. Aber natürlich zeigen sich nicht alle Geister auf diese Weise. Es hängt von der Persönlichkeit des Betreffenden ab und davon, welches Ende er genommen hat.

»Kannst du ihr Gesicht sehen?«, fragte ich.

»Nein. Es ist verhüllt. Aber alles andere ist strahlend hell. Ich glaube, dass –«

Ich brachte ihn mit erhobener Hand zum Verstummen. Die Stimme des Geistermädchens glich einem kaum wahrnehmbaren Lufthauch. *»Mir ist kalt«,* flüsterte sie. *»Ich bin allein und mir ist kalt. Und ich bin TOT!«*

Das Licht um ihre Gestalt loderte gleißend auf und einen Sekundenbruchteil lang hob sich der schwarze Schleier von ihrem Gesicht. Ich schrie auf. Das Licht erlosch. Eine Gestalt glitt auf mich zu und streckte die knochigen Arme nach mir aus. Ein Schwall eisiger Luft schlug mir entgegen und trieb mich rückwärts zur Treppe. An der Kante verlor ich das Gleichgewicht und taumelte ein paar Stufen hinunter. Geistesgegenwärtig ließ ich den Degen los und stützte mich an der Wand ab. Der eisige Wind toste mir entgegen, meine Finger suchten verzweifelt Halt an der glatten Tapete. Die Gestalt kam noch näher. Gleich würde ich stürzen …

Da sprang Lockwood zwischen uns und hieb mit seinem Degen kreuz und quer durch die Luft. Die Gestalt bäumte sich auf und hielt schützend den Arm vors Gesicht. Lockwood trieb den Geist mit seiner blitzenden Klinge in die Enge. Die Gestalt wich zurück und flüchtete sich in das Arbeitszimmer, aus dem sie gekommen war. Lockwood setzte ihr nach.

Der eisige Sturm erstarb. Der Treppenabsatz war leer. Ich tastete mich an der Wand entlang und kroch die Stufen hinauf. Oben angekommen blieb ich einen Moment liegen. Das Haar hing mir ins Gesicht, ein Fuß baumelte noch über dem Treppenabsatz.

Als ich mich schließlich aufrichtete und nach meinem Degen angelte, verzog ich vor Schmerzen das Gesicht. Meine Schulter und der Arm hatten Prellungen abbekommen.

Lockwood kam zurück, beugte sich über mich und ließ gleichzeitig den Blick über den dunklen Flur gleiten. »Hat sie dich berührt?«

»Nein. Wo ist sie hin?«

»Ich zeig's dir.« Er zog mich hoch. »Alles in Ordnung mit dir, Lucy?«

»Klar doch.« Ich strich mir das Haar aus dem Gesicht und stieß den Degen wieder in seine Schlaufe. Meine Schulter protestierte, aber es war auszuhalten. »Dann wollen wir mal«, sagte ich und machte einen Schritt in Richtung Arbeitszimmer.

Lockwood hielt mich zurück. »Gleich. Erst musst du dich wieder beruhigen.«

»Mir geht's gut.«

»Du bist sauer. Dazu besteht kein Grund. Dieser Angriff hätte jeden überrumpelt. Mich auch.«

»Aber *du* hast deinen Degen nicht fallen lassen.« Ich machte mich los. »Wir haben keine Zeit zu verlieren. Wenn sie zurückkommt …«

»Sie hatte es nicht auf mich abgesehen. Es ging darum, *dich* die Treppe hinunterzustoßen. Jetzt wissen wir, warum Mr Hope gestolpert ist. Ich sag's noch mal, du musst dich erst beruhigen, Lucy. Sonst saugt sie deinen Ärger auf und wird noch stärker.«

»Das weiß ich selber«, knurrte ich. Dann schloss ich die Augen und rief mir in Erinnerung, was der *Leitfaden* für solche Fälle empfahl: sich in den Griff zu bekommen und von allen heftigen Gefühlen frei zu machen. Es dauerte eine Weile, aber dann war ich so weit, streifte meinen Ärger ab wie eine Schlange ihre alte Haut.

Dann lauschte ich wieder. Im Haus war es alles still, aber es war eine beklemmende Stille. Es kam mir vor, als belauerte sie mich.

Als ich die Augen wieder aufmachte, stand Lockwood mit den Händen in den Manteltaschen vor mir und beobachtete mich. Auch er hatte seinen Degen weggesteckt.

»Geht's wieder?«

»Ich fühl mich besser.«

»Noch sauer?«

»Keine Spur.«

»Gut. Sonst würden wir jetzt nämlich schnurstracks nach Hause gehen.«

»Wir bleiben hier«, sagte ich. »Und weißt du auch, warum? Weil uns Mrs Hopes Tochter nicht noch mal hier reinlassen würde. Sie glaubt, wir sind zu jung und deshalb dem Auftrag nicht gewachsen. Wenn wir bis morgen keinen Erfolg vorweisen können, ruft sie bei Fittes oder Rotwell an. Wir brauchen das Geld. Wir bringen die Sache zu Ende.«

Lockwood verzog keine Miene. »Bei jedem anderen Einsatz würde ich dir sofort zustimmen. Aber die Voraussetzungen haben sich geändert. Es geht nicht mehr um irgendeinen alten Knacker, der seine Frau erschreckt. Wir haben es aller Wahrscheinlichkeit nach mit dem Geist eines Mordopfers zu tun. Du weißt selbst, wie gefährlich die werden können. Wenn du da nicht voll und ganz bei der Sache bist ...«

Ich war immer noch ruhig, aber sein herablassender Ton ärgerte mich trotzdem. »Du hast's grad nötig«, erwiderte ich.

»Was soll das heißen?«

»Ich sage nur: Eisenketten.«

Lockwood verdrehte die Augen. »Darum geht es doch jetzt gar nicht.«

»Eisenketten gehören zur Standardausrüstung. Sie sind der beste Schutz gegen einen starken Typ Zwei. Und du hast vergessen, sie mitzunehmen!«

»Weil George sie unbedingt ölen wollte! Was übrigens dein Vorschlag war, wenn ich mich nicht irre.«

»Ach – jetzt bin *ich* auf einmal schuld oder was? Die meisten Agenten würden eher ihre Hose im Büro vergessen als ihre Ketten. Aber du hattest es ja mal wieder dermaßen eilig! Ein Wunder, dass wir überhaupt irgendwas dabeihaben! George hat uns sogar davon abgeraten, den Auftrag sofort anzunehmen. Er wollte erst ein paar Nachforschungen über das Haus anstellen. Aber du wolltest dir natürlich von ihm nichts sagen lassen!«

»Natürlich nicht! Ich bin der Chef dieser Agentur. Ich bin dafür verantwortlich, dass –«

»…vorschnelle Entscheidungen getroffen werden? Stimmt genau. Dafür bist *du* verantwortlich.«

Wir standen uns mit verschränkten Armen gegenüber und funkelten einander böse an. Und das auf dem Treppenabsatz eines dunklen Geisterhauses. Dann wich Lockwoods finstere Miene einem freundlichen Grinsen, als wäre die Sonne durch die Wolken gebrochen.

»Wie war das noch gleich, Luce? Von Ärger keine Spur mehr?«

»Ja, ich bin sauer«, schnaubte ich. »Aber auf dich, nicht auf den Geist. Das ist etwas anderes.«

»Da bin ich nicht so sicher. Was das Geld betrifft, muss ich dir übrigens recht geben.« Er klatschte in die behandschuhten Hände. »Du hast gewonnen. George wäre bestimmt nicht damit einverstanden, aber ich glaube, wir können es riskieren. Fürs Erste habe ich sie vertrieben. Das verschafft uns eine Atempause. Wenn wir uns beeilen, sind wir in einer halben Stunde hier fertig.«

Ich bückte mich nach den beiden Taschen. »Zeig mir, wohin sie verschwunden ist.«

* * *

Die besagte Stelle befand sich im Arbeitszimmer: ein Stück Wand zwischen zwei Bücherregalen. Die verblasste Tapete löste sich oben schon ab. Ihr Muster deutete noch auf das ehemalige Schlafzimmer hin. Ranken mit aufgedunsenen Rosen schlängelten sich vom Boden bis zur Zimmerdecke.

In der Mitte des Wandstücks hing eine farbige geologische Karte der Britischen Inseln. Auf dem Boden davor stapelten sich fast bis auf Hüfthöhe Fachzeitschriften. Zwei der Stapel waren mit verstaubten Gesteinshämmern beschwert. Mein ausgeprägter detektivischer Spürsinn verriet mir, dass Mr Hope von Beruf Geologe gewesen war.

Ich betrachtete die Bücherregale und die ein bisschen vorspringende Wand dazwischen. »Ein alter Kamin«, stellte ich fest. »Und dadrin ist sie verschwunden?«

»Sie ist schon verblasst, bevor sie die Wand erreicht hat, aber es wäre nicht das erste Mal, dass sich die Quelle eines Geistes in einem Kamin befindet, oder?«

Ich konnte Lockwood nur zustimmen. So ein Hohlraum konnte manche Überraschung bergen.

Wir schufen erst einmal Platz, indem wir die Zeitschriftenstapel an die andere Wand verfrachteten. Dabei achtete Lockwood darauf, dass der Weg zum Schutzkreis frei blieb. Dafür mussten wir noch mehr Zeitschriften wegräumen. Die meisten stapelten wir neben der Zimmertür, manche sogar draußen im Flur. Beim Absetzen jeder zweiten Ladung hielt ich inne und horchte, aber alles blieb still.

Als wir fertig waren, öffnete ich unsere Taschen, holte eine Büchse mit Eisenspänen heraus und streute einen Halbkreis auf den Boden, der sich zu dem verdächtigen Wandstück hin öffnete. Die beiden Endpunkte verband ich mit einer geraden Linie, die mit etwas Abstand parallel zur Wand verlief, sodass die Eisenspäne nicht von herunterfallenden Putzbrocken verschoben werden konnten. Der Halbkreis bot ausreichend Platz für Lockwood, mich und unsere Taschen. Ketten wären allerdings sicherer gewesen.

Anschließend überprüfte ich den Schutzkreis in der Zimmermitte noch einmal. Bei unserer Räumaktion waren wir versehentlich ein paarmal über den Rand getrampelt. Ich reparierte den Schaden.

Lockwood nahm die geologische Karte ab und lehnte sie an den Schreibtisch. Dann holte er die Petroleumlampen aus der Küche. Für das, was wir jetzt vorhatten, brauchten wir mehr Licht. Lockwood stellte die Lampen in den Halbkreis und richtete ihren Schein auf das Wandstück, das jetzt einer erleuchteten Bühne glich.

Alle diese Vorbereitungen hatten eine Viertelstunde in Anspruch genommen. Schließlich standen wir nebeneinander im Halbkreis, Taschenmesser und Brecheisen gezückt. »Soll ich dir sagen, was ich vermute?«, fragte Lockwood.

»Ich kann's kaum erwarten.«

»Das Mädchen wurde in diesem Haus umgebracht. Der Mord ist aber schon so lange her, dass sie irgendwann Ruhe gegeben hat. Dann hat Mr Hope hier sein Arbeitszimmer eingerichtet, und das hat sie aus irgendeinem Grund wieder aufgescheucht. Ich bin ziemlich sicher, dass hinter dieser Wand etwas steckt, was ihr gehört und was sehr wichtig für sie ist. Vielleicht ein Kleidungsstück oder ein Geschenk, das sie jemandem versprochen hatte. Oder –«

»Oder etwas anderes«, schnitt ich ihm das Wort ab.

Wir standen nebeneinander, den Blick fest auf die Wand gerichtet.

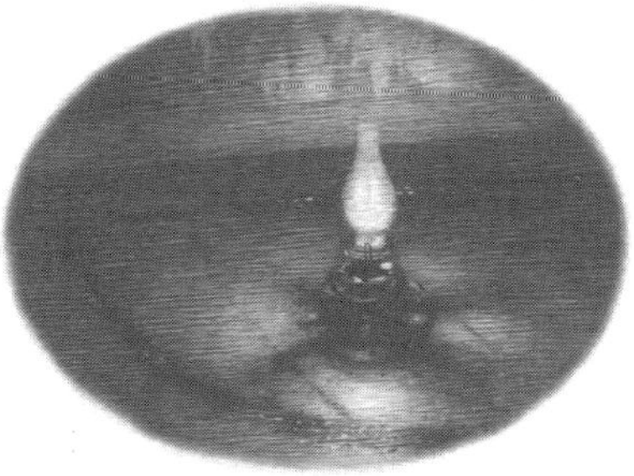

# Kapitel 4

Seit Marissa Fittes und Tom Rotwell in den ersten Jahren nach dem Auftauchen des Problems ihre bahnbrechenden Untersuchungen durchgeführt hatten, ist es für jeden Agenten das vordringlichste Ziel, die Quelle einer Heimsuchung ausfindig zu machen. Selbstverständlich bieten wir auch andere Leistungen an. Wir statten Häuser mit Schutzvorrichtungen aus und geben Klienten Ratschläge, wie sie für ihre leibliche Sicherheit sorgen können. Wir platzieren Salzfallen in Vorgärten, umwickeln Türklinken mit Eisenblechstreifen, hängen Amulette über Babybetten und versorgen die Kunden mit Lavendel-Räucherstäbchen, Geisterlampen und Schutzartikeln des täglichen Gebrauchs. Aber das Kernstück unserer Arbeit ist immer das Gleiche: den Ort oder den Gegenstand ausfindig zu machen, der die Verbindung mit dem betreffenden ruhelosen Toten darstellt.

Was es mit dieser *Quelle,* wie wir dazu sagen, eigentlich auf sich hat, ist nicht abschließend geklärt. Manche Fachleute behaupten, dass die Besucher tatsächlich darin gefangen seien, andere vertreten die Ansicht, dass es sich um Stellen handelte, an denen die Grenzmauer zwischen dieser und der jenseitigen Welt durch Gewalt oder extreme Gefühlsausbrüche rissig geworden sei. Agenten haben keine Zeit, sich über solche Theorien den Kopf zu zerbrechen. Wir haben alle Hände voll damit zu tun, uns der Geistersieche zu erwehren, da bleibt für Rumphilosophiererei keine Zeit.

Insofern kann es sich bei der Quelle, wie Lockwood ganz richtig gesagt hatte, sowohl um den Ort handeln, an dem ein Verbrechen stattgefunden hat, aber genauso gut um einen Gegenstand, der für den Verstorbenen von besonderer Bedeutung war. In 73 Prozent der Fälle jedoch (den Erhebungen des Rotwell-Instituts zufolge) handelt es sich um das, was der *Leitfaden* als *persönliche organische Überreste* bezeichnet. Ihr könnt euch bestimmt denken, was damit gemeint ist, oder? Sicher kann man aber erst sein, wenn man nachschaut.

Ebendas hatten wir jetzt vor.

Nach fünf Minuten war die Mauer so gut wie freigelegt. Die alte, brüchige Tapete und der pulverisierte Kleister boten wenig Widerstand. Wir konnten mit den Taschenmessern unter die Ränder der Bahnen fahren und mit Leichtigkeit große Stücke ablösen. Manche zerfielen uns unter den Fingern, andere legten sich wie riesige Hautfetzen über unsere Arme. Der Putz darunter war rosa-weiß marmoriert und mit bräunlichen Kleisterresten überzogen. Unwillkürlich musste ich an ein paniertes Schnitzel denken.

Lockwood nahm eine Lampe, hielt sie dicht vor die Wand und fuhr mit der Hand über die raue Oberfläche. Dann schwenkte er die Lampe hin und her und inspizierte die Mauer ausgiebig.

»Hier war tatsächlich früher mal ein Hohlraum«, verkündete

er schließlich. »Ein ziemlich großer. Siehst du, dass die Wand hier eine andere Farbe hat, Luce?«

»Ich bin ja nicht blind. Glaubst du, wir können eine Öffnung hineinschlagen?«

»Dürfte nicht allzu schwer sein.« Lockwood wog sein Brecheisen in der Hand. »Sonst alles ruhig?«

Ich warf einen Blick über die Schulter. Außerhalb des Lichtkreises der Lampen war nichts zu erkennen. Wir befanden uns auf einer erleuchteten Insel in einem Meer aus Finsternis. Ich sah und hörte nichts Verdächtiges, aber die Stille wurde zunehmend beklemmender. Der Druck pflanzte sich bis in meine Ohren fort. »Ja, aber nicht mehr lange«, sagte ich.

»Dann legen wir besser los!« Lockwood holte weit aus und hieb mit Schwung auf die Wand ein. Es hagelte Putzbrocken.

Nach zwanzig Minuten war unsere Kleidung weiß gesprenkelt und unsere Schuhspitzen waren von Schutt bedeckt. Das Loch, das Lockwood in die Wand gebrochen hatte, war groß genug, dass einer von uns hätte hindurchklettern können. Dahinter kamen unbehandelte, mit rostigen Nägeln übersäte Bretter zum Vorschein.

Lockwood stand der Schweiß auf der Stirn, aber er sagte munter: »Na bitte. Eine Truhe oder so was. Sie nimmt offenbar den ganzen Hohlraum ein.«

»Pass auf die Eisenspäne auf!«, erwiderte ich knapp. Lockwood war einen großen Schritt zurückgetreten und hatte den Halbkreis beschädigt. Wir durften uns keine Fehler erlauben. Mit Ketten hätten wir nicht so aufzupassen brauchen, aber Spankreise sind empfindlich. Ich ging in die Hocke und schloss die Lücke sorgfältig mit dem Handfeger. Lockwood holte tief Luft, dann grub sich das Brecheisen über mir ins Holz.

Der Halbkreis war wieder geschlossen. Ich hob noch ein paar Putzstücke auf, die bedenklich nah an der vorderen Linie lagen. Dann stützte ich mich mit einer Hand auf dem Dielenboden ab und verharrte reglos in dieser Haltung.

Als ich wieder aufstand, hatte Lockwood tiefe Kerben in die Bretter gehauen, sie aber noch nicht losgehebelt. Ich tippte ihm auf die Schulter.

»Was ist denn?«

»Sie ist wieder da.«

Die Klopfgeräusche waren anfangs so schwach gewesen, dass der Lärm, den wir machten, sie übertönte. Ich hatte sie nur wahrgenommen, weil der Fußboden leise bebte. Doch jetzt schwollen sie an: zwei kurze Schläge und dann ein dumpfer Aufprall. Es folgte eine kurze Pause, dann ging es von vorn los, wie in einer Endlosschleife. Der Nachhall von Mr Hopes Treppensturz.

Ich beschrieb Lockwood, was ich hörte.

»Aha. Ich mache trotzdem weiter. Du passt auf und lässt dich nicht aus der Ruhe bringen. Darauf hat sie es ja nur abgesehen. Sie spürt, dass du von uns beiden die Schwächere bist.«

»Was soll das denn heißen?«

»Lass uns das ein andermal ausdiskutieren. Ich meinte, die emotional Schwächere.«

»Wie bitte? Das ist ja wohl genauso daneben!«

»Ich wollte damit nur sagen, dass … Weißt du, deine Gabe erfordert viel größere Empfindsamkeit als meine, aber die Kehrseite ist eben, dass dir übernatürliche Einflüsse mehr zusetzen als mir. In Fällen wie diesen kann das zum Problem werden. Alles klar?«

Ich starrte ihn an. »Und ich dachte schon, du hättest dir von George etwas einreden lassen.«

»Ich lasse mir von niemandem etwas einreden. Von George am allerwenigsten.«

Wir drehten uns voneinander weg. Lockwood nahm sich wieder die Kaminwand vor, ich behielt das übrige Zimmer im Auge.

Und zwar mit gezücktem Degen. In der Dunkelheit rührte sich nichts. *Poch-poch-RUMMS!*, dröhnte es in meinen Ohren.

Ein Knacken und Krachen verriet mir, dass Lockwood das Brecheisen zwischen zwei Bretter gerammt hatte und jetzt dagegendrückte. Das Holz ächzte.

Eine der Petroleumlampen loderte auf, dann wurde die Flamme immer schwächer und kleiner, als wolle jemand sie ersticken. Auch die anderen Laternen fingen zu flackern an. Der Lichtschein huschte über den Boden und unsere Schatten glitten unstet hin und her.

Nun fuhr ein kalter Luftzug durchs Zimmer. Die Papiere auf dem Schreibtisch raschelten.

»Ich dachte, sie will, dass wir danach suchen«, stieß Lockwood schwer atmend hervor. »Dass es gefunden wird.«

Draußen im Flur schlug eine Tür zu.

»Offenbar nicht«, sagte ich.

Noch mehr Türen knallten im Haus, eine nach der anderen, insgesamt sieben Stück.

»Kinderkram!«, knurrte Lockwood. »Lass dir was Besseres einfallen.«

Jähe Stille.

»Wie oft habe ich dir schon gesagt, dass du die Geister nicht provozieren sollst?«, sagte ich. »Das geht nie gut aus.«

»Sie wiederholt sich. Such schon mal eine Plombe raus. Wir haben's gleich geschafft.«

Ich kramte in meiner Tasche. Mit einer Plombe neutralisiert

man die Quelle einer Heimsuchung. Sie besteht aus den beiden Metallen, gegen die sämtliche Geister allergisch sind, nämlich Eisen und Silber. Zum Verplomben kann man verschiedenste Modelle verwenden, es gibt Dosen, Rohre, Nägel und Netze, Amulette, Bänder und Ketten. In die Plomben von Rotwell und Fittes ist das Firmenlogo eingeprägt. Lockwood verzichtet auf solchen Schnickschnack. Entscheidend ist, dass man für den jeweiligen Geist die passende Stärke wählt, nämlich gerade groß genug, um sein Ausbrechen zu verhindern.

Nach kurzer Überlegung wählte ich ein versilbertes Netz mit engen Maschen. Zusammengelegt war es so klein, dass ich es in der Faust halten konnte, doch wenn man es auswarf, konnte es Objekte von beträchtlicher Größe bedecken. Ich richtete mich auf und sah nach, wie weit Lockwood mit der Wand war.

Er hatte inzwischen eins der Bretter ein Stück hochgehebelt. Dahinter war es stockfinster. Lockwood stemmte sich mit seinem ganzen Gewicht gegen das Brecheisen. Seine Absätze kamen den Eisenspänen gefährlich nahe.

»Ich hab's gleich!«, keuchte er.

»Gut.« Ich drehte mich wieder um …

… und stellte fest, dass das tote Mädchen neben mir stand, ganz dicht am Rand des Halbkreises.

Diesmal war sie so deutlich zu erkennen, als wäre es helllichter Tag und sie noch quicklebendig. Der gedämpfte Laternenschein erleuchtete ihr Gesicht. So musste sie früher ausgesehen haben – bevor es passiert war. Sie war hübscher als ich: runde Wangen, ein niedliches Stupsnäschen, volle Lippen und große Rehaugen. Genau die Sorte Mädchen, die ich instinktiv noch nie hatte leiden können – sanft und dumm, aber wenn es drauf ankommt, gerissen genug, um dank ihres Charmes alles zu erreichen, was sie wollen. So standen wir nebeneinander. Sie mit langen blonden Haaren, ich mit meinen kastanienbraunen, vom Gipsstaub beschneiten. Sie mit nackten Beinen im Sommerkleid, ich fröstelnd in Rock, Leggings und gefütterter Jacke. Wäre die Bannlinie nicht gewesen, hätten wir die Hände ausstrecken und einander die Wangen streicheln können. War es vielleicht das, was sie wollte? War sie zornig, weil sie sich ausgeschlossen fühlte? Ihre Miene verriet nichts, aber ihre Wut brandete gegen mich an wie eine Welle.

Ich hob die Hand mit dem Netz zu einem ironischen Gruß. Sofort traf mich ein eisiger Windstoß und peitschte mir die Haare ins Gesicht. Der Luftstoß traf auch die Bannlinie und verschob die Späne.

»Mach schon!«, sagte ich über die Schulter.

Lockwood ächzte. Holz splitterte.

Plötzlich geriet das ganze Zimmer in Aufruhr. Zeitschriften blätterten sich raschelnd auf, Bücher fielen polternd aus den Regalen, staubige Papiere flatterten von ihren Stapeln auf wie Vögel. Der Wind drückte mir die Jacke an den Körper und fegte heulend an den Wänden entlang. Weder die Haare noch das Kleid des Mädchens wehten. Sie sah ungerührt durch mich hindurch, als wäre von uns beiden ich diejenige, die nur noch aus Luft und Erinnerung bestand.

Die Eisenspäne zu meinen Füßen wurden aufgewirbelt.

»Beeilung!«, rief ich.

»Bin gleich so weit. Gib mir schon mal die Plombe.«

Ich drehte mich um – wobei ich höllisch aufpasste, nicht über die Linie zu treten – und reichte Lockwood das Silbernetz. Er warf sich ein letztes Mal gegen das Brecheisen und das Brett gab endlich nach. Es brach am unteren Ende mittendurch und riss gleich noch zwei weitere Bretter heraus, mit denen es durch eine aufgenagelte Leiste verbunden war. Das Brecheisen hatte plötzlich keinen Widerstand mehr. Lockwood verlor das Gleichgewicht und wäre aus dem Kreis gekippt, wenn ich ihn nicht gepackt hätte. Wir hielten einander schwankend umschlungen. »Danke, Luce«, sagte Lockwood grinsend. »Das wäre beinah schiefgegangen.« Ich nickte erleichtert.

Im selben Augenblick lösten sich die Bretter, polterten zu Boden und gaben den Blick auf das frei, was dahinter lag.

Wir hätten darauf gefasst sein können, aber es war trotzdem ein Schock. Wenn man solch einen Schreck bekommt, weicht man unwillkürlich zurück, was keine gute Idee ist, wenn man ohnehin nur gerade so noch das Gleichgewicht hält. Ich konnte nur einen kurzen Blick in die Öffnung werfen, dann verloren wir die Balance und stürzten eng umschlungen zu Boden. Lockwood landete oben, ich unten. Außerhalb des schützenden Eisenkreises.

Aber ich hatte genug gesehen. Genug, um das Bild in mein Gedächtnis einzubrennen.

Ihr blondes Haar war unversehrt, aber es war von Schmutz und Ruß verklebt und unter einem Spinnwebschleier halb verborgen. Alles Übrige war kaum noch zu erkennen: Knochen, gebleckte Zähne und runzlige Haut, schwarz wie Holzkohle. Sie lag zusammengerollt auf dem Lager aus Ziegelsteinen, und das schon seit mindestens fünfzig Jahren. Die Träger des Sommerkleids hingen lose über den vorstehenden Knochen. Unter einer Spinnwebschicht leuchteten gelbe Sonnenblumen hervor.

Ich schlug mit dem Hinterkopf auf den Boden. Grelle Lichter zuckten vor meinen Augen. Dann plumpste Lockwood auf mich drauf und mir blieb die Luft weg.

Die Lichter gingen aus. Als ich wieder zu mir kam und die Augen öffnete, lag ich auf dem Rücken, hatte das Silbernetz aber noch in der Hand. Wenigstens etwas.

Aber den Degen hatte ich schon wieder fallen lassen.

Lockwood hatte sich bereits von mir heruntergewälzt und ein Stück entfernt. Ich rollte mich auf die Seite, kam auf die Knie und hielt panisch nach meiner Waffe Ausschau.

Aber was musste ich stattdessen sehen? Einen von unserem Sturz völlig zerstörten Schutzkreis und Lockwood am Boden kniend, vornübergebeugt, sodass ihm das Haar ins Gesicht fiel, als er verzweifelt versuchte, seinen Degen unter seinem langen, schweren Mantel hervorzuziehen. Während das Geistermädchen direkt über ihm schwebte.

»Pass auf, Lockwood!« Er hob den Kopf. Weil er auf seinem Mantelsaum kniete, kam er nicht richtig an seinen Degen heran.

Das Mädchen ließ sich tiefer sinken, Wirbel aus Anderlicht hinter sich herziehend. Schon streckte es die schmalen, bleichen Hände nach Lockwoods Gesicht aus …

Ohne nachzudenken, riss ich eine Büchse vom Gürtel.

Die Büchse flog glatt durch den Geist hindurch und krachte gegen die Wand. Der Glasdeckel zerbrach. Magnesiumflammen züngelten empor und erfassten das Mädchen, das hinter dicken Rauchwolken verschwand. Lockwood warf sich zur Seite. Er hatte glühende Eisenspäne im Haar.

Griechisches Feuer ist an sich eine gute Sache. Die Mischung aus Eisen, Magnesium und Salz fügt dem Besucher gleich dreifach Schaden zu. Das Salz und das glühende Eisen fressen sich durch seine Substanz, das grelle Licht der Magnesiumflammen verursacht ihm unerträgliche Schmerzen. Der Haken dabei ist, dass das Feuer zwar rasch wieder erlischt, aber vorher noch alles

Mögliche in Brand stecken kann. Darum warnt der *Leitfaden* eindringlich davor, Griechisches Feuer in geschlossenen Räumen zu verwenden –, es sei denn unter kontrollierten Bedingungen.

Ein Arbeitszimmer voller Papier und ein ungewöhnlich rachsüchtiger Wiedergänger dürften diese Anforderung wohl kaum erfüllen.

Von irgendwoher ertönte ein zorniger Schmerzensschrei. Der übernatürliche Wind, der sich vorübergehend gelegt hatte, kehrte mit neuer Gewalt zurück. Er wirbelte brennende Papierfetzen auf und trieb sie mir ins Gesicht. Ich schlug sie mit den Händen weg, sah sie davonwirbeln, von einer unsichtbaren Kraft gelenkt. Eine Bö trieb sie durch den Raum, wo sie sich auf Bücher und Regale senkten, auf den Schreibtisch und die Vorhänge, auf die abgerissene Tapete, die Papierstapel, den eingestaubten Sessel …

Hunderte kleiner Feuer flammten auf wie Sterne am Abendhimmel, eins nach dem anderen, oben, unten, einfach überall.

Lockwood hatte sich aufgerappelt, seine Haare und sein Mantel qualmten. Er schlug den Mantel zurück und hatte im nächsten Augenblick den blitzenden Degen in der Hand. Sein Blick war auf die Ecke hinter mir gerichtet. Inmitten der umherwirbelnden Papiere materialisierte sich eine Gestalt.

»Lucy!«, übertönte Lockwood das Geheul des Windes. »Plan E! Wir gehen nach Plan E vor!«

*Plan E?* Was zum Teufel war Plan E? Lockwood entwarf ständig neue Pläne. Außerdem ist es nicht leicht, einen klaren Gedanken zu fassen, wenn überall um einen herum Zeitschriftenstapel in Flammen aufgehen und der Rückweg in den rettenden Flur plötzlich durch Rauch und züngelndes Feuer unmöglich gemacht wird.

»Die Tür, Lockwood!«, schrie ich.

»Egal! Ich lenke sie ab! Du verplombst die Quelle!«

Jetzt fiel es mir wieder ein – *das* war Plan E. Den Besucher vom eigentlichen Schauplatz weglocken. Schon tänzelte Lockwood mit dreistem Selbstvertrauen durch den Rauch auf den lauernden Wiedergänger zu. Brennendes Papier streifte sein Haar, aber er achtete nicht darauf. Den Degen hielt er gesenkt. Es sollte aussehen, als sei er wehrlos. Das Mädchen stürzte sich auf ihn. Lockwood sprang zurück und parierte in letzter Sekunde ihre ausgestreckte Hand mit dem Degen. Ihre langen Haare, die kaum von den Rauchschwaden zu unterscheiden waren, wollten sich um ihn schlingen. Er duckte sich weg und hieb die Strähnen durch. Ich konnte der Degenklinge kaum mit den Augen folgen, so blitzschnell sauste der Stahl durch die Luft. Dabei zog er sich Schritt für Schritt zurück, lockte den Geist von der aufgebrochenen Wand weg und verschaffte mir freie Bahn.

Ich stürzte zur Wand und kämpfte gegen den tobenden Wind an. Er traf mich mit voller Wucht, heulte und kreischte nun mit menschlicher Stimme. Funken flogen mir ins Gesicht und ich bekam kaum noch Luft. Flammen züngelten auf, griffen nach mir, als ich mich an ihnen vorbeikämpfte. Der Sturm wütete immer heftiger. Ich kam nur noch zentimeterweise voran, aber ich gab nicht auf.

Die Bücherregale zu beiden Seiten des alten Kamins hatten sich in Flammenwände verwandelt. Loderndes Feuer schlängelte sich wie Quecksilber über den Boden. Im Widerschein der Flammen leuchtete der Putz an der Wand rötlich. Die Öffnung war ein schwarzes Loch, der Inhalt kaum zu erkennen. Hinter dem Spinnwebschleier ahnte ich ein lippenloses Lächeln.

Ein Anblick wie dieser tut niemandem gut. Er lenkt einen von der eigentlichen Aufgabe ab. Ich schüttelte das Netz auf.

Schritt für Schritt kämpfte ich mich voran, noch einer … dann stand ich davor. Ich hätte das Mädchen aus der Nähe betrachten können, aber ich wandte den Blick von ihrem Gesicht ab. Kleine Spinnen hingen in den Netzen. Das war nichts Ungewöhnliches. Mein Blick fiel auf das zerfetzte Kleid, den knochigen Hals – und dann sah ich plötzlich etwas aufblitzen.

Eine dünne Goldkette.

Von Wind und Feuer umtost, stand ich mit dem Silbernetz in der Hand vor der Öffnung. Der Anhänger an der Kette funkelte in der schauerlichen Lücke zwischen Kleid und Rippen. Das Mädchen hatte sich das Schmuckstück einst um den Hals gelegt, weil es schön aussehen wollte. Nach so vielen Jahren glänzte das Gold immer noch, aber der Hals und alles Übrige waren schwarz, verschrumpelt und leblos.

Mitleid überwältigte mich.

»Wer hat dir das angetan?«, sagte ich halblaut.

»Lucy!« Bei Lockwoods Schrei wandte ich den Kopf. Das Geistermädchen kam mit ausdruckslosem Gesicht und starrem Blick durch die Flammen auf mich zu, die Arme ausgestreckt, als wolle sie mich umarmen.

Auf so eine Umarmung konnte ich gern verzichten. Ich bückte mich, streckte die Hand in die Öffnung, und die Spinnen krabbelten aufgeschreckt davon. Ich wollte das Silbernetz über die Leiche legen, aber eine Masche hatte sich an einem Holzspan verfangen. Das Mädchen hatte mich schon fast erreicht. Ich zerrte an dem Netz und der Span brach ab. Mit fliegenden Fingern und einem Aufschluchzen breitete ich das Netz über das spröde Haar, über Kopf und Körper. Die Maschen aus Eisen und Silber umschlossen die Leiche wie ein Käfig.

Sofort hielt das Mädchen inne; es erstarrte. Ein Seufzer, ein leiser Klagelaut, ein Erschauern. Sein Haar fiel nach vorn und verdeckte sein Gesicht. Das Anderlicht um seine Gestalt wurde schwächer, schwächer, noch schwächer …

… und erlosch. Sie war verschwunden, als hätte es sie nie gegeben.

Im selben Augenblick war auch die fremde Macht verschwunden, die von dem Haus Besitz ergriffen hatte. In meinen Ohren knackte es, der Druck war weg. Der eisige Wind erstarb. Nur die brennenden Papierfetzen überall im Zimmer waren noch da und schwebten langsam zu Boden.

Das Übliche eben, wenn man die Quelle einer Heimsuchung erfolgreich neutralisiert hat.

Ich holte tief Luft – und lauschte …

Tatsächlich. Im Haus war alles still. Das Mädchen war fort.

Mit »still« meine ich natürlich nur die Stille auf der übernatürlichen Ebene. Man hörte weiterhin das Feuer brausen und das Arbeitszimmer verwüsten. Inzwischen stand hier und dort auch der Dielenboden in Flammen. Unter der Decke sammelte sich der Rauch. Die Zeitschriftenstapel, die wir zur Tür geschleppt hatten, brannten lichterloh. Das Feuer drang sogar schon in den Flur vor.

Lockwood rief etwas, fuchtelte mit den Armen und zeigte auf das Fenster.

Ich nickte ihm zu. Das Feuer war nicht mehr aufzuhalten. Bald würde das ganze Haus in Flammen aufgehen. Trotzdem drehte ich mich noch einmal nach der Öffnung in der Wand um, griff unter das Netz, unterdrückte den Gedanken daran, womit ich dabei in Berührung kam, und tastete nach der Goldkette, dem Einzigen, was noch daran erinnerte, wer das Mädchen einst gewesen war. Als ich daran zog, löste sich die Kette so leicht, als sei der Verschluss offen gewesen. Dann stopfte ich alles – Kette, Anhänger, Staub und Spinnweben – in meine Jackentasche und lief im Zickzack zwischen den Brandherden hindurch zum Fenster.

Lockwood war schon auf den Schreibtisch gesprungen und hatte die brennenden Papiere mit dem Fuß auf den Boden gefegt. Er rüttelte am Fenstergriff. Aber der klemmte entweder oder das Fenster war abgeschlossen, jedenfalls ließ es sich nicht öffnen. Lockwood trat gegen den Rahmen. Die Verriegelung barst. Mit einem Satz stand ich neben ihm. Zum ersten Mal seit Stunden atmeten wir wieder frische, feuchte, neblige Luft.

Eingerahmt von den brennenden Vorhängen knieten wir nebeneinander auf dem Fensterbrett. Auf der Wiese draußen zeichneten sich unsere Schattenrisse, gerahmt von einem Rechteck aus flackerndem Licht, ab.

»Alles klar?«, fragte Lockwood. »Hast du beim Verplomben was abgekriegt?«

»Nein. Alles bestens.« Ich grinste schief. »Tja, dieser Fall wäre dann wohl auch gelöst.«

»Mrs Hope freut sich bestimmt. Ihr Haus brennt zwar ab, aber immerhin ist es jetzt besucherfrei.« Er sah mich an. »Wollen wir?«

Ich spähte nach unten, aber es war zu dunkel, und der Boden war zu weit weg, als dass ich die Entfernung hätte abschätzen können.

»Keine Sorge«, sagte Lockwood. »Ich bin ziemlich sicher, dass ich dort vorhin ein paar schöne dicke Büsche gesehen habe.«

»Dann ist ja gut.«

»Und eine Terrasse. Aus Beton.« Er tätschelte meinen Arm. »Nur Mut. Einfach umdrehen und fallen lassen. Uns bleibt sowieso nichts anderes übrig.«

Wo er recht hatte, hatte er recht. Als ich einen letzten Blick zurück ins Zimmer warf, waren die Flammen bereits bis an die Kaminwand vorgedrungen und züngelten in die klaffende Öffnung. »Wenn du meinst ...«, sagte ich.

Lockwood verzog das rußverschmierte Gesicht zu einem strahlenden Lächeln. »Habe ich dich im letzten halben Jahr schon mal enttäuscht?«

Ich wollte eben anfangen, die ganze Liste abzuspulen, da kam die Zimmerdecke über dem Schreibtisch herunter. Brennende Holzsplitter sausten wie Lanzen herab und ein dicker Putzbrocken traf meine Schulter. Ich kippte nach vorn und über die Fensterkante. Als Lockwood sich nach vorn warf, um mich zu packen, verlor er ebenfalls das Gleichgewicht. Unsere Hände griffen ins Leere. Einen Augenblick schienen wir uns wie in Zeitlupe zu bewegen – zwischen Hitze und Kälte, Leben und Tod –, dann stürzten wir in die Tiefe und alles wurde schwarz.

# II.
# Vorher

# Kapitel 5

**Manche Leute behaupten,** das Problem habe es schon immer gegeben. Geister seien nichts Neues, meinen sie, und sie hätten sich zu allen Zeiten gleich aufgeführt. Schon der römische Schriftsteller Plinius berichtet von einer Begebenheit, die sich vor rund zweitausend Jahren ereignet hat. Ein Gelehrter kaufte sich in Athen ein Haus. Der Kaufpreis war ungewöhnlich niedrig, und der Gelehrte musste bald feststellen, dass sein neues Zuhause heimgesucht wurde. In der ersten Nacht bekam er Besuch vom Wiedergänger eines hageren Greises in Ketten. Der Besucher bedeutete dem Gelehrten, er solle ihm folgen. Sie traten in den Hof hinaus, wo der Geist im Erdboden versank. Am nächsten Morgen befahl der Gelehrte seinen Dienern, an dieser Stelle zu graben. Natürlich stießen sie schon bald auf ein gefesseltes Skelett. Der Gelehrte ließ die Gebeine ordentlich bestatten und der Geist trat nie wieder auf. Ende der Geschichte. Ein klassischer Typ Zwei, sagen die Fachleute, mit einer klassischen, schlichten Absicht, nämlich ein verborgenes Unrecht richtigzustellen. Genau wie heute. Insofern habe sich nicht viel verändert.

Mich überzeugt diese Argumentation nicht. Ich gebe zu, dass Plinius ein typisches Beispiel für die verborgene Quelle einer Heimsuchung schildert. Jeder von uns kennt Dutzende solcher Beispiele. Aber man muss hier auf zweierlei achten: Zum einen hatte der Gelehrte aus der Geschichte offenbar nicht die geringste Angst vor einer Geisterberührung und davor, dass er blau anlaufen, anschwellen und eines qualvollen Todes sterben könnte. Vielleicht war er einfach nur naiv (und hatte dabei auch noch eine ordentliche Portion Glück). Oder aber die Besucher waren damals nicht so gefährlich wie die heutigen.

Zum anderen traten Geister zu jener Zeit offenbar längst nicht so häufig auf wie heute. Es handelte sich anscheinend um das einzige Heimgesuchte Haus im alten Athen, sonst wäre der Kaufpreis nicht so auffallend niedrig gewesen. Im heutigen London gibt es allerorten welche und trotz aller Bemühungen der Agenturen kommen ständig neue dazu. Zu Plinius' Zeiten waren Geister eine Ausnahme – heutzutage verbreiten sie sich wie eine Seuche.

Aus alldem schließe ich, dass die Geister von damals nicht mit dem Problem von heute zu vergleichen sind. Vor fünfzig, sechzig Jahren hat sich tatsächlich etwas Entscheidendes verändert, und kein Mensch hat die leiseste Ahnung, warum.

Wenn man in alten Zeitungen blättert, wie George es mit Vorliebe tut, stößt man ab der Mitte des vergangenen Jahrhunderts hier und da auf eine kurze Meldung, dass in Kent oder Sussex ein Geist gesichtet wurde. Aber erst zehn Jahre später geriet eine blutige Serie solcher Vorkommnisse in die Schlagzeilen, zu der unter anderem *der Schrecken von Highgate* und *das Phantom aus der Mud Lane* gehörten. Jedes Mal folgte auf das plötzliche Auftreten übernatürlicher Erscheinungen eine ganze Reihe grausiger Todesfälle. Die üblichen polizeilichen Ermittlungen führten zu keinem Ergebnis, ein, zwei Beamte kamen ebenfalls zu Tode. Erst zwei jungen Forschern, Tom Rotwell und Marissa Fittes, gelang es, die jeweilige Heimsuchung bis zu ihrer Quelle zu verfolgen. Im Fall des Schreckens von Highgate handelte es sich um einen eingemauerten Totenschädel, im Fall des Phantoms um den Leichnam eines Straßenräubers, der an einer Wegkreuzung gepfählt und verscharrt worden war. Der Erfolg der beiden Forscher erregte großes Aufsehen, und die Öffentlichkeit musste zum ersten Mal anerkennen, dass es so etwas wie Geistererscheinungen tatsächlich gab.

In den folgenden Jahren häuften sich derartige Vorfälle. Zuerst in London und dem Süden, dann breiteten sie sich nach und nach im ganzen Land aus. Eine Atmosphäre der Angst griff um sich. Es gab Demonstrationen und Unruhen; Kirchen und Moscheen hatten nie gekannten Zulauf, weil so viele Menschen um ihr Seelenheil fürchteten. Fittes und Rotwell reagierten auf die Nachfrage und gründeten jeder eine eigene Agentur für übersinnliche Ermittlungen. Sie fanden rasch Nachahmer und kleinere Agenturen schossen wie Pilze aus dem Boden. Irgendwann ergriff die Regierung erste Maßnahmen, verhängte abendliche Ausgangssperren und erließ in den Großstädten eine Geisterlampen-Pflicht.

Damit war das Problem natürlich nicht aus der Welt. Allenfalls trat im Lauf der Jahre ein gewisser Gewöhnungseffekt ein und alle arrangierten sich mit den neuen Gegebenheiten. Die Bürger fanden sich mit der Situation ab und sorgten dafür, dass ihre Häuser mit Eisenriegeln und anderen Sicherheitsvorkehrungen ausgestattet waren, alles andere überließen sie den Agenturen. Die Agenturen ihrerseits warben um fähige Mitarbeiter. Und weil Kinder und Jugendliche nun mal am sensibelsten für übernatürliche Phänomene sind, kämpften ich und meine Altersgenossen schon bald an vorderster Front.

* * *

Ich wurde als Lucy Joan Carlyle im vierten Jahrzehnt des Problems geboren, als es bereits offiziell anerkannt war, landesweit auftrat und auch kleinere Städte und Dörfer sich mit Geisterlampen und Alarmglocken eingedeckt hatten. Mein Vater war Gepäckträger auf dem Bahnhof einer nordenglischen Kleinstadt, deren schiefergedeckte Häuser und Steinmauern sich eng an die grünen Hügel schmiegten. Er war ein kleiner, wortkarger, rotgesichtiger Mann mit gebeugtem Rücken und er war behaart wie ein Affe. Sein Atem roch nach Bier, und wenn eines seiner Kinder es wagte, ihn in seinem dumpfen Gleichmut zu stören, setzte es derbe Ohrfeigen. Ich kann mich nicht entsinnen, dass er mich je mit meinem Namen angesprochen hätte. Für mich bedeutete er nicht mehr als eine ferne, unberechenbare Bedrohung. Als ich fünf Jahre alt war, wurde er von einem Zug überrollt, und das einzige Gefühl, das mich danach beherrschte, war die Angst, wir könnten ihn vielleicht doch nicht ein für alle Mal los sein. Nach dem Unglück wurden die neuesten Vorschriften für sogenannte Unerklärliche Todesfälle penibel befolgt. Geistliche streuten Eisenspäne auf die Bahnschienen, man legte dem Toten Silbermünzen auf die geschlossenen Augen und hängte ihm ein Amulett um den Hals. Die Maßnahmen erfüllten ihren Zweck. Er kehrte nicht als Geist zurück. Meine Mutter meinte, selbst wenn er das täte, würde er uns in Ruhe lassen und lieber in seiner Stammkneipe herumgeistern.

Vormittags besuchte ich die etwas außerhalb gelegene Schule, deren kleines Betongebäude am Hang über dem Fluss thronte. Nachmittags spielte ich in den Flussauen oder im Park, achtete dabei aber immer penibel auf die Sperrstundenglocke und war zurück in unserem sicheren Cottage, bevor die Sonne unterging. Jeden Abend sicherten meine Geschwister und ich unser kleines Haus. Meine Aufgabe war es, die Lavendelkerzen auf die Fensterbretter zu stellen und die Amulette an den Wänden zu überprüfen. Meine große Schwester zündete die Kerzen an und goss frisches Wasser in die Rinne unter der Veranda. Wenn meine Mutter bei Anbruch der Dunkelheit nach Hause geeilt kam, war alles fertig.

Meine Mutter (stellt sie euch groß, rotwangig und immerzu müde vor) besorgte die Wäsche für die zwei kleinen Hotels in der Stadt. So gut wie alle Mutterliebe, die sie einst verspürt haben mochte, war durch Überarbeitung und Erschöpfung aufgezehrt worden. Sie hatte nicht mehr viel Kraft übrig, sich um ihre sieben Töchter zu kümmern. Ich war die Jüngste und sollte das letzte Kind bleiben. Tagsüber war unsere Mutter bei der Arbeit, abends hockte sie stumm in einer Lavendelwolke auf dem Sofa und schaute fern. Mich nahm sie nur selten zur Kenntnis und ich wurde überwiegend von meinen großen Schwestern aufgezogen. Für meine Mutter war ich nur in einem Punkt interessant, nämlich ob ich irgendwann meinen eigenen Lebensunterhalt würde bestreiten können.

In meiner Familie war die Gabe erblich, das war allgemein bekannt. Als junges Mädchen hatte meine Mutter Geister gesehen und auch zwei meiner Schwestern verfügten über die Gabe des Schauens. Sie waren im dreißig Meilen entfernten Newcastle bei der Nachtwache angestellt. Allerdings waren sie nicht begabt genug, um sich bei einer Agentur zu bewerben. In meinem Fall jedoch zeigte sich schon sehr früh, dass ich außergewöhnlich sensibel für alles war, was mit dem Problem zusammenhing.

Ich muss sechs Jahre alt gewesen sein, als ich eines Tages mit meiner Schwester Mary, die mir auch vom Alter her am nächsten war, in den Flussauen spielte. Sie schoss ihren Ball ins Schilf und wir suchten lange danach. Als wir den Ball im sumpfigen Schlamm zwischen den hohen Rohren entdeckten, war es schon fast dunkel. Wir gingen gerade den Uferweg entlang, als das Glockenläuten über die Felder hallte.

Mary und ich schauten einander erschrocken an. Schon seit frühester Kindheit hatte unsere Mutter uns davor gewarnt, was alles passieren konnte, wenn wir bei Dunkelheit noch draußen wären. Mary fing an zu weinen.

Ich hingegen war ein tapferes kleines Mädchen. »Ist doch nicht so schlimm«, sagte ich. »Es ist noch früh. Da sind sie noch schwach wie Babys. Außerdem glaube ich gar nicht, dass welche in der Nähe sind.«

»Ich weine ja gar nicht wegen der Geister«, schniefte meine Schwester, »sondern wegen Ma. Wenn wir heimkommen, schlägt sie mich grün und blau.«

»Mich doch auch.«

»Aber ich bin die Ältere. Ich soll auf dich aufpassen. Dir passiert bestimmt nichts.«

Da war ich mir nicht so sicher. Unsere Mutter verrichtete neun Stunden am Tag körperliche Arbeit. Ihre Arme waren so kräftig wie die eines Mannes. Wenn sie zuhaute, tat einem der Hintern eine ganze Woche lang weh. Stumm und bedrückt trabten wir weiter.

Um uns herum waren nichts als Schilf und Morast und die sich herabsenkende Abenddämmerung. Vor uns funkelten die Lichter der Stadt. Sie wiesen uns den Weg, aber sie riefen uns auch in Erinnerung, was uns erwartete. Als die moosbewachsenen Stufen zur Straße in Sicht kamen, fassten wir neuen Mut.

»Hat Ma eben nach uns gerufen?«, fragte ich.

»Wie?«

»Ist das ihre Stimme?«

Mary blieb stehen und lauschte. »Ich hör nix. Komm jetzt, es ist noch ganz schön weit bis nach Hause.«

Das war leider wahr. Außerdem hatte ich nicht den Eindruck, dass die leisen Rufe von der Stadt herkamen.

Ich ließ den Blick über die Wiesen wandern, hinunter zum Fluss, der unsichtbar, braun und tief zwischen den Hügeln dahinfloss. Unten im Schilf glaubte ich eine dunkle Gestalt zu erkennen, schief wie eine Vogelscheuche. Während ich noch hinschaute, setzte sie sich in Bewegung, nicht besonders schnell, aber auch nicht allzu langsam, und sie schlug eine Richtung ein, bei der sich ihr Weg mit dem unseren kreuzen musste.

Ich spürte, dass ich keine große Lust hatte, dieser Gestalt zu begegnen, und versetzte meiner Schwester einen Rippenstoß. »Mir ist kalt. Wer als Erste zu Hause ist!«

Wir rannten los. Alle paar Meter blickte ich über die Schulter und stellte fest, dass unser Verfolger sich größte Mühe gab, uns einzuholen. Er bewegte sich in humpelndem Laufschritt durch das hohe Schilf. Um es kurz zu machen – wir waren schneller und erreichten unbehelligt die Straße. Als ich mich dort ein letztes Mal umdrehte, lagen die sich bis zur Flussbiegung erstreckenden Wiesen grau und verlassen da, und nichts rief mehr aus dem Schilf nach uns.

Nachdem ich mir meine Tracht Prügel abgeholt hatte, berichtete ich meiner Mutter von dem Erlebnis. Sie erzählte mir, dass vor vielen Jahren, als sie selbst noch ein Kind gewesen war, sich eine Frau aus Liebeskummer im Fluss umgebracht hatte. Penny Nolan war ins Schilf hinausgewatet und hatte sich ertränkt. Wie nicht anders zu erwarten, kehrte sie als Typ Zwei zurück, und zwar als einer von der bedürftigen Sorte, und erschreckte hin und wieder verspätete Passanten. Agent Jacobs hatte säckeweise Eisenspäne in den Flussauen verstreut, aber er konnte die Quelle der Heimsuchung nicht ausfindig machen, darum hatte Penny Nolan vermutlich niemals Frieden gefunden. Zu guter Letzt verlegte man den Uferweg und ließ die Stelle verwildern. Inzwischen wachsen dort Blumen.

Weitere Vorfälle wie dieser sorgten dafür, dass meine Gabe bald in der ganzen Gegend bekannt war. Meine Mutter wartete voller Ungeduld meinen achten Geburtstag ab, dann brachte sie mich ins Büro der Agentur Jacobs am Marktplatz. Der Zeitpunkt war günstig. Drei Tage zuvor war einer der Mitarbeiter bei einem Einsatz ums Leben gekommen. So strich meine Mutter den Wochenlohn ein, ich bekam meine erste Anstellung und Mr Jacobs eine neue Auszubildende.

Mein Arbeitgeber war ein hochgewachsener, ausgemergelter Mann, der seit zwanzig Jahren in unserer Gegend tätig war. Die Bewohner unserer Stadt begegneten ihm mit einem Respekt, der an Hochachtung grenzte, trotzdem machte ihn sein Beruf zum Außenseiter. Deshalb umgab er sich absichtlich mit einem Hauch des Geheimnisvollen, wenn nicht gar Okkulten. Seine Haut war leichenblass, er hatte eine Adlernase und einen schwarzen Bart und trug einen altmodischen schwarzen Anzug wie ein Bestattungsunternehmer. Er war Kettenraucher, hatte immer Eisenspäne in den Jacketttaschen und wechselte nur selten die Kleidung. Sein Degen war mit gelben Ektoplasma-Flecken übersät.

Bei Einbruch der Dunkelheit ging er mit seinen fünf, sechs jugendlichen Mitarbeitern in der Stadt und der Umgebung auf Streife. Wenn es irgendwo Alarm gab, war er zur Stelle, wenn alles ruhig blieb, kontrollierte er die öffentlichen Plätze und Gebäude. Die Älteren von uns Kindern, die bereits die dritte Prüfung abgelegt hatten, trugen Waffengürtel und Degen, die Jüngeren, zu denen ich gehörte, lediglich Schultertaschen mit der Grundausstattung. Trotzdem gefiel es mir, ein Mitglied dieser auserwählten Gemeinschaft zu sein, und ich kam mir sehr wichtig vor, wenn ich in meiner senffarbenen Uniformjacke dem berühmten Mr Jacobs auf den Fersen folgte.

Im Lauf der nächsten Monate lernte ich, Salz-Magnesium-Mischungen herzustellen und die Eisenspäne je nach den vermuteten Kräften des jeweiligen Geistes zu dosieren. Ich war dafür zuständig, Gürteltaschen zu bestücken und Taschenlampen zu überprüfen, Petroleumlampen nachzufüllen und Ketten zu ölen. Ich putzte Degen und kochte Tee und Kaffee. Wenn der Lieferwagen von *Sunrise* aus London kam, brachte ich Salzbomben und Büchsen mit Griechischem Feuer ins Lager und verstaute sie in den Regalen.

Jacobs merkte rasch, dass ich die Besucher zwar ganz gut sehen konnte, sie aber besser *hörte* als meine Kollegen. Ich war noch keine neun Jahre alt, da verfolgte ich das Raunen der Roten Scheune zu dem morschen Pfahl zurück, der das Grab des Verbannten bezeichnete. Als sich der entsetzliche Vorfall im Hotel zum Schwan ereignete, vernahm ich als Einzige die leisen Schritte, die uns folgten, und bewahrte uns alle davor, von der Geistersieche befallen zu werden. Zur Belohnung wurde ich rasch befördert. Ich erreichte den Ersten und Zweiten Grad doppelt so schnell wie meine Kollegen und an meinem elften Geburtstag erhielt ich den Dritten. Voller Stolz trug ich meinen ersten eigenen Degen nach Hause, außerdem meinen versiegelten amtlichen Ausweis, ein Exemplar von *Fittes Leitfaden* für Agenten sowie – das freute meine Mutter am meisten – ein deutlich höheres Monatsgehalt als vorher. Damit wurde ich zur Hauptversorgerin der Familie, denn ich arbeitete zwar nur vier Nächte pro Woche, verdiente damit aber mehr als meine Mutter an sechs vollen Arbeitstagen. Daraufhin gönnte sie sich eine neue Geschirrspülmaschine und einen größeren Fernseher.

Aber ich war ohnehin nur noch selten zu Hause. Meine Schwestern waren schon fast alle ausgezogen, bis auf Mary, die in einem Lebensmittelladen arbeitete. Da meine Mutter und ich uns noch nie viel zu sagen gehabt hatten, kam ich nur zum Schlafen heim. Die restliche Zeit (also die Nachtstunden) verbrachte ich mit den anderen jungen Agenten von Jacob. Sie standen mir sehr nahe. Wir arbeiteten miteinander. Wir feierten zusammen. Wir retteten einander immer mal wieder ein bisschen das Leben. Wenn es euch interessiert: Sie hießen Paul, Norrie, Julie, Steph und Alfie-Joe. Du brauchst dir die Namen nicht zu merken. Sie sind inzwischen alle tot.

Ich wuchs zu einem hochgewachsenen, sportlichen Mädchen heran, mit großen Augen, ausgeprägten Brauen und einem Schmollmund. Meine Nase fand ich einen Tick zu lang. Ich war keine klassische Schönheit, aber davon konnte man sich auch nichts kaufen, wie meine Mutter zu sagen pflegte. Ich war schnell und wendig, geschickt im Umgang mit dem Degen und vor allem ehrgeizig. Ich tat, was man mir sagte, und fügte mich in das Team ein. Ich hatte gute Aussichten, demnächst den Vierten Grad zu erhalten und Sektionsleiterin zu werden. In dieser Position führte man sein eigenes kleines Team und traf selbstständig Entscheidungen. Mein Beruf war gefährlich, aber erfüllend. Ich hätte rundum zufrieden sein können, wenn da nicht eine Sache gewesen wäre.

Man erzählte sich, Mr Jacobs habe als junger Mann seine Ausbildung bei der Agentur Fittes in London absolviert. Damals muss er ein absolutes Ass gewesen sein, aber damit war es natürlich längst vorbei. Wie bei allen Erwachsenen war seine Gabe im Lauf der Zeit abgestumpft. Da er selbst keine Geister mehr aufspüren konnte, verließ er sich auf uns, die wir ihm als Augen und Ohren dienten. So weit, so gut. Das war bei anderen Beratern genauso. Sie nutzten ihre Erfahrung und ihren Erwachsenenverstand, um uns Agenten beim Auftauchen eines Besuchers anzuleiten. Sie arbeiteten die Strategie aus und gaben uns im Notfall Rückendeckung. In meiner Anfangszeit bei der Agentur war auf Mr Jacobs Verlass. Aber in all den Jahren hatte ihn das stundenlange Warten im Dunkeln zermürbt und sein Nervenkostüm wurde zusehends dünner. Schließlich weigerte er sich, die Einsatzorte selbst zu betreten, und schickte uns allein vor. Mit zitternden Händen Kette rauchend, rief er uns seine Anweisungen von ferne zu. Bei jeder Kleinigkeit schreckte er zusammen. Als ich eines Nachts zu ihm ging und Bericht erstatten wollte, verwechselte er mich mit einem Besucher. Er zog seinen Degen und schlitzte mir die Mütze auf. Nur weil seine Hand dabei so zitterte, kam ich mit dem Leben davon.

Wir gewöhnten uns daran und es war uns eigentlich egal. Er

war derjenige, der uns bezahlte, außerdem profitierten wir von seinem Ansehen in unserer kleinen Stadt. Wir trafen einfach unsere eigenen Entscheidungen und alles ging gut. Bis zu jener Nacht in der Mühle von Wythburn.

* * *

Die Wassermühle stand in einiger Entfernung im Wythe-Tal und hatte einen schlechten Ruf. Mehrere Unfälle hatten sich dort ereignet, ein oder zwei davon auch mit tödlichem Ausgang. Der Mühlenbetrieb war schon seit Jahren eingestellt. Eine Holzfirma aus der Umgebung interessierte sich für das Gebäude und plante, es als Niederlassung zu nutzen, aber man wollte sichergehen, dass die Mühle keine Besucher beherbergte. Die Jacobs-Agentur wurde beauftragt, sich dort umzuschauen und das Gelände von allem Übernatürlichen zu säubern.

Wir zogen am frühen Abend los und erreichten die Mühle kurz nach Einbruch der Dämmerung. Es war ein lauer Sommerabend und die Vögel zwitscherten. Am Himmel funkelten die ersten Sterne. Die Mühle ragte wie ein dunkler Klotz zwischen Nadelbäumen und Felsen vor uns auf. Der Fluss schlängelte sich ein Stück unterhalb der Schotterstraße dahin.

Der Haupteingang war mit einem Vorhängeschloss gesichert. Die Scheibe in der Tür war zerbrochen, jemand hatte provisorisch ein Brett davorgenagelt. Wir versammelten uns vor der Tür und überprüften unsere Ausrüstung. Mr Jacobs hielt wie üblich Ausschau nach einer Sitzgelegenheit, hockte sich auf einen Baumstumpf und zündete sich eine Zigarette an. Wir sondierten zunächst die Lage mithilfe unserer Gaben. Ich war die Einzige, die etwas wahrnahm.

»Ich höre jemanden schluchzen. Sehr leise, aber ganz in der Nähe.«

»Was für eine Art Schluchzen ist es denn?«, fragte Mr Jacobs, während sein Blick den Fledermäusen am Abendhimmel folgte.

»Es klingt nach einem Kind.«

Er nickte, sah mich aber nicht an. »Geht rein, sichert den Eingangsbereich hinter der Tür und schaut euch dann weiter um.«

Das Schloss hatte im Lauf der Jahre Rost angesetzt, die Tür war verzogen und klemmte. Wir stießen sie mit Gewalt auf und leuchteten mit unseren Taschenlampen in einen großen, trostlosen Raum. Die Decke war niedrig, die schmutzigen Linoleumfliesen auf dem Boden waren rissig geworden. Unsere Lampen beschienen Schreibtische, Schaukelstühle und vergilbte Zettel an den Wänden. Es roch nach Schimmel. Irgendwo unter dem Fußboden des Gebäudes hörte man den Fluss rauschen.

Als wir den Vorraum betraten, begleitete uns ein Schwall Zigarettenrauch nach drinnen. Agent Jacobs kam nicht mit. Er blieb draußen sitzen, den leeren Blick auf seine Knie gesenkt.

Wir blieben dicht zusammen, sondierten das Terrain erneut. Ich hörte es abermals schluchzen, diesmal lauter. Mit gelöschten Taschenlampen folgten wir dem Geräusch, das uns zu einem langen Flur brachte, der tiefer in das Gebäude hineinführte und an dessen Ende wir eine kleine leuchtende Gestalt ausmachten. Als wir die Taschenlampen wieder anknipsten, war niemand da.

Ich ging nach draußen und erstattete Mr Jacobs Meldung. »Paul und Julie meinen, die Gestalt sah wie ein Kind aus. Ich selber kann nicht viel dazu sagen. Die Erscheinung ist sehr verschwommen. Und sie bewegt sich nicht.«

Mr Jacobs tippte mit dem Zeigefinger auf seine Zigarette, die

Asche fiel ins Gras. »Hat sie versucht, sich euch zu nähern, oder sonst wie reagiert?«

»Nein. Die anderen meinen, es handelt sich um einen schwachen TYP EINS, vielleicht das Nachflimmern eines Kindes, das früher mal hier gearbeitet hat.«

»Aha. Prima. Haltet die Erscheinung mit Eisen in Schach und seht euch weiter um.«

»Machen wir. Aber ...«

»Was denn, Lucy?«

»Diese Gestalt hat etwas an sich ... das mir nicht gefällt.«

Die Zigarette glühte rot auf, als Mr Jacobs einen tiefen Zug nahm. Seine Hand zitterte, sein Ton war gereizt. »Es gefällt dir nicht? Du hörst Kindergeplärr. Natürlich gefällt dir das nicht. Hörst du sonst noch was?«

»Nein, Sir.«

»Keine weitere Stimme? Von einem zweiten, stärkeren Besucher?«

»Nein ...« Ich hatte tatsächlich nichts Bedrohliches gehört. Der Geist im Flur war klein und zart. Seine Stimme, seine Erscheinung ... nur ein Hauch. Ein typischer Waberer. Ihn zu vertreiben, war für uns ein Klacks. Trotzdem traute ich der Sache nicht. Die Erscheinung war geradezu verdächtig mitleiderregend und harmlos.

»Was sagen die anderen denn?«, wollte mein Arbeitgeber wissen.

»Sie wollen kurzen Prozess mit der Erscheinung machen, damit wir das übrige Gebäude durchsuchen können. Aber ich habe so ein Gefühl ... mir geht das irgendwie zu schnell.«

Ich hörte, wie Mr Jacobs auf dem Baumstumpf herumrutschte. Ein Windstoß fuhr durch die Bäume. »Wenn du willst, rufe ich die anderen zurück. Aber dann musst du mir vernünftig erklären, was du meinst. Von Gefühlen halte ich nichts.«

»Nein, das ist bestimmt nicht nötig. Aber … könnten Sie nicht mit reinkommen? Ihre Meinung wäre mir wichtig.«

Tiefes Schweigen. »Mach einfach deine Arbeit«, sagte Mr Jacobs dann.

Meine Kollegen waren so ungeduldig gewesen, dass sie meine Rückkehr nicht abgewartet hatten. Mit gezückten Degen und wurfbereiten Salzbomben schlichen sie den dunklen Flur entlang. Die Erscheinung spürte das näher kommende Eisen. Sie flackerte wie der Bildschirm eines kaputten Fernsehers, dann schwebte sie auf die Biegung des Flurs zu.

»Sie haut ab!«, rief jemand.

»Sie verblasst!«

»Bleibt dran! Nicht, dass sie uns entwischt!«

Wenn wir den Ort des Verschwindens nicht mitbekamen, würde es sehr schwierig werden, ihre Quelle aufzuspüren. Alle stürmten los.

Ich zog meinen Degen und lief hinterher. Die Erscheinung war schon so blass, dass sie kaum noch zu erkennen war. Plötzlich kamen mir meine Bedenken albern vor.

Klein wie ein Kind und immer noch kleiner werdend, bog der Geist um die Ecke und entschwand unseren Blicken. Meine Kollegen rannten hinterher und auch ich lief schneller. Aber ich hatte die Biegung noch nicht erreicht, als die Wand vor mir plötzlich in grellem Plasmalicht aufflammte. Eisen klirrte, gefolgt von einer einzelnen Magnesiumstichflamme. In ihrem Schein sah ich, wie sich ein riesenhafter, abscheulicher Schatten erhob. Das Licht erlosch.

Dann setzten die Schreie ein.

Ich drehte mich verzweifelt nach der offenen Eingangstür um. In der Dämmerung draußen sah ich den winzigen roten Punkt der Zigarette glimmen.

»Sir! Mr Jacobs!«

Keine Antwort.

»Hilfe! Kommen Sie schnell!«

Der rote Punkt wurde größer, als Jacobs wieder einen tiefen Zug nahm. Aber er gab mir keine Antwort und kam uns auch nicht zu Hilfe. Ein Sturmwind fegte heulend den Flur entlang und hätte mich beinahe umgerissen. Die Eingangstür schlug krachend zu, die ganze Mühle erbebte.

Ich stieß einen Fluch aus. Dann nahm ich eine Büchse vom Gürtel, zog meinen Degen und lief um die Ecke, dorthin, von wo die Schreie kamen.

* * *

Bei der amtlichen Untersuchung musste sich Mr Jacobs von den Angehörigen der Todesopfer schwere Vorwürfe anhören. Es hieß sogar, sie wollten ihn verklagen, aber dazu kam es dann doch nicht. Er rechtfertigte sich damit, dass er sich auf meine Meldung verlassen habe, es handele sich nur um einen schwachen Geist. Meine Hilferufe und die Schreie der anderen hatte er angeblich nicht gehört und auch sonst sei in der Mühle alles ruhig geblieben. Er sei völlig überrascht gewesen, als ich mich plötzlich durch die Fensterscheibe im oberen Stockwerk gestürzt hätte und dann über das Vordach heruntergerollt wäre.

In meiner Aussage berief ich mich auf mein Unbehagen beim ersten Anblick des Geistes, musste aber zugeben, dass ich nichts Konkretes beobachtet hatte.

In seiner Zusammenfassung bedauerte der Untersuchungsrichter ausdrücklich, dass mein Bericht hinsichtlich der Stärke des Besuchers nicht präziser gewesen war. Andernfalls wären meine Kollegen möglicherweise noch am Leben. Das Urteil lautete schließlich »Tödliches Missgeschick«, wie es bei solchen Vorkommnissen üblich ist. Die Angehörigen wurden aus dem Fittes-Fonds finanziell entschädigt, und auf dem Marktplatz wurden kleine Plaketten angebracht, die an ihre Kinder erinnerten. Die Mühle wurde auf behördliche Anordnung abgerissen, das Grundstück mit Salz ausgestreut.

Mr Jacobs nahm bald darauf seine Geschäfte wieder auf. Man ging allgemein davon aus, dass auch ich, nach einer kurzen Erholungspause, wieder zu ihm zurückkehren würde. Ich aber entschied mich dagegen. Ich gönnte mir drei Tage Ruhe. Am frühen Morgen des vierten Tages, als meine Mutter und Mary noch schliefen, packte ich meine wenigen Habseligkeiten in einen kleinen Rucksack, band meinen Degen um und verließ mein Elternhaus ohne ein Wort des Abschieds und ohne jegliches Bedauern. Eine Stunde darauf saß ich im Zug nach London.

# Kapitel 6

LOCKWOOD & CO.,
die bekannte Agentur für übersinnliche Ermittlungen, sucht jungen Außendienstmitarbeiter. Zum Aufgabengebiet gehören Untersuchungen gemeldeter Heimsuchungen vor Ort sowie deren Unterbindung. Der Bewerber sollte vorzugsweise SENSIBEL für übernatürliche Phänomene sein, gut gekleidet, idealerweise weiblich und höchstens fünfzehn Jahre alt. Schwätzer, Betrüger, Vorbestrafte und dergleichen zwecklos. Schriftliche Bewerbungen mit Bild an: *Lockwood & Co. – Portland Row 35 – London W 1.*

Ich stieg aus und schaute dem davonfahrenden Taxi nach. Das Motorengebrumm verklang. Alles war sehr still.

Die Sonne beschien den Asphalt und die Stoßstange an Stoßstange geparkten Autos. Auf dem Bürgersteig spielte ein kleiner Junge mit Geistern und Agenten aus Plastik. Die Agenten hatten winzige Degen, die Geister glichen schwebenden Bettlaken. Sonst war kein Mensch zu sehen.

Ich war in einem Wohnbezirk gelandet. An den säulengestützten Veranden der altmodischen Villen hingen Körbe voller Lavendel. Souterrainwohnungen waren über Treppen von der Straße her zu erreichen. Alles verströmte den Eindruck maroder Pracht.

Es war eine Gegend, in der sowohl die Gebäude als auch die Bewohner schon bessere Zeiten gesehen hatten. An der Ecke war ein kleiner Laden, in dem es von Obst und Schuhcreme über Milch und Leuchtbomben so gut wie alles zu kaufen gab. Vor der Tür hing eine zerbeulte Geisterlampe an einem zweieinhalb Meter hohen Mast, der wie eine griechische Säule gestaltet war. Ihre Scheiben waren verhüllt, die Blenden vor den Linsen geschlossen und die Blitzlichter erloschen. Rost blühte wie Bartflechten auf dem eisernen Gehäuse.

In einem Autofenster warf ich einen letzten Blick auf mein Aussehen, nahm noch einmal die Mütze ab und fuhr mir durchs Haar. Sah so eine fähige Mitarbeiterin aus? Jemand mit der passenden Vorgeschichte und den gewünschten Qualifikationen? Oder sah ich eher aus wie ein abgerissener Niemand, der in den letzten sieben Tagen von sechs Agenturen abgewiesen worden war? Schwer zu sagen.

Ich stapfte los.

Nummer 35 war ein weißes, mehrstöckiges Gebäude mit verwitterten grünen Fensterläden und rosa bepflanzten Blumenkästen. Das Haus wirkte noch vernachlässigter als seine Nachbarn.

Es hätte einen neuen Anstrich vertragen können oder wenigstens eine Fassadenreinigung. Auf einem kleinen Holzschild am Treppengeländer stand zu lesen:

*A. J. Lockwood & Co., Ermittlungen*
*Bei Dunkelheit bitte läuten und vor der Eisenlinie warten.*

Einen Augenblick lang blieb ich unschlüssig stehen und dachte sehnsüchtig an das schicke Stadthaus von *Tendy & Söhne*, die großzügigen Büroräume von *Atkins und Armstrong*, das glänzende Glasgebäude der *Agentur Rotwell* in der Regent Street … Aber dort hatte man mich nicht genommen. Ich hatte keine andere Wahl und musste nehmen, was sich mir bot.

Ich stieß das schief in den Angeln hängende Eisentor auf und betrat den mit geborstenen Fliesen gepflasterten Weg zur Haustür. Eine Treppe führte in einen kleinen Hof hinunter, der von Efeu überwachsen und mit vernachlässigten Topfpflanzen vollgestellt war. Quer über den Weg verlief eine Reihe schmaler Eisenplatten, daneben stand ein Pfosten, den eine große Glocke mit hölzernem Klöppel zierte. Vor mir erhob sich eine schwarz gestrichene Haustür. Ich läutete nicht, sondern trat einfach über die Linie und klopfte. Es dauerte nicht lange, bis ein untersetzter, dicklicher Junge mit strubbligen Haaren und einer kleinen runden Brille die Tür öffnete.

»Oh, noch eine«, stellte er fest. »Ich dachte, wir wären für heute durch. Oder bist du die Neue von Arif?«

»Wer ist Arif?«

»Ihm gehört der Laden an der Ecke. Um diese Zeit schickt er normalerweise jemanden mit einer Ladung Donuts rüber. Aber du hast ja keine Donuts dabei.« Es klang enttäuscht.

»Aber dafür einen Degen.«

»Dann willst du dich bestimmt bei uns bewerben«, sagte der Junge seufzend. »Name?«

»Lucy Carlyle. Sind Sie Mr Lockwood?«

»Ich? Nö.«

»Kann ich trotzdem reinkommen?«

»Klar. Vor dir ist grade noch ein Mädchen gekommen. Aber so wie die aussah, bleibt sie nicht lange.«

Bei seinem letzten Wort schallte ein Entsetzensschrei aus dem Haus und brach sich an den efeubewachsenen Mauern des kleinen Hofes. In der ganzen Straße flatterten die Vögel auf. Auch ich fuhr zusammen und griff instinktiv nach meinem Degen. Der Schrei verebbte in gedämpftem Gewimmer. Ich starrte mit weit aufgerissenen Augen den Jungen in der Türöffnung an, der mit keiner Wimper gezuckt hatte.

»Was hab ich gesagt? Du bist die Nächste. Komm.«

Weder der Junge noch der Schrei flößten mir sonderlich viel Vertrauen ein und ich wäre am liebsten wieder gegangen. Aber nach zwei erfolglosen Wochen war ich mit meinem Latein am Ende. Wenn ich auch hier kein Glück hatte, musste ich mich wie alle anderen Versager bei der städtischen Nachtwache bewerben. Außerdem verriet mir irgendetwas an der Körperhaltung des Jungen, dass er fest mit meiner Flucht rechnete. Diese Genugtuung gönnte ich ihm nicht. Ich ging entschlossen an ihm vorbei und stand nun in einer großen, kühlen Eingangshalle.

Der Parkettboden wurde von Regalen aus dunklem Mahagoni an den Wänden gesäumt. Darin waren exotische Masken und anderer Krimskrams ausgestellt: Steingutkrüge und Ikonenbilder, bemalte Muscheln und Flaschenkürbisse. Gleich neben der Tür stand ein Tischchen mit einer Lampe in Form eines gläsernen Totenkopfs. Daneben diente ein großer Porzellanübertopf als Aufbewahrung für Regenschirme, Spazierstöcke und Degen. Vor einer Garderobe machte ich halt.

»Augenblickchen noch«, sagte der Junge. Er stand immer noch in der offenen Tür.

Er war ein bisschen älter als ich, aber nicht so groß, dafür deutlich breiter. Abgesehen von dem kräftigen Kinn hatte er weiche, unauffällige Gesichtszüge. Hinter der Brille blitzten sehr blaue Augen. Der rotblonde störrische Schopf fiel ihm tief in die Stirn. Er trug ausgewaschene Jeans, ein lose in den Hosenbund gestecktes Hemd und weiße Turnschuhe.

»Ist gleich so weit«, verkündete er.

Die Stimmen, die bis zu uns drangen, wurden lauter. Eine Tür flog auf und ein schick gekleidetes Mädchen kam herausgestürmt. Ihre Augen waren schreckgeweitet, das Gesicht weiß wie ein Laken. Sie schleifte ihren Mantel hinter sich her, warf mir einen ebenso wütenden wie abschätzigen Blick und dem Jungen neben mir ein Schimpfwort zu, verpasste der Haustür beim Hinausgehen einen Tritt und war im nächsten Augenblick verschwunden.

»Hmm«, machte der Junge gelassen. »Definitiv eine Kandidatin für die zweite Runde, würde ich sagen.« Er schloss die Tür und kratzte sich die Nase. »Na dann … auf geht's!«

Er führte mich in ein sonnendurchflutetes, hell gestrichenes Wohnzimmer, in dem weitere Artefakte und kultische Gegenstände zu bestaunen waren. Zwei Sessel und ein Sofa waren um einen niedrigen Tisch gruppiert. Daneben stand ein großer schlanker Junge in dunklem Anzug. »Du hast die Wette verloren, George«, sagte er. »Ich hab's ja gewusst, dass noch eine kommt.«

Als ich auf ihn zuging, ließ ich gewohnheitsmäßig alle meine Wahrnehmungen spielen – auch die übersinnlichen. Damit mir auf keinen Fall etwas entging.

Das Erste, was mir auffiel, war ein rundlicher Gegenstand auf dem Sofatisch, der mit einem grün-weiß gepunkteten Taschentuch zugedeckt war. Hatte dieser Gegenstand vielleicht etwas mit dem Schreikrampf meiner Vorgängerin zu tun? Das Geräusch, das ich außerdem wahrnahm, war so leise, dass ich mich sehr darauf hätte konzentrieren müssen, um es zu identifizieren. Aber dann würde ich wie eine Salzsäule dastehen, was bei einem Bewerbungsgespräch nicht unbedingt vorteilhaft ist. Also gab ich meinem Gegenüber einfach die Hand.

»Guten Tag«, sagte er. »Ich bin Anthony Lockwood.«

»Lucy Carlyle.«

Er hatte lebhafte dunkle Augen und ein leicht schiefes, aber anziehendes Lächeln. »Sehr erfreut. Tee? Oder hat Ihnen George schon etwas zu trinken angeboten?«

Der stämmige Junge sagte mürrisch: »Ich wollte warten, ob sie den ersten Test besteht. Ob sie dann überhaupt noch hier ist. Ich hab heute Vormittag schon jede Menge Teebeutel vergeudet.«

»Jetzt stell dich nicht so an. Gib ihr eine Chance und setz Wasser auf«, sagte Anthony Lockwood.

Der Junge schien nicht überzeugt. »Meinetwegen, aber ich wette, sie ist genauso eine Schisserin wie die anderen.« Er drehte sich gemächlich auf dem Absatz um und schlurfte aus dem Raum.

Anthony Lockwood bot mir einen Sessel an. »Nehmen Sie es George nicht übel. Seit heute früh um acht empfangen wir Bewerberinnen am laufenden Band. Wenn George Hunger hat, kriegt er immer schlechte Laune. Er war fest davon überzeugt, dass Ihre Vorgängerin die Letzte für heute war.«

»Tut mir leid. Donuts habe ich auch keine mitgebracht.«

»Wie kommen Sie denn darauf?«, fragte er argwöhnisch.

»George hat mir von der täglichen Lieferung erzählt.«

»Ach so. Ich dachte schon, Sie sind übersinnlich begabt.«

»Bin ich ja auch.«

»Ich meine, über das übliche Maß hinaus. Egal.« Er setzte sich mir gegenüber aufs Sofa und strich die Papiere auf dem Tisch glatt. Er hatte ein schmales Gesicht, eine ebensolche Nase und dunkle Locken. Er war kaum älter als ich. Sein Auftreten war so selbstsicher gewesen, dass ich gar nicht über sein Alter nachgedacht hatte. Erst jetzt fragte ich mich, warum bei dem Bewerbungsgespräch kein Berater anwesend war.

»In Ihrem Anschreiben steht, dass Sie aus Nordengland kommen, Miss Carlyle. Aus der Gegend um die Cheviot Hills. Gab es da nicht vor ein paar Jahren einen berüchtigten Geist?«

»Den *Kohlengruben-Killer*. Da war ich erst fünf.«

»Damals wurden eigens Leute von Fittes aus London geholt, um die Besucher zu vertreiben, stimmt's? Im *Lexikon der Britischen Heimsuchungen* steht ein großer Artikel darüber.«

Ich nickte. »Wir Kinder durften nicht hinschauen, damit uns die Besucher nicht die Seele stehlen, und in allen Häusern wurden die Erdgeschossfenster mit Brettern vernagelt, aber ich habe durch eine Ritze gespäht. Ich sah sie im Mondlicht die Straße entlangschweben. Zierliche Dingerchen, wie kleine Mädchen.«

»Kleine Mädchen?« Er sah mich erstaunt an. »Ich dachte, es hätte sich um die Geister von Bergleuten gehandelt, die bei einem Grubenunglück verschüttet wurden.«

»Ursprünglich schon. Aber es waren Wandler. Bevor Fittes der Heimsuchung ein Ende bereitete, hatten sie x-mal ihre Gestalt verändert.«

»Ach so. Ja, das kommt mir bekannt vor … Nun gut, Sie wussten also schon früh, dass Sie mit einer Gabe gesegnet sind. Sie sind eine Schauende, mehr als andere Kinder, und Sie waren mutig genug, diese Fähigkeit auch zu nutzen. Aus Ihrem Schreiben geht jedoch hervor, dass dies nicht Ihre eigentliche Stärke ist, sondern dass Sie eine Hörende sind. Die zudem die Gabe des Fühlens besitzt.«

»Stimmt. Das Hören ist meine Spezialität. Schon als Baby in der Wiege habe ich draußen auf der Straße leise Stimmen vernommen – während der Ausgangssperre, wenn alle Lebenden zu Hause waren. Fühlen kann ich auch, aber dabei überlagert sich meine Wahrnehmung oft mit dem, was ich höre. Es ist schwierig, beides zu trennen. Bei mir kann eine Berührung auch das Echo eines vergangenen Geschehens auslösen.«

»George besitzt diese Gabe ebenfalls. Ich leider nicht. Was Besucher angeht, bin ich praktisch taub. Mein Fachgebiet ist das Schauen. Todesscheine und andere schaurige Rückstände der Verstorbenen …« Er grinste. »Ein nettes Thema, was? In Ihrem Lebenslauf steht auch, dass Sie in Ihrer Heimat bereits im Außendienst gearbeitet haben. Bei einem gewissen …«, er blickte auf das Blatt, »… Mr Jacobs, richtig?«

Ich setzte ein unverbindliches Lächeln auf. »Stimmt.«

»Sie haben mehrere Jahre für ihn gearbeitet.«

»Stimmt.«

»Heißt das, er hat Sie auch ausgebildet? Haben Sie dort den Vierten Grad erhalten?«

Ich rutschte auf meiner Sesselkante herum. »Ja. Alle Grade von Eins bis Vier.«

»Gut … Sie haben Ihr Abschlusszeugnis nicht beigelegt und auch kein Empfehlungsschreiben von Mr Jacobs. Das ist ungewöhnlich. Normalerweise gehört so etwas zu einer ordentlichen Bewerbung dazu.«

Ich überwand mich. »Mr Jacobs hat mir kein Zeugnis oder Empfehlungsschreiben ausgestellt. Unser Arbeitsverhältnis endete … unvorhergesehen.«

Lockwood schwieg, er erwartete offensichtlich Einzelheiten.

»Wenn es unbedingt sein muss, kann ich erzählen, wie es dazu gekommen ist«, fuhr ich widerstrebend fort. »Aber ich … ich rede eigentlich nicht gern darüber.«

Ich hatte Herzklopfen. Was würde er sagen? Die anderen Bewerbungsgespräche waren alle an diesem Punkt abgebrochen worden.

»Ach, das können Sie mir auch ein andermal erzählen«, sagte Anthony Lockwood leichthin. Sein Lächeln erfüllte das ganze Zimmer mit Wärme. »Wo bleibt eigentlich George? Inzwischen hätte ja ein dressierter Pavian Tee gemacht! Wir müssen langsam mal zu den Tests kommen.«

»Was sind das denn für Tests?«, fragte ich rasch. »Wenn Sie die Frage gestatten.«

»Natürlich. Wir geben hier nicht viel auf Zeugnisse und Empfehlungen. Ich möchte mir selbst einen Eindruck von den Bewerbern und ihren Fähigkeiten verschaffen.« Er sah auf die Uhr. »Eine Minute gebe ich George noch, aber nicht länger. In der Zwischenzeit kann ich Sie ein wenig über uns ins Bild setzen. Unsere Agentur besteht erst seit drei Monaten. Letztes Jahr habe ich meine Zulassung erworben. Wir sind von der BEBÜP anerkannt, nehmen aber keine Aufträge von ihnen an, so wie Fittes und Rotwell und wie sie alle heißen. Wir bleiben lieber unabhängig. Wir nehmen nur Aufträge an, die uns zusagen, alle anderen lehnen wir ab. Unsere Klienten sind Privatpersonen, die sich wünschen, dass ihre Probleme mit Besuchern rasch und diskret gelöst werden. Wir kommen ihren Wünschen nach und sie bezahlen uns gut dafür. So sieht's aus. Irgendwelche Fragen?«

Jetzt, wo das Thema meiner jüngsten Vergangenheit vom Tisch war, hatte ich freie Bahn. Das wollte ich mir nicht vermasseln. Ich setzte mich aufrecht hin und legte die Hände in den Schoß. »Wer sind Ihre Berater?«, fragte ich. »Lerne ich sie auch noch kennen?«

Über sein Gesicht glitt ein Schatten. »Wir haben hier keine Berater. Wir arbeiten nicht mit Erwachsenen. Ich bin der Chef dieser Agentur und George Cubbins ist mein Stellvertreter.« Er beobachtete mich, als er weitersprach: »Manche Bewerber fanden dieses Arrangement problematisch und kamen für uns deshalb nicht infrage. Wie stehen Sie dazu?«

»Mich stört das nicht«, sagte ich rasch. »Ich finde, es hört sich gut an.« Kurze Pause. »Das heißt ... das heißt, Sie sind hier nur zu zweit? Sie und George?«

»Normalerweise haben wir noch einen Mitarbeiter. Mit den meisten Besuchern wird man auch zu zweit fertig, aber in heiklen Fällen ist es besser, wenn man zu dritt ist. Außerdem bringt die Zahl Drei bekanntlich Glück.«

Ich nickte. »Stimmt ... Und was wurde aus Ihrem letzten Mitarbeiter?«

»Der arme Robin? Nun ... er ist gegangen.«

»Zu einer anderen Agentur?«

»*Von uns gegangen,* trifft es vielleicht besser. Oder vielleicht von uns geschieden. Ah – da kommt ja endlich der Tee!«

Die Tür öffnete sich und der stämmige Junge schob sich mit dem Hintern voran ins Zimmer. Dann drehte er sich würdevoll um und trug ein Tablett mit drei dampfenden Bechern und einer Platte mit Keksen herein. Was immer er die ganze Zeit in der Küche getrieben haben mochte, er sah noch ungepflegter aus als vorher. Das Hemd war ihm aus der Hose gerutscht und seine Augen waren endgültig unter dem Haarschopf verschwunden. Er stellte das Tablett neben den zugedeckten Gegenstand und warf mir einen skeptischen Blick zu. »Immer noch da? Ich hätte gedacht, du wärst schon längst abgehauen.«

»Wir haben den Test noch vor uns«, sagte Lockwood munter. »Du kommst gerade richtig.«

»Okay.« George griff sich den größten Becher und ließ sich neben seinen Kollegen aufs Sofa fallen.

Eine kleine Unterbrechung entstand, in der Becher gereicht, Zucker offeriert und abgelehnt wurde. »Nehmen Sie doch bitte einen Keks«, sagte Lockwood. Er schob den Teller in meine Richtung. »Sonst futtert George die Dinger alle allein auf.«

»Danke.«

Ich griff zu. Lockwood biss herzhaft von seinem Keks ab, dann legte er ihn weg und rieb sich die Krümel von der Hand.

»Nun gut«, sagte er. »Dann haben wir jetzt ein paar Aufgaben für Sie, Miss Carlyle. Nichts Schlimmes, keine Bange. Sind Sie so weit?«

»Klar.« Ich spürte, wie mich George aus seinen Äuglein beobachtete, und auch der vorher so gelassene Lockwood klang eine Spur angespannt. Sie wussten ja nicht, dass vor ihnen die einzige Überlebende des Massakers in der Wassermühle von Wythburn saß. Was konnte mich noch schrecken?

Lockwood nickte. »Dann fangen wir doch mal hiermit an.« Er fasste mit einer lässigen Geste das gepunktete Tuch an einem Zipfel, sah mich noch einmal bedeutungsvoll an und zog das Tuch mit einem Ruck weg.

Auf dem Sofatisch stand eine gedrungene Flasche aus dickwandigem Glas, die mit einem roten Pfropfen verschlossen war. Am oberen Ende waren zwei kleine Henkel angebracht, die mich an die Ballonflaschen erinnerten, in denen mein Vater sein Bier gebraut hatte. Doch statt mit brauner Flüssigkeit war dieses Gefäß mit schmierigem gelben Dunst gefüllt, der träge auf und ab waberte.

In seinen Tiefen lauerte etwas Großes, Dunkles.

»Womit haben wir es Ihrer Meinung nach hier zu tun?«, fragte Lockwood.

Ich beugte mich vor. Bei näherer Betrachtung war zu erkennen, dass mehrere Ringe und doppelte Plomben den Stöpsel des Gefäßes sicherten. Die Glaswand trug ein eingeprägtes Symbol: eine strahlende Sonne, die zugleich wie ein Auge aussah.

»Das ist ein Silberglas der Firma Sunrise«, sagte ich.

Lockwood nickte freundlich lächelnd. Ich beugte mich noch weiter vor. Mit dem Fingernagel klopfte ich gegen die Glaswand. Der Dunst reagierte sofort und zog sich an der Stelle zu körnigen Schwaden zusammen. Als sie sich teilten, enthüllten sie den Gegenstand in dem Glas – einen Menschenschädel, braun und fleckig, der am Boden des Gefäßes befestigt war.

Die Dunstschwaden wanden und zogen sich zusammen; sie nahmen das schauerliche Aussehen eines Gesichts an, mit geweiteten, verdrehten Augen und einem zum Schrei aufgerissenen Mund. Die grässlichen Züge legten sich für einen Augenblick über den Totenschädel. Unwillkürlich fuhr ich zurück. Das Gesicht löste sich in strudelnde Rauchfetzen auf, dann waberte der Dunst wieder formlos vor sich hin und kam schließlich zur Ruhe.

Ich räusperte mich. »Ähem … Das ist ein Geisterglas. Der Schädel ist die Quelle und der Geist ist an ihn gebunden. Was für eine Art Geist es ist, weiß ich nicht. Vielleicht ein Phantasma oder ein Wiedergänger.«

Ich lehnte mich dabei betont lässig zurück, als hätte ich es tagtäglich mit in Gläser gebannten Geistern zu tun. In Wahrheit war es das erste Mal und ich hatte einen Riesenschreck bekommen. Allerdings war ich nicht ganz unvorbereitet gewesen. Der Aufschrei meiner Vorgängerin hatte mich gewarnt und von Geistergläsern hatte ich zumindest schon gehört.

Lockwoods Lächeln wirkte etwas gezwungen, als wüsste er nicht recht, ob er erstaunt, erfreut oder enttäuscht sein sollte. »Das ist richtig«, sagte er. »Gut gemacht.« Er legte das Tuch wieder über das Glas und stellte es unter den Tisch.

George trank schlürfend einen Schluck Tee und brummte: »Sie hat gezittert. Ich hab's genau gesehen.«

Ich überhörte die Bemerkung. »Wo haben Sie das Glas her?«, fragte ich. »Ich dachte, nur Rotwell und Fittes besitzen Geistergläser.«

»Für Fragen ist nachher noch Gelegenheit«, erwiderte Lockwood, zog in dem Sofatisch eine Schublade auf und holte einen roten Kasten heraus. »Jetzt würde ich gern Ihre Gabe testen. Ich habe etwas vorbereitet. Bitte sagen Sie mir, sofern Sie können« – er entnahm dem Kästchen einen Gegenstand und stellte ihn auf den Tisch –, »welche übernatürlichen Resonanzen Sie hier wahrnehmen.«

Es war ein Porzellanbecher, an dessen Henkel ein Stück abgesplittert und dessen Innenseite seltsam verfärbt war. Eine weißliche Ablagerung zog sich vom Rand bis zum Boden, wo sie sich zu einer Kruste verdickte.

Ich nahm den Becher in die Hand und schloss die Augen. Dann drehte ich den Becher hin und her und ließ meine Finger sacht über die Oberfläche gleiten.

Ich lauschte. Wartete auf irgendwelche Echos ... Ich hörte nichts.

Das war gar nicht gut. Ich schüttelte den Kopf, verdrängte alle störenden Gedanken, blendete den Straßenlärm vor dem Fenster und Georges lautes Schlürfen mir gegenüber aus. Ich versuchte es noch einmal.

Fehlanzeige.

Ich wartete noch ein paar Minuten, dann gab ich es auf. »Es tut mir leid«, sagte ich schließlich, »ich kann absolut nichts feststellen.«

Lockwood nickte. »Zum Glück. Das ist nämlich Georges Zahnputzbecher. Gut. Weiter geht's.« Er warf George den Becher zu, der ihn feixend auffing.

Mir wurde heiß und kalt, das Blut stieg mir in die Wangen. Ich nahm meinen Rucksack und stand auf. »Ich lasse mich doch nicht zum Narren machen! Bleibt sitzen, ich finde allein raus.«

»Hoppla«, sagte George. »Die Kleine hat Temperament.«

Ich sah ihn an. Seinen Haarschopf, sein rundes Gesicht, seine alberne kleine Brille – alles an ihm brachte mich auf die Palme. »Das hast du ganz richtig erkannt«, sagte ich. »Komm her, dann zeig ich dir, wie *viel* Temperament ich habe!«

George erwiderte ungerührt: »Meinetwegen.«

»Warum bleibst du dann sitzen?«

»Das Sofa hat eine Kuhle. Ich muss mich erst hochhieven.«

»Hört auf, alle beide«, mischte sich Anthony Lockwood ein. »Das hier ist ein Bewerbungsgespräch und kein Boxkampf. George, du hältst die Klappe. Miss Carlyle – ich wollte Sie nicht kränken. Der Test war ernst gemeint und Sie haben ihn mit Bravour bestanden. Sie würden staunen, wie viele der heutigen Bewerberinnen uns wüste Geschichten über Gift, Selbstmord oder Mord aufgetischt haben. Wenn es nach ihnen gegangen wäre, hätten wir es mit dem gefährlichsten Zahnputzbecher von ganz London zu tun. Bitte setzen Sie sich wieder und lassen Sie uns weitermachen.«

Er holte drei neue Gegenstände aus der Schublade und reihte sie vor mir auf: eine Herrenuhr mit goldgerändertem Zifferblatt und abgenutztem braunem Lederarmband, ein rotes Seidenband und ein langes, schlankes Taschenmesser, dessen Griff mit Elfenbeinintarsien verziert war.

Ich beruhigte mich wieder. Dieser Test war offensichtlich ernst gemeint. Ich warf George einen letzten giftigen Blick zu, dann schob ich die drei Gegenstände ein bisschen auseinander, damit die verborgenen Signale, soweit vorhanden, einander nicht überlagerten. Ich konzentrierte mich wieder und nahm die Gegenstände einen nach dem anderen in die Hand.

Ich ließ mir Zeit und überprüfte jeden Gegenstand dreimal.

Als ich die Augen wieder aufmachte, hatte sich George ein Comicheft geholt und las. Lockwood saß in unveränderter Haltung da, hatte die Hände gefaltet und beobachtete mich.

Ich trank einen großen Schluck von meinem inzwischen kalt gewordenen Tee. »Hat irgendeine der anderen Bewerberinnen diesen Test bestanden?«, erkundigte ich mich.

Lockwood gab die Frage zurück. »Ist es Ihnen denn gelungen?«

»Die Echos waren schwer voneinander zu trennen. Das war vermutlich beabsichtigt, als Sie mir drei Sachen auf einmal hingelegt haben. Womit soll ich anfangen?«

»Mit dem Messer.«

»Gut. Das Messer gibt sehr gegensätzliche Echos wieder: Männergelächter, Schüsse und – hier bin ich allerdings nicht ganz sicher – Vogelgezwitscher. Wenn das Messer mit einem Todesfall zu tun hat, wovon ich ausgehe, denn sonst hätte ich gar nichts wahrgenommen, waren die Umstände nicht gewaltsam. Was ich gespürt habe, war eher friedlich, beinahe glücklich.«

Lockwoods Miene verriet nicht, ob ich recht hatte. »Und das Band?«

»Die Spuren an dem Band sind schwächer, aber mit stärkeren Gefühlen verbunden. Ich habe ein Schluchzen gehört, aber nur sehr undeutlich. Und ich habe eine überwältigende Traurigkeit gespürt. Als ich das Band in der Hand hielt, meinte ich, mir müsste das Herz brechen.«

»Und was ist mit der Uhr?« Lockwood ließ mich nicht aus den Augen. George las immer noch seinen Comic und blätterte träge eine Seite um.

»Die Uhr …« Ich holte tief Luft. »Die Spuren an der Uhr sind noch schwächer als die an dem Band und dem Messer, was die Vermutung nahelegt, der Besitzer ist entweder noch nicht gestorben oder, als er sie gerade nicht trug. Trotzdem haften ihr Todesspuren an. Eine Menge davon. Hier war … Gewalt im Spiel. Ich habe laute Stimmen gehört und … und Schreie … und …« Mein Blick fiel wieder auf die Uhr, wie sie da sanft schimmernd auf dem Sofatisch lag, und ich erschauerte. Jeder Fleck auf dem Gold, jede Schramme auf dem Armband erfüllte mich mit Grauen. »Ich konnte sie nicht lange in der Hand halten«, fuhr ich fort. »Ich weiß nicht, wo Sie die Uhr herhaben oder was damit los ist, aber sie ist auf keinen Fall ein geeignetes Testobjekt für ein Bewerbungsgespräch.«

Ich nahm mir die letzten beiden Kekse und lehnte mich kauend zurück. Es war einer dieser Augenblicke, in denen einen so eine *Alles-scheißegal*-Welle erfasst, mit sich davonträgt und einen gemütlich auf dem Rücken treibend in den Himmel schauen lässt. Ich war völlig erledigt. Sieben Bewerbungsgespräche in ebenso vielen Tagen. Ich hatte mein Bestes gegeben. Wenn ich damit Lockwood und den blöden George nicht überzeugen konnte, waren sie selber schuld.

Eine Weile sagte keiner etwas. Lockwood hatte die Hände zwischen den Knien gefaltet und saß vorgebeugt da wie ein Pfarrer auf dem Klo, ins Leere starrend, einen schmerzvoll-entspannten Ausdruck im Gesicht. George hatte immer noch die Nase in seinem Comic und benahm sich, als sei ich gar nicht da.

»Also gut«, sagte ich schließlich. »Ich geh dann mal.«

»Erklär ihr die Keksvorschrift«, sagte George.

Ich schaute ihn an. »Wie bitte?«

»Erklär's ihr, Lockwood. Jetzt gleich. Sonst gibt's hinterher bloß Ärger.«

Lockwood nickte. »Die Vorschrift lautet, dass jedes Mitglied der Agentur sich immer nur einen Keks auf einmal nimmt. Es geht streng reihum. Ohne Ausnahme. Auch dann nicht, wenn jemand gerade unter Stress steht.«

»Immer nur ein Keks auf einmal?«

»Richtig.«

»Soll das heißen, ich habe die Stelle?«

»Selbstverständlich haben Sie die Stelle.«

# Kapitel 7

**Das Haus Portland Row 35,** für die Mitarbeiter von Lockwood & Co. zugleich Wohn- und Firmensitz, war ein ungewöhnliches Gebäude. Von der Straße aus wirkte es gedrungen und quadratisch, aber es thronte auf einer kleinen Anhöhe, sodass der hintere Teil die dahinter gelegenen ummauerten Gärten überragte. Das Dachgeschoss bot am wenigsten Platz, das Kellergeschoss war riesig. Eigentlich waren die oberen drei Stockwerke als Wohnbereich gedacht, während die untere Ebene die Geschäftsräume beherbergte, aber die Übergänge zwischen Wohnen und Arbeiten waren fließend. So bot etwa der Wohnbereich alle möglichen Geheimtüren jedweder Größe, die, wenn man sie aufschwingen ließ, Waffenständer enthielten oder auch Wurfscheiben, Klappbetten oder mit bunten Nadeln übersäte Pläne von London. Der Fechtkeller wiederum diente gleichzeitig als Waschküche, was zur Folge hatte, dass man seine Ausfälle und Finten unter Wäscheleinen mit nassen Socken übte, und wenn man im Lager die Salzbomben nachfüllte, rumpelte gleich daneben die Waschmaschine.

Das war alles ziemlich verwirrend, aber ich fühlte mich auf Anhieb wohl. Es war ein großes Haus, eingerichtet mit exklusiven Erwachsenendingen, nur dass dort keine Erwachsenen wohnten, sondern nur Anthony Lockwood und sein Kompagnon George. Und jetzt auch ich.

Am ersten Nachmittag veranstaltete Lockwood für mich eine Führung. Wir fingen oben an. Das Dachgeschoss war niedrig, die Wände schräg. Es gab nur zwei Räume: ein winziges Badezimmer, in dem sich Waschbecken, Dusche und Toilette drängten, und ein hübsches Schlafzimmer, in dem ein Bett, ein Schrank und eine Kommode Platz hatten. Gegenüber dem Bett blickte man durch ein Gaubenfenster auf die Portland Row hinaus. Man konnte bis zur Geisterlampe am anderen Ende der Straße sehen.

»Hier oben habe ich als Kind geschlafen«, sagte Lockwood. »Das Zimmer hat lange leer gestanden. Unser letzter Angestellter – möge er in Frieden ruhen – hat es seinerzeit vorgezogen, außerhalb zu wohnen. Wenn Sie wollen, können Sie hier einziehen.«

»Vielen Dank. Das nehme ich gern an.«

»Das Bad ist klein, aber dafür können Sie es allein benutzen. Unten gibt es noch ein größeres, aber da müssten Sie sich die Handtücher mit George teilen.«

»Oh, das hier genügt völlig.«

Wir stiegen die schmale Treppe wieder hinunter. Flur und Treppenabsatz im Stockwerk darunter waren mit schweren dunklen Möbeln eingerichtet und einem runden goldgelben Teppich auf dem Parkettboden. In einer Ecke stand ein Regal, vollgestopft mit einer wilden Mischung von Taschenbüchern: zerlesene Ausgaben der *Jahrbücher* von Fittes und der *Parapsychologischen Theorien* von Mottram, aber auch eine Auswahl billiger Romane, die meisten davon Thriller und Detektivromane, dazu jede Menge wissenschaftlicher Werke über Religion und Philosophie. Wie im Erdgeschoss zierten Artefakte aus aller Welt die Wände, unter anderem eine Rassel, die allem Anschein nach aus Menschenknochen gefertigt war.

Lockwood folgte meinem Blick. »Das ist eine polynesische Geisterrassel. Neunzehntes Jahrhundert. Das Klappern soll die Geister erschrecken und vertreiben.«

»Funktioniert es?«

»Keine Ahnung. Ich habe das Ding noch nie ausprobiert. Aber eigentlich keine schlechte Idee.« Lockwood deutete auf eine Tür. »Hier ist übrigens das andere Bad. Dort ist mein Zimmer und da drüben wohnt George. Klopfen Sie lieber vorher an, wenn Sie ihn besuchen wollen. Ich bin mal hereingeplatzt, als er splitternackt Yoga gemacht hat.«

Ich gab mir Mühe, das Bild, das vor meinem geistigen Auge entstand, sofort wieder zu verdrängen. »Sind Sie in diesem Haus aufgewachsen?«

»Es hat mal meinen Eltern gehört. Jetzt ist es meins. Und solange Sie für uns arbeiten auch das Ihre.«

»Danke. Sind Ihre Eltern denn …«

»Jetzt zeige ich Ihnen die Küche«, unterbrach mich Lockwood. »Ich glaube, George macht gerade Abendessen.« Er ging zur Treppe.

»Und was für ein Raum ist das?«, fragte ich. Er hatte die Tür gleich neben seinem Zimmer ausgelassen. Sie sah aus wie alle anderen.

»Der ist privat«, sagte er lächelnd. »Ist aber sowieso nichts Spannendes drin. Kommen Sie! Wir haben noch längst nicht alles gesehen.«

Das Erdgeschoss, mit Wohnzimmer, Küche und Bibliothek, war eindeutig das Herz des Hauses und die Küche der allgemeine Treffpunkt. Dort stärkte sich das Team vor einem Einsatz mit Tee und Broten und nahm am Morgen danach ein üppiges Frühstück ein. Man sah der Küche an, dass sie nicht nur Aufenthalts-, sondern auch Arbeitsraum war. Zwischen den üblichen Sachen, die in jeder Küche herumstehen und -liegen, wie Keksdosen, Obstschalen und Chipstüten, entdeckte ich Tüten mit Salz und Eisenspänen, schon abgewogen und gebrauchsfertig. In der Ecke hinter den Abfalleimern lehnten Degen, in einem Eimer weichten plasmabespritzte Arbeitsschuhe ein. Am auffallendsten aber war der Küchentisch mit seinem großen weißen Tischtuch. Es war mit Notizen und Diagrammen vollgekritzelt, dazu mit Skizzen verschiedener Geisteruntertypen: Albe, Streuner und Schemen.

»Das ist unser Weises Tuch«, kommentierte Lockwood. »Mit seiner Hilfe ist es mir gelungen, die Gebeine des Ghuls aus der Fenchurch Street ausfindig zu machen. Ich habe eine Straßenkarte auf das Tuch gezeichnet und den Fall um vier Uhr morgens bei Tee und Käsetoast gelöst. Dieses Tischtuch gehört zu unseren wichtigsten Arbeitsmitteln. Wir notieren darauf unsere Einfälle, Theorien und Gedankengänge.«

»Wir benutzen es auch, um einander wüste Beschimpfungen zukommen zu lassen, wenn ein Auftrag in die Hose gegangen ist und wir nicht mehr miteinander reden«, warf George über die Schulter ein. Er stand am Herd und rührte den Eintopf um, den es zum Abendessen geben sollte.

»Äh … kommt das öfter vor?«, fragte ich.

»Ach was«, sagte Lockwood. »Nur ganz, ganz selten.«

George starrte in den Eintopf und sagte knapp: »Wart's ab.«

Lockwood klatschte in die Hände. »Habe ich Ihnen schon das Büro gezeigt? Sie erraten nie, wo der Eingang ist. Gleich da drüben!«

* * *

Wie sich herausstellte, erreichte man das Kellerbüro von Lockwood & Co. direkt durch die Küche. Man ging durch eine Tür, die keine klassische »Geheimtür« war, denn sie hatte eine gut sichtbare Klinke, aber ich hätte dahinter eher einen Wandschrank vermutet. Die Tür sah genauso aus wie die der Küchenmöbel. Aber wenn man sie öffnete, ging ein Licht an, in dessen funzligem Schein man eine steile Eisenwendeltreppe erblickte.

Die Treppe führte abwärts bis zu mehreren türlosen, unverputzten Räumen, die nur durch Bögen, Säulen und hier und da eine eingezogene Zwischenwand voneinander getrennt waren. Ein großes Fenster, das auf den verwilderten Hof vor dem Haus ging, ließ Tageslicht herein. An den Seitenwänden gab es oben ein paar Lichtschächte. Der größte Raum war mit drei Schreibtischen, einem Aktenschrank, zwei zerschlissenen grünen Sesseln und einem klapprigen Bücherregal mit Lockwoods Agenturunterlagen eingerichtet. Auf dem Schreibtisch in der Mitte prangte ein großes schwarzes Buch.

»Unser Auftragsbuch«, erläuterte Lockwood. »Wir dokumentieren darin jeden Einsatz. George führt das Buch, recherchiert die Fälle und notiert auch Querverweise zu anderen Einsätzen.« Seufzend fuhr er fort: »Das gehört zu seinen Lieblingsbeschäftigungen. Ich persönlich nehme jeden Fall, wie er gerade kommt.«

Ich betrachtete die Aktenschachteln im Regal. Die Rücken waren säuberlich mit Sorte und Unterart beschriftet: TYP EINS –

Schemen, Typ Eins – Lauerer, Typ Zwei – Poltergeister, Typ Zwei – Phantasmen, und so weiter. Auf dem letzten, sehr schmalen Ordner stand: Typ Drei.

»Hatten Sie es schon mal mit einem Typ Drei zu tun?«, fragte ich.

»Glaub nicht«, erwiderte Lockwood achselzuckend. »Ich bin sowieso nicht sicher, ob es Typ Drei überhaupt gibt.«

Ein Durchgang führte in einen Nebenraum. Er war leer, abgesehen von einem Degenständer, einem Behälter mit Kreide und zwei Strohpuppen, die an Eisenketten von einem Deckenbalken hingen. Die eine Puppe trug eine altmodische Haube, die andere einen Zylinderhut. Beide waren völlig durchlöchert.

»Darf ich vorstellen – Joe und Esmeralda«, sagte Lockwood. »Wir haben sie nach Lady Esmeralda und dem Schwebenden Joe aus Marissa Fittes' *Erinnerungen* benannt. Hier ist unser Fechtraum, wie man sieht. Wir trainieren jeden Nachmittag. Wenn Sie den Vierten Grad bereits erreicht haben, können Sie ja mit dem Degen umgehen …« Er warf mir einen forschenden Seitenblick zu.

»Klar«, sagte ich rasch. »Natürlich. Auf jeden Fall.«

»… trotzdem schadet es nicht, wenn man in Übung bleibt. Ich freue mich schon darauf, Ihre Künste zu bewundern. Und hier …«, er ging zu einer Metalltür mit einem Vorhängeschloss, »… hier ist unser Hochsicherheitslager. Schauen Sie ruhig rein.«

Es war der einzige Raum im ganzen Kellergeschoss, der eine Tür hatte. Die kleine, fensterlose Kammer stand voller Kisten und Regale. Hier wurden die wichtigsten Ausrüstungsgegenstände aufbewahrt: die verschiedenen Silberplomben, Eisenketten und Magnesiumfackeln, alles von der Firma Sunrise. Auch das Geisterglas mit dem braunen Totenschädel und dem

Ektoplasma-Gesicht stand unter seinem Tuch in einem der Regale.

»Manchmal nimmt George das Glas mit hoch und führt ein paar Experimente durch«, sagte Lockwood. »Er will herausfinden, wie Geister auf verschiedene Reize reagieren. Ich würde das Ding ja gern vernichten, aber er hängt irgendwie daran.«

Ich musterte die Wölbung unter dem Tuch argwöhnisch. Wie schon bei unserem Bewerbungsgespräch war mir, als hörte ich ein schwaches übernatürliches Summen. »Wo hat George das Glas denn nun her?«, fragte ich.

»Er hat's geklaut. Bestimmt erzählt er Ihnen die Geschichte irgendwann. Aber wir haben noch mehr solcher Trophäen. Kommen Sie.«

In der Rückwand des Kellers führte eine moderne, mit Eisenriegeln versehene Glastür in den Garten. Neben der Tür waren vier Wandborde an das blanke Mauerwerk geschraubt, sie beinhalteten eine Sammlung von Silberglasbehältern. Die Gegenstände darin waren teils älteren, teils neueren Datums. Da gab es einen Satz Spielkarten, eine lange blonde Haarlocke, einen blutbefleckten Damenhandschuh, drei Menschenzähne und eine zusammengefaltete Krawatte. Im größten Glas lag auf einem roten Samtkissen eine mumifizierte Hand, schwarz und schrumplig wie eine verfaulte Banane.

»Die stammt von einem Piraten«, sagte Lockwood. »Aus dem achtzehnten Jahrhundert schätzungsweise. Der Schurke wurde auf einem Hinrichtungsplatz am Hafen aufgehängt und in der Sonne gedörrt. Heute steht dort das Wirtshaus *Zur Muskete*. Der Geist des Piraten war übrigens ein Lauerer, der den Bardamen schon eine ganze Menge Ärger verursacht hatte, als ich ihn endlich ausgrub. Das alles sind Dinge, die George und ich im Lauf unseres Berufslebens zusammengetragen haben. Alle sind Quellen, und in manchen sitzen so gefährliche Wesenheiten, dass die Gläser verschlossen bleiben müssen, vor allem nachts. Andere Gegenstände kann man mit gebotener Vorsicht herausnehmen, wenn man ein Sensibler ist, so wie die drei Sachen, mit denen ich Ihre Gabe getestet habe.«

Ich hatte das Messer, das Seidenband und die schreckliche Uhr bereits auf dem untersten Bord entdeckt.

»Sie haben mir immer noch nicht erzählt, was es damit auf sich hat.«

»Tut mir leid, dass der Test so anstrengend für Sie war, aber ich hatte nicht damit gerechnet, dass Sie derart sensibel sind. Das Messer hat meinem Onkel gehört, der auf dem Land lebte. Er trug das Messer auf Spaziergängen und Jagdausflügen immer bei sich. Als er bei einem einen Herzinfarkt erlitt und tot umfiel, hatte er das Messer in der Tasche. Er war ein freundlicher, umgänglicher Mann. Nach dem zu urteilen, was Sie gesagt haben, transportiert das Messer immer noch einen Teil seiner Persönlichkeit.«

Ich dachte an die friedlichen Eindrücke, die mir das Messer übermittelt hatte. »Das sehe ich auch so.«

»Das rote Band stammt aus einem Grab vom Friedhof Kensal Green, das im Zuge der Bauarbeiten geöffnet wurde, als der Friedhof letztes Jahr mit Eisenschranken gesichert wurde. In dem Sarg lag eine Frau mit einem kleinen Kind im Arm. Sie trug das Band im Haar.«

Abermals ergriff mich die gleiche tiefe Traurigkeit, wie als ich das Band in der Hand gehalten hatte, und mir kamen die Tränen. Ich räusperte mich und beugte mich vor, als wollte ich die anderen Gläser näher betrachten. Lockwood sollte nicht mitbekommen, wie elend mir zumute war. Das war eine Schwäche und Besucher stürzen sich mit Vorliebe auf Schwächen und Gefühle. Ein guter Agent braucht genau das Gegenteil: einen kühlen Kopf und unerschütterliche Nervenstärke. Mr Jacobs, mein früherer Arbeitgeber, hatte die Nerven verloren. Und was war passiert? Ich wäre beinahe gestorben.

»Und die Uhr?«, fragte ich betont kühl und sachlich.

Lockwood hatte mich scharf beobachtet. »Ach ja, die Uhr … Sie hatten ganz recht. An der Uhr kleben Spuren eines furchtbaren Verbrechens. Sie ist genau genommen ein Erinnerungsstück an meinen ersten erfolgreichen Fall.« Er machte eine Kunstpause. »Sie haben doch bestimmt von dem Mörder Harry Crisp gehört?«

Ich machte große Augen. »Meinen Sie etwa den Automaten-Mörder?«

»Äh … nein. Der hieß Clive Dilson.«

»Dann meinen Sie bestimmt den mit den Köpfen im Kühlschrank.«

»Auch nicht. Der hieß Colin Buchanan-Prescott.«

Ich kratzte mich am Kinn. »Dann habe ich anscheinend noch nie von dem Fall gehört.«

»Na so was!« Es klang fast gekränkt. »Das wundert mich aber. Gibt es im Norden keine Zeitungen? Jedenfalls ist es mir zu verdanken, dass Harry Crisp jetzt hinter Gittern sitzt. Ich war nämlich in Tooting auf der Jagd nach ein paar Geistern vom Typ Zwei und da sah ich es in seinem Vorgarten überall leuchten. Die Behörden hatten den Todesschein übersehen, weil der schlaue Bursche nach jedem Mord Eisenspäne verstreut hatte, um die Geister zu knebeln. Später stellte sich heraus, dass er diese Uhr am Handgelenk getragen hat, wenn er seinen Opfern auflauerte. Er …«

»Essen ist fertig!« George beugte sich über das Treppengeländer. Er hielt eine Schöpfkelle in der Hand.

»Ich erzähle Ihnen die Geschichte ein andermal zu Ende. Wir müssen hoch. George kann es nicht ausstehen, wenn das Essen kalt wird.«

* * *

So rasch wie mir klar war, dass ich das seltsame Haus mochte, so rasch bildete ich mir auch eine Meinung über meine künftigen Kollegen. Und von Anfang an unterschieden sich diese beiden Meinungen grundsätzlich. Lockwood war mir ausgesprochen sympathisch. Er war so ganz anders als der unnahbare, unzuverlässige Mr Jacobs. Bei Lockwood spürte man sofort die persönliche Leidenschaft für seinen Beruf. Mit ihm konnte man bestimmt gut zusammenarbeiten, das spürte ich. Vielleicht konnte man ihm sogar vertrauen.

Aber George Cubbins? Nein. Er ging mir auf die Nerven. Ich unternahm an diesem ersten Tag heroische Versuche, ihn zu mögen, aber es überstieg meine Kräfte.

Wie er schon aussah! Irgendetwas an seiner Erscheinung weckte in mir die niedersten Instinkte. Bei seinem Ohrfeigengesicht hätte nicht einmal eine Nonne lange gezögert, ihm eine zu knallen, und sein Hintern schrie geradezu nach einem saftigen Tritt. Er schlurfte und schlappte durchs Haus oder fläzte sich in den Polstermöbeln, als stünde er kurz vorm Zerfließen. Immer hing ihm das Hemd aus der Hose, immer schleiften die Schnürsenkel hinter seinen übergroßen Turnschuhen her. Ich hatte schon wiederbelebte Leichen gesehen, die mehr Haltung hatten als George!

Und dieser wirre Haarschopf! Die bescheuerte Brille! Es war nicht zum Aushalten.

Außerdem hatte er die Angewohnheit, mich mit zugleich ausdruckslosem und nachdenklichem Blick anzuglotzen. Als würde er alle meine Fehler analysieren und versuchen vorherzusagen, wann ich mich das nächste Mal bis auf die Knochen blamieren würde. Doch bei unserem ersten Abendessen versuchte ich, höflich zu bleiben und der Versuchung nicht nachzugeben, ihm den nächstbesten schweren Gegenstand über den Schädel zu ziehen.

Als ich später am Abend aus meinem neuen Zimmer herunterkam, verweilte ich kurz im ersten Stock. Ich betrachtete die Bücherregale und die polynesische Geisterrassel … und plötzlich stand ich vor der Tür, von der Lockwood gesagt hatte, der Raum dahinter sei privat. An der Tür war nichts Auffälliges. Bis auf die helle Stelle in Kopfhöhe, wo jemand ein Schild oder einen Aufkleber entfernt hatte. Die Tür hatte offensichtlich kein Schloss.

Etwas hielt mich zurück, einfach die Klinke herunterzudrücken. Ich stand immer noch unschlüssig da, als George Cubbins aus seinem Zimmer kam. Er hatte eine zusammengerollte Zeitung unter dem Arm und warf mir einen misstrauischen Blick zu. »Ich weiß, was du gern tätest. Aber denk dran: Zutritt verboten.«

»Ach … du meinst die Tür hier?« Ich trat beiläufig einen Schritt zurück. »Warum darf man denn hier nicht rein?«

»Keine Ahnung.«

»Warst du auch noch nie drin?«

»Nein.« Seine Brillengläser fixierten mich. »Natürlich nicht. Er hat mich darum gebeten.«

»Verstehe. Völlig richtig.« Ich strahlte ihn an. »Wie lange wohnst du eigentlich schon hier?«

»Ein Jahr.«

»Dann kennst du Anthony bestimmt gut.«

Er schob seine rutschende Brille mit einer schroffen Bewegung nach oben. »Was soll das werden? Ein Interview? Dann halt dich gefälligst ran. Ich muss nämlich mal aufs Klo.«

»Schon klar. Ich hab mich nur gefragt, wie er zu dem Haus gekommen ist. Ich meine, es ist voller Möbel und Sachen und hat so viele Zimmer, aber er wohnt ganz allein hier. Da habe ich mich gewundert …«

»Was du eigentlich wissen willst«, unterbrach George mich, »ist, wo seine Eltern abgeblieben sind, nicht wahr?«

Ich nickte. »Ja.«

»Lockwood redet nicht gern über seine Eltern. Das wirst du noch selber merken, falls du lange genug hierbleibst, um ihn auf das Thema anzusprechen. Ich vermute mal, dass sie Parapsychologen oder so was waren, sonst hätten sie nicht das ganze komische Zeugs gesammelt. Reich müssen sie auch gewesen sein, sonst hätten sie sich nicht so ein großes Haus leisten können. Jedenfalls wohnen sie schon lange nicht mehr hier. Ich glaube, Lockwood hat mal erzählt, dass er bei einem Verwandten aufgewachsen ist. Dann hat er bei Totengräber Sykes seine Ausbildung zum Agenten gemacht und das Haus irgendwie zurückbekommen.« Er klemmte die Zeitung fester unter den Arm und schlurfte an mir vorbei. »Falls du mehr wissen willst, kannst du ja deine übersinnlichen Fähigkeiten einsetzen.«

Ich starrte ihm nach. »Bei einem Verwandten aufgewachsen? Heißt das, seine Eltern …?«

»Sind nicht mehr da, richtig. Auf die eine oder andere Weise.« Er knallte die Badezimmertür hinter sich zu.

* * *

Es ist sicher nicht schwer zu erraten, welchen meiner Kollegen ich lieber mochte. Als ich in meiner Dachkammer im Bett lag, dachte ich noch einmal über die beiden nach. Auf der einen Seite war da Anthony Lockwood: lebhaft und tatkräftig, begierig darauf, sich in den nächsten Fall zu stürzen, jemand, der wahrscheinlich am glücklichsten war, wenn er mit der Hand auf dem Degenknauf in ein unerforschtes Geisterzimmer spazieren konnte. Auf der anderen Seite George Cubbins: so attraktiv wie eine verschmierte Butterdose, so charismatisch wie ein nasses Handtuch. Er fühlte sich wahrscheinlich am wohlsten, wenn er in verstaubten Akten wühlen konnte, einen Teller mit etwas zu futtern in Reichweite. Außerdem konnte er mich anscheinend genauso wenig leiden wie ich ihn. Am besten ging ich ihm aus dem Weg. Aber ich freute mich schon darauf, Seite an Seite mit Lockwood den Heimsuchungen Londons entgegenzutreten.

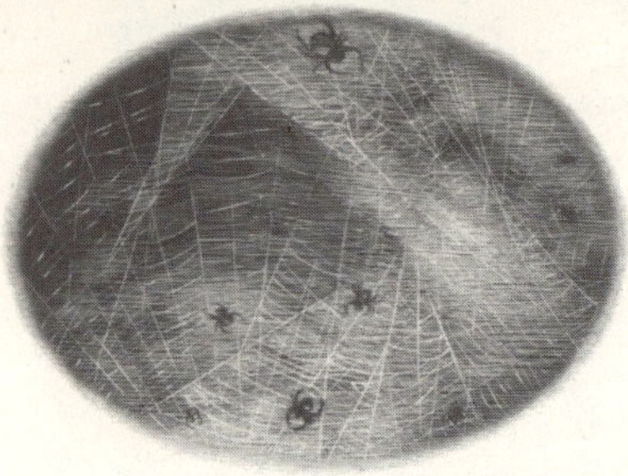

# Kapitel 8

**Neue Klienten empfing** Anthony Lockwood am liebsten am späten Vormittag. So hatte er gegebenenfalls Gelegenheit, sich von einem anstrengenden nächtlichen Einsatz zu erholen. Er empfing alle Besucher in dem Wohnzimmer, in dem auch mein Bewerbungsgespräch stattgefunden hatte, wahrscheinlich weil die gemütlichen Polstermöbel zusammen mit den exotischen Artefakten das passende Ambiente für Gespräche lieferten, die jederzeit vom Alltäglichen zum Übernatürlichen wechseln konnten.

An meinem ersten Tag in der Portland Row erschien pünktlich zu seinem Termin um 11 Uhr ein neuer Klient. Er entpuppte sich als ein Herr Anfang sechzig, mit fleischigem Gesicht und schwermütigem Blick. Die wenigen Haarsträhnen, die ihm geblieben waren, hatte er kunstvoll über den kahlen Schädel gekämmt. Lockwood setzte sich mit ihm an den Sofatisch. George hatte sich ein Stück abseits an einem Schreibtisch positioniert und notierte in dem großen schwarzen Buch den Gesprächsverlauf. Ich selbst sollte an dem Gespräch nicht teilnehmen, sondern saß im Hintergrund in einem Sessel und hörte einfach nur zu.

Der Klient hatte ein Problem mit seiner Garage. Seine Enkelin weigerte sich hineinzugehen. Sie behauptete, es ginge ein Geist in der Garage um, aber sie war ein überängstliches Kind, und er wusste nicht, ob er sie ernst nehmen sollte. Trotzdem hatte er sich wider besseres Wissen (er blies die Backen auf, um seinen Widerwillen zu demonstrieren) dazu entschlossen, uns aufzusuchen und um unseren Rat zu bitten.

Lockwood war die Höflichkeit in Person. »Wie alt ist Ihre Enkelin denn, Mr Potter?«

»Das kleine Biest ist sechs.«

»Und was hat sie gesehen?«

»Man bekommt kein vernünftiges Wort aus ihr heraus. Angeblich hat sie einen jungen Mann gesehen, der hinten in der Garage neben den Teekisten stand. Er soll sehr dünn gewesen sein.«

»Aha. Und bleibt der junge Mann immer an der gleichen Stelle stehen oder bewegt er sich?«

»Sie sagt, er steht immer am gleichen Fleck. Beim ersten Mal hat sie ihn angesprochen, aber er hat nicht geantwortet, sondern sie nur angeschaut. Wahrscheinlich hat sie es sich nur ausgedacht. Auf dem Spielplatz hört sie jede Menge über Besucher.«

»Das ist gut möglich. Und Ihnen selbst ist in der Garage nie etwas aufgefallen? Zum Beispiel, dass es dort drinnen ungewöhnlich kalt ist?«

Kopfschütteln. »Klar ist es kalt dort … schließlich ist es eine Garage, also was erwarten Sie? Und Sie brauchen gar nicht erst zu fragen: Dort ist nie etwas vorgefallen. Niemand ist dort … zu Tode gekommen oder so etwas. Der Anbau ist erst fünf Jahre alt, und ich achte darauf, dass er immer gut verschlossen ist.«

»Hmmm …«, machte Lockwood. »Haben Sie Haustiere, Mr Potter?«

Der Klient machte ein verdutztes Gesicht und schob eine lange verrutschte Haarsträhne mit dem dicklichen Finger wieder an Ort und Stelle. »Was hat das denn damit zu tun?«

»Ich wüsste nur gern, ob Sie vielleicht einen Hund oder eine Katze haben.«

»Meine Frau hat zwei Katzen. Weiße Siamesen. Hochnäsige Viecher.«

»Halten sich die Katzen öfter in der Garage auf?«

Der Klient überlegte. »Nein. Sie mögen die Garage nicht und machen immer einen großen Bogen drum herum. Ich nehme an, sie wollen sich ihren kostbaren Pelz nicht schmutzig machen, bei all dem Dreck und den Spinnweben.«

Lockwood horchte auf. »Gibt es viele Spinnen in Ihrer Garage?«

»Eine ganze Kolonie. Ich kann noch so oft fegen, es kommen ständig neue Netze nach. Aber das liegt auch an der Jahreszeit, oder?«

»Das kann ich nicht beurteilen. Aber ich würde mir Ihre Garage gern einmal anschauen. Wenn es Ihnen recht ist, kommen wir morgen Abend kurz nach der Ausgangssperre vorbei. Bis dahin würde ich Ihnen raten, Ihre Enkelin nicht mehr in die Garage zu lassen.«

* * *

»Was halten Sie von dem Fall, Miss Carlyle?«, fragte Lockwood, als wir im Bus saßen. Es war der letzte Bus auf dieser Strecke vor der Ausgangssperre. Erwachsene waren keine mehr unterwegs, dafür jede Menge Kinder, die zu ihrem nächtlichen Wachdienst in die Fabriken fuhren. Manche dösten vor sich hin, andere starrten aus dem Fenster. Ihre zwei Meter langen Wachstäbe mit den Eisenspitzen klapperten in den Halterungen neben der Bustür.

»Die Sache hört sich nach einem schwachen TYP EINS an«, sagte ich. »Der Geist bewegt sich nicht und geht nicht auf das Mädchen los. Aber die Hand dafür ins Feuer legen würde ich nicht.« Ich dachte an die kleine leuchtende Gestalt in der dunklen Wassermühle.

»Ganz meine Meinung«, erwiderte Lockwood. »Man sollte immer mit dem Schlimmsten rechnen. Außerdem gibt es in der Garage offenbar eine Spinnenplage.«

»Sie wissen bestimmt, was es mit so einer Spinnenplage auf sich hat – Miss Carlyle?«, fragte George über die Schulter und musterte mich beiläufig. Er saß auf der Bank vor uns.

Es ist eine allseits bekannte Tatsache, dass Katzen Geister hassen, Spinnen hingegen lieben Besucher. Beziehungsweise, sie lieben die übernatürlichen Schwingungen, die von manchen Besuchern ausgehen. Die Quelle eines aktiven Geists ist oft unter vielen Lagen Spinnweben verborgen, die Generationen von fleißigen Achtbeinern produziert haben. Agenten halten immer als Erstes nach dem gehäuften Auftreten von Spinnweben Ausschau. Oft hat man damit die Quelle bereits lokalisiert. Jeder wusste das. Selbst Mr Potters sechsjährige Enkelin wusste das vermutlich.

»Klar weiß ich das«, beantwortete ich Georges Frage.

»Dann ist ja gut.«

Wir stiegen in einem Viertel im Osten der großen grauen Stadt aus, nicht weit vom Fluss entfernt, der sich ein Stück weiter südlich befand. Ein Gewirr aus schmalen Straßen mit Reihenhäusern drängte sich im Schatten der Hafenkräne. Mit Hereinbrechen der Dämmerung schlossen hier die Läden gerade: kleine Klitschen, die übernatürliche Dienstleistungen anboten, billige Eisenwarenläden, selbst ernannte Fachgeschäfte, die Schutzamulette aus Korea und Japan vertrieben. In meinen ersten Wochen in London bekam ich von dem ungewohnten Trubel oft Kopfschmerzen. Die Bürgersteige waren voller Menschen, die eilig heimwärts strebten. Die Geisterlampe an der Kreuzung glomm auf, die Rollläden glitten herunter.

Lockwood ging voraus und bog in eine Seitenstraße ein. Sein weiter schwarzer Mantel wehte elegant hinter ihm her, darunter blitzte der Degen auf. George und ich bildeten die Nachhut.

»Das geht mir mal wieder alles zu schnell«, beschwerte sich George. »Du hast es immer so eilig! Ich bin gar nicht richtig dazugekommen, Recherchen über die Straße und das Haus anzustellen. Hätte ich einen Tag länger Zeit gehabt, wüssten wir jetzt mehr.«

»Ja, schon, aber auch Recherchen haben ihre Grenzen. Praktische Erkundungen sind durch nichts zu ersetzen. Außerdem dachte ich, der Fall wäre eine gute Gelegenheit für Miss Carlyle, ihre Fähigkeiten unter Beweis zu stellen. Vielleicht hört sie ja etwas.«

»Ein Hörender zu sein, kann gefährlich werden«, gab George zurück. »Weißt du nicht mehr, was letztes Jahr mit dem Mädchen bei Epstein und Hawkes passiert ist? Gutes Gehör und außerordentlich sensitiv. Aber all die Stimmen, die sie gehört hat, haben sie in den Wahnsinn getrieben. Sie ist in die Themse gesprungen.«

Ich lächelte gezwungen. »Marissa Fittes hat die gleiche Gabe wie ich. Und die ist nirgendwo reingesprungen.«

Anthony Lockwood lachte. »Gut gekontert! Jetzt krieg dich wieder ein, George. Wir sind da.«

Mr Potter bewohnte eine von vier unscheinbaren, vergleichsweise modernen Doppelhaushälften in einer Straße, in der es sonst nur Reihenhäuser älteren Baujahrs gab. Der Garagenanbau hatte solide Ziegelwände und ein eisernes Schwingtor. Durch eine Seitentür gelangte man direkt in die Küche. In der Garage selbst kündeten drei alte, mehr oder weniger auseinandergeschraubte Motorräder von Mr Potters Hobby. An der Seite standen eine lange Werkbank und ein Werkzeugregal. Der Stapel Teekisten an der hinteren Wand enthielt überwiegend gebrauchte Ersatzteile und zerlegte Motoren.

Als Erstes fiel uns auf, dass die Werkbank und die Werkzeuge einigermaßen sauber waren, der Teekistenstapel dagegen war von oben bis unten mit frischen Spinnweben überzogen. Schimmernde Fäden hingen zwischen den einzelnen Kisten und reichten bis auf den Boden. Im Schein unserer Taschenlampen krabbelten dicke Spinnen geschäftig hin und her.

Wir verbrachten die ersten Stunden mit sorgfältigen Messungen und Beobachtungen. George ließ es sich nicht nehmen, auch noch den kleinsten Temperaturabfall innerhalb des Raumes zu notieren. Aber uns allen fiel die unnatürliche Kühle auf, die sich mit fortschreitender Stunde über den Raum senkte. Außerdem erhob sich ein schwacher Fäulnisgeruch. Kurz vor Mitternacht kribbelte plötzlich die Luft. Ich bekam eine Gänsehaut. Im hintersten Winkel der Garage, gleich neben dem Kistenstapel, tauchte eine Erscheinung auf, der nebelhafte Umriss eines erwachsenen Mannes. Die Gestalt gab keinen Laut von sich und rührte sich auch nicht von der Stelle. Wir hatten die Hände an den Gürteln, aber die Erscheinung machte keine Anstalten, uns anzugreifen. Nach zehn Minuten verschwand sie wieder und das Kribbeln in der Luft legte sich.

»Ein junger Mann«, sagte Lockwood. »In einer Art Lederuniform. Habt ihr das auch gesehen?«

Ich schüttelte den Kopf. »Im Schauen bin ich nicht so gut. Aber …«

»Ist doch ganz klar, was da los ist, Lockwood«, fiel mir George ins Wort. »Ich habe die Uniform auch gesehen und sie bestätigt meine allererste Vermutung. Das Haus ist neu. Die anderen Häuser in der Straße, die Reihenhäuser, stammen noch aus der Zeit vor dem Krieg. Früher stand hier also vermutlich auch eins dieser Vorkriegshäuser. Jetzt aber nicht mehr. Warum nicht? Weil es bei einem der Luftangriffe zerstört wurde. Die Bombe, die das Haus traf, hat vermutlich auch den Mann getötet, den wir gerade gesehen haben. Er ist also ein Blitzkrieg-Geist, vielleicht ein Soldat auf Heimaturlaub, und seine sterblichen Überreste liegen hier irgendwo unter uns.« George steckte demonstrativ seinen Kugelschreiber in die Brusttasche, dann nahm er seine Brille ab und putzte sie mit dem Hemdzipfel.

Lockwood war nicht überzeugt. »Meinst du wirklich? Aber ich kann nirgendwo Todesschein entdecken …« Er rieb sich nachdenklich das Kinn. »Wenn du recht hast, wäre unser Klient bestimmt nicht erfreut. Er müsste die Garage abreißen lassen. Das wird teuer.«

George zuckte gleichgültig die Achseln. »Sein Pech. Er muss die Knochen finden. Was kann er sonst machen?«

Ich mischte mich ein. »Da bin ich anderer Ansicht.«

Beide schauten mich an. »Wieso?«, fragte George.

»Ich konnte den Geist zwar nicht so gut sehen wie ihr, aber dafür habe ich vielleicht etwas gehört, das euch entgangen ist. Bevor die Erscheinung verblasst ist, hat sie nämlich etwas gesagt. Habt ihr das nicht mitbekommen? Ganz leise nur, aber gut verständlich. *War in Eile. Hab die Bremsen nicht überprüft.* Zweimal hat er das Gleiche gesagt, dann ist er verschwunden.«

»Ja und?«, kam es von George. »Was bedeutet das?«

»Dass die Heimsuchung ihre Quelle womöglich nicht unter dem Fußboden hat und es sich bei dem Toten nicht um ein Kriegsopfer handelt. Ich denke, es geht eher um die Kisten dort drüben. Was ist dadrin?«

»Schrott«, sagte George.

»Motorenteile«, setzte Lockwood hinzu.

»Teile von Motorrädern, die unser Klient überall zusammenkauft. Wo kommen sie her? Was haben sie für eine Geschichte? Ich frage mich, ob nicht eins der Teile von einer Maschine stammt, die in einen Unfall verwickelt war. Einen Unfall mit tödlichem Ausgang.«

George rümpfte die Nase. »Ein Verkehrsunfall soll die Heimsuchung ausgelöst haben?«

»Tragen Motorradfahrer nicht auch Lederkleidung?«, fragte ich zurück.

Schweigen breitete sich aus. Dann nickte Lockwood bedächtig. »Das könnte durchaus … Auf jeden Fall sollten wir uns den Inhalt der Kisten mal ansehen. Morgen früh fragen wir Mr Potter, ob er etwas dagegen hat. Vielen Dank für Ihre interessante Beobachtung, Miss Carlyle. Sie und Ihre Gabe haben mich nicht enttäuscht!«

Nur der Vollständigkeit halber – ich lag *tatsächlich* richtig. Eine der Teekisten enthielt die zertrümmerten Einzelteile eines Rennmotorrads, die uns sehr auffällige Werte lieferten. Wir räumten die betreffende Kiste aus der Garage und ließen die Teile bei Fittes einschmelzen und damit war die Sache erledigt. Als wir nach dem Einsatz in die Portland Row zurückkehrten, klang mir Lockwoods Lob immer noch so laut in den Ohren, dass ich nicht gleich schlafen gehen konnte. Statt mich in meine Dachkammer zurückzuziehen, machte ich mir in der Küche ein Brot und ging damit in die Bibliothek. Die hatte ich noch nicht erkundet.

Die Wände der Bibliothek waren mit dunklem Eichenholz getäfelt. Vor den Fenstern hingen schwere Vorhänge, schwarze Regale voller dicker, gebundener Bücher säumten die Wände. Über dem Kamin hing ein Gemälde, auf dem drei reife grüne Birnen zu sehen waren. Überall standen Leselampen, wie Reiher an einem Seeufer. Eine dieser Lampen beschien Anthony Lockwood, der, die langen, schlanken Beine elegant über die Armlehne drapiert, quer in einem bequemen Sessel saß. Das Haar fiel ihm dekorativ in die Stirn. Er las in einer Zeitschrift.

Ich blieb unschlüssig in der Tür stehen.

»Ach, Miss Carlyle!« Er sprang auf und lächelte mich freundlich an. »Kommen Sie doch herein! Setzen Sie sich hin, wo Sie wollen, aber vielleicht nicht unbedingt in den braunen Sessel dort in der Ecke, denn in dem lümmelt sich George manchmal in Unterhosen. Hoffentlich gewöhnt er sich das wieder ab, jetzt, wo Sie zu uns gehören. Aber keine Sorge, heute Abend kommt er bestimmt nicht mehr her. Er liegt schon im Bett.«

Ich setzte mich Lockwood gegenüber in einen Ledersessel. Der Sessel war sehr bequem, nur der angenagte Apfelbutzen auf der Armlehne störte ein bisschen. Als Lockwood die Lampe hinter mir anknipste, nahm er das braune Ding wortlos mit und warf es in einen Papierkorb. Dann ließ er sich wieder in seinem eigenen Sessel nieder, legte die Zeitschrift in seinen Schoß, faltete die Hände und lächelte mich an.

Ich lächelte zurück. Mit einem Mal wurde mir bewusst, dass wir uns im Grunde überhaupt nicht kannten. Nachdem das Bewerbungsgespräch, die Hausführung und der Einsatz bei Mr Potter überstanden waren, hatte ich keine Ahnung, worüber wir jetzt reden sollten.

»Ich hab gesehen, wie George hochgegangen ist«, sagte ich lahm. »Ich hatte den Eindruck, dass er … dass er irgendwie mies gelaunt war.«

Lockwood machte eine wegwerfende Geste. »Das gibt sich wieder. Manchmal hat er so seine Macken.«

Eine Pause trat ein. Die kunstvoll verzierte Uhr auf dem Kaminsims tickte vernehmlich.

Anthony Lockwood räusperte sich. »Also, Miss Carlyle …«

»Nennen Sie mich doch bitte Lucy. Das ist kürzer und klingt nicht so steif. Immerhin sind wir ja jetzt Kollegen. Und Hausgenossen. Da können wir uns auch duzen, oder nicht?«

»Aber gern. Sehr gern sogar …« Er blickte auf seine Zeitschrift, dann sah er mich wieder an. »Also, Lucy …«, wir lachten beide verlegen, »gefällt dir das Haus denn?«

»Sehr. Mein Zimmer ist wunderschön.«

»Ist das Bad nicht zu klein?«

»Nein. Alles ist bestens. Sehr gemütlich.«

»Gemütlich? Da bin ich aber froh.«

»Was die Anrede betrifft … mir ist aufgefallen, dass George immer nur Lockwood zu dir sagt.«

»Die meisten Leute nennen mich so.«

»Nennt dich niemand Anthony?«

»Meine Mutter hat mich so genannt. Und mein Vater.«

Ich wartete ab, aber es kam nichts mehr. »Hat dich auch schon mal jemand *Tony* genannt?«

»Tony? Also, Miss Car…, äh, Lucy… Nenn mich, wie du willst, solange du bei Lockwood oder Anthony bleibst. Bitte nicht *Tony* und auch nicht *Anton*. Und wenn du jemals auf die Idee kommen solltest, mich *Locky* zu nennen, muss ich dich leider vor die Tür setzen.«

Das ließ ich auf mich wirken. »Äh… hat denn schon mal jemand *Locky* zu dir gesagt?«, fragte ich dann zaghaft.

»Meine erste Mitarbeiterin. Sie hatte die Stelle nicht lange.« Wieder lächelten wir uns an. Die Uhr tickte noch lauter, so kam es mir jedenfalls vor. Ich bereute allmählich, dass ich nicht gleich nach oben gegangen war.

»Was liest du da eigentlich?«, fragte ich.

Er hielt die Zeitschrift hoch. Auf dem Titelblatt war eine blonde Frau abgebildet, deren Zähne hell wie Geisterlampen strahlten. Sie stieg aus einem schwarzen Auto, dessen Fenster mit Eisengittern gesichert waren. Im Ausschnitt ihres Abendkleides steckte ein üppiger Lavendelstrauß. »*Die feine Gesellschaft*. Ein elendes Klatschblatt. Aber man muss auf dem Laufenden bleiben.«

»Was passiert denn gerade so?«

»In erster Linie geht man auf Partys.« Er warf mir die Zeitschrift zu. Sie war voller Fotos schick angezogener Männer und Frauen, die in irgendwelchen überfüllten Räumen in die Kamera lächelten. »Man sollte doch annehmen, das Problem würde die Leute dazu bringen, sich um ihr Seelenheil zu kümmern«, sagte

Lockwood. »Aber bei den Reichen bewirkt es eher das Gegenteil. Sie putzen sich raus, gehen weg, tanzen unter strengsten Sicherheitsvorkehrungen die Nächte in irgendwelchen Hotels durch und gruseln sich beim Gedanken an die Besucher, die draußen vor den Fenstern lauern. Die Party in diesem Artikel hat vergangene Woche die BEBÜP gegeben, die Behörde zur Erforschung und Bekämpfung Übersinnlicher Phänomene. Die Inhaber aller bekannten Agenturen waren eingeladen.«

»Oh.« Ich ließ den Blick über die Fotos wandern. »Bist du auch irgendwo mit drauf?«

Er zuckte die Schultern. »Nein.«

Ich blätterte noch ein bisschen in der Zeitschrift herum. Die Seiten raschelten laut. »In der Anzeige stand, Lockwood & Co. sei eine bekannte Agentur. Dann war das wohl geschwindelt, oder?«, fragte ich nach einer Weile.

Die Zeitschrift raschelte, die Uhr tickte. »Ich würde es eher als leichte Übertreibung bezeichnen«, gab Lockwood dann widerstrebend zu. »Aber das machen doch alle so. Du zum Beispiel hast mir erzählt, du hättest den Vierten Grad erhalten und deine Ausbildung somit abgeschlossen. Gleich nach unserem Gespräch habe ich bei der BEBÜP NORDENGLAND angerufen. Dort hat man mir gesagt, du hättest nur die Prüfungen Eins bis Drei absolviert.«

Er klang nicht verärgert. Er saß einfach da und schaute mich aus großen dunklen Augen an. Mein Mund war auf einmal trocken, ich hatte heftiges Herzklopfen. »Ich … tut mir leid«, brachte ich heraus. »Es ist einfach so, dass … dass ich den Vierten Grad bestimmt auch noch erreicht hätte. Ich bin gut, das weiß ich. Aber meine Ausbildung bei Mr Jacobs hat kein gutes Ende genommen. Als ich dann nach London kam … ich brauchte dringend eine Stelle. Es tut mir ehrlich leid, Lockwood. Möchtest du vielleicht wissen, was zwischen Mr Jacobs und mir vorgefallen ist? Ich würde es dir erzählen …«

Aber Anthony Lockwood hatte bereits die Hand gehoben. »Lass nur. Es spielt keine Rolle. Was damals geschehen ist, ist Vergangenheit. Es ist die Zukunft, auf die es ankommt. Und ich weiß jetzt schon, dass du gut bist. Was Lockwood & Co. betrifft, so kann ich dir versichern, dass wir eines Tages zu den drei erfolgreichsten Agenturen in London gehören werden. Du wirst schon sehen. Und du kannst dabei sein, Lucy! Ich halte dich für äußerst fähig, und ich bin froh, dass du hier bist.«

Ich wurde knallrot, was bei diesem Dreierpack kein Wunder war: Erstens hatte er mich bei einer Lüge ertappt, zweitens hatte er mir ein Kompliment gemacht, und drittens hatte er mir seine Träume anvertraut. »Ich glaube nicht, dass George das auch so sieht«, wandte ich ein.

»George spürt genau wie ich, dass du etwas Besonderes bist. Er hat sehr gestaunt, wie gut du den Test bestanden hast.«

Ich rief mir Georges Konzert aus Geschnaube, Gegähne und bissigen Bemerkungen ins Gedächtnis. »Zeigt er das immer so?«

»Daran gewöhnst du dich schon noch. George verabscheut Heuchler – Leute, die einen mit Lob überschütten, aber hintenrum schlecht über einen reden. Er ist stolz drauf, es gerade andersherum zu machen. Abgesehen davon ist er ein hervorragender Agent. Er hat sogar mal bei Fittes gearbeitet. Dort legt man großen Wert auf Höflichkeit, Verschwiegenheit und Diskretion. Du kannst dir vorstellen, wie lange es gedauert hat, bis sie ihn rausgeschmissen haben.«

»Zwanzig Minuten?«

»Ein halbes Jahr. *So* gut ist er.«

»Wenn sie es so lange mit ihm ausgehalten haben, muss er wirklich hervorragend sein.«

Lockwood strahlte mich an. »Ich sehe das so: Wenn ich dich und George in meinem Team habe, kann uns nichts mehr aufhalten.«

So wie er es sagte, klang es völlig einleuchtend. Aber ich sollte bald feststellen, dass es einem immer so ging, wenn er einen auf diese Art anlächelte.

»Danke«, sagte ich. »Das hoffe ich auch.«

Er lachte. »Das Hoffen kannst du dir sparen. Wenn wir drei unser Können zusammenwerfen – was soll da noch schiefgehen?«

# III.
# Die Halskette

# Kapitel 9

**Wirklich erstaunlich,** wie rasch sich so ein Feuer in einem durchschnittlichen Vorstadthaus ausbreitet. Noch bevor Lockwood und ich aus dem Fenster purzelten – vielleicht sogar noch, während wir mit dem Geistermädchen kämpften –, musste ein Nachbar Alarm geschlagen haben. Die Rettungsdienste trafen innerhalb weniger Minuten ein. Aber als diese spezielle Nachteinsatztruppe in ihren eisernen Kettenhemden und in Begleitung eines Agententeams von Rotwell durch den Garten gerannt kam, brannte das Obergeschoss von Mrs Hopes Haus bereits lichterloh.

Weiße Flammen ergossen sich wie Wasserfälle aus den Fenstern im ersten Stock, nur gen Himmel. Die Dachziegel knackten, ihre Ränder glühten wie Drachenschuppen. Dünne Feuerwimpel flatterten aus den Schornsteinen und ließen Funken auf die Bäume und Häuser der Nachbarschaft regnen. Der Nebel über dem Boden waberte rötlich. Agenten, Sanitäter und Feuerwehrleute rannten kreuz und quer durch eine flackernde Wolkenlandschaft aus Licht und Schatten.

Mittendrin hockten Lockwood und ich vor dem Gebüsch, das uns das Leben gerettet hatte. Wir beantworteten die Fragen der Sanitäter und ließen sie ihre Arbeit tun. Ringsumher zischten Wasserschläuche, barsten Balken. Erwachsene Berater scheuchten finster dreinblickende Kinder herum, die Salz auf dem Rasen verstreuten. Es war ein unwirkliches Schauspiel. Alles schien weit weg zu sein, die Geräusche waren eigenartig gedämpft. Sogar die Tatsache, dass wir noch am Leben waren, war schwer zu begreifen.

Wir hatten Glück, dass offenbar weder Mr noch Mrs Hope leidenschaftliche Gärtner gewesen waren. Die Büsche hinter dem Haus durften ungebändigt wuchern. Wir waren durch die obersten Zweige gestürzt, hatten die unteren abgeknickt und waren schließlich dicht über dem Boden jäh abgefangen worden. Unsere Kleidung war zerrissen, und wir hatten überall Schürfwunden, aber die Büsche hatten uns immerhin davor bewahrt, uns den Hals zu brechen.

Ein Feuerschwall schoss aus dem Schornstein und ergoss sich über das Dach. Ich saß da und starrte ins Leere, während mir ein Sanitäter den Arm verband. Ich dachte an das Mädchen im Kamin. Wahrscheinlich waren ihre Überreste inzwischen nur noch Asche.

Was für eine Aufregung – und das alles nur meinetwegen! Es hätte gar nicht zu einer Auseinandersetzung mit dem Geist kommen müssen. Wir hätten das Mädchen genauso gut in Ruhe lassen können – oder vielmehr, wir hätten es tun müssen, als wir gemerkt hatten, wie gefährlich sie war. Lockwood hatte den Rückzug antreten wollen, aber ich hatte ihn überredet weiterzumachen. Nur deshalb hatte die Sache ein solches Ende genommen.

»Lucy!« Das war Lockwoods Stimme. »Wach auf, Lucy! Sie

wollen dich ins Krankenhaus bringen. Dort wirst du wieder zusammengeflickt.«

Meine Lippe war geschwollen. Ich konnte kaum sprechen. »Und… und du?«

»Ich komme gleich nach. Ich muss noch kurz mit jemandem reden.«

Ich sah alles verschwommen, allerdings nur mit dem rechten Auge, denn das linke war zugeschwollen. Ich glaubte einen Mann im schwarzen Anzug zu erkennen, der hinter den Sanitätern stand, aber vielleicht irrte ich mich auch. Jemand half mir auf die Beine und führte mich weg.

»Ich bin an allem schuld, Lockwood…«

»Unsinn. Der Verantwortliche bin ich. Mach dir keine Sorgen. Bis gleich!«

»Lockwood…«

Aber Nebel und Flammen hatten ihn schon verschluckt.

* * *

Im Krankenhaus kümmerte man sich fachgerecht um mich. Als es draußen hell wurde, hatten die Ärzte meine Wunden gesäubert, genäht und verbunden, und mein Fechtarm lag in einer Schlinge. Mir taten alle Knochen weh und ich humpelte beim Laufen, aber ich hatte mir nichts gebrochen. Man wollte mich zur Beobachtung dabehalten, aber ich wollte nach Hause. Die Ärzte erhoben zwar Einwände, aber ich nutzte meine Position als Agentin aus und setzte mich durch. Kurz nachdem es hell geworden war, ließen sie mich gehen.

Als ich in die Portland Row einbog, war die Geisterlampe noch nicht lange erloschen, denn man hörte noch den Strom in den Leitungen summen. Bei Lockwood & Co. waren die Bürofenster im Untergeschoss erleuchtet, sonst lag das Haus im Dunkeln. Weil es mir zu mühsam war, den Schlüssel herauszukramen, klingelte ich.

Drinnen ertönten eilige Schritte. Die Tür wurde aufgerissen. George starrte mich an. Seine Wangen waren gerötet, sein Haar war noch zerzauster als sonst und er hatte noch die gleichen Sachen an wie am Vortag.

Als er mein zerschrammtes, verschwollenes Gesicht sah, stieß er einen leisen Pfiff aus, sagte aber kein Wort. Er trat einfach nur beiseite, ließ mich hinein und schloss leise die Tür hinter mir.

In der Diele war es dunkel. Ich knipste die Lampe auf dem Tischchen an. Wir standen in einem fahlen Lichtkreis mit dem grinsenden Glasschädel im Mittelpunkt. Geistesabwesend betrachtete ich das Sammelsurium in den Bücherregalen, die Töpfe, Masken und ausgehöhlten Flaschenkürbisse, die laut Lockwood die männlichen Krieger gewisser Eingeborenenvölker anstelle von Unterhosen trugen.

Lockwood …

»Wo ist er?«, fragte ich.

George stand noch an der Tür. In seinen Brillengläsern spiegelte sich der Schein der Lampe, sodass ich seine Augen nicht erkennen konnte. An seinem Hals pochte eine Ader.

»Wo ist er?«, fragte ich noch einmal.

Seine Stimme war so gepresst, dass ich ihn kaum verstand. »Bei Scotland Yard.«

»Bei der Polizei? Ich dachte, er wollte ins Krankenhaus nachkommen.«

»Er war ja im Krankenhaus. Aber die BEBÜP hat ihn abholen lassen.«

»Warum?«

»Woher soll ich das wissen? Könnte es vielleicht damit zusammenhängen, dass du ein Haus abgefackelt hast, Lucy? Wer weiß.«

»Ich muss zu ihm.«

»Vergiss es. Mich haben sie auch nicht vorgelassen. Er hat gesagt, ich soll hier warten.«

Ich musterte erst George, dann die Haustür und zum Schluss meine Schuhe, an denen immer noch Ruß und Gipsstaub klebten. »Du hast mit ihm gesprochen?«

»Er hat mich vom Krankenhaus aus angerufen. Da stand Inspektor Barnes schon hinter ihm und hat darauf gewartet, ihn mitzunehmen.«

»Geht es ihm gut?«

»Keine Ahnung. Ich glaube schon, aber ...« Plötzlich änderte sich sein Ton. »Du siehst fürchterlich aus. Hast du dir den Arm gebrochen?«

»Nein, nur verstaucht. Das ist in ein paar Tagen wieder in Ordnung. Du hast eben *aber* gesagt. *Aber* was? Was hat Lockwood dir erzählt?«

»Nicht viel. Nur, dass ...«

Der Ton, in dem er das sagte ... Mein Herz raste plötzlich und ich bekam weiche Knie. Ich musste mich an die Wand lehnen. »Nur, dass ...?«

»Dass der Geist ihn berührt hat.«

»George ...!«

»Bitte lehn dich nicht an die Wand. Du machst die Tapete schmutzig.«

»Scheiß auf die Tapete! Der Geist hat Lockwood nicht berührt. Das hätte ich mitgekriegt!«

George hatte sich immer noch nicht von der Stelle gerührt und seine Stimme klang wieder so ausdruckslos wie zuvor. »Ach ja? Lockwood hat erzählt, dass du mit der Mumie beschäftigt warst. Er musste den Besucher abwehren und dabei hat ihn der Geist mit einer Plasmaschlinge erwischt. An der Hand. Im Krankenwagen haben sie ihm gleich eine Adrenalinspritze verpasst und so die Geistersieche aufgehalten. *Er* sagt, es geht ihm gut.«

In meinem Kopf ging es drunter und drüber. Konnte das stimmen? Ich rief mir die Szene im Arbeitszimmer ins Gedächtnis zurück. Aber alles war so schnell gegangen und nach unserer Landung im Garten hatte ich gar nichts mehr richtig mitbekommen. »War es schlimm?«, fragte ich. »Wie weit war die Fäule denn schon fortgeschritten?«

»Du meinst, als die Wunde behandelt wurde?« Er zuckte die Schultern. »Sag du's mir.«

»Woher soll ich das wissen?«, fuhr ich ihn an. »Ich war schließlich nicht dabei.«

»Eben, aber genau das hättest du sein sollen!«, brüllte George plötzlich so laut, dass ich vor Schreck zusammenzuckte. Dabei schlug er wütend gegen die Wand, sodass ein Flaschenkürbis aus dem Regal fiel und über den Boden rollte. »Wenn du besser aufgepasst hättest, wäre das alles gar nicht erst passiert! Natürlich war es schlimm! Seine ganze Hand ist angeschwollen. Er hat mir erzählt, seine Finger hätten schon wie blaurote Würstchen ausgesehen, aber er wollte nicht in den Krankenwagen einsteigen. Und warum nicht? Weil er sich Sorgen um *dich* gemacht hat! Weil er sich erst vergewissern wollte, dass dir nichts passiert ist. Er wollte einfach nicht vernünftig sein, obwohl ihn die Geistersieche befallen hatte und er innerhalb der nächsten Stunde gestorben wäre, wenn nicht jemand so viel Verstand gehabt hätte, ihm einfach eine Spritze in den Hintern zu rammen. Er lässt sich einfach nichts sagen! Von den Sanitätern nicht und von mir auch nicht. Er hätte ja warten können, bis ich Erkundigungen zu dem Fall eingezogen habe. Aber nein, er hatte es wie immer viel zu eilig. Wenn er mir ausnahmsweise mal genug Zeit gegeben hätte, dann …«, George versetzte dem Flaschenkürbis einen Tritt, sodass er über den Boden trudelte und an der Fußleiste in zwei Hälften zerbrach, »… dann wäre dieser ganze verdammte Schlamassel nicht passiert!«

Um es noch mal kurz zusammenzufassen: In den letzten zwölf Stunden hatte mich ein bösartiger Geist beinahe umgebracht. Ich war aus dem Fenster gefallen und in ein Gebüsch gestürzt. Ich hatte mir den Arm verstaucht. Ein pickliger Typ hatte die halbe Nacht gebraucht, um mit einer Pinzette Splitter und Dornen aus empfindlichen Teilen meines Körpers zu pulen. Außerdem hatte ich ein kleines Vorstadthaus abgefackelt. Ach ja, und Lockwood war von der Geistersieche befallen worden und wurde gerade, trotz seiner zweifellos schlechten Verfassung, von der Polizei in die Mangel genommen. Ich brauchte dringend ein Bad, etwas zu essen und viel Ruhe. Und ich musste so bald wie möglich zu Lockwood.

Stattdessen hackte George auf mir herum. *Das* konnte ich jetzt wirklich nicht gebrauchen.

»Reg dich ab«, sagte ich. »Jetzt ist wirklich nicht der richtige Zeitpunkt für so was.«

»Und wann soll das sein, bitte schön?«, fauchte er. »Wenn du und Lockwood beide tot seid? Wenn ich eines Nachts die Tür aufmache und ihr zwei hinter der Eisenlinie rumwabert, Plasmafäden hinter euch herzieht und die Würmer sich in euren Augenhöhlen ringeln? Alles klar!«

Allmählich verlor auch ich die Beherrschung. »Sehr witzig. Außerdem würde ich so nicht wiederkehren. Ich würde eine hübschere Erscheinung wählen.«

»Echt? Woher willst du wissen, wie du mal als Besucher aussiehst, Lucy? Du hast doch keine Ahnung! Du hast nichts von dem gelesen, was ich dir gegeben habe. Du machst dir nie irgendwelche Notizen. Du und Lockwood – ihr wollt immer gleich losziehen und Geister aufstöbern! So was wie Vorarbeit interessiert euch nicht!«

Ich baute mich vor ihm auf. Hätte mein Arm nicht so wehgetan, ich hätte ihn vor die Brust geboxt. »Weil wir Geld verdienen müssen«, sagte ich. »Wenn man nur in alten Papieren rumwühlt wie du, kommt keine Kohle rein.«

Seine Augen hinter den blöden Brillengläsern blitzten zornig. »Ach nein?«

»Nein. Wenn du nicht immer so einen Aufstand machen würdest, hätten wir in den letzten Monaten doppelt so viele Aufträge annehmen können. Gestern zum Beispiel. Wir haben den ganzen Nachmittag auf dich gewartet. Du hättest uns begleiten können. Aber du warst ja zu beschäftigt – in irgendeiner Bücherei oder so. Wir haben bis um fünf gewartet, dann haben wir dir auf dem Weisen Tuch eine Nachricht hinterlassen.«

Er antwortete, jetzt etwas ruhiger: »Ihr hättet besser noch länger gewartet.«

»Und dann? Was wäre dann anders gewesen?«

»Das kann ich dir sagen! Komm mal mit.« Er stapfte in die Küche. Dort ignorierte er meine entsetzte Miene angesichts der schmutzigen Geschirrberge, riss die Tür zum Keller auf und trampelte die Eisentreppe hinunter. »Komm!«, rief er wieder. »Natürlich nur, wenn es dir nicht zu viel Mühe macht.«

Von der Verwünschung, die ich ausstieß, wäre garantiert die Milch sauer geworden – wenn sie nicht sowieso schon seit sechsunddreißig Stunden auf dem Küchentisch gestanden hätte. Ich war stinksauer und polterte die Treppe genauso laut hinunter wie George.

Unten im Büro brannte seine Schreibtischlampe. Der Tisch selbst war ein einziger Saustall: Papiere, benutzte Teebecher, Apfelbutzen, Chipstüten und angebissene Brote zeugten von einer langen Nachtwache. In einer Ecke stand das Geisterglas. Der Totenschädel war hinter dem gelblichen Dunst kaum zu erkennen. Aus unerfindlichen Gründen waberte das körperlose Gesicht heute kopfüber.

George zog ein paar Papiere aus dem Durcheinander, aber ich wartete nicht ab, bis er loslegte, sondern kam ihm zuvor.

»Weißt du, was dein Problem ist? Du bist eifersüchtig.«

George machte ein verdutztes Gesicht. »Auf wen?«

»Auf mich.«

Er lachte verächtlich. Der Kopf im Geisterglas äffte ihn nach und schnitt eine theatralische Fratze. »Na klar doch. Du bist ja auch die Tollste. Du hast zwar gerade das Haus eines Klienten abgebrannt, aber du bist die beste Mitarbeiterin, die wir je hatten.«

»Ganz recht. Mein Vorgänger ist nämlich tot.«

Das brachte ihn kurz aus der Fassung, aber er fing sich gleich wieder. »Darum geht es hier nicht.«

»Doch, genau darum! Wie genau ist Robin noch mal umgekommen?«

»Ist einer Blutrippe begegnet, hat Panik bekommen und ist vom Dach gesprungen.«

»Eben, ich dagegen habe überlebt, und das an vorderster Front. Wo man dich nur selten antrifft. Und das wurmt dich, gib's doch zu! Du hast das Gefühl, dass du außen vor bist. Stimmt genau. Und ich lasse mir von dir kein schlechtes Gewissen einreden, weil ich losgehe und die Probleme anpacke, statt mich in verstaubten Büchern zu vergraben. Darum geht es!«

»Na schön.« Er schob seine Brille hoch. »Vielleicht hast du recht. Ich denke bei Gelegenheit mal drüber nach. Aber vielleicht wirfst du solange einen Blick auf diese verstaubten Dokumente, die ich gestern ausgegraben habe, während ihr hier die Probleme zwar angepackt, aber leider keine Eisenketten eingepackt habt. Das erste Dokument stammt aus dem Grundbuchamt und bezieht sich auf die Sheen Road 62, wo du gerade herkommst. Es ist eine Liste aller Leute, denen das Haus in den letzten hundert Jahren gehört hat. Ganz unten stehen Mr und Mrs Hope, aber die kennst du ja schon. Eine gewisse Miss Annabel E. Ward dagegen, die das Haus vor fünfzig Jahren erworben hat, dürfte dir neu sein. Behalte den Namen bitte im Hinterkopf. Ich habe gestern so lange gebraucht, weil ich noch im Nationalarchiv recherchiert habe. Ich habe alle Namen auf der Grundbuchliste mit alten Zeitungsartikeln abgeglichen. Warum? Weil ich keine Überraschungen mag, darum. Und ich habe tatsächlich etwas Überraschendes gefunden. Mich hat interessiert, ob einer der Käufer aus irgendeinem Grund öffentliche Aufmerksamkeit erregt hat. Und stell dir vor – bei einem war das tatsächlich der Fall.«

Mit seinen tintenverschmierten Fingern förderte er ein zweites Blatt zutage, die schmuddelige Fotokopie eines Zeitungsartikels.

Der Artikel stammte aus dem *Richmonder Anzeiger*, die Ausgabe war neunundvierzig Jahre alt.

## Junge Frau vermisst

### Polizei bittet um Mithilfe

Die Polizeidienststelle, die das Verschwinden einer jungen Dame der Londoner Gesellschaft untersucht, bat gestern erneut um Hinweise aus der Bevölkerung.

Miss Ward (20), wohnhaft in der Sheen Road in Richmond, ist seit dem späten Samstagabend des 21. Juni spurlos verschwunden. Sie dinierte mit Freunden in einem Nachtklub in der Chelsea Bridge Road, den sie kurz vor Mitternacht verließ. Am folgenden Tag erschien sie nicht zu einer Verabredung. Ihr Bekanntenkreis wurde eingehend befragt, konnte aber bislang nichts Entscheidendes zur Lösung des Falles beitragen. Sachdienliche Hinweise werden unter der unten stehenden Telefonnummer entgegengenommen.

Eine Großfahndung nach Miss Ward, einer aufstrebenden Schauspielerin und gern gesehenem Gast bei gesellschaftlichen Ereignissen aller Art, ist mittlerweile eingeleitet. Ihr Haus und dessen Umgebung werden seit Tagen durchkämmt, Polizeitaucher suchen Seen und Flüsse nach ihr ab. Miss Wards Vater, Mr Julian Ward, hat eine beträchtliche Belohnung für …

»Hast du Schwierigkeiten beim Lesen?«, fragte George. »Kein Wunder. Der Artikel geht ja immerhin über ganze zwei Spalten oder noch mehr. Ich fasse den Inhalt mal für dich zusammen. Miss Wards Hausnummer wird nicht genannt, aber ich gehe davon aus, dass es sich um dieselbe Annabel Ward handelt, die beim Grundbuchamt eingetragen ist. Das Datum passt auch. Sie hat also in dem Haus gewohnt, in dem du und Lockwood einer Erscheinung nachgegangen seid. Zufall? Kann sein, aber es kam mir doch so verdächtig vor, dass ich mir eine Kopie gezogen habe. Danach bin ich sofort nach Hause geflitzt, aber – Überraschung! – ihr wart schon weg. Trotzdem habe ich mir erst mal keine Sorgen gemacht. Bis ich gemerkt habe, dass ihr die Ketten vergessen hattet.«

Schweigen.

Der Geist im Glas hatte sich in eine körnige Plasmawolke verwandelt, die träge vor sich hinstrudelte wie die algengrüne Lache am Boden eines Brunnens.

»Und?«, fragte George nach einer Pause. »Passt das, was ich recherchiert habe, irgendwie zu dem, was ihr gestern Nacht erlebt habt?«

Es war, als hätte sich in mir ein Loch aufgetan, durch das meine ganze Wut abgeflossen war. Ich war einfach nur noch todmüde. »Hast du ein Bild von ihr?«, fragte ich.

Selbstverständlich hatte er auch ein Foto aufgetrieben. »Hier.«

Das Foto stammte aus einer anderen Ausgabe des *Richmonder Anzeigers*. Es zeigte eine junge Frau in einem langen Pelzmantel. Die Blitzlichter hatten sie eingefangen, als sie aus einer Tür trat. Schlanke Beine, weiße Zähne, toupierte Hochfrisur. Offenbar kam sie aus einem jener Klubs oder Bars, die gern von Journalisten belagert werden. Wäre sie noch am Leben, würde sie bestimmt in Lockwoods Zeitschriften auftauchen und ich könnte sie nicht ausstehen.

Doch unter den gegebenen Umständen sah ich sofort ihr runzliges Mumiengesicht vor mir, die eingesunkenen Augenhöhlen voller Spinnweben. Wie traurig.

»Das ist sie«, sagte ich.

»Na toll«, erwiderte George nur.

»In dem Artikel steht, dass die Polizei ihr Haus durchsucht hat«, sagte ich. »Anscheinend nicht sehr gründlich.«

Wir standen nebeneinander vor dem Schreibtisch und betrachteten das fast fünfzig Jahre alte Foto und den längst vergessenen Zeitungsartikel.

»Wer sie auch umgebracht hat, er hat ganze Arbeit geleistet«, sagte George. »Außerdem war das Problem damals offiziell noch nicht allgemein anerkannt. Wahrscheinlich wurden bei der Suche keine Fachleute für Übersinnliches hinzugezogen.«

»Aber warum hat sich ihr Geist so lange ruhig verhalten?«

»Das kann verschiedene Gründe haben. Vielleicht war vorher zu viel Eisen im Haus. Vielleicht hat im Zimmer mit der Leiche ein schmiedeeisernes Bettgestell gestanden oder so was. Als die Hopes das Haus übernommen haben, wurden vermutlich die alten Möbel hinausgeworfen, und das hat die Quelle wieder freigelegt.«

»Mr Hope hatte sich in einem ehemaligen Schlafzimmer sein Arbeitszimmer eingerichtet.«

»Na bitte. Aber das ist jetzt auch egal.« Er nahm die Brille ab und rieb sie am Hemdzipfel sauber.

»Du hattest recht«, sagte ich kleinlaut. »Wir hätten auf dich warten sollen.«

»Ich hätte euch ja auch hinterherfahren können. Aber ruf mal ein Nachttaxi …«

»Ich wollte dich nicht anbrüllen. Ich hab mir einfach Sorgen um Lockwood gemacht.«

»Der erholt sich schon wieder. Ich entschuldige mich auch für meinen Wutanfall. Ich hab den Flaschenkürbis kaputt gemacht, oder?«

»Das fällt Lockwood bestimmt nicht auf. Stell ihn einfach zurück ins Regal.«

»Hmm.« Er setzte die Brille wieder auf. »Tut mir leid wegen deinem Arm.«

So hätte es ewig mit Entschuldigungen weitergehen können, aber mein Blick fiel auf das Geisterglas. Das Gesicht war jetzt wieder deutlicher zu sehen und schnitt uns abscheuliche Grimassen. »Das Ding kann uns doch nicht hören, oder?«

»Nicht durch Silberglas. Komm, wir gehen wieder rauf. Ich mach dir was zu essen.«

Ich ging zur Treppe. »Erst mal musst du abwaschen. Das wird 'ne Weile dauern.«

Tatsächlich dauerte der Abwasch so lange, dass ich duschen und mich umziehen konnte. Mir tat immer noch alles weh. Als ich die Treppe steifbeinig wieder hinunterkam, schob George die Eier mit Speck gerade auf den Teller. Ich legte meinen verstauchten Ellbogen auf den Tisch und griff vorsichtig nach dem Salzstreuer – da klingelte es an der Haustür.

George und ich wechselten einen Blick. Dann standen wir beide auf.

Es war Lockwood.

Sein Mantel war zerrissen und versengt, sein Hemdkragen halb abgerissen, sein Gesicht war zerkratzt und die dunkel geränderten Augen leuchteten wie die eines Fieberkranken.

Er war nicht angeschwollen, wie ich befürchtet hatte, sondern wirkte magerer denn je. Als er in den Schein der Dielenlampe trat, sah ich, dass seine rechte Hand verbunden war.

»Hallo, George, hallo, Lucy ...«, sagte er mit zittriger Stimme. Er schwankte, als würde er gleich umkippen. Wir stützten ihn, einer links, einer rechts, und er lächelte uns an. »Ich bin froh, dass ich wieder zu Hause bin«, sagte er. Und dann: »He, was ist denn mit meinem Flaschenkürbis passiert?«

# Kapitel 10

**Ob nun die eisige Berührung** des Geistes immer noch die Sieche durch seine Adern fließen ließ, ob andere Verletzungen ihn beeinträchtigten oder ihm die ermüdende Vernehmung bei Scotland Yard noch zu schaffen machte – jedenfalls war Lockwood den ganzen Tag lang in ziemlich mieser Verfassung. Zunächst verschlief er (wie ich) den gesamten Vormittag. Beim Mittagessen stocherte er lustlos in Georges Gemüseauflauf. Er bewegte sich schwerfällig, und vor allem sprach er kaum ein Wort, was ausgesprochen untypisch für ihn war. Nach dem Essen verzog er sich ins Wohnzimmer, packte seinen verletzten Arm zwischen zwei Wärmflaschen und starrte stumpfsinnig aus dem Fenster.

George und ich leisteten ihm den Nachmittag über schweigend Gesellschaft. Ich las einen Krimi, und George führte ein paar Experimente mit dem gefangenen Geist durch, indem er das Glas kleinen Stromstößen aussetzte. Der Geist reagierte nicht. Vielleicht schmollte er, vielleicht lag es an etwas anderem.

Gegen vier, es dämmerte bereits, fuhren wir beide zusammen,

als Lockwood plötzlich nach dem Auftragsbuch fragte. Es war seit Stunden das erste Mal, dass er den Mund aufmachte.

»Was ist denn als Nächstes dran?«, fragte er, als George das Buch geholt hatte. »Welche Aufträge stehen noch aus?«

George blätterte bis zu den letzten Einträgen vor. »Viel ist es nicht. Auf dem Parkplatz neben einem Schnapsladen wurde am frühen Abend eine *unheimliche dunkle Gestalt* gesichtet. Das kann alles Mögliche sein, von einem Schwarzen Wiedergänger bis zu einem Waberer. Da hätten wir eigentlich heute Abend hingemusst, aber ich habe schon angerufen und den Termin verschoben. Dann haben wir noch das *schaurige Klopfen* in einem Wohnhaus in Neasden … vermutlich ein Mauerklopfer oder ein Schwacher Poltergeist, aber wir brauchen noch mehr Hintergrundinformationen. Drittens wäre da die *reglose dunkle Gestalt* in einem Garten in Finchley – das könnte ein Lauerer oder ein Schemen sein. Ach ja, und eine dringende Anfrage von Mrs Eileen Smithers aus Chorley. Wenn sie abends allein zu Hause ist, hört sie immer …«

»Moment mal«, unterbrach Lockwood ihn. »Eileen Smithers? Haben wir nicht schon mal für die Dame gearbeitet?«

»Doch. Stimmt. Damals ging es um ein *grässliches geisterhaftes Jaulen* in ihrem Wohnzimmer und der Küche. Wir hatten erst auf einen Kreischer getippt, aber es war dann doch die Nachbarskatze, die sich in die Hohlwand verirrt hatte.«

Lockwood verzog das Gesicht. »Puh. Ich erinnere mich. Und was ist jetzt wieder los?«

»Jetzt hört sie in ihrer Dachkammer ein *herzzerreißendes Kinderweinen*. Es fängt gegen Mitternacht an, wenn …«

»Das ist doch bestimmt bloß wieder die blöde Katze.« Lockwood zog die linke Hand zwischen den Wärmflaschen hervor und ließ vorsichtig die Finger spielen. Die Haut war bläulich verfärbt. »Unterm Strich ist das nicht gerade das aufregendste Programm in der Geschichte der übersinnlichen Ermittlungen, oder? Lauerer, Schemen und die Nachbarskatze … Wo bleiben eigentlich die richtig guten Fälle? So wie das Grauen von Mortlake zum Beispiel oder der Alb von Dulwich …«

»Wenn du mit *gut* einen starken, äußerst angriffslustigen Geist meinst, würde ich den Fall von letzter Nacht durchaus dazuzählen«, sagte ich. »Das Dumme war nur, dass wir nicht darauf vorbereitet waren.«

»Was mir die Beamten in Scotland Yard auch immer wieder unter die Nase reiben mussten«, sagte Lockwood missmutig. »Nein, mit *gut* meine ich Fälle, die richtig Geld bringen. Was George da vorgelesen hat, ist nicht gerade der Knaller.«

Lockwood sprach selten über Geld. Für ihn stellten die Einsätze eher eine sportliche Herausforderung dar. Wir schwiegen beklommen, bis ich es nicht mehr aushielt. »George hat übrigens ein paar Recherchen über unser Geistermädchen angestellt«, verkündete ich munter. »Erzähl's ihm, George.«

George hatte schon den ganzen Tag auf eine Gelegenheit gelauert, sein Wissen anzubringen. Er zog den Artikel schwungvoll aus der Tasche und las ihn vor. Lockwood hörte gleichgültig zu. Er interessierte sich fast nie für die Identität der Besucher. Das galt offenbar auch dann, wenn er von einem verletzt worden war.

»Annabel Ward hieß sie?«, wiederholte er, als George geendet hatte. »Wie sie wohl gestorben ist …?«

»Und wer sie wohl umgebracht hat?«, setzte ich hinzu.

»Fünfzig Jahre sind eine lange Zeit«, sagte Lockwood. »Wir werden es wahrscheinlich nie erfahren. Mich interessiert das

Hier und Jetzt mehr. Ihr Geist hat uns ganz schön was eingebrockt. Die Polizei ist gar nicht begeistert von dem Brand.«

»Was wollten die denn letzte Nacht von dir?«, fragte George.

»Sie haben meine Aussage aufgenommen. Ich habe die üblichen Argumente vorgebracht: ein heimtückischer Geist, Lebensgefahr, keine Zeit zum Überlegen und so weiter und so fort. Aber es hat sie nicht besonders überzeugt.« Er verstummte und starrte wieder aus dem Fenster.

»Und jetzt?«, fragte ich.

Er schüttelte nur den Kopf. »Abwarten.«

Das mussten wir nicht allzu lange. Nicht mal zwanzig Minuten später hämmerte jemand an die Vordertür. George öffnete und kehrte mit grimmiger Miene und einer blau umrandeten Visitenkarte zurück.

»Mr Montagu Barnes von der BEBÜP. Bist du zu Hause?«

Lockwood verdrehte die Augen. »Muss ich ja wohl. Er weiß genau, dass ich heute in meinem Zustand nirgendwo hinkann. Lass ihn rein.«

* * *

Die Behörde zur Erforschung und Bekämpfung Übersinnlicher Phänomene, kurz BEBÜP, gehört zu den mächtigsten Institutionen des Landes. Sie ist zum Teil der Regierung und zum Teil der Polizei unterstellt, wird aber letztendlich von einem Haufen in die Jahre gekommener Agenten betrieben, die so langsam und gebrechlich geworden sind, dass sie nicht mal mehr als Berater arbeiten können. Ihre Hauptaufgabe besteht darin, die Agenturen zu überwachen und dafür zu sorgen, dass unsereiner auch ja alle Vorschriften einhält.

Was Letzteres betraf, war Inspektor Barnes ein besonders scharfer Hund. Er bestand darauf, dass die Vorschriften der BEBÜP buchstabengetreu befolgt wurden. Lockwood und George hatten schon ein paarmal mit ihm zu tun gehabt, aber das war vor meiner Zeit in der Agentur gewesen. Für mich war es also die erste Begegnung mit dem Inspektor, und als er hereinkam, musterte ich ihn neugierig.

Er war ein kleiner Mann in einem dunklen, ziemlich zerknitterten Anzug. Seine braunen Schuhe waren abgewetzt und die Hosenbeine ein bisschen zu lang. Der braune Regenmantel reichte ihm bis zu den Knien, auf seinem Kopf saß eine braune Wildledermelone. Er hatte schüttere, strähnige Haare, aber dafür war sein Schnurrbart ein echtes Prachtexemplar, dicht und struppig wie eine noch nie benutzte Scheuerbürste. Sein Alter konnte ich schwer einschätzen. Er mochte erst um die fünfzig sein, aber mir erschien er uralt, nicht mehr weit davon entfernt, selbst zu einem Besucher zu werden. Er wirkte so verhärmt und trübsinnig, als hätte man ihm unter Vollnarkose alle Lebensfreude abgesaugt. Die dicken, schweren Tränensäcke unter seinen Augen zeugten davon. Die Augen selbst jedoch waren wach und lebhaft.

Lockwood erhob sich schwerfällig aus dem Sessel, begrüßte den Beamten höflich und bot ihm einen Platz auf dem Sofa an. George räumte das Geisterglas vom Tisch, stellte es auf die Kommode und legte das gepunktete Tuch darüber. Ich ging Tee kochen.

Als ich wieder ins Zimmer kam, trug Barnes immer noch Hut und Mantel. Er saß breitbeinig in der Mitte des Sofas, die Hände flach auf den Knien. Seine Haltung hatte etwas zugleich Großspuriges und Unbeholfenes. Sein Blick wanderte über die Kuriositätensammlung.

»Die meisten Leute hängen sich Landschaftsbilder an die Wand oder stellen sich Porzellanenten ins Regal«, sagte er näselnd. »Das Zeug hier sieht ziemlich unhygienisch aus. Was soll das mottenzerfressene Ding dort darstellen?«

»Das ist ein tibetischer Geisterstab«, antwortete Lockwood. »Mindestens hundert Jahre alt. Ich vermute, dass die Lamas damit umherstreunende Geister in die Metallkugeln gebannt haben, die dort drüben zwischen den Fahnen hängen. Ich muss sagen, Sie haben einen Blick für Qualität, Mr Barnes. Der Stock gehört zu den wertvollsten Stücken meiner Sammlung.«

Der Inspektor schnaubte verächtlich in seinen Schnurrbart. »Ausländischer Hokuspokus, wenn Sie mich fragen ...« Er riss sich von der Betrachtung des Stabes los und wandte sich uns zu. »Freut mich, dass ich Sie beide schon wieder in so guter Verfassung antreffe. Ich bin überrascht. Gestern Nacht im Garten der Familie Hope dachte ich, Sie müssten mindestens eine Woche im Krankenhaus verbringen.« Sein Unterton ließ vermuten, dass ihm das nicht unlieb gewesen wäre.

Lockwood erwiderte bedauernd: »Wirklich schade, dass ich nicht dableiben und Ihnen behilflich sein konnte. Die Sanitäter haben mich nicht gelassen.«

Barnes winkte ab. »Sie hätten uns wahrscheinlich nur im Weg gestanden. Die Feuerwehr und die Leute von Rotwell haben geradezu Übermenschliches geleistet, um den Brand einzudämmen. So konnte das Erdgeschoss gerettet werden. Alles darüber ist dank Ihnen beiden abrissreif.«

Lockwood nickte knapp. »Was es dazu zu sagen gibt, habe ich bereits Ihren Kollegen von Scotland Yard erzählt.«

»Weiß ich. Außerdem habe ich mit der alten Mrs Hope gesprochen.«

»Aha. Wie geht es ihr?«

»Wie Sie sich vielleicht vorstellen können, Mr Lockwood, ist sie fix und fertig. Ich konnte nicht viel aus ihr herausbekommen. Aber sie und ihre Tochter sind sehr verärgert. Sie fordern eine Entschädigung. Ist das mein Tee? Wunderbar.« Er führte die Tasse zum Mund.

Lockwoods ohnehin schon blasses Gesicht wurde noch bleicher. »Ich verstehe ja, dass die beiden sich aufregen, aber – unter uns Profis – so etwas kommt in unserem Beruf nun mal vor. Lucy und ich hatten es mit einem gefährlichen Typ Zwei zu tun. Der Geist hat schon einmal jemanden umgebracht und wollte auch uns töten. Natürlich bedaure ich den dabei entstandenen Schaden, aber ich hoffe doch sehr, dass uns die BEBÜP bei den anfallenden Kosten unter die Arme greift und …«

»Von der BEBÜP haben Sie keinen Penny zu erwarten«, fiel ihm Barnes ins Wort und trank noch einen Schluck Tee. »Genau das führt mich her. Ich habe bereits alles mit meinen Vorgesetzten besprochen. Wir alle sind der Meinung, dass Sie bei der Durchführung des Einsatzes in der Sheen Road grundlegende Sicherheitsvorschriften missachtet haben. Vor allem, was Ihre Ausrüstung betrifft. Sich ohne Eisenketten mit so einem gefährlichen Besucher anzulegen, ist sträflicher Leichtsinn. Der Brand ist die unmittelbare Folge dieses Versäumnisses.«

»Das ist doch lächerlich«, sagte Lockwood. »Sicherlich können wir …«

»Von *wir* kann hier keine Rede sein!« Barnes verlor plötzlich die Beherrschung. Er sprang auf und fuchtelte mit seiner Tasse herum. »Wenn Sie und Miss Carlyle vernünftig gewesen wären – wenn Sie nach dem ersten Zusammenstoß mit dem Geist das Haus sofort verlassen hätten, um weitere Ausrüstung zu holen oder …«, er funkelte uns nacheinander an, »… oder Verstärkung in Gestalt erfahrener Kollegen, dann wäre das Haus unversehrt geblieben! Dass es so gekommen ist, ist allein Ihre Schuld, deshalb kann ich Ihnen leider nicht helfen. Womit wir beim eigentlichen Anlass meines Besuches wären.« Er griff in seine Manteltasche. »Ich habe hier ein Schreiben von den Anwälten der Familie Hope. Sie verlangen eine Entschädigungszahlung in Höhe von sechzigtausend Pfund und setzen Ihnen eine Frist von vier Wochen. Ist das Geld bis dahin nicht eingetroffen, wird man gerichtlich gegen Sie vorgehen.« Er schürzte die Lippen. »Hoffentlich sind Sie so wohlhabend, wie es den Anschein hat, Mr Lockwood, denn wenn Sie der Schadensersatzforderung nicht nachkommen, wird die BEBÜP Ihre Agentur schließen müssen. Dann ist es aus mit Lockwood & Co.«

Keiner von uns sagte etwas. Lockwood und ich saßen wie von Geisterstarre befallen da. George nahm die Brille ab und putzte sie mit seinem Pulli.

Nachdem er seine vernichtende Nachricht losgeworden war, schien Inspektor Barnes sich unbehaglich zu fühlen. Er ging im Zimmer auf und ab, betrachtete wieder Lockwoods Sammlerstücke und nippte an seinem Tee. Es machte den Eindruck, als könne er es kaum erwarten, wieder zu gehen.

»Legen Sie das Schreiben bitte auf die Kommode«, sagte Lockwood schließlich. »Ich werfe nachher einen Blick darauf.«

»Sie brauchen gar nicht so beleidigt zu tun, Mr Lockwood. Das ist eben die Konsequenz, wenn man seine Agentur nicht vorschriftsmäßig betreibt. Ohne Erwachsene! Ein Berater hätte sich darum gekümmert, dass die Sach- und Personenschäden möglichst gering bleiben. Aber Sie …«, er machte eine angewiderte Handbewegung, »Sie sind bloß drei Kinder, die in einem

Erwachsenenspiel mitmischen wollen. Das sieht man schon, wenn man hier hereinkommt. Dieser ganze Kram an den Wänden!« Er beäugte einen kleinen Aufkleber. »Ein indonesischer Geisterfänger? So was gehört ins Museum!«

»Meine Mutter hat die Sammlung angelegt«, entgegnete Lockwood gelassen.

Der Inspektor ging nicht darauf ein. Er warf das Anwaltsschreiben auf die Kommode und erblickte dabei das mit dem gepunkteten Tuch verhüllte Geisterglas. Stirnrunzelnd zog er das Tuch weg, beugte sich vor und spähte in den gelblichen Dunst. »Und was haben wir hier für eine Scheußlichkeit, die schon längst ins Feuer gehört hätte?« Er klopfte mit dem Fingernagel an die Glaswand.

»Äh … das würde ich an Ihrer Stelle lieber bleiben lassen«, sagte Lockwood.

»Wieso denn?«

Gelbes Plasma wallte auf und das Gesicht des Geistes materialisierte sich vor Barnes' Nase. Der Geist ließ seine Augen herausquellen, als säßen sie auf Stielen, und riss den Mund weit auf, sodass man ein wahres Alpenpanorama schartiger Zähne sah. Dazu vollführte die Zunge die unwahrscheinlichsten Verrenkungen.

Ich konnte nicht beurteilen, wie viel von diesem Schreckbild der Inspektor tatsächlich erkennen konnte, jedenfalls stieß er einen Schrei aus wie ein Brüllaffe und machte einen Riesensatz rückwärts. Dabei riss er abwehrend die Hände hoch und kippte sich den heißen Tee über Gesicht und Brust. Die Tasse landete klirrend auf dem Fußboden.

»Wie oft muss ich dir noch sagen, dass du das Glas nicht mit hochbringen sollst, George?«, sagte Lockwood freundlich.

»'tschuldigung. Hab's vergessen.«

»Verantwortungsloses Pack!«, fluchte Barnes. »Was in aller Welt ist das für ein Ungeheuer?«

»Ganz sicher sind wir nicht«, sagte George, »aber höchstwahrscheinlich handelt es sich um einen Wiedergänger. Sie hätten sich nicht so drüberbeugen sollen. Er erschrickt leicht angesichts grotesker Gestalten.«

Der Inspektor hatte eine Serviette vom Teetablett genommen und tupfte sich ab. »Genau davon rede ich die ganze Zeit«, sagte er mit finsterer Miene. »Solche Artefakte haben in Privatbesitz nichts zu suchen. Sie müssen in einer dafür ausgestatteten Einrichtung sicher verwahrt und bewacht werden – oder man vernichtet sie, was die noch bessere Lösung ist. Stellen Sie sich vor, der Geist entwischt Ihnen? Oder ein neugieriges Kind schaut in das Glas? Ich konnte kaum etwas erkennen und bin trotzdem schon zu Tode erschrocken. Und so etwas steht bei Ihnen zu Hause auf der Kommode!« Er schüttelte missbilligend den Kopf. »Wie schon gesagt, Sie betrachten das Ganze offensichtlich als Spiel, Mr Lockwood. Aber wie dem auch sei, lesen Sie das Schreiben und überlegen Sie sich, was Sie tun wollen. Sie haben vier Wochen Zeit, keinen Tag länger. Vier Wochen. Sechzigtausend Pfund. Sie brauchen mich nicht zur Tür zu bringen. Ich finde allein hinaus, falls mich in der Diele kein Ghul frisst!«

Er machte auf dem Absatz kehrt und marschierte aus dem Zimmer. Wir warteten, bis die Haustür zuschlug.

»Uff. Das war aber mal eine anstrengende Teestunde«, sagte Lockwood. »Nur gegen Ende wurde der Inspektor zum Glück ein bisschen lockerer.«

George kicherte in sich hinein. »Habt ihr sein Gesicht gesehen?«

»Und wie er rumgehüpft ist!«, erwiderte ich lachend.

»Er hat sich fast in die Hosen gemacht!«

»Das war echt super.«

»Superlustig.«

»Und ob.«

Unser Gelächter verebbte. Es wurde still. Wir schauten einander nicht an.

»Kannst du die Entschädigung für die Hopes bezahlen?«, fragte ich nach einer Weile des Schweigens.

Lockwood holte tief Luft. Es schien ihm wehzutun, denn er fuhr sich mit der Hand über die Rippen. »Kurz gesagt: nein. Ich besitze zwar ein Haus, aber ich habe nicht viel Geld auf dem Konto. Jedenfalls nicht genug, um das Haus der Hopes wieder aufzubauen. Ich könnte nur dieses Haus hier verkaufen, und das wäre der Untergang unserer Agentur, wie Barnes nur zu gut weiß …« Einen Augenblick wirkte er in seinem Sessel schmal und hilflos. Dann war es, als würde ein Schalter umgelegt, und er war wieder der Alte. Er lächelte uns ein wenig schief, aber strahlend an. »Aber so weit muss es ja nicht kommen, oder? Wir haben vier Wochen Zeit! In vier Wochen kann man eine Menge Kohle verdienen. Wir brauchen jetzt einen richtig hochkarätigen Auftrag, der uns bekannt macht und den Stein ins Rollen bringt.« Er deutete auf das schwarze Buch auf dem Sofatisch. »Schluss mit den kümmerlichen Schemen und Lauerern! Mit solchen Fällen kann man sich keinen Namen machen. Wir … wir überlegen uns morgen, wie wir vorgehen. Danke, George, ich möchte keinen Tee mehr. Ich bin müde. Wenn ihr nichts dagegen habt, gehe ich schlafen.«

Er wünschte uns eine gute Nacht und ging hinaus. George und ich blieben sitzen.

»Ich hab's ihm nicht gesagt, aber einen von den Aufträgen sind wir schon wieder los«, sagte George nach einer ganzen Weile. »Der Klient hat heute angerufen. Er hat von dem Brand gehört.«

»Die Katzentante?«

»Leider nein. Einer von den spannenderen Fällen.«

»Vier Wochen sind nicht lang, um so viel Geld aufzutreiben, oder?«

»Nein.« George hockte im Schneidersitz auf dem Sofa und stützte das Kinn in die Hände.

»Ich finde das so was von ungerecht!«, schimpfte ich. »Wir haben unser Leben aufs Spiel gesetzt!«

»Hm-hm.«

»Wir haben London von einem hochgefährlichen Geist befreit!«

»Hm-hm.«

»Eigentlich müsste uns die BEBÜP ein Denkmal setzen!«

George reckte sich und stand auf. »Nette Idee, aber das wird leider nicht passieren. Hast du Hunger?«

»Ich bin zu müde zum Essen. Ich gehe auch schlafen.« Ich sah zu, wie er das Geschirr auf das Tablett stellte und die Tasse des Inspektors unter dem Sofa hervorangelte. »Annabel Ward kann jedenfalls kein Unheil mehr anrichten«, setzte ich hinzu. »Das ist immerhin ein schwacher Trost.«

»Stimmt. Wenigstens *das* habt ihr nicht vermasselt.«

# Kapitel 11

**Irgendwann mitten in der Nacht** wachte ich auf. Im Zimmer war es stockdunkel und mein ganzer Körper schmerzte. Ich lag auf dem Rücken – die einzige halbwegs bequeme Position –, dem Fenster zugewandt. Einen Arm hatte ich angewinkelt aufs Kopfkissen gelegt, der andere ruhte ausgestreckt auf der Bettdecke. Mit offenen Augen und hellwachem Geist, kam es mir vor, als hätte ich überhaupt nicht geschlafen. Was aber nicht sein konnte, denn mich umgab nichts als die lastende, violette Stille der toten Stunden.

Der Sturz aus dem Fenster war vierundzwanzig Stunden her. Die Wunden, die ich mir dabei zugezogen hatte, brannten, und ich war immer noch völlig zerschlagen. Ich hätte aufstehen und mir ein Aspirin holen sollen, aber die Packung lag ganz unten in der Küche. Der Weg war mir zu weit und zu anstrengend. Ich mochte mich nicht bewegen. Ich fühlte mich steif und im Bett war es schön warm, aber im Zimmer und im übrigen Haus war es kalt.

Ich blieb still liegen und starrte an die schräge Zimmerdecke.

Kurz darauf erschien unter dem Dachfenster ein schwaches Leuchten, das rasch heller wurde. Es war der Widerschein der Geisterlampe draußen an der Straßenecke. Zuverlässig wie das Signalfeuer eines Leuchtturms flammte die Lampe alle dreieinhalb Minuten für dreißig Sekunden auf und erlosch wieder, flammte auf und erlosch. Laut den Behörden sorgte das Licht für Sicherheit auf den Straßen, indem es umherstreifende Besucher abschreckte. In Wirklichkeit trieben sich nur wenige Geister auf offener Straße herum, und die Lampen dienten eher der Beruhigung der Bürger, indem sie ihnen vorgaukelten, dass die Regierung etwas gegen das Problem unternahm.

Das funktionierte in gewisser Weise auch. Das Licht war tröstlich. Aber wenn es ausging, war die Nacht noch schwärzer als zuvor.

Solange die Lampe leuchtete, konnte ich jede Einzelheit in meinem kleinen Zimmer erkennen: die Dachbalken, die Eisenriegel um den Fensterrahmen, den klapprigen Schrank, der nicht tief genug war, sodass die Kleiderbügel fast quer hängen mussten. Der Schrank bot so wenig Platz, dass ich meine Kleider meistens einfach auf den Stuhl neben der Tür warf. Aus dem Augenwinkel sah ich den Kleiderberg. Er war schon bedenklich hoch. Morgen würde ich die Sachen sortieren und wegräumen.

Morgen … Trotz Lockwoods gespielter Tapferkeit waren unsere Morgen in diesem Haus höchstwahrscheinlich gezählt. Vier Wochen … Vier Wochen Zeit, um eine unglaublich hohe Geldsumme aufzutreiben. Und *ich* war es gewesen, die nach dem ersten Angriff des Geistermädchens darauf bestanden hatte, den Einsatz zu Ende zu führen. Ich hatte uns dazu gebracht, ihr erneut gegenüberzutreten, obwohl es so einfach gewesen wäre, unsere Sachen zusammenzupacken und zu gehen.

Alles meine Schuld. Ich hatte eine falsche Entscheidung getroffen, genau wie in der Mühle von Wythburn. Damals hatte ich nicht auf mein Bauchgefühl gehört. Diesmal hatte ich darauf gehört und es war wieder falsch gewesen. So oder so, wenn es hart auf hart kam, war das Endergebnis immer das gleiche. Ich vermasselte es und alles endete in einer Katastrophe.

Draußen erlosch die Geisterlampe und das Zimmer versank wieder im Dunkeln. Ich hatte mich immer noch nicht gerührt. Vielleicht konnte ich ja wieder einschlafen. Aber wem wollte ich etwas vormachen? Ich hatte Schmerzen, ich war hellwach, mich plagte das schlechte Gewissen – und viel zu kalt war mir auch. Ich musste mir eine zweite Decke aus dem Wäscheschrank im unteren Badezimmer holen.

Viel zu kalt …

Mein Herz stolperte plötzlich, als ich da so in meinem Bett lag.

Es war wirklich viel zu kalt.

Das hier war nicht die gewöhnliche klamme Novemberkälte, sondern eine Kälte, die den Atem in Wölkchen verwandelte, während man schlief. Es war die Art, die kleine kristallene Eisblumenmuster auf die Fensterscheiben zeichnete. Es war eine in jeden Winkel kriechende, tief in die Lungen dringende, schneidende Kälte, die mir nur allzu bekannt vorkam.

Ich riss die Augen weit auf.

Dunkelheit. Nur der Umriss des Gaubenfensters war zu erkennen und hinter den Scheiben der rötliche Londoner Nachthimmel. Ich lauschte, hörte aber nur mein eigenes Blut in den Ohren rauschen. Mein Herz schlug so heftig, dass ich glaubte, die Bettdecke müsse auf- und abhüpfen. All meine Muskeln zogen sich zusammen, ich nahm jede Kleinigkeit wahr, fühlte mit jedem Quadratzentimeter meiner Haut – den weichen Stoff des Nachthemds, das warme Laken unter mir, die Pflaster auf den Wunden. Meine Hand, die auf dem Kissen lag, zuckte unwillkürlich, die Handfläche wurde schweißnass.

Ich sah und hörte nichts, aber ich *wusste* es.

Ich war nicht allein im Zimmer.

Ein kleiner Teil meines Verstandes rief mir zu, ich solle fliehen. Wirf die schwere Decke ab, spring aus dem Bett. Was ich dann tun sollte, wusste ich nicht – aber alles war besser, als wehrlos dazuliegen und mit zusammengebissenen Zähnen gegen die Panik anzukämpfen.

Steh auf. Reiß die Tür auf. Renn nach unten … *Tu was!*

Ich blieb ganz still liegen.

Etwas sagte mir, dass zur Tür zu laufen vielleicht doch keine gute Idee sein könnte. Weil ich nämlich gesehen hatte … Was hatte ich eigentlich gesehen?

Ich wartete. Wartete auf das Licht.

Manchmal können drei Minuten eine lange, lange Zeit sein.

In den Tiefen der Geisterlampe und ihrer Schaltkreise unten an der Straßenecke sprang der Mechanismus an. Hinter den großen runden Linsen entzündeten sich die Magnesiumbirnen und tauchten die Straße in grelles weißes Licht. Hoch oben in meinem Dachfenster tauchte der Schein auf.

Mein Blick flog zur Tür.

Da! Der Kleiderhaufen auf dem Stuhl. Sein Umriss war schwarz und formlos, aber er war höher als sonst. Viel höher, als er hätte sein dürfen. Wenn ich alle Kleider aufeinandergetürmt hätte, die ich je besessen hatte, Röcke und Pullis unten und Unterwäsche und Socken obendrauf, wäre der Haufen nicht annähernd so hoch oder so schmal gewesen wie die Silhouette, die dort drüben im Dunkel neben der Tür stand.

Sie bewegte sich nicht. Das war auch nicht nötig. Ich lag wie festgefroren da und hielt dreißig Sekunden lang den Blick auf sie gerichtet. Wobei ich mich wirklich wie festgefroren fühlte. Die Geisterstarre hatte schon die ganze Zeit heimlich und leise von mir Besitz ergriffen, so verstohlen, dass es mir erst jetzt bewusst wurde.

Das Licht von draußen erlosch wieder.

Ich biss mir so fest auf die Lippe, dass es wehtat. Mit aller Kraft kämpfte ich gegen die Benommenheit und Willenlosigkeit an, die mich zu überwältigen drohten. Ich spannte alle meine schmerzenden Muskeln an, warf die Decke ab, rollte mich auf die Seite und ließ mich vom Bett auf den Fußboden fallen.

Dort blieb ich reglos liegen.

Die Nähte meiner Wunden pochten scheußlich, der Sturz war ihnen nicht gut bekommen. Aber immerhin war jetzt das Bett zwischen mir und der Tür … und dem Wesen, das neben der Tür lauerte. Nur darauf kam es im Moment an.

Ich schmiegte mich so flach es ging an den Teppich unter meinem Körper, den Kopf auf den Armen. Meine Füße und Beine waren der eisigen Luft ausgesetzt. Der Bettvorleger war überzogen von einem dünnen weißen Dunst, der leicht fluoreszierte: Geisternebel, eine Begleiterscheinung mancher Manifestationen.

Ich schloss die Augen, versuchte, mich zu beruhigen, und lauschte.

Aber was ein Kinderspiel ist, wenn man komplett bekleidet und ausgestattet ist, einen glänzenden Degen an der Hüfte, ist nicht ganz so einfach, wenn man in einem kurzen gelb-rosa Nachthemd auf dem Fußboden liegt. In Ausübung seines Berufes ein Heimgesuchtes Haus zu betreten, ist eine Sache, zu

Hause im eigenen Schlafzimmer in zwei Meter Entfernung einen Toten stehen zu sehen, eine ganz andere. Darum gelang es mir auch nicht, irgendwelche übernatürlichen Geräusche auszumachen. Das Einzige, was ich hörte, war viel existenzieller – das Schlagen meines Herzens, das Pumpen meiner Lungen.

*Wie in aller Welt ist es hier reingekommen?* Das Fenster war gesichert. Und das Zimmer lag eigentlich viel zu hoch.

*Bleib ruhig! Denk nach.* Gibt es im Zimmer irgendetwas, was ich als Waffe benutzen kann?

Nein. Mein Gürtel lag zwei Stockwerke tiefer auf dem Küchentisch. Zwei Stockwerke! Er hätte ebenso gut in China liegen können. Mein Degen, den ich in der Sheen Road verloren hatte, war ins Feuer gefallen und geschmolzen. Die Reservewaffen lagerten im Keller, also *drei* Stockwerke tiefer. Ich war völlig wehrlos. Wahrscheinlich flog auch noch woanders im Haus irgendwelche Ausrüstung herum, aber das nützte mir nichts, da das Wesen bei der Tür herumschwebte.

Oder etwa nicht. Ein Luftzug strich über mich hinweg. Ich erschauerte.

Weil ich auf dem Bauch lag, konnte ich den Kopf nur ein paar Zentimeter heben, ohne mich mit den Händen hochzustemmen. Ich sah nur ein Bein meines Bettes, Fetzen des grünlich weißen Geisternebels und ein Stück Wand. Mein Rücken war ungeschützt. Etwas hätte hinter mir herangeschwebt kommen können, ohne dass ich es gemerkt hätte.

Wie dunkel es auch war, ich musste einen Blick riskieren. Ich spannte alle Muskeln an, bereit, mich hochzustemmen.

Das Licht auf der Straße flammte wieder auf. Ich stemmte meine Arme in den Teppich, hob den Kopf und spähte über die Matratzenkante …

… und mir blieb fast das Herz stehen. Der Schatten befand sich nicht mehr neben der Tür. Nein. Er hatte sich in die Luft erhoben, langsam und leise, und schwebte jetzt über meinem Bett. Er verharrte in vornübergebeugter Haltung und befühlte mit seinen langen dunklen Fingern prüfend das warme Laken, auf dem ich eben noch gelegen hatte. Plasmafäden streiften die Matratze.

Hätte der Geist weiter umhergetastet, er hätte mich berührt.

Ich duckte mich wieder.

Das Bett in der Dachkammer war eigentlich reif für den Sperrmüll. Wahrscheinlich hatte Lockwood seine ganze Kindheit über darin geschlafen. Das Gestell wackelte und die Matratze war eine Hügellandschaft aus Dellen und Klumpen. Aber es hatte gegenüber den meisten modernen Betten einen großen Vorteil: Es hatte keinen Bettkasten. Unter dem Gestell war reichlich Platz für zerknüllte Taschentücher, Bücher, Staubmäuse und den kleinen Koffer, den ich von zu Hause mitgenommen hatte.

Und auch noch genug Platz für ein vorsichtig voranrobbendes Mädchen.

Ich weiß nicht mehr, ob ich auf dem Bauch unter das Bett kroch oder mich einfach drunterrollte. Ich kann mich auch nicht mehr dran erinnern, ob ich auf irgendwelchen Sachen landete und sie platt drückte. Ich glaube, ich stieß mir den Kopf, und offenbar riss ich mir auch die Pflaster von den Unterarmen, denn ich entdeckte die blutverkrusteten Dinger später auf dem Teppich. Es dauerte höchstens zwei Sekunden, dann war ich unter dem Bett hindurch und auf der anderen Seite wieder hinaus.

Wo sich etwas eisig Kaltes über mich legte.

Es war groß und weich und fiel von oben auf mich drauf.

Ich schlug in Todesangst um mich – bis ich merkte, dass es nur meine Bettdecke war, die heruntergerutscht war. Ich schüttelte sie ab und rappelte mich hoch. Hinter dem Bett loderte grelles Anderlicht auf. Die dunkle Silhouette verwandelte sich in eine bleiche, magere Gestalt, die mit ausgestreckten Armen auf mich zugeschwebt kam.

Ich stürzte zur Tür, riss sie auf und stürmte blindlings die Treppe hinunter.

Auf dem Treppenabsatz im zweiten Stock prallte ich gegen das Geländer. Ein kalter Luftzug streifte meinen Nacken. »Lockwood!«, rief ich. »George!«

Lockwoods Zimmertür befand sich links von mir. Der Spalt darunter wurde hell. Ich rüttelte an der Klinke und starrte dabei über die Schulter auf das fahle Glühen, das langsam die Treppe herunterschwebte. Die Türklinke ließ sich zwar herunterdrücken, aber mehr nicht: Die Tür war abgeschlossen. Ich hämmerte verzweifelt dagegen. Um die Ecke des Treppenabsatzes streckten sich Finger, eine ausgestreckte bleiche Hand …

Die Tür ging auf, sanftes gelbes Licht blendete mich.

Auf der Schwelle stand Lockwood in einem gestreiften Schlafanzug und seinem langen dunklen Morgenmantel.

»Lucy?«

Ich drängte mich an ihm vorbei. »Ein Geist! In meinem Zimmer! Er kommt!«

Sein Haar war ein bisschen unordentlich, sein zerschrammtes Gesicht sah schmal und müde aus, aber wie stets bewahrte er Haltung. Er stellte keine Fragen, sondern trat nur ein Stück von der offenen Tür zurück. Den Blick auf den Flur gerichtet, zog er die oberste Schublade der Kommode neben der Tür auf und kramte mit der gesunden Hand darin herum. Ich atmete auf. Dem Himmel sei Dank! Ob er nun eine Salzbombe oder eine Büchse Griechisches Feuer hervorholte – Hauptsache, eine Waffe.

Er zog ein zerknäultes Gebilde aus Nylonschnur, Holz und Blech hervor. Die Blechstücke stellten Tiere und Vögel dar. Lockwood hatte einen Holzstab am unteren Ende gepackt und fing an, die Schnüre zu entwirren.

Ich traute meinen Augen nicht. »Hast du nichts anderes da?«

»Mein Degen ist unten.«

»Und was soll das hier sein?«

»Ein Mobile. Als ich klein war, hing es über meinem Bett. Wenn man es so hält, hängen die Tiere an diesem sich drehenden Rad. Dabei spielt eine hübsche Melodie. Die Giraffe mochte ich immer am liebsten.«

Ich warf einen ängstlichen Blick auf die Tür. »Sehr schön, aber ...«

»Die Tiere sind aus Eisenblech gestanzt. Also, was ist passiert? Deine Knie bluten.«

»Eine Erscheinung. Zuerst mit dunkler Aura, sondert jetzt aber Anderlicht ab. Nebenwirkungen: Geisterstarre, Nebeldunst und Eishauch. Sie ist mir die Treppe hinuntergefolgt.«

Lockwood hatte das Mobile entwirrt. Als er es hochhielt und leicht schüttelte, drehte sich der kleine Kreis aus Tieren und klimperte leise. »Machst du bitte die Nachttischlampe aus?«

Ich tat es. Nun standen wir im Dunkeln. Auf dem Flur ließ sich keine leuchtende Gestalt blicken.

»Der Geist ist aber da, glaub's mir«, sagte ich.

»Wir gehen raus. Nimm einen von meinen Schuhen mit, wenn du am Bett vorbeikommst.«

Wir schlichen zur Tür, das Mobile vor uns hertragend, und

linsten vorsichtig hinaus. Keine Erscheinung, weder auf der Treppe noch im Flur.

»Hast du den Schuh?«

»Ja.«

»Schmeiß ihn gegen Georges Tür.«

Ich holte weit aus und warf den Schuh quer über den Flur. Er traf die Tür gegenüber mit einem dramatischen Knall. Wir warteten ab und beobachteten die Dunkelheit.

»Er ist hinter mir die Treppe runtergekommen«, sagte ich.

»Ich weiß. Sagtest du. Steh schon auf, George ...«

»Bei diesem Krach müsste er doch aufgewacht sein.«

»Er ist eine Schlafmütze – in mehr als einer Beziehung. Na endlich!«

George kam aus der Tür gestolpert, blinzelnd und kurzsichtig wie ein Maulwurf. Er trug eine riesige sackartige Pyjamakombination, mindestens drei Größen zu groß für ihn und bedruckt mit grellbunten Raumschiffen und Flugzeugen, die einer kranken Fantasie entsprungen sein mussten.

»Du, George – Lucy sagt, sie habe einen Besucher im Haus gesehen.«

»Ich *habe* ihn gesehen!«

»Hast du irgendwas Eisernes zur Hand?«, fragte Lockwood. »Wir müssen das überprüfen.«

George rieb sich die Augen. Er fummelte am Band seiner Schlafanzughose herum, in einem halbherzigen Versuch, sie vorm Runterrutschen zu bewahren. »Weiß nicht. Vielleicht. Wartet.«

Er drehte sich um und trottete ins Zimmer zurück. Man hörte ihn herumwühlen. Als er zurückkam, hatte er sich wie ein Cowboy einen Schultergürtel umgehängt, der über und über mit

Leuchtbomben, Salzbomben und Eisenspan-Dosen bestückt war. Ein leeres Silberglas-Behältnis hing auch noch daran. Zusätzlich trug er eine aufgerollte Eisenkette, einen langen Degen mit reich verziertem Griff und im Bund seiner Schlafanzughose steckte eine Taschenlampe. Seine Füße steckten in riesigen Stiefeln. Lockwood und ich gafften ihn an.

»Was ist?«, fragte George. »Ich hab immer ein paar Sachen auf dem Nachttisch liegen. Für den Notfall. Wenn du willst, borg ich dir 'ne Salzbombe, Lockwood.«

Lockwood schwenkte resigniert sein klimperndes Mobile. »Nicht nötig. Ich hab ja das hier.«

»Wie du meinst. Und wo ist die Erscheinung jetzt?«

Ich fasste kurz zusammen, was ich erlebt hatte. Dann stiegen wir unter Lockwoods Kommando die Treppe wieder hoch.

Überraschenderweise hatten wir freie Bahn. Alle paar Stufen blieben wir stehen, schauten und horchten, aber ergebnislos. Die unnatürliche Kälte hatte sich verzogen, der Geisternebel ebenso und auch mit meiner Gabe nahm ich keine Geräusche wahr. George und Lockwood ging es ebenso. Die einzige erkennbare Gefahr bestand darin, dass Georges Schlafanzughose unter dem Gewicht seiner Ausrüstung endgültig herunterzurutschen drohte.

Im Dachgeschoss angekommen, holte George die Taschenlampe aus dem Hosenbund und leuchtete in meinem Zimmer umher. Alles war dunkel und still. Meine Decke lag immer noch neben dem zerwühlten Bett. Den Kleiderhaufen auf dem Stuhl musste ich bei meiner Flucht umgeworfen haben, denn die Sachen waren auf dem Boden verstreut.

»Hier ist niemand«, sagte George. »Hast du dich vielleicht getäuscht, Lucy?«

»Nein!«, fauchte ich. Dann ging ich zum Fenster und sah auf die Straße hinunter. »Aber ich spüre seine Gegenwart auch nicht mehr, das gebe ich ja zu.«

Lockwood hatte sich hingekniet und spähte unter das Bett. »So, wie du ihn geschildert hast, war es ein schwacher Geist – langsam, schlecht orientiert, sonst hätte er dich bestimmt aufgespürt und gepackt. Vielleicht ist seine Kraft schon wieder aufgebraucht und er muss zu seiner Quelle zurück.«

»Und was genau soll das bitte sein?«, fragte George. »Wo ist diese neue Quelle, die geheimnisvollerweise aus dem Nichts plötzlich in Lucys Zimmer gehüpft ist? Das Haus ist bestens gesichert. Hier kommt gar nichts rein.« Er schaute mit gezücktem Degen in meinen Kleiderschrank. »Hier sind nur ein paar hübsche Oberteile und Röcke und … Ohu, Lucy, ich hab dich noch nie *so was* tragen sehen.«

Ich knallte die Schranktür so heftig zu, dass ich um ein Haar seine Wurstfinger eingeklemmt hätte. »Ich sag dir, ich hab einen Geist gesehen. Glaubst du, ich hab was an den Augen?«

»Nö. Aber vielleicht Halluzinationen.«

»Ich …«

»Das ergibt alles keinen rechten Sinn«, unterbrach Lockwood uns, »außer wenn Lucy irgendein übersinnlich aufgeladenes Artefakt mit nach oben genommen hat. Hast du vielleicht die Piratenhand mit in dein Zimmer genommen, um sie dir in Ruhe anzuschauen, und dann vergessen, sie wieder in ihr Glas zu legen?«

»Quatsch!«, schrie ich wütend. »Natürlich nicht. Ich würde nicht mal im Traum daran denken, irgendwas mit hochzunehmen, was nicht … was nicht ordnungsgemäß gesichert … Oh.«

»George schleppt ja auch dauernd seinen Schädel durchs

Haus und …« Lockwoods Blick fiel auf mein Gesicht. »Ist was, Lucy?«

»Äh. Äh, nein.«

»Was ist denn? Hast du doch etwas mit hochgenommen?«

Ich schaute ihn verlegen an. »Ja«, sagte ich kleinlaut. »Ja, das hab ich wohl.«

Lockwood und George drehten sich beide nach mir um, sodass sie dem Schrank und den verstreuten Kleidern den Rücken zuwandten. Während sie jetzt gleichzeitig auf mich einredeten, flackerten an der Wand hinter ihnen schwache Lichtstrahlen auf. Eine Gestalt erhob sich vom Boden: magere Arme und Beine, ein mit Sonnenblumen gemustertes Kleid, lange blonde Haare, die in wirbelnde Nebelspiralen übergingen, ein zur Fratze verzerrtes Gesicht … Ich stieß einen Schrei aus. Die beiden Jungen fuhren herum, als die Erscheinung gerade die Finger mit den spitzen Nägeln nach ihnen ausstreckte. George schwang seinen Degen. Die Klinge bohrte sich in meinen Kleiderschrank. Lockwood schwenkte wie wild das Mobile. Eine Druckwelle ging durchs Zimmer, als das Eisenblech die Erscheinung streifte. Das Geistermädchen verschwand. Ein eisiger Windstoß fegte durch die Dachkammer, sodass mir das Nachthemd gegen die Beine schlug.

Dann lag die Dachkammer wieder im Dunkel.

Jemand hüstelte. George zerrte an seinem Degen, um ihn freizubekommen.

»Sag mal, Lucy …«, Lockwoods Ton war gefährlich ruhig, »sah dieser Geist nicht aus wie …?«

»Ja. Es tut mir echt leid. Ehrlich.«

George befreite die Degenklinge mit einem Ruck aus dem Schrank. Als er einen Schritt zur Seite machte, knackte es unter seiner Stiefelsohle. Er bückte sich und fischte etwas aus dem Kleiderhaufen neben dem Stuhl. »Huch!«, sagte er. »Das Ding ist ja eiskalt!«

Lockwood hob die Taschenlampe auf und richtete den Lichtstrahl auf den Gegenstand, der zwischen Georges Fingern baumelte. Ein leicht verbeulter Anhänger, der an einer dünnen Goldkette glitzernd hin und her schwang.

Lockwood und George starrten die Kette an. Sie starrten mich an. Dann nahm George das leere Silberglas von seinem Gürtel, ließ die Kette samt Anhänger hineinfallen und drehte den Deckel zu, bis er mit einem *Klick!* einrastete.

Lockwood richtete die Taschenlampe voll auf mein Gesicht. Ich stand geblendet da und wand mich vor Verlegenheit.

»Äh … ja. Das ist die Kette des toten Mädchens«, gestand ich. »Ich … ich wollte es euch noch sagen, ich bin bloß noch nicht …« Zerzaust und verpflastert stand ich in meinem zerknitterten Nachthemd da und lächelte meine Kollegen so liebreizend an wie möglich.

# Kapitel 12

**Der folgende Morgen** kündigte einen schönen Tag an. Blasser Novembersonnenschein flutete durch das Küchenfenster und warf sein freundliches Licht auf das übliche Frühstückschaos. Die bunten Aufdrucke der Cornflakes-Packungen leuchteten, Schüsseln und Gläser funkelten, jeder Krümel und jeder Marmeladenklecks hob sich überdeutlich von der Tischplatte ab. In der Küche war es behaglich warm und es duftete verlockend nach starkem Tee, Toast und Rührei mit Speck.

Mir ging es beschissen.

»Warum hast du das gemacht, Lucy?«, fragte Lockwood zum x-ten Mal. »Ich verstehe das einfach nicht! Du weißt doch, dass ein Agent jedes Artefakt melden muss, das er entdeckt. Erst recht, wenn es so eng mit einem Besucher verknüpft ist. Solche Dinge müssen ordentlich weggeschlossen werden.«

»Ich weiß.«

»Man muss sie so lange in einem Behälter aus Eisen oder Silberglas aufbewahren, bis man dazukommt, sie zu untersuchen oder zu vernichten.«

»Ich weiß.«

»Trotzdem hast du die Kette einfach in die Tasche gesteckt und weder mir noch George ein Wort gesagt.«

»Ja doch. Ich hab mich doch schon entschuldigt! Ich hab so was vorher noch nie gemacht.«

»Warum dann ausgerechnet jetzt?«

Ich holte tief Luft. Mit gesenktem Kopf ließ ich die Strafpredigt nun schon mehrere Minuten über mich ergehen und kritzelte dabei auf das Weise Tuch. Ich zeichnete ein schmales Mädchen in einem altmodischen Sommerkleid. Die Haare wehten ihr um den Kopf und ihre Augenhöhlen waren leer. Ich drückte den Stift so fest auf, dass sich die Mine wahrscheinlich in die Holzplatte unter dem Tuch bohrte.

»Ich weiß auch nicht«, sagte ich leise. »Es ging alles so schnell. Vielleicht habe ich die Kette mitgenommen, weil das Zimmer gebrannt hat … weil ich irgendetwas retten wollte, das an das Mädchen erinnert …« Ich zeichnete eine große schwarze Sonnenblume mitten auf das Kleid. »Aber ehrlich, ich kann mich kaum noch erinnern, sie eingesteckt zu haben. Und danach … hab ich's einfach vergessen.«

»Barnes erzählen wir lieber nichts davon«, warf George ein. »Der Typ geht an die Decke, wenn er hört, dass du aus Versehen einen gefährlichen Besucher durch halb London geschleppt hast. Dann hat er noch einen Grund, unsere Agentur dichtzumachen.«

Aus dem Augenwinkel sah ich, wie er sich mit selbstzufriedener Miene eine dicke Schicht Marmelade auf sein getoastetes Hörnchen schmierte. George war an diesem Morgen in Bestform. Wie ein Fisch im Wasser. Er genoss es sichtlich, dass Lockwood mich herunterputzte.

»Vergessen?«, wiederholte Lockwood. »Das ist deine Entschuldigung?«

Allmählich wurde es mir zu bunt. Ich hob den Kopf und strich mir die Haare aus dem Gesicht. »Ja, genau«, antwortete ich, »und wenn du wissen willst, warum, darf ich dich dran erinnern, dass ich nach unserem Sturz aus dem Fenster erst im Krankenhaus beschäftigt war und anschließend damit zu tun hatte, mir Sorgen um dich zu machen. Außerdem konnte ich nicht ahnen, dass die Kette solche Kräfte besitzt. Immerhin hatten wir die Quelle des Geistes versiegelt.«

»Eben nicht!« Lockwood stieß den Zeigefinger der gesunden Hand auf das Tischtuch. »Das ist es ja gerade! Das dachten wir, aber das war nicht der Fall. Wir hatten die Quelle nicht versiegelt, Lucy, denn offensichtlich ist sie *hier!*«

Er zeigte anklagend auf den kleinen Silberglasbehälter, der zwischen Teekanne und Butterdose stand. Das Glas funkelte in der Sonne, sodass man die goldene Kette darin kaum erkennen konnte.

»Aber wie kann das die Quelle sein?«, rief ich. »Es hätten ihre Überreste sein müssen!«

Er schüttelte bedauernd seinen Kopf. »Wir haben uns getäuscht, weil der Geist im gleichen Augenblick verschwunden ist, in dem du das Silbernetz über die Leiche – und damit auch die Halskette – gelegt hast. Hättest du es dabei belassen, wäre alles gut gewesen. Aber dann hast du die Kette geklaut …«

»Ich habe gar nichts *geklaut*!«, sagte ich wütend.

»… und in deine Tasche gesteckt, die voller Salzpäckchen und Eisenspäne und anderer Ausrüstungsgegenstände war, die zusammen mehr als ausreichend waren, um den Besucher für den Rest der Nacht zu bannen. Aber beim Heimkommen hast du deine Jacke auf den Stuhl geworfen und die Kette ist herausgefallen. Sie lag unter deinen Kleidern, bis der Geist bei Anbruch der Dunkelheit herauskommen konnte.«

»Trotzdem kapiere ich nicht, warum der Geist plötzlich nicht mehr so schnell und stark war wie in der Nacht zuvor«, sagte George. »So wie du ihn beschrieben hast, Lucy, war er langsam wie eine Schnecke, als du ihm entkommen bist.«

»Wahrscheinlich ist ein bisschen von dem Salz und den Eisenspänen zusammen mit der Kette herausgefallen«, erwiderte Lockwood. »Das hat den Geist geschwächt, sodass er sich nur kurz materialisieren konnte. Darum konnte er Lucy nicht die Treppe hinunter verfolgen und auch nicht noch einmal erscheinen, als wir ihr Zimmer durchsucht haben.«

»Ein Glück!«, brummte George, schüttelte sich und biss herzhaft in sein Hörnchen.

Ich hob beide Hände, um sie zum Schweigen zu bringen. »Das verstehe ich ja alles, aber das habe ich nicht gemeint. Die Quelle ist immer das, womit der Besucher am engsten verbunden ist. Was ihm am wichtigsten ist. Es hätten also ihre Überreste sein müssen.« Ich griff nach dem Glas und wendete es in meinen Händen, sodass der Anhänger mit der Kette darin sanft hin und her glitt. »Stattdessen stellt sich heraus, dass es das hier ist. Dem Geist von Annabel Ward bedeutet dieser Schmuck offenbar mehr als ihr eigener Leichnam … Findet ihr das nicht merkwürdig?«

»Bei dem Motorradfahrer neulich war es doch auch nicht anders«, sagte George.

»Schon, aber …«

»Du willst doch nicht etwa vom Thema ablenken, Lucy?«, fragte Lockwood kühl. »Ich bin nämlich noch nicht mit dir fertig.«

Ich stellte das Glas wieder hin. »Nein.«

»Das ist noch lange nicht erledigt. Noch sehr lange nicht. Ich habe noch jede Menge zu diesem Thema zu sagen!« Lockwood machte eine Pause. Er schaute erst mich an, dann schaute er aus dem Fenster. Die Pause zog sich in die Länge. Schließlich knurrte er wütend: »Jetzt hab ich den Faden verloren. Aber was ich vor allem sagen wollte, ist: *Mach das nicht noch mal!* Ich bin enttäuscht von dir. Als ich dich eingestellt habe, habe ich dir gesagt, dass deine Vergangenheit für mich keine Rolle spielt. Dabei bleibe ich auch. Wenn du darüber nicht sprechen willst, ist das in Ordnung. Aber etwas zu verschweigen, das hier und jetzt passiert – das geht gar nicht. Wir sind ein Team und müssen auch wie eines zusammenarbeiten.«

Mir wurde abwechselnd heiß und kalt. Ich nickte und hielt den Blick auf das Tischtuch gesenkt.

»Und was die Kette angeht, brauchst du dir nicht mehr den Kopf zu zerbrechen«, fuhr Lockwood fort. »Ich bringe sie heute noch zu Fittes in Clerkenwell und lasse sie einschmelzen. Tschüss, Quelle. Tschüss, Annabel Ward. Schluss, Ende, aus, vorbei.« Er blickte stirnrunzelnd in seinen Becher. »Mist. Jetzt ist mein Tee kalt.«

Der nächtliche Vorfall hatte es auch nicht besser gemacht, aber Lockwood hatte auch noch aus anderen Gründen miese Laune. Seine verletzte Hand machte ihm zu schaffen und Barnes' Drohungen lasteten schwer auf ihm. Vor allem aber hatte sich unser verheerender Misserfolg in der Sheen Road inzwischen herumgesprochen. Die *Times* brachte einen Artikel über den Brand. Auf den *Problem-Seiten,* auf denen täglich die neuesten Heimsuchungen behandelt wurden, war unter der Überschrift:

»Unabhängige Agenturen – strengere Kontrollen?« zu lesen, dass Lockwood & Co. (»eine unabhängige, von Jugendlichen betriebene Agentur«) bei der Ausführung eines Auftrags einen Großbrand verursacht hatte. Der Artikel legte nahe, dass Lockwood mit dem Fall schlicht überfordert gewesen sei. Im letzten Absatz wurde eine Sprecherin der großen Agentur Fittes zitiert. Sie forderte eine »gesetzlich vorgeschriebene Beratung durch Erwachsene« bei so gut wie allen Ermittlungen übersinnlicher Vorkommnisse.

Das Echo auf den Artikel ließ nicht lange auf sich warten. Um fünf nach acht bekamen wir den ersten Anruf. Der Klient sagte eine laufende Ermittlung ab. Um neun kam der zweite Anruf. Wir rechneten mit weiteren.

Die Chancen, innerhalb eines Monats sechzigtausend Pfund zusammenkratzen zu können, sanken rapide, um es mal optimistisch auszudrücken.

Wir setzten das Frühstück in eisigem Schweigen fort. Lockwood saß mir gegenüber, nippte lustlos an seinem kalten Tee und bog und streckte die Finger der verletzten Hand. Sie waren schon wieder beweglicher, aber immer noch bläulich. George schlurfte durch die Küche, sammelte schmutzige Teller ein und stellte sie in die Spüle.

Ich drehte und wendete das Glas mit der Kette in den Händen.

Lockwoods Ärger war berechtigt und das bedrückte mich. Das Seltsame daran war, dass ich wusste, ich hatte mich falsch verhalten, als ich die Kette an mich nahm und dann vergaß – aber ehrlich bereuen konnte ich das, was ich getan hatte, nicht. In der Nacht in der Sheen Street hatte ich die Stimme des ermordeten Mädchens gehört. Und ich hatte sie gesehen – so, wie sie einst gewesen war, und dann als das verschrumpelte, erbärmliche Wesen, das aus ihr geworden war. Trotz der ausgestandenen Ängste bei der Austreibung, trotz der Bosheit des rachsüchtigen Geists ging mir das nicht mehr aus dem Kopf.

Nachdem die sterblichen Überreste zu Asche geworden waren, blieb einzig diese Kette von ihr übrig: von Annabel Ward, ihrem Leben und Sterben, ihrer rätselhaften Geschichte.

Und jetzt sollte dieses letzte Andenken auch noch im Feuer landen?

Das kam mir einfach nicht richtig vor.

Ich hielt mir das Glas dicht vor die Augen und starrte hinein. »Du, Lockwood«, sagte ich, »darf ich die Kette mal rausnehmen?«

Er seufzte. »Wenn's unbedingt sein muss. Es ist ja Tag. Da kann eigentlich nichts passieren.«

Es war in der Tat unwahrscheinlich, dass Annabel Wards Geist tagsüber aus dem Schmuckstück schlüpfte. Und doch war der Geist mit der Kette verknüpft, ob sie nun seine Quelle war oder ob ihm die Kette nur als Pforte ins Diesseits diente. Darum lief es mir kalt über den Rücken, als ich den Eisenverschluss löste und das Glas öffnete.

Und da war sie: Sie sah nicht gefährlicher aus als die Marmeladenlöffel und Buttermesser auf dem sonnenbeschienenen Tisch. Ein zierliches Schmuckstück an einer zarten goldenen Kette. Ich zog sie aus dem Glas, schauderte kurz unter der eiskalten Berührung auf meiner Haut und sah sie mir zum ersten Mal richtig an.

Die Kette bestand aus ineinanderverschlungenen goldenen Gliedern, die bis auf wenige schwarz verklebte Stellen glänzten und schimmerten. Der Anhänger selbst war ungefähr so groß wie eine Walnuss und von ovaler Form. Weil George draufgetreten war, war er ein wenig eingedrückt, aber man sah immer noch, wie zauberhaft er war. An seinem Rand waren Dutzende roséfarben schillernde Perlmuttstückchen in ein goldenes Gitterwerk eingelegt. Allerdings waren die meisten Perlmuttstückchen inzwischen herausgefallen und der Anhänger selbst war wie die Kette von schwarzen Flecken verunziert. Der schlimmste Schaden aber war (und noch mal besten Dank an George), dass das Oval am Rand einen deutlich sichtbaren, umlaufenden Riss bekommen hatte.

Viel mehr interessierte mich jedoch das erhaben gearbeitete Herz, das die Vorderseite schmückte. Hauchfeine Linien waren darin eingraviert.

»Oh«, rief ich. »Da ist was eingraviert!«

Ich hielt das Medaillon ins Licht und ließ meine Finger über die Buchstaben gleiten. Plötzlich vernahm ich Stimmen. Ein Mann und eine Frau unterhielten sich, dann lachte die Frau schrill auf.

Ich blinzelte, worauf die Stimmen verklangen. Ich starrte auf den Gegenstand in meiner Hand. Mein Ausruf hatte die anderen neugierig gemacht. Lockwood war aufgestanden und kam um den Tisch herum. George ließ den Abwasch stehen und beugte sich mit dem Geschirrtuch in der Hand von der anderen Seite über mich.

Vier Wörter. Wir betrachteten sie eine Weile schweigend.

*Tormentum meum*
*laetitia mea*

Was mochte das bedeuten?

»*Tormentum* …«, sagte George nachdenklich. »Das hört sich ja heiter an.«

»Das ist Lateinisch«, sagte Lockwood. »Haben wir nicht irgendwo ein Wörterbuch?«

»Bestimmt hat der Mann, der ihr die Kette geschenkt hat, die Inschrift eingravieren lassen«, sagte ich. »Ihr Liebster …« In Gedanken hörte ich wieder die beiden Stimmen.

»Wieso muss es unbedingt ein Kerl gewesen sein?«, widersprach George. »Vielleicht hat ihr ja auch eine Freundin die Kette geschenkt. Oder ihre Mutter.«

»Glaub ich nicht. Schau dir doch das Symbol darauf an. Außerdem trägt man so einen Anhänger, damit man die Worte seines Liebsten immer ganz nah an seinem Herzen tragen kann.«

»Als ob du von so was eine Ahnung hättest«, sagte George.

»Aber du!«, konterte ich.

»Lass uns mal einen Blick drauf werfen«, sagte Lockwood. Er zog seinen Stuhl neben meinen, nahm mir die Kette aus der Hand und inspizierte sie stirnrunzelnd.

»Eine lateinische Inschrift … das Geschenk eines Liebsten … ein verschwundenes Mädchen …« George warf sich das nasse Geschirrhandtuch über die Schulter und ging wieder zur Spüle. »Bisschen sehr geheimnisvoll.«

»Und ob«, sagte Lockwood. »*Und ob!*« Wir schauten ihn erstaunt an. Seine Augen leuchteten, er saß kerzengerade da. Die trübe Stimmung, die ihn den ganzen Morgen umgeben hatte, war verflogen wie Wolken im Wind. »Erinnerst du dich noch an den aufsehenerregenden Fall, den Tendy damals untersucht hat, George? Es muss so ein, zwei Jahre her sein. Der Fall mit den beiden umschlungenen Skeletten.«

»Du meinst die Geschichte mit der *Wimmernden Weide*? Klar. Sie haben sogar einen Preis dafür gekriegt.«

»Und jede Menge Aufmerksamkeit. Und zwar, weil sie die Besucher nicht nur gebannt, sondern auch herausgefunden haben, wer die Toten waren. Bei dem einen Skelett lag eine diamantenbesetzte Krawattennadel, die sie zu dem Juwelier zurückverfolgt haben, der sie angefertigt hatte, und der Juwelier wiederum konnte ihnen sagen, dass der Besitzer …«

»… der junge Lord Ardley war«, fiel ich Lockwood ins Wort, »der seit dem neunzehnten Jahrhundert als verschollen galt. Man hatte immer angenommen, dass er sich heimlich nach Übersee eingeschifft habe. Dabei lag er die ganze Zeit im Park des Familiensitzes, wo ihn sein jüngerer Bruder verscharrt hatte, damit er selbst das Anwesen erben konnte. So war's doch, oder?« Niemand sprach. Ich sah die beiden an. »Warum überrascht euch das? Ich lese auch ab und zu *Die größten Heimsuchungen der Neuzeit*.«

»Warum auch nicht«, sagte Lockwood. »Anscheinend merkst du dir sogar, was du liest. Jedenfalls war es eine tolle Geschichte und Tendy hat unglaublich davon profitiert. Inzwischen sind sie die viertgrößte Agentur in London. Die Frage ist …«, murmelte er und starrte gedankenverloren die Kette in seiner Hand an.

»Ob wir von Annabel Ward genauso profitieren können?«, führte George den Satz zu Ende. »Lockwood, weißt du, wie viele Besucher hier in London ihr Unwesen treiben? Im ganzen Land? Es ist eine Epidemie. Den Leuten sind deren Geschichten völlig egal. Sie wollen einfach nur, dass sie verschwinden.«

»Trotzdem sind die spannenderen Fälle immer wieder für eine prominente Schlagzeile gut«, antwortete Lockwood. »Und dieser Fall hat die besten Voraussetzungen dafür. Überlegt doch mal! Eine junge Dame aus der feinen Gesellschaft, brutal ermordet und jahrzehntelang vermisst, zwei unglücklich Liebende – und eine kleine, aber kreative Agentur, die endlich die Wahrheit ans Licht bringt …« Er strahlte uns an. »Wenn wir es richtig anstellen, könnte uns damit der Durchbruch gelingen! Wir könnten reich und berühmt werden! Allerdings sollten wir nicht noch mehr Zeit vertrödeln. Holst du mal bitte das Latein-Wörterbuch, George? Es steht irgendwo im ersten Stock. Danke!« George trabte los. »Und du könntest auch etwas tun, Lucy.«

Ich gaffte ihn an. Die Verwandlung des grummeligen Häufchen Elends, das er eben noch gewesen war, war vollkommen. Er bewegte sich behände, die Verletzungen waren vergessen, und seine dunklen Augen funkelten, als er mich nun anschaute. Von jetzt auf gleich schien es, als sei ich plötzlich das faszinierendste Wesen der Welt.

»Verrat mir eins«, sagte er. »Ich traue mich ja fast nicht zu fragen, wenn ich dran denke, was wir in den letzten beiden Tagen durchgemacht haben, aber … als du den Anhänger vorhin in der Hand gehalten hast, hast du da irgendetwas … wahrgenommen?«

»Wenn du damit einen übersinnlichen Widerhall meinst, dann lautet die Antwort: ja. Ich habe Stimmen gehört und Gelächter. Aber nur kurz. Ich habe mich nicht darauf konzentriert.«

Lockwood schenkte mir ein ermutigendes Lächeln. »Und *wenn* du dich konzentrieren würdest?«

»Soll ich es noch mal probieren?«

»Ja! Das ist eine tolle Idee. Vielleicht schnappst du ja irgendeinen Hinweis auf, der uns weiterhilft.«

Ich hielt seinen eindringlichen Blick nicht mehr aus und wandte den Kopf ab. »Doch, schon … ich weiß nicht.«

»Wenn irgendwer das kann, dann *du*, Lucy! Du bist großartig darin. Bitte versuch es!«

Vor ein paar Minuten wollte er die Kette noch in den Schmelzofen werfen. Jetzt sollte sie auf einmal die Lösung all unserer Probleme sein? Vor ein paar Minuten hatte er mir noch eine Standpauke gehalten, nun war ich sein Augenstern. Das war typisch Lockwood. Seine Stimmung konnte so plötzlich umschlagen, dass einem die Luft wegblieb, aber seinem Tatendrang und seiner Begeisterungsfähigkeit konnte man einfach nicht widerstehen. Über uns stapfte George geschäftig hin und her und plötzlich wollte auch ich unbedingt das Schicksal des toten Mädchens aufklären und gleichzeitig unsere Agentur retten.

Außerdem schmeichelte mir Lockwoods Lob natürlich.

Ich seufzte schwer. »Na schön, ich versuch's«, sagte ich. »Aber ich kann nichts versprechen. Du weißt ja, durch Fühlen empfängt man normalerweise nur Geräusche und Emotionen, keine konkreten Hinweise. Wenn also …«

»Großartig!« Er schob mir die Kette über den Tisch zu. »Kann ich dich irgendwie unterstützen? Zum Beispiel, indem ich dir einen frischen Tee mache?«

»Nein danke. Sei einfach still, damit ich mich konzentrieren kann.«

Aber ich zögerte noch. Das war nichts, was man auf die leichte Schulter nehmen konnte. Der unbändige Zorn und Hass des Geistermädchens waren mir noch lebhaft in Erinnerung. Ihr Schicksal war kein angenehmes gewesen. Darum ließ ich mir Zeit. Ich betrachtete die Kette mit dem Anhänger und versuchte, meinen Kopf so gut es ging freizubekommen. Ich schob all die diffusen, drängenden Sorgen des täglichen Lebens von mir.

Schließlich nahm ich das Schmuckstück in die Hand. Die Eiseskälte des Metalls ging mir durch und durch.

Ich lauschte.

Dann hörte ich es wieder. Erst plauderten der Mann und die Frau miteinander, dann lachte die Frau und der Mann stimmte ein. Dann spürte ich eine Woge aus Freude und Leidenschaft. Ich fühlte die Hochstimmung der jungen Frau, ihre fieberhafte Freude. Ein überwältigendes Glücksgefühl überschwemmte mich … Doch der Ton des Gelächters veränderte sich und bekam etwas Hysterisches. Die Männerstimme wurde barscher, klang verzerrt. Scharf und kalt durchfuhr mich die Angst … Dann kehrte die Freude zurück und alles war gut, gut, war gut … Bis das Glück sich abermals trübte und die Stimmen unwirsch und laut wurden. Ich war krank vor Eifersucht und blinder Wut … So ging es immer im Kreis, rundherum, während die Gefühlsumschwünge vorbeiflogen wie auf dem Karussell in Hexham, mit dem mich meine Mutter ein einziges Mal hatte fahren lassen, und ich war voller Freude und schrecklicher Angst zugleich und begriff, dass ich nicht einfach aussteigen konnte. Dann wurde es schlagartig still, nur eine kalte Stimme sprach mir direkt ins Ohr, und ein letzter Wutausbruch gipfelte in einem gequälten Schrei … der, wie ich erschrocken feststellte, aus meinem eigenen Mund kam.

Ich schlug die Augen auf. Lockwood hielt mich fest, damit ich nicht vom Stuhl kippte. Die Tür flog auf und George kam in die Küche gestürmt.

»Was ist denn jetzt schon wieder los?«, rief er. »Kann man euch beide nicht mal eine Minute allein lassen?«

»Lucy…«, sagte Lockwood. Er war leichenblass. »Das wollte ich nicht! Es war blöd von mir, dich darum zu bitten. Geht's wieder? Was war denn los?«

»Keine Ahnung…« Ich stieß ihn weg und ließ den Anhänger auf den Tisch fallen. Dort kreiselte er glitzernd. »Ich hätte das lassen sollen«, sagte ich. »Die Spuren sind zu stark. Der Anhänger ist zu eng mit ihrem Geist und ihren Erinnerungen verknüpft. Einen Augenblick lang *war* ich sie und das war überhaupt nicht schön. Ihr Zorn ist fürchterlich.«

Einen Augenblick lang saß ich einfach nur da, in der sonnigen Küche, und wartete, bis die Eindrücke verklangen wie ein Traum, der allmählich verblasst. Die beiden Jungen bedrängten mich nicht.

»Aber eins kann ich dir versichern«, fuhr ich dann fort. »Vielleicht ist es der Hinweis, nach dem du suchst, vielleicht auch nicht, aber da ist eine Sache, die ich sicher weiß. Das haben die Gefühle, die ich wahrgenommen habe, deutlich gemacht.«

»Ja?«, fragte Lockwood.

»Der Mann, der ihr die Kette geschenkt hat, war auch derjenige, der sie umgebracht hat.«

# Kapitel 13

**Am frühen Nachmittag** gingen wir zu Fuß zum U-Bahnhof Baker Street. Es war gut, an der frischen Luft zu sein, noch dazu bei schönstem Sonnenschein. Wir alle fühlten uns beschwingt. Wir trugen Alltagskleidung: Lockwood einen langen braunen Ledermantel, in dem er noch schlanker und lässiger aussah als sonst, George eine hoffnungslos ausgebeulte Jacke mit einem Gummizug an der Taille, in der er noch stämmiger aussah als sonst. Ich trug, was ich immer anhabe: dicke Jacke, Rollkragenpulli, kurzer schwarzer Rock und Leggings. Außerdem hatten wir alle drei unsere Degen angelegt (meiner war eine der Reservewaffen aus der Diele). Diese – und unsere übel zugerichteten Gesichter – verrieten unseren Beruf und unseren Stand und die Leute auf dem Bürgersteig machten uns Platz.

In der U-Bahn war es voll und roch süßlich und betäubend nach Lavendel. Die Männer trugen Zweige des schützenden Krauts in den Knopflöchern, die Frauen an den Hüten. In der Neonbeleuchtung des Waggons funkelten und glitzerten überall silberne Broschen und Krawattennadeln. Wir standen ernst und still beieinander, während der Zug auf der fünfminütigen Fahrt bis Green Park durch die Tunnel ratterte. Auch die anderen Fahrgäste schwiegen, aber ihre Blicke folgten uns, als wir ausstiegen und über den Bahnsteig liefen.

Während der Fahrt hatte George im Latein-Wörterbuch geblättert. Als wir im Aufzug standen, nahm er den Bleistift aus dem Mund und machte sich auf einem Zettel eine letzte Notiz.

»Also«, sagte er dann, »ich habe mein Bestes getan. Die Inschrift lautet: *Tormentum meum, laetitia mea,* stimmt's? *Tormentum* heißt *Qual* oder *Folter. Laetitia* heißt *Freude* oder *Fröhlichkeit. Meum* und *mea* heißt beides *mein.* Demnach bedeutet die Inschrift: *Meine Qual, meine Freude.*« Er klappte das Buch schwungvoll zu. »Für eine Liebesbotschaft klingt das ziemlich krank, finde ich.«

»Aber es passt zu meinen Wahrnehmungen«, sagte ich. »Das war keine gesunde Liebesbeziehung, sondern eine ziemlich extreme. Mal schwebten die beiden im siebten Himmel, mal waren sie halb verrückt vor Eifersucht und Hass. Und der Hass hat am Ende triumphiert.«

»Denk nicht mehr dran, Lucy«, sagte Lockwood. »Du hast deinen Teil beigetragen. Jetzt sind George und ich an der Reihe. Was glaubst du, wie lange wir im Archiv brauchen, George?«

»Nicht lange. Wir nehmen uns die Zeitungen vor, und zwar die Ausgaben nach der, mit der ich aufgehört habe. Falls es noch weitere Artikel über den Fall Annabel Ward gab – zum Beispiel darüber, ob ein Verdächtiger verhaftet wurde –, dürften sie nicht schwer zu finden sein. Die Klatschzeitschriften können wir auch noch durchsehen. Sie war ja offenbar eine bekannte Persönlichkeit.«

Wir verließen die Station und liefen die Piccadilly Street hoch.

Die Strahlen der Nachmittagssonne bildeten zwischen den hohen Gebäuden Lanzen aus Licht, sodass wir abwechselnd durch gleißende Helligkeit und bläuliche Schatten gingen. Weil es Spätherbst war, wurden bereits überall Vorkehrungen für den Abend getroffen. Ein Salzsäer schob seinen Karren die Straße entlang und verteilte die weißen Körner nach rechts und links wie Schneeflocken. Vor den großen Hotels legten die Angestellten bündelweise Lavendelzweige auf die noch kalten Feuerschalen und putzten die Geisterlampen über den Eingängen.

Beim Gehen reckte und streckte ich meine schmerzenden Glieder, in die allmählich die Kraft zurückkehrte. Lockwood humpelte ein bisschen, wirkte ansonsten aber energiegeladen wie eh und je. Er hatte den Verband von seinem verletzten Arm gewickelt und ließ sich die Sonne auf die Haut scheinen. »Wenn es uns gelingt, diesen alten Fall aufzuklären«, sagte er, »wenn wir den Mörder entlarven und der Toten nachträglich Gerechtigkeit verschaffen, ist das eine geniale Werbung für unsere Agentur. Dann denkt kein Mensch mehr dran, dass wir ein Haus abgefackelt haben.«

»Und obendrein würde Lockwood & Co. nicht pleitegehen«, sagte ich.

»Richtig.« Lockwood wich einem Verkäufer aus, der Stadtpläne mit Markierungen der *unbedenklichen Zonen* an Touristen verkaufte, und ignorierte einen aufdringlichen Eisenverkäufer. »Aber nur, wenn wir gute Aufträge kriegen, und zwar schnell.«

»Dir ist aber schon klar, dass sich die BEBÜP vermutlich ebenfalls mit Annabel Ward beschäftigt, oder?«, warf George ein. »Es ist zwar nicht ihre Hauptaufgabe, aber sie untersuchen auch ältere Mordfälle, wenn sie nicht zu lange zurückliegen.«

»Noch ein Grund, sich ranzuhalten«, erwiderte Lockwood. »Kommt, wir gehen hier über die Straße.«

Wir machten einen großen Schritt über die Wasserrinne, denn die Bürgersteige waren durch schmale Kanäle von der Fahrbahn getrennt. Die wandelnden Toten meiden bekanntlich fließendes Wasser. Darum führten solche Rinnen kreuz und quer über viele große Einkaufsstraßen im West End, damit die Leute auch abends unbehelligt ihre Besorgungen machen konnten. Frühere Regierungen hatten erwogen, dieses System in ganz London einzuführen, aber das hatte sich als schier unbezahlbar erwiesen. Die Randbezirke mussten sich mit Geisterlampen begnügen und ansonsten sehen, wo sie blieben.

Wir bogen in eine Seitenstraße ab, gingen unter einem Torbogen hindurch und landeten auf der Regent Street. Ein Stück weiter vorn war unter einem großen, blutrot leuchtenden Schirm ein Stand aufgebaut. Über dem Schirm flatterte eine Wimpelgirlande und auf jedem Fähnchen war ein goldenes Wappen mit einem Löwen und einem verschnörkelten »R« zu sehen.

»Da gibt's heiße Maronen!«, sagte George erfreut. »Wollt ihr auch welche?«

Jungen und Mädchen in dunkelroten Jacken verteilten Lavendelzweige, Salzbomben und Süßigkeiten an die Passanten. Esskastanien knackten und knisterten über einer Feuerschale. Ein pickliger Jugendlicher stand mit einer großen Schaufel daneben und füllte die Maronen in Papiertüten. Die ganze Agententruppe war geschniegelt und gebügelt, ihre Degen und ihre Zähne blitzten, und sie sahen einander so ähnlich, als hätte man sie am Fließband hergestellt. Sie arbeiteten für Rotwell, die zweitälteste Agentur in London und dank ihrer Werbegeschenke die bei Weitem beliebteste. Hinter dem Stand, ein Stück vom Bürgersteig zurückgesetzt, erhob sich die Firmenzentrale, ein Riesenkasten mit einer Fassade aus Glas und Marmor. Löwen mit aufgerissenen Mäulern und Degen in den Pranken zierten die gläsernen Schiebetüren. Ich kannte das Gebäude sogar von innen, denn auch bei Rotwell hatte ich mich vergeblich beworben.

Ein lächelnder Junge, der höchstens zehn war, streckte uns eine Tüte hin. »Eine kleine Aufmerksamkeit von Rotwell. Und kommen Sie wohlbehalten nach Hause.«

»Von denen nehmen wir nichts an«, knurrte Lockwood. »Auch du nicht, George.«

»Aber ich hab Hunger!«

»Dein Pech. Du läufst auf gar keinen Fall mit so einer Tüte durch die Gegend. Es wäre ein Verbrechen, Werbung für die Konkurrenz zu machen!«

Lockwood ging an dem Jungen vorbei, ohne ihn eines Blickes zu würdigen. George zögerte kurz, dann nahm er die Tüte mit den Maronen entgegen und steckte sie ein. »Jetzt sieht sie keiner. Ich finde, es ist ein Verbrechen, kostenloses Essen abzulehnen!«

Wir drängelten uns quer durch die immer dichter werdende Menge. Nach ein paar Minuten hatten wir einen ruhigen, von Bäumen umstandenen Platz erreicht. Er wurde von einem klotzigen Backsteingebäude enormen Ausmaßes beherrscht. An der Tür verkündete ein gusseisernes Schild: STAATLICHES ZEITUNGSARCHIV.

Georges Brillengläser blitzten. Das hier war sein Revier. Um seinen maronenverschmierten Mund spielte sogar die Andeutung eines Lächelns. »Da wären wir. Ihr dürft nur flüstern. Die Archivare hier sind echt streng.« Er scheuchte uns über die Eisenlinie und durch die Drehtür.

* * *

Ich war als Kind nie eine große Leserin gewesen. Bei uns zu Hause gab es nur wenige Bücher, und ich hatte kaum mit der Schule angefangen, da kam ich schon zu Mr Jacobs. Während meiner Ausbildung kam ich natürlich am Lesen nicht vorbei, denn man musste auch schriftliche Prüfungen ablegen, und als ich zwölf war, konnte ich den *Leitfaden für Agenten* praktisch auswendig. Aber danach? Danach hatte ich einfach immer viel zu viel zu tun, um mich mit Büchern abzugeben. Allerdings schickte mich Mr Jacobs ab und zu in die Stadtbücherei, um über historische Hinrichtungen zu recherchieren (rings um den Galgenberg, ungefähr eine halbe Meile von unserer kleinen Stadt entfernt, zeigten sich besonders viele Besucher), sodass mir Gebäude voller bedrucktem Papier nicht ganz fremd waren. Aber etwas so Gigantisches wie das Staatliche Zeitungsarchiv hatte ich noch nie gesehen.

Die sechs weitläufigen Stockwerke erhoben sich rings um einen Lichthof. Wenn man dort unten zwischen den Palmen und anderen Kübelpflanzen stand, schienen die auf verschiedene Ebenen verteilten Regale und Leseplätze bis in den Himmel zu reichen. Von der Glaskuppel darüber hing eine gewaltige, aus Eisen gegossene Figur, zum einen als Dekoration, zum anderen als Sicherheitsmaßnahme. In jedem Stockwerk sah man Leute in vergilbten Zeitungen und Zeitschriften blättern. Einige von ihnen waren vermutlich Privatpersonen, die nach Erklärungen für die Plage suchten, die uns befallen hatte. Andere waren Agenten: Ich entdeckte hier und da die blauen Jacken von Tamworth, die violetten von Grimble und die dunkelgrauen von Fittes. Ich wunderte mich nicht zum ersten Mal darüber, dass Lockwood uns keine Uniformen tragen ließ.

Lockwood schien ähnlich beeindruckt zu sein wie ich, aber

George marschierte selbstbewusst voraus. Er verfrachtete uns in den Aufzug, drückte den Knopf für den vierten Stock, setzte uns oben an einen freien Arbeitsplatz, verschwand kurz, kam wieder zurück und ließ mehrere dicke graue Bände vor uns auf den Tisch fallen.

»Das sind neunundvierzig Jahre alte Lokalzeitungen aus Richmond«, sagte er. »Annabel Ward ist Ende Juni verschwunden. Der Artikel, den ich schon kopiert hatte, ist ungefähr eine Woche danach erschienen. Am besten fängst du mit dem Juli an, Lockwood. Da werden wir am ehesten was Brauchbares finden. Lucy kann sich den September und den Oktober vornehmen. Ich ziehe noch mal los und hole die entsprechenden Ausgaben von *Die feine Gesellschaft*.«

Wir zogen unsere Mäntel aus und vertieften uns gehorsam in die wahnsinnig spannende Lektüre des *Richmonder Anzeigers*. Ich hatte bald heraus, dass er mehr Informationen über Volksfeste, entlaufene Katzen und Wettbewerbe um den schönsten Vorgarten enthielt, als ich im ganzen Universum vermutet hätte. Es gab auch schon etliche Artikel über das Problem, das damals seinen Anfang genommen hatte. Ich fand erste Stimmen, die das Aufstellen von Geisterlampen forderten (was das betraf, hatten sie Erfolg gehabt) sowie das Umpflügen und Durchsalzen von Friedhöfen (diese Maßnahme war zu teuer und wurde auch nicht allgemein gutgeheißen – alles, was die Befürworter erreichten, waren eiserne Einfassungen). Nur über die Suche nach dem vermissten Mädchen fand ich nichts Neues.

Auch Lockwood und George – Letzterer arbeitete sich durch die Schwarz-Weiß-Abbildungen in dem Klatschmagazin – hatten kein Glück. Lockwood wurde unruhig und schaute auf die Uhr.

Ein Schatten fiel auf meine Zeitung. Ich hob den Kopf und

erblickte drei Personen, die an unseren Tisch getreten waren und uns mit unverhohlener Belustigung zuschauten. Es waren zwei Jugendliche, ein Junge und ein Mädchen, sowie ein junger Mann. Sie trugen die weichen dunkelgrauen Jacken und gepflegten schwarzen Hosen der ältesten, renommiertesten Agentur in London, der grauen Eminenz, der berühmten Agentur Fittes. Die kunstvoll verzierten Knäufe ihrer Degen waren nach antiken italienischen Vorbildern gefertigt, neben denen unsere Degen billig aussahen. Auf ihren Uniformen und grauen Aktentaschen prangte das Firmenlogo, ein silbernes, sich aufbäumendes Einhorn.

Lockwood und George standen auf.

»Hallo, Tony!«, sagte der junge Mann lächelnd. »Das ist ja mal ganz was Neues. Ich hab dich hier noch nie gesehen.«

*Tony.* Ich kannte Lockwood jetzt schon ein halbes Jahr und hatte noch nie erlebt, dass jemand gewagt hätte, ihn auch nur »Anthony« zu nennen. Für den Bruchteil einer Sekunde dachte ich, zwischen dem Berater von Fittes und Lockwood müsste eine enge Freundschaft bestehen; bis ich kapierte, dass das Gegenteil der Fall war.

Auch Lockwood lächelte, aber ganz anders als sonst. Er verzog den Mund zu einem wölfischen Grinsen, bei dem seine Augen so schmal wurden, dass sie kaum noch zu erkennen waren. »Na so was – Quill Kipps. Wie geht's?«

»Viel zu tun. Und du, Tony? Nimm's mir nicht übel, aber du siehst ziemlich mitgenommen aus.«

»Ach was, nichts Ernstes. Das sind nur ein paar Kratzer. Ich kann mich nicht beklagen.«

»Dazu wirst du wohl auch keine Zeit haben, schließlich beklagen sich eine Menge Leute über *dich!*« Der Berater war sehr schlank, beinahe zierlich. Er wog bestimmt weniger als ich. Er hatte eine kleine Himmelfahrtsnase, ein sommersprossiges Gesicht und kurze rotbraune Haare. An seiner Uniformjacke baumelten vier oder fünf Medaillen und in seinen Degenknauf war ein funkelnder grüner Stein eingelassen. Allerdings ging ich nicht davon aus, dass er seine Waffe noch oft benutzte. Ich schätzte ihn auf Anfang zwanzig. Demnach arbeitete er nicht mehr im aktiven Dienst und seine Gaben waren höchstwahrscheinlich verkümmert. Wie mein ehemaliger Chef Mr Jacobs und die unzähligen anderen nutzlosen Berater, die unsere Branche verstopften, war er nur noch dazu gut, die ihm unterstellten Kinder herumzukommandieren.

Lockwood ließ sich nicht anmerken, ob der Seitenhieb ihn gekränkt hatte. »Tja …«, sagte er nur, »so was kommt vor. Und warum seid ihr hier?«

»Bande von Geistern, die eine Unterführung in Moorgate unsicher macht. Wir wollen herausfinden, was der Hintergrund sein könnte.« Er musterte die aufgeschlagenen Zeitungen auf unserem Tisch. »Und ihr recherchiert anscheinend auch.«

»Stimmt.«

»Der *Richmonder Anzeiger* … Ach so! Es geht um den unseligen Fall in der Sheen Road! Also bei Fittes führen wir unsere Recherchen durch, *bevor* wir einem Geist gegenübertreten. Wir sind ja nicht bescheuert!«

Der schlaksige Junge neben ihm lachte pflichtbewusst. Er hatte einen großen, knochigen Schädel und einen mausbraunen Haarschopf. Das Mädchen verzog keine Miene. Humor – selbst wenn es um Frotzeleien ging – war offenbar nicht ihre Sache. Sie hatte ein schmales, spitzes Gesicht. Ihre blonden Haare waren hinten kurz geschnitten, aber sie hatte einen langen, auf eine

Seite gekämmten Pony, der ihr eines Auge beinahe verdeckte. Ich fand, dass sie beeindruckend aussah, aber auch abweisend und ein wenig gekünstelt.

Sie warf mir einen Blick zu und fragte: »Und wer ist das da?«

»Unsere neue Mitarbeiterin«, antwortete Lockwood. »Na ja, nicht mehr *ganz* neu.«

Ich streckte dem Mädchen die Hand hin. »Lucy Carlyle. Und wie heißt du?«

Das Mädchen lachte kurz auf und schaute dann in den Gang zwischen den Tischen, als hätte jemand eine Chipstüte oder sonst etwas fallen lassen, das wesentlich spannender war als ich.

»Pass bloß auf dich auf, wenn du mit Tony unterwegs bist, Schätzchen«, sagte Quill Kipps zu mir. »Seine letzte Mitarbeiterin hat ein hässliches Ende genommen.«

Ich grinste höflich. »Mach dir um mich mal keine Sorgen. Ich komme schon klar.«

»Trotzdem ... Allen, die näher mit Tony zu tun haben, stößt irgendwas Schlimmes zu. Das war immer schon so. Sogar als kleines Kind.«

Er sagte es ganz beiläufig, aber sein Ton verriet ihn. Da war etwas in seiner Stimme, das ich nicht recht einordnen konnte. Ich schielte unauffällig zu Lockwood hinüber. Seine lässige Unbekümmertheit war verschwunden, er wirkte auf einmal angespannt, beinahe angriffslustig. Er wollte offenbar etwas erwidern, doch da mischte George sich ein.

»Über dich hab ich auch so einiges gehört, Quill. Was ist eigentlich aus dem Jungen geworden, den du ganz allein in die Katakomben von Southwark geschickt hast, während du am Eingang *auf Verstärkung gewartet* hast? Oder hat man den immer noch nicht gefunden?«

Kipps erwiderte ärgerlich: »Wo hast du das denn her? Die Sache ist ganz anders abgelaufen, als du –«

»Und wie geht es eurem Klienten, den die Geistersieche befallen hat, weil du und deine Leute einen Armknochen in seiner Mülltonne vergessen habt?«

Der Berater wurde rot. »Das war ein Versehen! Die anderen haben die falsche Tüte weggeworfen ...«

»Außerdem hast du die höchste Sterblichkeitsrate sämtlicher Teamberater bei Fittes zu verantworten, wie man hört.«

»Äh ...«

»Keine sehr rühmliche Bilanz, was?«

Stille.

»Ach ja, und dein Hosenstall steht offen«, fügte George hinzu.

Kipps schaute an sich hinunter und musste feststellen, dass Georges Aussage der traurigen Wahrheit entsprach. Er wurde rot wie eine Tomate und machte mit der Hand am Degen einen Schritt auf George zu.

George rührte sich keinen Millimeter von der Stelle und zeigte nur gelassen und wortlos auf das BITTE RUHE-Schild an der Wand.

Quill Kipps atmete ein paarmal tief durch, strich sich die Haare zurück und sagte dann lächelnd: »Schade, dass ich dir nicht gleich hier und jetzt dein dreckiges Maul stopfen kann, Cubbins. Aber bei nächster Gelegenheit mach ich das.«

»Sicher. Bis dahin kannst du ja schon mal mit einem Gegner üben, dem du gewachsen bist. Wie wär's mit einer Maus oder einem Maulwurf?«

Kipps machte den Mund auf und wieder zu. Er zog den Degen ...

Eine rasche Bewegung neben mir. Stahl klirrte auf Stahl. Lockwood stand immer noch am selben Fleck, aber sein Degen hatte Kipps' Waffe gebunden und drückte nun ihre Klinge herunter auf den Tisch.

»Wer mit einem Degen rumläuft, sollte auch damit umgehen können«, sagte er trocken.

Kipps erwiderte nichts. An seinem Hals pochte eine Ader und die Muskeln seines Fechtarmes unter seiner schicken grauen Uniformjacke bebten vor Anstrengung. Er versuchte, seinen Degen seitlich wegzuziehen, erst nach links, dann nach rechts, aber Lockwood, dem nicht die geringste Anstrengung anzusehen war, gab nicht nach. Die beiden Degenklingen blieben, wo sie waren, und auch ihre Besitzer sowie die Zuschauer – George, ich und Kipps' Kollegen – standen reglos da wie unter einem Bann. Man hörte nur das gedämpfte Geraschel ringsum.

»Das hältst du nicht ewig durch«, sagte Kipps schließlich.

»Stimmt genau.«

Lockwood drehte blitzschnell das Handgelenk und Quill Kipps stand plötzlich ohne Degen da. Die Waffe flog senkrecht nach oben und bohrte sich in die Saaldecke.

»Bravo!«, sagte ich.

Mit zufriedener Miene steckte Lockwood seinen Degen weg und setzte sich, dem hörbar schnaufenden Kipps den Rücken zudrehend.

Der versuchte nun mit einem Sprung an den Griff seines Degens zu kommen, verfehlte ihn aber deutlich. Er unternahm noch einen Versuch.

»Nur noch ein bisschen höher«, sagte George aufmunternd. »Du warst schon ganz dicht dran.«

Zu guter Letzt kletterte Kipps auf den Tisch und befreite seinen Degen. Seine Agenten schauten zu. Der Junge feixte, die Blonde machte nach wie vor ein ausdrucksloses Gesicht.

»Das wirst du mir büßen, Lockwood, ich schwör's!«, knurrte Kipps, als er wieder auf dem Boden stand. »Jeder weiß, dass die BEBÜP euren Laden dichtmachen will, aber das reicht mir nicht. Du sollst *richtig* leiden, du und deine blöden Freunde. Bill und Kate – wir gehen.«

Er machte auf dem Absatz kehrt und seine Lakaien taten es ihm gleich.

Wie eine nicht besonders eingespielte kleine Tanztruppe stolzierten sie im Gleichschritt in Richtung Aufzug.

»Kipps war schon immer aufbrausend«, sagte George. »Auch, als wir noch zusammengearbeitet haben. Er sollte langsam mal lernen, nicht immer alles so verbissen zu sehen, oder was meinst du, Lockwood?«

Aber Lockwood hatte sich schon wieder in die Zeitungen vergraben und sagte nur schmallippig: »Wir dürfen unsere Zeit nicht mit solchem Schwachsinn vergeuden. Wir haben Wichtigeres zu tun.«

Tatsächlich dauerte es kaum noch eine Minute, bis wir den Durchbruch erzielten, und es war Lockwood, der fündig wurde. Mit einem triumphierenden gedämpften Pfiff zeigte er auf die Zeitung vor sich.

Da war sie. Annabel Ward. Ein anderes Foto, aber dieselben blonden Haare, dieselbe aufreizende Figur und dieselben blendend weißen Zähne. Diesmal trug sie eine Art elegantes Ballkleid und sie hatte es bis aufs Titelblatt des *Richmonder Anzeigers* geschafft.

## Annie Ward

### Exfreund wird verhört

Der Fall der vermissten Annabel »Annie« Ward, die seit zwei Wochen verschwunden ist, nahm gestern Abend eine neue Wendung, als die Polizei einen ihrer Exfreunde festnahm. Mr Hugo Blake, 22, ein bekannter Spieler und Lebemann, wird derzeit im Revier an der Bow Street festgehalten. Allerdings wurde noch nicht offiziell Anklage gegen ihn erhoben.

Laut Auskunft der Polizei war Mr Blake einer der Freunde, mit denen Miss Ward am Samstag, den 21. Juni, dem Abend ihres Verschwindens, in einem Nachtklub zu Abend aß. Mr Blake soll den Klub kurz nach ihr verlassen haben. Nach mehrmaliger Befragung gab er zu, Miss Ward nach Hause gefahren zu haben. Die beiden sollen noch vor einigen Monaten ein Liebespaar gewesen sein, aber ihre Beziehung war abgekühlt. Blakes Verbindung mit Miss Ward war zum Mittelpunkt des gesellschaftlichen Klatsches geworden. Unter seinem Einfluss gab sie ihre vielversprechende Laufbahn als Schauspielerin so gut wie auf, hatte sich aber kürzlich wieder um eine Rolle in …

»Hugo Blake …«, wiederholte ich leise. »Jede Wette, dass *er* ihr die Kette geschenkt hat?«

George nickte. »Und er hat sie in der Nacht ihres Verschwindens heimgefahren … Ich kann mir schon denken, was er dann mit ihr gemacht hat.«

»Wir müssen trotzdem weiterrecherchieren«, sagte Lockwood. »Blake wurde festgenommen, aber wurde er auch angeklagt? Vielleicht ist er ja trotzdem ins Gefängnis gewandert, auch wenn sie die Leiche nie gefunden haben.«

Die Antwort auf diese Frage ließ nicht lange auf sich warten. Ein kleiner Artikel vermeldete ein paar Tage später, dass man Hugo Blake ohne Anklage wieder hatte laufen lassen. Laut Scotland Yard steckte der Fall Annabel Ward »in einer Sackgasse«.

»Sackgasse ist gut«, warf ich ein. »Ich würde eher sagen, Scotland Yard hat den Fall gegen die Wand gefahren – nämlich gegen die Wand, hinter der die Leiche eingemauert war.«

Lockwood überflog den Rest des Artikels. »Anscheinend gab es nicht genug Beweise, um diesen Blake dranzukriegen. Er war der einzige Verdächtige, aber er hat stur behauptet, er habe Annabel Ward vor ihrer Haustür abgesetzt und sei gleich weitergefahren. Niemand konnte das Gegenteil beweisen, und da die Polizei nicht mal die Leiche hatte, konnten sie nichts machen. Hervorragend! Ich würde mal sagen, Blake ist unser Mann.«

George lehnte sich zurück. »Wie alt war der Typ damals doch gleich?«

»Zweiundzwanzig«, sagte ich. »Und die arme Annie war erst zwanzig.«

»Das Ganze ist jetzt neunundvierzig Jahre her. Blake wäre jetzt einundsiebzig. Es spricht nichts dagegen, dass er noch am Leben ist.«

»Klar ist er noch am Leben. Der Mistkerl genießt sein Leben sogar in vollen Zügen, wetten? Immerhin ist er mit einem Mord davongekommen.«

»Bis jetzt«, sagte Lockwood und lächelte uns breit an. »Das ist genau das, was wir brauchen – solange wir jetzt keinen Fehler machen. Mein Plan sieht folgendermaßen aus: Wir verständigen die BEBÜP. Wenn Blake tatsächlich noch lebt, wird man ihn bestimmt verhaften. Wir wenden uns inzwischen an die Presse und tischen ihnen die Story auf. Mörder nach fünfzig Jahren gefasst! Wenn das nicht einschlägt wie eine Bombe, weiß ich auch nicht.«

»Schon«, erwiderte George bedächtig, »aber ich bin trotzdem dagegen, gleich an die Öffentlichkeit zu gehen. Wir sollten erst noch mehr Informationen sammeln, zum Beispiel über Annie Wards Vorleben.« Er klopfte auf den Zeitschriftenstapel. »Die finden sich bestimmt irgendwo hier drinnen. Vielleicht entdecken wir ja sogar noch ein paar saftige Klatschgeschichten über Blake und …«

Lockwood schob seinen Stuhl zurück und stand auf. »Ihr beide macht weiter. Gebt mir Bescheid, wenn ihr etwas gefunden habt. Ich unterhalte mich in der Zwischenzeit mal mit ein paar Leuten. Heute Morgen haben uns drei Klienten abgesagt. Wir können es uns nicht leisten, einfach rumzusitzen.«

»Wenn du meinst …« George fummelte mit skeptischem Gesicht an seiner Brille herum. »Aber wir sollten nichts überstürzen.«

Lockwood strahlte uns an. »Keine Sorge. Ihr kennt mich doch.«

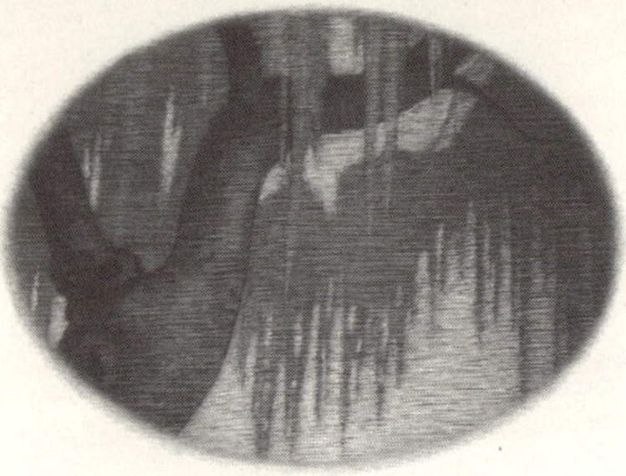

# Kapitel 14

## Entdeckung nach 50 Jahren
### Überreste des Mordopfers gefunden

### Sensationelle Aufklärung durch die Agentur Lockwood

Bei einer der spektakulärsten Aufklärungen eines bislang ungelösten Kriminalfalles wurde in einem Wohnhaus im Südwesten Londons die Leiche von Annabel »Annie« Ward entdeckt, die seit einem halben Jahrhundert als vermisst galt. Die Mitarbeiter der Agentur Lockwood & Co. kämpften die halbe Nacht mit dem schrecklichen Geist der Toten, bevor sie die sterblichen Überreste lokalisierten und sicherten.
»Wir sind nur knapp mit dem Leben davonge-

kommen«, berichtet Anthony Lockwood, der junge Leiter der Agentur. »Den Geist unschädlich machen, war uns nicht genug. Wir wollten dem unbekannten Mädchen Gerechtigkeit verschaffen.«

Anschließend machte sich das Team unter Anwendung ausgefeilter Recherchemethoden daran, die Identität von Miss Ward festzustellen. Die BEBÜP hat sich inzwischen bereit erklärt, eine Mordermittlung einzuleiten.

»Uns ist kein Fall zu alt oder zu schwierig«, sagt Mr Lockwood. »Ganz im Gegenteil. Je verzwickter ein Fall, desto besser, denn dann können wir unsere Professionalität und unser persönliches Engagement voll entfalten. Natürlich geht es uns darum, die Geisterplage zu bekämpfen, aber wir interessieren uns ebenso für die Schicksale hinter den Heimsuchungen. Die arme Annie Ward starb vor langer Zeit, aber der Mörder kann immer noch zur Verantwortung gezogen werden. Unsere Topagentin Lucy Carlisle hat während des Einsatzes mit dem Geist kommuniziert. Trotz des Großbrandes, den der Geist in seiner Rachsucht verursacht hat, ist es ihr gelungen, entscheidende Hinweise zu sammeln, die uns auf die Fährte des Schuldigen führen werden. Mehr kann ich im Moment noch nicht sagen, aber wir erwarten in Bälde mehr Details, sobald wir die ganze sensationelle Wahrheit hinter dieser Tragödie ans Licht gebracht haben.«

»Toller Artikel!«, sagte Lockwood bestimmt zum zwanzigsten Mal an diesem Tag. »Könnte gar nicht besser sein.«

»Mein Name ist falsch geschrieben«, beschwerte ich mich.

»Ich werde überhaupt nicht erwähnt«, setzte George hinzu.

»Na ja, ich meinte, im Großen und Ganzen.« Lockwood strahlte uns an. »Seite sechs in der *Times*. Die beste Werbung, die wir je hatten. Das ist der Wendepunkt. Es geht wieder aufwärts!« Er fröstelte und trat in dem nach Kompost müffelnden Beet von einem Fuß auf den anderen.

Es war kurz vor acht Uhr abends am Tag nach unserem Ausflug ins Archiv. Wir standen in einem dunklen, kalten Garten, mitten zwischen den Stachelbeersträuchern, und warteten auf einen Geist. Es war nicht gerade der glanzvollste Auftrag der Weltgeschichte.

»Temperatur?«, fragte Lockwood.

»Fällt weiter«, antwortete George nach einem Blick auf sein Thermometer. Es leuchtete schwach zwischen den Stachelbeerranken. Oben im Haus wurden die Lichter von den zugezogenen Vorhängen gedimmt. In der Ferne bellte ein Hund. Sechs, sieben Meter vor uns hingen die dünnen schwarzen Zweige einer Weide herunter wie gefrorene Regenrinnsale.

»Das Miasma wird stärker«, meldete ich. Meine Gliedmaßen waren schwer, mein Verstand wurde von einem mir fremden Gefühl von Sinnlosigkeit und Verzweiflung ergriffen. Mein Mund schmeckte bitter nach Verwesung. Ich nahm noch ein Pfefferminzbonbon, um den Geschmack zu vertreiben.

»Gut so«, sagte Lockwood. »Kann nicht mehr lange dauern.«

»Dass du die BEBÜP über Annie Ward informiert hast, ist ja gut und schön«, kam George wieder auf das vorige Thema zurück, »aber du hättest noch damit warten sollen, die Presse zu verständigen. Die Polizei hat ihre Ermittlungen noch gar nicht richtig aufgenommen. Man kann noch nicht absehen, wo das Ganze hinführt.«

»Klar kann man das. Barnes war nicht erfreut, dass wir ihm hinsichtlich Annie Wards Identität zuvorgekommen sind, aber ihre Beziehung zu diesem Hugo Blake fand er sehr interessant. Er hat sofort in seinen Unterlagen nachgeschaut. Es hat sich herausgestellt, dass Blake ein erfolgreicher Geschäftsmann ist, aber schon mehrmals im Gefängnis gesessen hat, ein paar Mal wegen Betruges und einmal wegen schwerer Körperverletzung. Ein übler Bursche. Und er lebt tatsächlich noch, hier in London.«

»Heißt das, er wird demnächst verhaftet?«, fragte ich.

»Das wollten sie heute tun. Wahrscheinlich hat ihn die Polizei bereits festgenommen.«

»Geisternebel voraus«, meldete George. Dünne Tentakel hatten sich vom Erdboden erhoben, weißlich schimmernd und dünn wie Spaghetti ringelten sie sich zwischen Weide und Gartenmauer empor.

»Hörst du was, Lucy?«, fragte Lockwood.

»Nichts Neues. Wind in den Bäumen. Und ein knarrendes Quiek, Quiek, Quiek.«

»Ein Seil vielleicht?«

»Kann sein.«

»Und du, George? Siehst du was?«

»Bis jetzt noch nicht. Und du? Hängt der Todesschein noch in der Luft?«

»Er hat sich nicht wegbewegt – wie auch? Er schimmert immer noch in der Baumkrone.«

»Kann ich ein Pfefferminz haben, Lucy?«, fragte George. »Ich hab meine vergessen.«

»Bitte sehr.« Ich reichte die Schachtel herum. Die Unterhaltung versiegte. Wir beobachteten die Weide.

Trotz Lockwoods hochgehängter Erwartungen hatte uns der Zeitungsartikel noch keine neuen Aufträge eingebracht. Mit der heutigen Nachtwache war der letzte alte Auftrag in Georges Buch abgehakt. Unsere Klienten waren ein junges Ehepaar, das sich immer wieder unwohl und verängstigt gefühlt hatte, wenn es den hinteren Teil seines Gartens betrat. Kürzlich hatten ihre Kinder (vier und sechs Jahre alt) erzählt, sie hätten, als sie abends aus dem Fenster schauten, eine »dunkle, reglose Gestalt« unter den herabhängenden Zweigen der Weide stehen sehen. Das war mehrmals vorgekommen. Die Eltern hatten jedes Mal ebenfalls aus dem Fenster geschaut, aber selbst nichts entdecken können.

Schon am Vormittag hatten Lockwood und ich das Gelände erkundet. Die Weide war sehr alt und ziemlich hoch, mit dicken, knorrigen Ästen. Wir hatten beide schwache Hintergrundanzeichen wahrgenommen: vor allem Miasma und eine zunehmende Beklemmung. George hatte derweil die Recherche zur Geschichte des Hauses übernommen und den ganzen Tag im Nationalarchiv zugebracht. Er hatte dabei ein merkwürdiges Ereignis entdeckt. Im Mai 1962 hatte sich der damalige Besitzer, ein gewisser Henry Kitchener, irgendwo auf dem Grundstück erhängt. Wo genau, war nicht verzeichnet.

Unser Verdacht richtete sich auf die Weide.

»Ich verstehe immer noch nicht, warum du mich erwähnt hast, aber nicht die Halskette«, sagte ich. »Jetzt klingt es so, als hätte mir Annie Ward persönlich erzählt, wer sie umgebracht hat, was natürlich Blödsinn ist. Geister äußern sich niemals eindeutig.«

Lockwood lachte in sich hinein. »Das weiß ich selber. Aber

es schadet nichts, wenn dich alle für ein Genie halten. Wir wollen doch, dass uns die Klienten die Tür einrennen. Ich habe die Halskette mit Absicht nicht erwähnt, teils weil ich mir das für den nächsten Artikel aufsparen will, teils weil ich Barnes auch noch nichts davon gesagt habe.«

»Du hast es Barnes nicht erzählt?«, fragte George ungläubig. »Nicht mal von der Inschrift?«

»Nein. Er hat uns immer noch auf dem Kieker, und dass Lucy verbotenerweise ein gefährliches Artefakt mit sich herumgetragen hat, macht die Sache nicht besser. Außerdem ist die Kette gar nicht so wichtig. Blake ist der Mörder, anders kann es gar nicht sein. Dabei fällt mir ein … hast du noch irgendwas Neues über Annabel Ward herausgefunden, George?«

»Ja. Ein paar Fotos. Sehr interessant. Ich zeig sie euch, wenn wir wieder zu Hause sind.«

Die Zeit verging. Es wurde immer kälter. Die Verzweiflung des ruhelosen Selbstmörders quoll aus dem Geäst der Weide und legte sich über die Sträucher und Blumenbeete, über die Kinderfahrräder und das Spielzeug, das überall herumlag. Die langen Zweige schwangen hin und her, obwohl es windstill war.

»Warum er das wohl getan hat?«, murmelte Lockwood.

»Wer?«, fragte George. »Hugo Blake?«

»Nein, ich dachte über *diesen* Fall nach. Warum der Mann sich erhängt hat.«

»Weil er einen geliebten Menschen verloren hat«, sagte ich.

»Wirklich? Wie kommst du denn plötzlich darauf? Das stand gar nicht in dem Artikel, oder, George?«

Ich hatte an gar nichts gedacht und einfach nur dem Knarren in der Weide gelauscht. »Keine Ahnung. Vielleicht irre ich mich auch.«

»Da drüben!«, sagte Lockwood plötzlich. »Da ist ein Besucher … Ja! Seht ihr ihn auch?«

»Nein. Wo denn?«

»Gleich da drüben. Kannst du ihn nicht sehen? Er steht unter dem Baum und schaut nach oben in die Äste.«

Ich hatte die Ankunft des Besuchers auch gespürt. Die unsichtbaren Störwellen, die von ihm ausgingen, hatten das Blut in meinen Ohren rauschen lassen. Aber ich war keine so begabte Schauende, wie Lockwood einer war, und der Baum blieb ein Netz aus Schatten.

»Er hat das Seil in der Hand«, sprach Lockwood weiter. »Er muss sehr lange dort gestanden haben, hat Mut gesammelt …«

Manchmal hilft es, wenn man auf die Stelle gleich daneben schaut, wie bei nicht sehr hellen Sternen. Als ich meinen Blick auf die Gartenmauer richtete, nahm der Schatten unter der Weide auf einmal konkrete Form an: Ich sah eine blasse Silhouette, schmal und bewegungslos, hinter den herabhängenden Weidenruten gefangen wie hinter Gitterstäben.

»Jetzt sehe ich ihn auch.« Ja, er schaute nach oben und legte den Kopf dabei so weit in den Nacken, als wäre sein Genick bereits gebrochen.

»Schaut ihm nicht ins Gesicht!«, warnte George.

»Ruhe bewahren«, sagte Lockwood. »Das ist die Hauptsache. Ich geh dann mal näher ran … Aaah! Irgendwas hält mich fest!«

Mit leisem Klirren zogen George und ich gleichzeitig unsere Degen. Ich leuchtete mit der Taschenlampe zu Lockwood hinüber. Er war mit aufgerissenen Augen wie angewurzelt stehen geblieben.

Ich knipste die Taschenlampe wieder aus. »Du bist mit dem Mantel an einem Stachelbeerstrauch hängen geblieben.«

»Ach so. Danke.«

George schnaubte. »Dieser Mantel! Er ist zu lang. Neulich hätte er dich beinahe umgebracht!«

Es raschelte, als Lockwood sich aus dem Strauch befreite. Die Gestalt unter der Weide hatte sich nicht bewegt.

»Gebt mir Deckung!«, kommandierte Lockwood.

Er zückte die Waffe und schlich auf den Baum zu. Der Geisternebel legte sich um seine Beine und strudelte bei jedem seiner Schritte weißlich auf wie überkochende Milch. George und ich folgten ihm in einigem Abstand mit wurfbereiten Salzbomben.

Wir näherten uns den vordersten Weidenruten.

»Alles klar«, hauchte Lockwood. »Bin dicht dran. Er reagiert nicht. Nur ein Schemen.«

Inzwischen konnte ich mehr sehen: die Silhouette eines Mannes in Hemdsärmeln, altmodischer Hose und Hosenträgern … Ein bleiches, nach oben gewandtes Gesicht. Ich sah ihn nicht direkt an, nahm aber den Nachhall seiner Trauer wahr, eine verlorene Liebe, abgrundtiefe Verzweiflung … und ich hörte ein kehliges Schluchzen.

Dann bewegte sich die Gestalt urplötzlich. Eine Seilschlinge flog in die Weidenkrone hoch …

… und etwas Helles sauste hinterher und zerplatzte. Ein Salzhagel ergoss sich über den Geist. Er krümmte sich und verblasste. Die Salzkörner fingen Feuer, loderten grün auf und fielen wie ein Regen aus funkelnden Smaragden zu Boden.

Ich drehte mich zu George um. »Warum hast du das gemacht?«

»Reg dich ab. Er hat sich bewegt. Lockwood war zu dicht dran. Ich geh kein Risiko ein.«

»Er wollte nicht angreifen«, sagte ich. »Er war viel zu sehr damit beschäftigt, an seine Frau zu denken.«

»Seine Frau? Woher weißt du das? Hat er das gesagt?«

»Nein …«

»Also wie …?«

»Ist doch egal.« Lockwood schob die Weidenzweige zur Seite. Um seine Schuhe loderten die grünen Funken noch einmal auf und erloschen dann. »Er ist weg. Lasst uns Eisenspäne ausstreuen und nach Hause gehen, uns aufwärmen.«

Manche Fälle sind so – schnell und einfach, im Handumdrehen erledigt. Am nächsten Tag wurde eine alte Seilschlinge, die tief in einen der oberen Weidenäste eingewachsen war, entdeckt, direkt über der Stelle, wo die Erscheinung aufgetaucht war. Das Seil ließ sich nicht vollständig entfernen, darum wurde der Ast abgesägt und im Salzfeuer verbrannt. Drei Tage danach ließen die Klienten den ganzen Baum fällen.

* * *

Als wir nach unserer Nachtwache wieder in die Portland Row kamen, stellten wir erstaunt fest, dass vor dem Haus ein Polizeiauto mit laufendem Motor und aufgeblendeten Scheinwerfern parkte. Als wir näher kamen, stieg ein BEBÜP-Beamter aus, ein großer, muskulöser Typ mit Stiernacken und rasiertem Kopf. Er trug die übliche nachtblaue Uniform. Ohne Begrüßung legte er los: »Lockwood & Co.? Mitkommen. Wir fahren zu Scotland Yard.«

»So spät noch?«, fragte Lockwood konsterniert. »Wir kommen gerade erst von einem Auftrag.«

»Mir egal. Inspektor Barnes will euch sprechen. Und zwar schon seit zwei Stunden.«

»Hat das nicht bis morgen Zeit?«

Die fleischige Pranke des Beamten wanderte an den Griff seines eisernen Schlagstocks. »Nein.«

Lockwood erwiderte mit blitzenden Augen: »Das haben Sie schön ausgedrückt, Sergeant. Also los!«

* * *

Scotland Yard ist nicht nur die Zentrale der Londoner Polizei, sondern auch der Sitz der BEBÜP-Truppen, die nächtens über das Wohl der Stadt wachen. Das keilförmige Gebäude aus Stahl und Glas befindet sich in der Innenstadt, auf halber Höhe der Victoria Street. Ganz in der Nähe haben sich die Totengräber-Innung und die Bestattergewerkschaft niedergelassen, ebenso die Fairfax-Eisenwerke, die Vereinigten Salzbetriebe und vor allem der Sunrise-Konzern, der fast alle Agenturen des Landes mit seinen Produkten beliefert. Auf der gegenüberliegenden Straßenseite befanden sich die Niederlassungen der meisten großen Religionen. Jede dieser mächtigen Organisationen befand sich im Zentrum des Kampfes gegen das Problem.

Vor dem Yard rauchten in Metallschalen Lavendelzweige und Rinnsale mit frischem Wasser strömten über den Bürgersteig. Zwei rotnasige Kinder standen Nachtwache neben dem Eingang, zum Schutz gegen jede übernatürliche Bedrohung. Sie präsentierten ihre Wachstäbe und nahmen Haltung an, als wir im Gefolge des Polizisten an ihnen vorbei und die Treppe zur Zentrale der BEBÜP hochgingen.

Wie immer nach Anbruch der Dunkelheit herrschte dort lebhafte Geschäftigkeit. An der rückwärtigen Wand hing ein riesiger Stadtplan von London, der mit Dutzenden blinkender

Lämpchen übersät war, manche grün, manche gelb, jedes markierte einen der Notfälle dieser Nacht.

Männer und Frauen in schlichten Uniformen liefen hin und her, trugen Aktenstapel auf den Armen, telefonierten lautstark und erteilten den Beratern von Fittes und Rotwell Anweisungen, denn die großen Agenturen arbeiteten in zahlreichen Fällen mit der BEBÜP zusammen. Ein junger Agent rannte mit einem Bündel Degen unter dem Arm zur Tür hinaus und zwei Beamte mit qualmenden, von Ektoplasma versengten Schutzwesten tranken Kaffee.

Der stiernackige Polizist brachte uns in einen Warteraum und ließ uns allein. Hier war es einigermaßen ruhig. Die Eisenblech-Mobiles über unseren Köpfen drehten sich im Luftstrom der brummenden Klimaanlage.

»Was glaubt ihr, was er von uns will?«, fragte ich. »Ob es noch mal um den Brand geht?«

Lockwood zuckte die Schultern. »Ich hoffe, es gibt Neuigkeiten über Blake. Vielleicht haben sie ihn geschnappt. Vielleicht hat er schon gestanden.«

»Da wir gerade davon sprechen …«, George kramte in seiner Tasche, »wenn wir hier schon rumsitzen müssen, könnt ihr euch mal diese Ausschnitte aus dem Archiv anschauen. Ich hab mehr über Annie Ward herausgefunden. Scheint so, als habe sie vor fünfzig Jahren zu einer glamourösen Clique gehört – überwiegend reiche junge Leute, aber nicht alle –, die sich in den angesagten Bars von London traf. Ein Jahr vor ihrem Tod hat *Die feine Gesellschaft* eine Fotoreportage über sie gebracht. Schaut mal. Ihr Name ist nicht der einzige, der euch bekannt vorkommen wird.«

Die Bilder, Kopien der Originale, waren schwarz-weiß. Sie

zeigten meist Partys und Bälle, aber auch Bars und Spielkasinos. Gruppen junger herausgeputzter Leute zierten jedes Bild. Mal abgesehen von der veralteten Mode, unterschieden sie sich kaum von denen in Lockwoods aktuellen Klatschzeitschriften, und waren genauso öde – aber als ich die dritte oder vierte Kopie betrachtete, stutzte ich plötzlich. Auf dem Blatt waren zwei Fotos. Das erste zeigte einen schlanken jungen Mann, der in die Kamera lächelte. Er trug einen schwarzen Zylinder, eine schwarze Fliege und einen pechschwarzen Smoking. Bestimmt hatte er auch ein Rüschenhemd an, aber das verbarg gnädigerweise der Spazierstock in seiner Hand. Er trug weiße Handschuhe. Sein Haar war dicht, lang und dunkel und seine Gesichtszüge waren ein wenig grob, aber durchaus attraktiv. Sein Lächeln war selbstbewusst und einnehmend. Es besagte: Wenn du mich erst besser kennenlernst, wirst du mich mögen.

Darunter stand: *Mr Hugo Blake, der bekannte Salonlöwe.*

»Das ist er!«, sagte Lockwood aufgeregt.

Ich betrachtete das selbstzufriedene Gesicht und vor meinem inneren Auge erschien ein anderes Gesicht – überzogen von Spinnweben und Staub.

»Auf dem zweiten Bild ist er auch mit drauf«, sagte George.

Das Gruppenfoto war von oben aufgenommen und zeigte eine Schar junger Leute vor einem Brunnen. Es handelte sich offenbar um ein Sommerfest, denn die Männer trugen alle weiße Jacketts und Krawatten und die jungen Frauen Ballkleider mit Pailletten, Puffärmeln und wer weiß was noch allem. Ich persönlich mache mir ja nichts aus Kleidern.

Auch dieses Bild war schwarz-weiß, aber man ahnte, dass die Kleider wunderschöne helle Farben hatten. Die Frauen standen vorn, die Männer drängten sich dahinter. Alle lächelten so selbstsicher in die Kamera, als gehöre ihnen die Welt, was auf einige vermutlich auch zutraf. Und direkt in der Mitte stand Annie Ward. Sie war eine so strahlende Erscheinung, als sei sie bereits von Anderlicht umflort. Die Frauen rechts und links neben ihr machten den Eindruck, als sei ihnen bewusst, dass sie in ihrem Schatten standen.

»Da ist Blake.« George zeigte auf einen hochgewachsenen lächelnden Mann. »Er steht gleich hinter ihr. Als wollte er ihr nicht mal hier von der Pelle rücken.«

»Guckt mal …« Mit Schrecken entdeckte ich einen kleinen ovalen Fleck, direkt unterhalb der weißen Kehle der jungen Frau. Ich spürte, wie sich meine eigene Kehle zusammenzog. »Sie trägt seine Kette.«

»Ach, Sie sind gleich alle drei mitgekommen?« Inspektor Barnes stand in der Tür und schaute von oben auf unsere gesenkten Köpfe herunter. Er sah müde aus, sogar sein Schnurrbart hing kraftlos herab. In der einen Hand hielt er einen Aktenordner, in der anderen einen Styroporbecher mit Kaffee. »Wie schön. Und? Muss ich mir jetzt wieder mein Getränk übers Hemd kippen?«

Lockwood stand auf. »Sie haben uns hergebeten, Mr Barnes«, sagte er förmlich. »Wie können wir Ihnen behilflich sein?«

»Nicht jeder von Ihnen erfüllt die erforderlichen Voraussetzungen dazu. Gewisse Leute sind hier überflüssig.« Er schaute George direkt an. »Na, Cubbins? Haben Sie Ihr Geisterglas inzwischen vernichtet?«

»Aber selbstverständlich, Mr Barnes«, erwiderte George.

»Soso. Sie kann ich heute Nacht jedenfalls nicht gebrauchen – und Sie auch nicht, Lockwood. Ich möchte mit Miss Carlyle sprechen, und zwar unter vier Augen.« Sein Hundeblick nahm mich ins Visier und mir wurde unbehaglich. »Kommen Sie bitte mit, Miss Carlyle. Ihre Kollegen können hier warten.«

Ein Anfall von Angst schnürte mir die Brust zusammen und ich sah Lockwood Hilfe suchend an. Er trat vor. »Vergessen Sie's, Inspektor. Miss Carlyle ist meine Angestellte. Ich weiß nicht, was Sie von ihr wollen, aber ich bestehe darauf, dabei anwesend zu –«

»Wenn Sie sich unbedingt eine Anzeige wegen Behinderung einer Ermittlung einfangen wollen, dann reden Sie ruhig weiter. Sie haben diese Woche wahrhaftig schon genug Ärger gemacht. Also? Haben Sie dem noch etwas hinzuzufügen?«

Lockwood sagte nichts mehr. Ich zwang mich zu lächeln. »Ist schon gut«, sagte ich. »Ich komme klar.«

»Aber sicher tut sie das.« Barnes drückte die Tür auf und winkte mich hindurch. »Keine Sorge. Wir sind gleich wieder da.«

Wir durchquerten den Einsatzraum und blieben vor einer glatten Stahltür stehen. Barnes tippte eine Zahl in ein Tastenfeld ein. Die Tür glitt auf und gab den Blick auf einen menschenleeren, neonbeleuchteten Gang frei.

»Ihr Freund Lockwood hat mir erzählt«, sagte Barnes, als wir den Flur hinuntergingen, »dass Sie eine übersinnliche Verbindung zu Annie Wards Geist aufbauen konnten. Stimmt das?«

»Ja, Sir. Ich habe ihre Stimme gehört.«

»Er behauptet außerdem, dass Ihnen der Geist einen wichtigen Hinweis auf den Mörder gegeben hat – dass sie von einem Mann getötet wurde, den sie einmal liebte.«

»Ganz recht.« Das stimmte – bis auf eine Kleinigkeit. Ich hatte die Eingebung gehabt, als ich die Halskette berührte. Ich hatte sie nicht von dem Geistermädchen selbst erfahren.

Barnes sah mich schräg von der Seite an. »Als sie mit Ihnen

sprach, hat sie Ihnen da auch den Namen des Mörders genannt?«

»Nein, Sir. Es waren nur … Bruchstücke. Sie wissen ja, wie Besucher so sind.«

»Hmm … Marissa Fittes soll früher ausführliche Gespräche mit Geistern vom Typ Drei geführt haben und auf diese Weise vieles erfahren haben. Aber das ist eine seltene Gabe und diese Geister treten ebenso selten auf. Wir gewöhnlichen Sterblichen müssen uns mit den Brocken begnügen, die wir gelegentlich aufschnappen. Na gut … wir betreten jetzt gleich den Hochsicherheitsbereich. Wir sind fast am Ziel.«

Wir waren über eine Betontreppe in ein tiefer gelegenes Stockwerk gelangt. In diesem Gang waren die Stahltüren noch dicker und zusätzlich mit Eisenbändern verstärkt. Neben manchen klebten Warnschilder an der Wand: gelbe Dreiecke mit einem grinsenden Totenkopf drin oder rote Dreiecke mit zwei Totenköpfen. Es war ziemlich kalt. Vermutlich waren wir im Keller.

»Hören Sie, Miss Carlyle«, sagte Barnes. »Aufgrund dessen, was Sie in Erfahrung gebracht haben, rolle ich den Fall Annabel Ward wieder auf.« Er warf mir einen säuerlichen Blick zu. »Glauben Sie bloß nicht, wir hätten nicht ebenfalls kurz davorgestanden, Miss Wards Identität zu klären. Sie waren nur schneller, aber das kommt daher, dass Sie und Ihre Grünschnäbel von Kollegen nichts anderes zu tun haben, als überall Ihre Nase reinzustecken. Aber wie dem auch sei, ich bin ebenfalls der Meinung, dass Hugo Blake der gesuchte Mörder ist. Ich habe ihn heute verhaften lassen.«

Mein Herz machte einen Satz. »Das freut mich!«

»Allerdings …«, Barnes machte vor einer schlichten Eisentür

halt, »… allerdings streitet er wie schon vor fünfzig Jahren alles ab. Er bleibt dabei, dass er Miss Ward vor ihrer Haustür abgesetzt hat, aber nicht mit ihr hineingegangen ist.«

»Dann lügt er«, sagte ich.

»Das tut er mit Sicherheit, aber ich brauche mehr Beweise. Und da kommen Sie ins Spiel. Bitte treten Sie ein.«

Bevor ich etwas entgegnen konnte, hatte er mich durch die Tür geschoben. Wir standen in einem kleinen dunklen Raum, der bis auf zwei Stahlrohrstühle mit Lederbezug und einen kleinen Tisch völlig leer war. Die Stühle standen gegenüber einer Wand, in die eine große milchig graue Glasscheibe eingepasst war. In den Tisch waren ein Schalter und ein schwarzer Telefonhörer eingelassen.

»Setzen Sie sich.« Barnes griff nach dem Telefonhörer und sprach hinein: »Ist er da? Gut.«

Ich starrte ihn an. »Von wem reden Sie? Sagen Sie mir, was Sie vorhaben!«

»Ein übersinnlicher Austausch, wie Sie ihn mit dem Geist der Toten hatten, ist erfahrungsgemäß etwas sehr Subjektives. So etwas lässt sich schwer in Worte fassen. Man erinnert sich nur an bestimmte Einzelheiten, andere vergisst man. Das Gehörte vermischt sich mit den eigenen Gedanken. Insofern ist es gut möglich, dass Ihnen Annabel Wards Geist mehr über die Umstände ihres Todes mitgeteilt hat, als Sie jetzt noch wissen. Zum Beispiel, wie ihr Mörder aussah.«

Jetzt begriff ich, was er vorhatte. »Sie meinen, der Geist hätte mir Blakes Gesicht gezeigt? Nein. Ich habe erst jetzt ein Foto von ihm gesehen und ihn nicht wiedererkannt oder so.«

»Bei einer persönlichen Gegenüberstellung könnte das anders sein. Wir werden ja sehen.«

Ich geriet in Panik. »Ich möchte das aber nicht, Mr Barnes! Ich habe Ihnen alles erzählt, was ich weiß.«

»Sie sollen ja nur einen Blick auf ihn werfen. Er kann Sie nicht sehen. Er sitzt vor einem Einwegspiegel. Er weiß nicht mal, dass Sie da sind.«

»Bitte, Mr Barnes…«

Der Inspektor ließ sich nicht erweichen. Er drückte auf den Knopf. Die Glasscheibe vor uns wurde gleißend hell, als die eingebaute Sichtblende nach beiden Seiten aufglitt und den Blick auf einen grell erleuchteten Raum freigab.

In der Mitte des Raumes saß ein Mann auf einem Metallstuhl, das Gesicht uns zugewandt.

Wenn man von dem Einwegspiegel einmal absah, trennten uns nur etwa zwei, drei Meter.

Er war ein älterer Herr in einem eleganten schwarzen Anzug mit rosa Nadelstreifen. Seine Schuhe waren blitzblank geputzt, sein Schlips war hellrosa, und ein dunkelrosa Einstecktuch quoll aus seiner Brusttasche wie eine Flamme. Hugo Blake kleidete sich immer noch so auffällig modisch wie seinerzeit auf dem Schwarz-Weiß-Foto. Auch sein Haar war noch lang und dicht, wenngleich inzwischen grau, und fiel ihm in weichen Wellen auf die Schultern.

So weit war alles unverändert – nicht aber sein Gesicht.

Das ebenmäßige, selbstzufriedene Aussehen seiner Jugend war einer verwüsteten Landschaft gewichen, hager, grau und faltig. Seine Wangen waren eingefallen, die Backenknochen zeichneten sich kantig darunter ab. Die Nase war von einem Netz aus blauen Adern überzogen, das sich bereits auf Wangen und Kinn auszudehnen begann. Die Lippen waren schmal, faltig und verkniffen. Und die Augen…

Die Augen waren am schlimmsten. Sie lagen tief in den Höhlen, blickten aber hellwach und eisig, funkelnd vor Intelligenz und Wut. Ihr Blick irrte unablässig über den vermeintlichen Spiegel. Hugo Blake war außer sich, das war nicht zu übersehen. Seine Finger bohrten sich wie Klauen in seine Knie. Er sagte etwas, aber ich konnte ihn nicht hören.

»Blake ist reich«, sagte Barnes belustigt, »und gewohnt, seinen Willen zu bekommen. Es gefällt ihm überhaupt nicht, hier zu sein. Aber das soll nicht Ihre Sorge sein, Miss Carlyle. Sehen Sie ihn sich gut an. Schieben Sie alle anderen Gedanken beiseite und denken Sie nur noch an das, was Ihnen die junge Frau mitgeteilt hat. Löst sein Anblick etwas in Ihnen aus?«

Ich kämpfte gegen meine Panik an. Was war schon dabei? Schließlich konnte Blake mich nicht sehen. Ich würde tun, was Barnes von mir verlangte, und wieder verschwinden.

Ich konzentrierte mich auf Blakes Gesicht …

… da sah mir der alte Mann plötzlich direkt in die Augen. Sein Blick irrte nicht mehr umher. Es war, als könnte er durch den Spiegel hindurchschauen, und wüsste, dass ich dort saß.

Er lächelte mich an. Es war das Lächeln eines Wolfs.

Ich fuhr erschrocken zurück. »Nein!«, rief ich. »Das reicht! Ich spüre gar nichts. Sein Anblick löst nichts in mir aus. Bitte. Bitte hören Sie auf! Es reicht!«

Barnes zögerte, aber dann drückte er wieder auf den Knopf. Der Sichtschutz glitt wieder zu und der grell beleuchtete, hämisch grinsende Mann verschwand langsam.

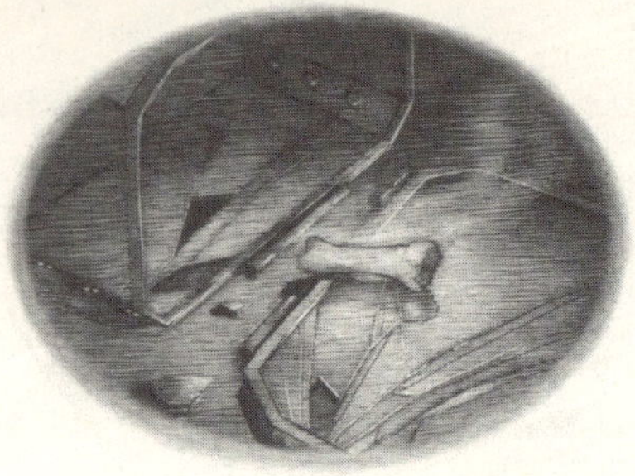

# Kapitel 15

**»Warte doch mal, Lucy!«**, sagte Lockwood. »Du musst mit mir reden.«

»Nein. Muss ich nicht.«

»Jetzt renn doch nicht so. Ich kapier ja, dass du sauer bist, aber du musst auch verstehen… Ich wusste doch nicht, was Barnes mit dir vorhat.«

»Ach nein? Aber du hättest es dir denken können! Wegen deinem dämlichen Zeitungsinterview weiß jetzt die ganze Welt von meiner übersinnlichen Verbindung zu Annie Ward. Plötzlich stehe ich bei diesem Fall im Mittelpunkt!«

»Bitte, Lucy…« Lockwood packte mich am Ärmel, sodass ich mitten auf der Straße stehen bleiben musste. Wir waren irgendwo in Mayfair, auf halbem Weg nach Hause. Die meisten Villen in der Straße waren hinter hohen Mauern und waberndem Nebel verborgen. Es war kurz nach Mitternacht. Nicht einmal Geister waren hier unterwegs.

»Fass mich nicht an!«, blaffte ich und riss mich los. »Wegen deines Artikels musste ich heute einem Mörder gegenübersitzen und komischerweise war das überhaupt nicht lustig! Du hast ja seine Augen nicht gesehen, Lockwood. Aber *ich* habe sie gesehen – und es kam mir vor, als hätte er auch *mich* gesehen.«

»Das kann nicht sein«, sagte George über die Schulter. Mit der Hand am Degen spähte er wachsam in den Nebel. Wir waren bis jetzt zwar nur einem einzigen Besucher begegnet, einer fernen Gestalt, die in Green Park eine Allee entlangschwebte, aber Vorsicht ist die Mutter der Porzellankiste. Man wusste in London nie, was hinter der nächsten Ecke lauerte. »Er kann dich gar nicht gesehen haben. Du hast hinter dem Spiegel gesessen. Offensichtlich ahnte er, dass dort jemand war, und wollte denjenigen erschrecken.«

»Du irrst dich«, sagte ich leise. »Blake *wusste*, dass ich es bin. Er hat bestimmt auch den Artikel gelesen. Er ist über Lockwood & Co. informiert und weiß, auf welche Weise Lucy ›Carlisle‹ ihm auf die Spur gekommen ist. Es dürfte ihm nicht schwerfallen herauszubekommen, wo wir wohnen. Wenn er wieder frei herumläuft, sind wir dran.«

Lockwood schüttelte den Kopf. »Lucy, Blake wird uns nichts tun.«

»Und wenn er was tut«, setzte George hinzu, »wird er es ganz, ganz langsam tun, auf einen Stock gestützt. Er ist schließlich über siebzig.«

»Ich meinte eher, er wird uns nichts tun, weil er nicht wieder freikommen wird«, entgegnete Lockwood. »Man wird ihn vor Gericht stellen, ihn schuldig sprechen und einsperren, und das geschieht ihm ganz recht. Dass er unheimliche Augen hat, kann ja sein. George hat auch seltsame Augen, aber wir mögen ihn trotzdem.«

»Vielen Dank auch!«, brummte George. »Ich dachte immer, meine Augen sind das Schönste an mir.«

»Sind sie auch. Das ist ja das Traurige. Jetzt komm schon, Lucy! Ich bin auch sauer auf Barnes. Es war nicht in Ordnung, dass er dich zu etwas gezwungen hat, was du nicht wolltest. Das ist wieder mal typisch BEBÜP. Die glauben, alle müssten nach ihrer Pfeife tanzen. Aber das stimmt nicht – zumindest gilt es nicht für uns!« Lockwood deutete mit ausholender Gebärde auf die nebelverhangene stille Straße. »Seht euch doch mal um! Es ist nach Mitternacht und wir sind ganz allein hier draußen. Alle anderen haben die Türen verriegelt, ihre Amulette vor die Fenster gehängt und sich schlafen gelegt. Alle haben Angst – außer dir, mir und George. Wir gehen, wohin wir wollen, und sind niemandem Rechenschaft schuldig – weder Barnes noch der BEBÜP noch sonst jemandem. Wir sind frei!«

Ich zog meine Jacke enger um mich. Wie üblich klang das, was Lockwood sagte, einleuchtend. Auch ich genoss es, wieder im Freien zu sein und mit meiner Waffe und meinen Kollegen durch die Nacht zu streifen. Meine Beunruhigung über den Vorfall bei Scotland Yard legte sich allmählich.

»Wahrscheinlich hast du recht«, lenkte ich ein. »Glaubst du wirklich, dass sie Blake dabehalten?«

»Ganz bestimmt.«

»Übrigens, Lucy«, sagte George, »mir fällt grade etwas ein, was dich aufheitern wird. Als wir auf dich gewartet haben, haben wir Quill Kipps gesehen. Er gehört zu dem Team von Fittes, das heute Nacht für die BEBÜP unterwegs ist. Fittes steht bei der BEBÜP unter Vertrag. Kipps war heute in der Kanalisation eingesetzt, und sein Team hatte dort … sagen wir mal, eine intensive Begegnung mit etwas sehr, sehr Hässlichem. Und damit meine ich keinen Besucher! Du hättest sie mal sehen sollen. Von oben bis unten klatschnass.«

Ich musste lachen. »Immerhin hat Kipps noch Arbeit. Unser Auftragsbuch ist ab heute leer.«

»Lieber arm sein, als zum Himmel stinken«, sagte George.

Lockwood drückte meinen Arm. »Na komm schon. Mach dir keine Sorgen. Irgendwas wird sich schon ergeben. Und jetzt lass uns heimgehen. Ich hab Lust auf ein Erdnussbutter-Sandwich.«

Ich nickte. »Für mich bitte Kakao und Chips.«

Wir gingen weiter. Der Nebel wurde immer dichter und schlängelte sich zwischen den Eisenzäunen der Vorgärten, wand sich um die Geisterlampen und dämpfte ihr in regelmäßigen Abständen aufflammendes Licht. Unsere Schritte hallten laut auf dem leeren Bürgersteig und erzeugten auf der gegenüberliegenden Straßenseite ein Echo, das sich anhörte, als ginge ein unsichtbares Trio neben uns her.

Die Geisterlampe in der Portland Row war kaputt. Am unteren Rand des Glasaufsatzes sprühten blaue Funken und anstatt des üblichen strahlenden Lichts glomm es hinter den Linsen giftig rot. In den Fenstern der Nachbarhäuser brannte nur hier und da noch Licht und alle Vorhänge waren zugezogen. Als wir uns der Nummer 35 näherten, schloss sich der Nebel immer dichter um uns.

Lockwood war vorausmarschiert. Aber am Tor zum Vorgarten blieb er so unvermittelt stehen, dass George und ich prompt gegen ihn prallten.

»George«, sagte Lockwood leise, »du warst doch als Letzter mit Annie Wards Kette zugange. Was hast du mit ihr gemacht?«

»Ich hab sie zu den anderen Trophäen ins Regal gestellt. Wieso?«

»War das Glas fest verschlossen? Oder war der Deckel vielleicht locker?«

»Natürlich nicht. Was –«

»Weil ich unten im Büro Licht gesehen habe.«

Er zeigte über das Geländer nach unten. Der Hof lag im Dunkeln, nur die Straßenlaterne vor Nummer 37 zerschnitt ihn diagonal mit einem orangefarbenen Lichtstrahl, der auch das fragliche Fenster streifte. Tagsüber konnte man von draußen meinen Arbeitsplatz sehen: meine Stuhllehne und die Blumenvase auf dem Tisch. Jetzt war dort nur eine schwarze Fläche, wie ein auf die Mauer gepinseltes Rechteck.

»Ich seh überhaupt nichts«, flüsterte George.

»Es war nur ein Augenblick. Ich dachte, es könnte eine Spur Anderlicht gewesen sein, aber vielleicht ... Da ist es wieder!«

Diesmal sahen wir es alle drei – ein schwaches Leuchten, das sich von innen in der Fensterscheibe spiegelte. Wir standen wie erstarrt.

»Das war eine Taschenlampe«, sagte George leise.

Es überlief mich kalt. »Jemand ist in unser Haus eingebrochen!«

»Jemand, der sich nachts nach draußen traut«, sagte Lockwood. »Das heißt, sie sind bewaffnet. Sie haben mindestens Degen und Griechisches Feuer dabei. Aber wie sind sie reingekommen?«

Ich schaute den Weg hinunter. »Die Eingangstür wirkt unversehrt.«

»Vielleicht haben sie die Hintertür zum Garten aufgebrochen. Soll ich mal nachschauen?«, fragte George.

»Nein. Denn wenn nicht, stehst du allein da draußen. Wir müssen zusammenbleiben. Wir gehen vorne rein. Kommt.«

Lockwood huschte über den gefliesten Weg. Vor der Haustür blieb er stehen und zeigte wortlos auf ein Stückchen gesplittertes Holz neben dem Schloss. Als er der Tür einen Schubs gab, schwang sie auf.

»Die haben das Schloss aufgebrochen!«, zischelte George.

»Wenn sie so hereingekommen sind, schneiden wir ihnen jetzt den Fluchtweg ab«, erwiderte Lockwood gedämpft. Er winkte uns zu sich heran und raunte uns zu: »Wir schauen uns erst im Erdgeschoss um, dann gehen wir nach unten. Aber seid leise! Ich will keinen Ton hören.«

»Und was ist mit oben?«

»Zu riskant. Die Treppe knarrt zu sehr. Außerdem haben sie es offenbar auf unser Büro abgesehen. Also – Degen gezückt und los! Wir spüren sie auf, treiben sie in die Enge und fordern sie auf, ihre Waffen niederzulegen.«

»Und wenn sie nicht mitspielen?«, fragte ich.

Lockwoods Zähne blitzten auf. »Dann greifen wir zu anderen Mitteln.«

In der Diele war es dunkel. Kein Laut war im Haus zu hören. Wir zogen die Tür leise hinter uns zu und blieben stehen, bis sich unsere Augen an die Dunkelheit gewöhnt hatten. Die Totenschädellampe grinste uns von ihrem Tischchen an, die Garderobe war nur ein verschwommener Umriss. Lockwood zeigte mit der Degenspitze auf die Regale an der Wand gegenüber. Auf den ersten Blick war alles unverändert, auf den zweiten erkannte man, dass jemand die Masken und Flaschenkürbisse verschoben hatte, als hätte er etwas gesucht. Durch die halb offene Küchentür konnte ich das mattweiß leuchtende Weise Tuch auf dem Tisch ausmachen. Ich lauschte, hörte aber nichts. Mir wurde bewusst, dass ich all meine Sinne einsetzte, als wären wir als Agenten bei einem Einsatz.

Aber dies war unser Haus, unser Heim, in das jemand eingedrungen war.

Lockwood zeigte mit der Degenspitze wortlos nach rechts und nach links. George verschwand im Wohnzimmer, ich glitt wie ein Schatten in die Bibliothek. Ich spürte sofort, dass sich hier niemand aufhielt, aber der Raum war der Aufmerksamkeit der Eindringlinge nicht entgangen. Unter den Regalen lagen Bücher und Papiere überall verstreut.

Ich kehrte in die Diele zurück. Lockwood wartete an der Treppe. George berichtete im Flüsterton das Gleiche wie ich: »Jemand hat alles durchwühlt. Anscheinend suchen sie was.«

Lockwood nickte nur. Wir schlichen zur Küche.

Ob sich auch hier jemand zu schaffen gemacht hatte, war schwer zu sagen bei dem Chaos, das dort ohnehin immer herrschte. Auf dem Tisch standen die Überreste unserer letzten Mahlzeit, bevor wir zur Nachtwache in dem Garten aufgebrochen waren, und alle anderen Flächen waren mit irgendwelchem Zeug vollgestellt. Neben den Cornflakes standen die Büchsen mit den Eisenspänen, auch das Häufchen Salzbomben, die George vorbereitet hatte, war nicht angerührt worden. Aber diese Waffen nutzten uns jetzt nichts. Diesmal waren wir auf der Jagd nach einem Besucher aus Fleisch und Blut.

Lockwood huschte zu der kleinen Kellertür hinüber. Sie stand einen Spalt offen. Lockwood zog sie mit der Degenspitze vorsichtig ein Stück weiter auf. Dunkelheit, Stille, die Wendeltreppe … Warme Luft stieg von unten zu uns herauf, sie roch schwach nach Papier, Tinte und Magnesium. Das Licht war aus, und wir unternahmen keinen Versuch, es anzumachen. Von irgendwoher kam ein leises Rascheln, wie von einer Ratte, die im Dunkeln herumschnüffelt.

Wir wechselten einen Blick und packten unsere Degengriffe fester. Lockwood betrat die Treppe als Erster, George und ich folgten ihm. Unsere Schuhsohlen berührten kaum die Eisenstufen. Blitzschnell waren wir unten.

Der unverputzte Vorraum war leer bis auf ein paar Aktenschränke und einige Säcke mit Eisenspänen. Es war stockdunkel, nur hinter dem bogenförmigen Durchgang zu unserer Rechten schimmerte es grünlich, das Geraschel kam aber aus dem gegenüberliegenden Durchgang. Eine Taschenlampe blitzte kurz auf und erlosch wieder.

So geräuschlos, als wären wir selbst Geister, huschten wir nach rechts und schauten uns um. Es sah aus, als hätte eine Bombe eingeschlagen. Überall lagen aufgeschlagene Aktenordner, die Schränke waren aufgerissen, ein Meer von Papieren bedeckte den Fußboden. Jemand hatte das Tuch von dem Geisterglas auf Georges Schreibtisch abgenommen. Der Plasmadunst um den Totenschädel fluoreszierte grünlich. Das körperlose Gesicht drehte sich darüber kläglich im Kreis.

Im Degenraum war niemand, auch die Tür zum Lager war noch verschlossen. Blieb nur noch der hinterste Raum, in dem die Trophäen aufbewahrt wurden. Das Rascheln war lauter geworden. Offenbar wurde der Eindringling ungeduldig, weil er nicht fand, was er suchte.

Wir erreichten den Durchgang und schauten hinein.

Im Trophäenraum war es nicht völlig dunkel, was daran lag, dass die Glasbehälter auf den Wandborden im Dunkeln leuchteten. Einige von Lockwoods Sammlerstücken sind harmlos, zum Beispiel die Knochen und die blutbefleckten Spielkarten.

Mit denen könnte man auch ein Kleinkind spielen lassen, da sie keine übernatürlichen Kräfte mehr besitzen. Andere hingegen sind immer noch aktive Quellen, was sich in den dunklen Stunden zeigt. Schwache Lichter glimmen dann hinter den Glaswänden – hellblau, gelb, lila, grün, rotbraun – gleitend, sich verändernd, auf der Suche nach einem Schlupfloch. Es ist ein wunderschöner, aber auch schauriger Anblick, dem man sich besser nicht allzu lange aussetzt.

Ebendas aber tat der Eindringling.

Ein Schatten stand neben den Regalen, eine ungeschlachte, schwarz gekleidete Gestalt. Er war breitschultrig und einen halben Kopf größer als Lockwood. Sein Mantel reichte ihm bis zu den Füßen, die Kapuze hatte er tief ins Gesicht gezogen. An seinem Gürtel blinkte ein langer Degen. Gerade inspizierte er einen kleinen Glasbehälter, den er in die schwarz behandschuhte Hand genommen hatte. Er hielt seine Taschenlampe darauf gerichtet. Das Licht wurde von dem geschliffenen Glas reflektiert und in schmalen Strahlen an die Decke geworfen.

Doch was immer er auch suchte, das war es nicht. Er ließ das Glas achtlos auf den Boden fallen.

»Möchten Sie vielleicht einen Tee, während Sie unser Haus verwüsten?«, fragte Lockwood höflich.

Der Mann fuhr herum. Lockwood richtete die Taschenlampe auf sein Gesicht.

Unwillkürlich schrie ich auf. Die Kapuze hing tief herunter und wirkte wie der scharfe Schnabel eines Raubvogels. Das Gesicht war von einer weißen Stoffmaske bedeckt. Die Augen waren schwarze, in den Stoff geschnittene Löcher. Auch anstelle des Mundes klaffte nur ein ausgefranstes Loch in dem weißen Stoff. Wer sich hinter der Maske verbarg, war nicht zu erkennen.

Lockwoods Lampe blendete den Mann. Er hielt den Arm vor die Augen.

»Guter Anfang«, sagte Lockwood. »Hände hoch. Beide.«

Der Arm sauste blitzartig herunter, die Hand griff nach dem Degenknauf.

»Es steht drei gegen einen«, sagte Lockwood freundlich.

Mit leisem metallischen Singen wurde die Waffe gezogen.

»Auch gut. Wie Sie wollen.« Lockwood trat mit erhobenem Degen einen Schritt vor.

Unter den gegebenen Umständen mussten wir auf Plan C zurückgreifen. Der kommt üblicherweise nur bei mächtigen Gegnern vom Typ Zwei zum Einsatz, erfüllt aber beim Kampf gegen Sterbliche ebenfalls seinen Zweck.

Ich sprang nach links, George nach rechts. Mit vorgestreckten Waffen gingen wir auf den Eindringling los und trieben ihn in die Enge.

Zumindest hatten wir das vor, aber der Maskierte zeigte sich unbeeindruckt. Er griff sich einen weiteren Glasbehälter, in dem es bläulich waberte, drehte sich blitzschnell um und schleuderte George das Glas mit voller Wucht vor die Füße. Der Verschluss sprang auf und ein Fingerknochen kullerte heraus. Gleichzeitig entwich ein fluoreszierendes Lichtwölkchen und verdichtete sich zu einer bläulichen Gestalt. Die Erscheinung nahm die Gestalt einer hüpfenden, missgestalteten, in Lumpen gehüllten Kreatur an. Das Wesen warf den Kopf zurück, breitete die Arme aus und stürzte sich mit einem Satz auf George.

Mehr bekam ich nicht mit, denn der Maskierte schnappte sich zwei weitere Gläser und schleuderte sie auf Lockwood und mich. Das auf Lockwood gezielte Glas prallte vom Boden ab, blieb aber verschlossen. Das Glas, das für mich bestimmt war, zersprang in tausend Stücke. Es enthielt eine Haarspange, sechs gelbe Plasmaschwaden und ein ohrenbetäubendes übernatürliches Geheul. Die Plasmaschwaden schlängelten sich über den Fußboden, dann richteten sie sich wie angriffslustige Kobras vor mir auf. Mit energischen Degenhieben zerhackte ich sie in schmale Streifen. Manche davon verflüchtigten sich, andere verschmolzen wieder miteinander und griffen ein zweites Mal an.

Klingen schlugen klirrend gegeneinander. Lockwood war über den trudelnden Glasbehälter hinweggesprungen und bedrängte den Eindringling. Ihre Degen trafen sich wieder und wieder.

George wehrte die Schläge des bläulichen Wiedergängers ab und trieb ihn zurück, indem er mit seinem Degen silbrige Muster in die Luft malte.

Der Besucher, mit dem ich es zu tun hatte, war schwach und zaghaft. Höchste Zeit, dass ich ihm den Garaus machte. Ich tastete über meinen Gürtel, bis sich meine Hand um ein Tütchen Eisenspäne schloss, riss die Tüte ab und schleuderte sie auf den Boden. Grelle Funken sprühten auf. Die Plasmabänder schrumpften, schwanden dahin und endeten als qualmende Pfütze auf dem Fußboden.

Lockwood und der Eindringling hieben immer noch aufeinander ein. Mal musste der eine zurückweichen, mal der andere.

Der Maskierte war schnell, seine Hiebe waren kraftvoll und gut gezielt, aber Lockwood bewahrte einen kühlen Kopf. Er bewegte sich geschmeidig wie ein Tänzer, seine Füße schienen kaum den Boden zu berühren. Er focht aus dem Handgelenk und seine Degenspitze wechselte ihre Position so flink wie eine umherschwirrende Libelle.

George verlor die Geduld mit seinem Gegner. Er trat ein paar Schritte zurück, löste eine Salzbombe vom Gürtel und verwandelte seinen Quälgeist in einen knisternden saphirblauen Funkenregen. Aber das Geräusch lenkte Lockwood ab. Als er den Kopf wandte, nutzte der Maskierte die Gelegenheit und zielte auf sein Gesicht. Ein vernichtender Hieb – wenn er denn getroffen hätte. Lockwood duckte sich weg und die Klinge sauste an seiner Wange vorbei. Der Maskierte verlor kurz das Gleichgewicht und Lockwood glitt zur Seite und stieß zu. Sein Gegner schrie auf und hielt sich mit der freien Hand den Bauch. Doch er gab nicht auf, sondern wehrte Lockwood mit wilden Hieben ab, trieb ihn sogar ein Stück vor sich her, bis er plötzlich losstürmte und an ihm vorbeirannte. George wollte den Flüchtenden aufhalten, aber der Maskierte verpasste ihm einen Faustschlag ins Gesicht. George wurde gegen die Wand geschleudert, wo er stöhnend zusammensackte.

Der Eindringling rannte zur Wendeltreppe, Lockwood hinterher. Ich sprang über die letzten Plasmaschwaden und hieb blindlings nach dem Maskierten. Er änderte die Richtung, lief an der Treppe vorbei und in Richtung Büro. Einen Augenblick lang zeichnete sich seine Silhouette in dem schwachen Lichtschein ab, der durch das Bürofenster hereinfiel, und mir wurde klar, was er vorhatte.

»Schnell, Lockwood!«, schrie ich. »Er will …«

Auch Lockwood hatte die Gefahr erkannt. Noch im Laufen riss er eine Büchse Griechisches Feuer vom Gürtel.

Der Eindringling sprang mit einem Satz auf meinen Schreibtisch, schlug beide Arme vors Gesicht und stürzte sich in geduckter Haltung in einem Schauer aus fliegenden Glassplittern durch die Fensterscheibe.

Lockwood fluchte. Vom anderen Ende des Büros warf er dem Mann die Büchse hinterher. Sie flog durch das zerbrochene Fenster in den Hof hinaus und zerbarst auf dem Pflaster. In einer Explosion entflammte silbrig gleißendes Licht und erhellte jäh die Nacht. Die Druckwelle ließ das restliche Fensterglas auf meinen Tisch und auf das Geisterglas auf Georges Schreibtisch prasseln. Das körperlose Gesicht riss erschrocken die Augen auf. Scherben bedeckten den Boden wie eine Eisschicht.

Lockwood sprang mit gezücktem Degen auf die Tischplatte. Ich kam hinter dem Tisch zum Stehen. Wir wussten beide, dass es keinen Zweck mehr hatte. Draußen im Hof loderten weiße Flammen in den zerbrochenen Blumentöpfen und flackerten wie Christbaumkerzen in den Efeuranken an der Hauswand. Der Rauch wehte bis auf die Straße. Die Alarmanlagen der geparkten Autos jaulten und hupten. Der Maskierte war verschwunden. Nur das Gartentor schwang noch in den Angeln hin und her, bis es schließlich zum Stillstand kam.

Lockwood sprang wieder auf den Boden. Eine Gestalt kam auf uns zugetappt. Es war George, der sich mit schmerzverzerrtem Gesicht die Wange hielt. Seine Oberlippe war aufgeplatzt und blutete. Ich lächelte ihn mitleidig an und Lockwood tätschelte ihm tröstend die Schulter.

»Das war echt aufregend«, nuschelte George. »Wir sollten öfter Gäste empfangen.«

Plötzlich wurde mir flau und ich bekam weiche Knie. Ich musste mich am Tisch abstützen. Erst jetzt spürte ich auch wieder meine Blessuren von dem Fenstersturz in der Sheen Road. Lockwood schien es ähnlich zu gehen. Erst beim dritten Versuch gelang es ihm, seinen Degen in die Schlaufe zurückzustecken.

Dann wandte er sich an George: »Du hast doch vorhin gemeint, du hättest Annabel Wards Kette zu den anderen Trophäen gestellt. Kannst du bitte mal nachsehen, ob sie noch da ist?«

George tupfte sich mit dem Ärmel das Blut von der Lippe. »Nicht nötig. Hab schon nachgeschaut. Die Kette ist weg.«

»Und du bist sicher, dass du sie hier unten ins Regal gestellt hast?«

»Ganz sicher. Heute Vormittag. Sie ist nicht mehr da.«

Betretenes Schweigen. »Glaubt ihr, dass der Typ es auf die Kette abgesehen hatte?«, fragte ich schließlich.

Lockwood seufzte. »Möglich. Jedenfalls hat er sie mitgenommen.«

»Nein«, sagte ich. »Hat er nicht.« Ich zog meinen Kragen zur Seite, denn darunter hing das Silberglas-Döschen mit der Kette unversehrt an meinem Hals.

# Kapitel 16

**An dieser Stelle sollte ich** vielleicht darauf hinweisen, dass ich nicht die Angewohnheit habe, mich mit irgendwelchen Geisterartefakten zu behängen. Ich verstecke auch keine in meinen Socken, wie George mir unterstellte. Die Kette bildete eine absolute Ausnahme.

Mein Blick war darauf gefallen, als wir uns für den Auftrag bei dem heimgesuchten Weidenbaum fertig machten. George hatte den Behälter zu den übrigen gestellt. Darin lag die Kette, matt schimmernd hinter der Glaswand. Statt sie aber dort stehen zu lassen, wie es jeder vernünftige Mensch getan hätte, hatte ich mir das Glas umgehängt und war damit losgezogen.

Es war nicht ganz einfach, den anderen zu erklären, was mich dazu bewogen hatte, zumal wir nach dem nächtlichen Kampf alle nicht mehr ganz taufrisch waren. Deshalb versuchte ich es erst am folgenden Vormittag bei einem späten Frühstück.

»Ich wollte die Kette einfach nur bei mir haben«, sagte ich. »Ich fand es nicht gut, dass sie wie jede andere Trophäe behandelt wird. Wahrscheinlich, weil ich diese Verbindung zu Annie Ward bekam, als ich die Kette berührte. Ich fühlte ihre Gefühle, ich war einen Augenblick lang *sie*. Deswegen …«

»Das ist der Haken an deiner Gabe«, unterbrach Lockwood mich. Er war blass und ernst am Frühstückstisch erschienen und schaute mich nun mit schmalen Augen an. »Du bist beinahe *zu* sensibel. Du kommst ihnen zu nah.«

»Nein, das ist es nicht. Ich fühle mich Annie Ward nicht nah. Ich glaube nicht mal, dass sie zu ihren Lebzeiten ein besonders netter Mensch war, und jetzt als Geist ist sie hinterhältig und grausam. Aber durch das Berühren ihrer Kette kann ich nachvollziehen, was sie durchgemacht hat. Ich verstehe ihre Qualen. Ich will nicht, dass ihr Schicksal in Vergessenheit gerät. Du hast sie doch auch gesehen, wie sie dort in dem Kamin lag, Lockwood! Du weißt, was Blake ihr angetan hat. Als die Kette dann zwischen den ganzen anderen Sachen stand, kam mir das nicht richtig vor. Ich finde, bis Annie Wards Mörder seine gerechte Strafe bekommen hat, dürfen wir die Kette nicht einfach so … nicht einfach ins Regal stopfen wie eine x-beliebige Trophäe.« Verlegen setzte ich hinzu: »Das findet ihr jetzt bestimmt ein bisschen verrückt, oder?«

»Hmh«, brummte George.

»Du musst vorsichtiger sein, Lucy.« Lockwoods Ton war kühl. »Mit bösartigen Geistern soll man nicht herumspielen. Du hast schon wieder Geheimnisse vor uns, und jeder, der das tut, bringt damit das ganze Team in Gefahr. Ich dulde aber in meinem Team niemanden, dem ich nicht vertrauen kann. Verstehst du, was ich meine?«

Ich verstand ihn nur allzu gut und schaute zu Boden.

»Wie auch immer …«, sein Ton wurde etwas milder, »… in

diesem Fall ist es ja noch mal gut gegangen. Die Kette wäre vermutlich gestohlen worden, wenn du nicht gewesen wärst.«

Während er sprach, hielt er die Kette in der Hand. Der goldene Anhänger funkelte in der Sonne. Wir standen wieder im Untergeschoss, neben der offenen Tür zum Garten. Die frische Luft von draußen vertrieb den Verwesungsgestank der in der Nacht befreiten Geister. Der Fußboden war immer noch mit Glasscherben und Plasmaflecken übersät.

George hatte das Regal mit den Gläsern aufgeräumt. Er trug eine Schürze mit einem schmalen Spitzensaum und hatte die Ärmel hochgekrempelt.

»Sonst fehlt nichts«, sagte er. »Offenbar war der Einbrecher keiner von denen, die Waren für den Schwarzmarkt beschaffen. Immerhin haben wir ein paar seltene Stücke, die Piratenhand zum Beispiel oder diese zauberhafte Brosche …«

Lockwood schüttelte den Kopf. »Nein. Er hatte es auf die Kette abgesehen. Alles andere wäre ein zu großer Zufall. Irgendwer ist ganz wild auf das Ding.«

»Ja, und wir wissen, wer das ist«, sagte ich. »Hugo Blake.«

»Na ja …«, kam es von George. »Da wäre nur ein Problem. Er sitzt momentan hinter Schloss und Riegel.«

»Das will nichts heißen«, entgegnete Lockwood. »Blake ist ein vermögender Mann. Er kann den Einbruch auch in Auftrag gegeben haben. Trotzdem verstehe ich nicht ganz, weshalb ihm die Kette so wichtig ist. Die lateinische Inschrift auf dem Anhänger ist doch kein Beweis dafür, dass er ein Mörder ist.« Er zögerte. »Es sei denn …«

Ich fiel ihm ins Wort. »… es sei denn, die Kette birgt noch ein anderes Geheimnis, von dem Blake nicht will, dass es gelüftet wird.«

»Richtig. Kommt, wir sehen uns das Ganze noch mal bei Tageslicht an.«

Wir traten in den kleinen Garten hinaus. Lockwood hielt die Kette in die Höhe, damit wir sie alle betrachten konnten. Der Anhänger sah unverändert aus: Gold mit Perlmuttstückchen, auf einer Seite eingedrückt und aufgeplatzt.

Ich sah noch einmal hin. Aufgeplatzt ...

»Wir sind ja so was von blöd!«, entfuhr es mir. »Das liegt doch auf der Hand.«

Lockwood schaute mich fragend an. »Wieso?«

»Weil man den Anhänger öffnen kann! Da, an der Seite. Es ist ein Medaillon!«

Ich nahm ihm die Kette aus der Hand und zwängte meinen Daumennagel in den Spalt. Obwohl das Schmuckstück verzogen war, gab es sofort ein befriedigendes *Klick!* von sich, und beide Hälften sprangen auf. Ich klappte es ganz auf und legte das offene Medaillon in meine Handfläche.

Ich kann nicht sagen, was ich eigentlich erwartet hatte, aber auf jeden Fall *irgendetwas*. Eine Haarlocke vielleicht? Ein Foto? Man bewahrt in Medaillons Dinge auf. Dazu sind sie da.

Wir starrten ins Innere des Anhängers.

Aber da war keine Locke. Auch kein Foto, kein gefalteter Zettel oder irgendein Andenken. Aber das heißt nicht, das Medaillon sei leer gewesen. Es war etwas darin.

Es enthielt eine zweite Inschrift, säuberlich in die goldene Innenseite graviert:

***A ‡ W***

**H. II. 2. 115**

»Das muss es sein!«, sagte Lockwood. »Der verborgene Hinweis. Das will er verbergen.«

»*AW* steht ja wohl für Annabel Ward«, sagte ich.

»Und *H* für Hugo«, setzte George hinzu. »Hugo Blake.«

»Und weiter?«, fragte Lockwood. »Das kann ja noch nicht alles gewesen sein. Was bedeuten diese Zahlen? Das muss ein Code sein …«

»Ich bin dafür, dass wir die Kette der BEBÜP übergeben«, sagte ich unvermittelt. »Wir können sie nicht länger zurückhalten. Sie könnte ein wichtiges Beweismittel sein, das die Polizei sehen muss. Außerdem weiß Blake, dass die Kette hier im Haus ist.«

»Da hast du natürlich recht«, erwiderte Lockwood. »Ich habe zwar nicht die geringste Lust, Barnes reinen Wein einzuschenken, und würde den Fall lieber selbst lösen, aber …« Im Büro klingelte schrill das Telefon. »Aber uns bleibt wohl nichts anderes übrig. Gehst du bitte ran, George?«

George verschwand nach drinnen. Als er nach einer ganzen Weile wiederkam, hatte Lockwood das Medaillon wieder in seinem Glasbehälter verstaut, und ich war dabei, die Scherben auf dem Fußboden zusammenzufegen.

»Verschon mich«, sagte Lockwood. »Schon wieder Barnes?«

George war ein bisschen rot im Gesicht. »Nein. Ein neuer Auftrag.«

»Eine alte Dame, in deren Baum eine Geisterkatze sitzt?«

»Nein. Lass die Scherben liegen, Lucy, und räum lieber oben ein bisschen auf. Das war Mr John Fairfax, der Inhaber der Fairfax-Eisenwerke. Er kommt gleich vorbei.«

* * *

Alle waren sich darüber einig, dass das Problem, das die Britischen Inseln heimsuchte, schlecht für die Wirtschaft war. Tote, die wiederkehrten, um die Lebenden zu peinigen, Erscheinungen, die nachts die Straßen unsicher machten – all das hatte Folgen. Die Moral und die Produktivität hatten gleichermaßen gelitten. Kein Arbeiter wollte mehr Nachtschichten übernehmen. Im Winter schlossen die Geschäfte schon nachmittags. Es gab aber auch Unternehmen, die florierten, weil sie eine Nachfrage bedienten. Zum Beispiel die Fairfax-Eisenwerke.

Fairfax hatte schon immer zu den führenden Herstellern von Eisenprodukten gehört, aber mit dem Ausbruch der Krise hatte die Firma die Agenturen Fittes und Rotwell mit Plomben, Eisenspänen und Ketten beliefert. Als das Problem immer schlimmer wurde, ging die Regierung dazu über, massenweise Geisterlampen herstellen zu lassen, und es war Fairfax, die große Mengen des Rohmaterials lieferten. Allein damit machte die Fima ein Vermögen. Aber das war noch längst nicht alles. Woher kamen die hässlichen eisernen Gartenzwerge, mit denen die Londoner ihre Vorgärten spickten? Die altmodischen Protecto™-Halsketten? Die Plastikarmbänder mit den kleinen Eisensmileys dran, die man den neugeborenen Babys umband, bevor sie das Krankenhaus verließen? Fairfax-Produkte, jedes einzelne!

Der Firmeninhaber, John William Fairfax, gehörte zu den reichsten Leuten Englands, zusammen mit den Silberbaronen, den Erben von Marissa Fittes und Tom Rotwell sowie den Besitzern der Lavendelfelder auf den Lincolnshire Wolds. Mr Fairfax wohnte in London und brauchte nur mit dem Finger zu schnippen, schon sprangen die Vertreter der jeweiligen Regierung in ihre Dienstwagen und fuhren zu ihm.

Und dieser Mann wollte höchstpersönlich bei uns vorbeikommen!

So schnell hatten wir das Wohnzimmer noch nie aufgeräumt.

Kurz darauf hörte man draußen das diskrete Schnurren eines großen Wagens. Ich spähte aus dem Fenster und sah einen blitzenden Rolls-Royce vor dem Haus halten. Das Auto schien die ganze Straße auszufüllen. Die versilberten Gitter vor den Fenstern waren auf Hochglanz poliert, die Karosserie war mit silbernen Mustern verziert. Die silberne Figur auf der Kühlerhaube funkelte in der Wintersonne.

Ein Chauffeur stieg aus. Er strich seine frisch gebügelte graue Uniform glatt, ging um den Wagen und öffnete die Tür im Fond. Ich zog rasch den Kopf ein. Lockwood schüttelte hektisch die Sofakissen auf und George fegte mit der Hand Kekskrümel unters Sofa. »Er ist da!«, raunte ich.

Lockwood atmete tief durch. »Denkt dran – wir wollen einen guten Eindruck machen.«

Als Mr Fairfax hereinkam, standen wir auf. Trotzdem überragte der hagere Mann sowohl Lockwood als auch mich deutlich. George, der hinter ihm hergeschlurft kam, verschwand fast in seinem Schatten. Auch noch mit siebzig oder achtzig, oder wie alt er eben sein mochte, war Mr Fairfax eine eindrucksvolle Erscheinung, groß und elegant wie die Jachten, die im Hafen von Southampton vor Anker liegen. Erst auf den zweiten Blick sah man, wie ausgezehrt und gebrechlich er war. Die Ärmel des langen Seidenjacketts schlotterten um seine Arme, seine Beine zitterten, obwohl er sich auf einen Stock stützte. Er schien mir eine eigentümliche Mischung aus Stärke und Schwäche. In einem Raum mit hundert Leuten wäre er jedem sofort aufgefallen.

»Guten Morgen, Mr Fairfax«, sagte Lockwood. »Das ist meine Kollegin Lucy Carlyle.«

»Sehr erfreut.« Mr Fairfax hatte eine tiefe Stimme und einen kräftigen Händedruck. Er beugte den großen, kahlen, mit Altersflecken übersäten Schädel zu mir herab. Zwischen einer Hakennase und tiefen Stirnfalten blitzten wache dunkle Augen. Als er lächelte (es war ein angedeutetes Lächeln, das lediglich ausdrückte, dass er meine Anwesenheit zur Kenntnis nahm), blitzten seine silberüberkronten Zähne auf. Sein Gesicht strahlte Autorität und Machtwillen aus.

»Ganz meinerseits«, erwiderte ich.

Wir setzten uns. Unser Gast nahm in einem Sessel Platz. Den Mahagonistock, dessen Eisengriff wie ein Hundekopf gestaltet war, eine Bulldogge oder ein Mastiff vielleicht, lehnte er gegen sein angewinkeltes langes Bein und legte die Hände mit gespreizten Fingern auf die Sessellehnen.

»Ihr Besuch ist eine große Ehre für uns«, sagte Lockwood. »Darf ich Ihnen einen Tee anbieten?«

Mr Fairfax neigte den Kopf und gab einen zustimmenden Laut von sich. »Pitkins Frühstückstee, wenn Sie den dahaben. Ihr Junge kann gleich Zucker mitbringen.«

»Mein Junge? Ach so. Dreimal Tee bitte, George.«

George, der vergessen hatte, seine Schürze abzulegen, verzog keine Miene und verließ das Zimmer.

»Also, Mr Lockwood«, begann Mr Fairfax. »Ich bin ein viel beschäftigter Mann. Sie wundern sich sicher, weshalb ich Sie unangemeldet aufsuche, darum lassen Sie uns die Höflichkeiten überspringen und gleich zur Sache kommen. Es geht um eine Heimsuchung, die mir sehr lästig ist. Wenn es Ihnen gelingt, ihr ein Ende zu bereiten, soll es Ihr Schade nicht sein.«

Lockwood nickte feierlich. »Wir sind Ihnen selbstverständlich gern behilflich.«

Mr Fairfax ließ den Blick durchs Zimmer wandern. »Hübsch haben Sie's hier. Und Ihre Sammlung von Agentenutensilien aus Neuguinea ist exquisit. Gehen die Geschäfte denn gut?«

»Ich kann nicht klagen, Sir.«

»Sie lügen wie ein Politiker, Mr Lockwood«, sagte der alte Mann. »Geschmeidig und mühelos. Meine Mutter, Gott hab sie selig und schenke ihr des Nachts ewige Ruhe, hat mir beigebracht, anderen Menschen stets offen und ehrlich zu begegnen. Diesen Rat habe ich zeit meines Lebens befolgt. Deshalb«, er schlug sich mit der flachen Hand aufs Knie, »deshalb lassen Sie uns offen miteinander reden. Ihre Geschäfte laufen überhaupt nicht gut! Ich lese nämlich Zeitung. Ich weiß sehr wohl, dass Sie finanziell in Schwierigkeiten sind. Vor allem jetzt, nachdem ein gewisses Haus abgebrannt ist.« Er lachte kurz auf. »Die Besitzer fordern eine hohe Entschädigungssumme.«

An Lockwoods Wange zuckte ein Muskel, abgesehen davon ließ er sich nichts anmerken. »Das ist richtig, aber ich bin bereits dabei, das Geld aufzutreiben. Wir haben jede Menge anspruchsvoller Aufträge und verdienen gut.«

Fairfax winkte verächtlich ab. »Sie schwindeln schon wieder, Mr Lockwood. Ich habe meine Informanten bei der BEBÜP und habe Ihre letzten Berichte gelesen. Von wegen anspruchsvolle Aufträge! Waberer, Eiskalte Jungfrauen, Brabbler – die harmlosesten und alltäglichsten Geister vom TYP EINS, die man sich vorstellen kann. Ein Wunder, dass Sie Miss Carlyle überhaupt bezahlen können.« Er deutete mit dem Kinn auf mich.

Da war allerdings was dran. Ich war seit einem Monat nicht mehr bezahlt worden.

Lockwoods Augen blitzten. »Wenn das so ist, warum kommen Sie dann ausgerechnet zu uns? London ist voller Agenturen.«

»Allerdings.« Fairfax zog die buschigen Brauen hoch und sah uns mit seinen dunklen Augen durchdringend an. »Aber Ihr jüngster Fall hat viel Wirbel verursacht und meine Aufmerksamkeit erregt. Mich hat beeindruckt, dass Sie nicht nur den Leichnam dieser … wie hieß sie doch gleich?«

»Annie Ward.«

»… dieser Annie Ward aufgespürt haben, sondern auch ihre Identität klären konnten. Ihr Ehrgeiz und Ihre Gründlichkeit gefallen mir. Ihre Jugend und Ihr unabhängiger Geist ebenso.« Der alte Mann legte beide Hände auf seinen Stock und beugte sich vor. Sein Gesicht hatte jetzt einen anderen Ausdruck, nicht direkt freundlich, eher leidenschaftlich. »Auch ich habe als Außenseiter angefangen, Mr Lockwood. Als junger Mann habe ich hart dafür gekämpft, mich durchzusetzen. Ich habe mich mit großen Unternehmen angelegt und schwere Zeiten durchgestanden … Ich kann verstehen, was Sie antreibt! Außerdem habe ich keine Lust, Fittes oder Rotwell noch mehr Geld in den Rachen zu werfen. Die sind reich genug. Ich biete Ihnen eine Chance, von der Sie nicht zu träumen wagten. Wenn Sie zugreifen, können Sie Ihre Fähigkeiten an der kniffligsten und gefährlichsten Aufgabe unter Beweis stellen, die Ihnen je untergekommen ist. Da ist der Junge ja endlich.«

George trat mit einem Tablett ins Zimmer, auf dem er ein Teeservice arrangiert hatte, das ich noch nie gesehen hatte. Es war feinstes Porzellan, mit kleinen Rosen bemalt und so hauchdünn, dass man fürchten musste, die Tasse könnte zerspringen, wenn man sie nur zum Mund führte. Der schwankende Stapel dicker Donuts auf dem Teller daneben schmälerte die stilvolle Wirkung ein wenig.

»Danke, George«, sagte Lockwood. »Du kannst das Tablett hier abstellen.«

George setzte das Tablett ab, goss Tee ein und reichte die Donuts herum. Als niemand zugriff, betatschte er einen Donut nach dem anderen, schnappte sich dann den größten (und untersten im Stapel), ließ ihn auf einen Teller fallen und sich selbst mit zufriedenem Ächzen in den Sessel neben meinem plumpsen. »Redet ruhig weiter«, sagte er. »Hab ich schon was verpasst?«

Mr Fairfax machte große Augen. »Dies ist eine vertrauliche Unterredung, Mr Lockwood. Ihr Bursche sollte draußen warten.«

»Äh ... das ist nicht mein Laufbursche oder was Sie denken. Das ist mein Mitarbeiter, George Cubbins.«

Mr Fairfax musterte George, der sich die Marmelade von den Fingern leckte. »Verstehe. Wenn das so ist, will ich nicht noch länger drum herumreden.« Er griff in die Innentasche seines Jacketts. »Schauen Sie sich das doch mal an.« Er warf ein zerknittertes Foto auf den Tisch.

Ein Haus. Aber kein gewöhnliches Haus, sondern ein stattliches Herrenhaus auf einem weitläufigen Grundstück. Das Foto war von jenseits einer gepflegten Rasenfläche aus der Entfernung aufgenommen worden. Der Rasen war von Weidenbäumen und Blumenbeeten gesäumt, ganz am Rand ahnte man einen See, aber das dunkle, mehrstöckige Gebäude beherrschte alles. Es war mit Säulen verziert und besaß eine breite, geschwungene Vortreppe, außerdem eine Unmenge schmaler, unregelmäßig angeordneter Fenster. Das Alter des Hauses und seine Nutzung waren nicht zu erkennen. Das Foto schien entweder am frühen Morgen oder am späten Nachmittag aufgenommen worden zu sein. Die Sonne stand hinter dem Haus und die Schatten der zahlreichen alten Schornsteine auf dem Rasen glichen tastenden Fingern.

»Das ist Combe Carey Hall.« Fairfax kostete jede Silbe aus. »Es steht in der Grafschaft Berkshire, westlich von London. Vielleicht haben Sie schon davon gehört?«

Wir schüttelten alle drei den Kopf.

»Es ist auch nicht sehr bekannt, aber trotzdem ist es *das* Privathaus in England, das am schlimmsten heimgesucht wird. Mit den meisten Todesfolgen. Nach meinem Kenntnisstand sind allein vier frühere Besitzer aufgrund von Erscheinungen vorzeitig verblichen. Ganz zu schweigen von den Hausangestellten, Gästen und anderen Personen, die im Haus und auf dem Grundstück am Schreck oder der Geistersieche gestorben sind oder anderweitig den Tod gefunden haben.« Er lachte in sich hinein. »Die Liste ist lang. Seit dem letzten dieser schaurigen Vorfälle vor dreißig Jahren steht das Haus leer. Es wird erst jetzt wieder genutzt, wo es sich in meinem Besitz befindet.«

»Heißt das, Sie wohnen dort?«, fragte ich.

Der kahle Schädel wandte sich mir zu, die dunklen Augen funkelten. »Mir stehen noch mehr Wohnsitze zur Verfügung, wenn Sie das meinen. Aber ich halte mich von Zeit zu Zeit dort auf. Es ist ein Haus mit Geschichte. Ursprünglich war es ein Kloster, von einer kleinen Schar Mönche gegründet, die sich von einer großen Abtei abgespalten hatte. Einige Mauern des Westflügels stammen noch aus dieser Zeit. Danach gehörte das

Haus einer Reihe von Landadligen. Sie bauten es wieder auf und fügten weitere Gebäudeteile an, bis es gegen Ende des achtzehnten Jahrhunderts sein heutiges Aussehen bekam. Aus architektonischer Sicht ist es eine seltsame Mixtur. Es gibt Flure, die vor einer Mauer enden oder im Kreis herumführen, Treppen, wo keine hingehören … Aber vor allem hat das Haus schon seit Jahrhunderten einen finsteren Ruf. Es gibt unzählige Geschichten über Besucher. Kurzum, es ist einer jener Orte, der schon lange vor dem Auftauchen des Problems heimgesucht wurde. Es heißt, dass …«

»Guckt da jemand raus?«, unterbrach ihn George. Während der alte Mann sprach, hatte er die ganze Zeit das Foto dicht vor seine dicken Brillengläser gehalten und es neugierig gemustert. Jetzt zeigte er mit dem plumpen Zeigefinger auf eine Stelle in der Fassade. Lockwood und ich beugten uns mit zusammengekniffenen Augen vor. Links oberhalb des Säulenvorbaus deutete ein dunkler dreieckiger Fleck so etwas wie ein Fenster an. Darin war ein verschwommener grauer Umriss zu sehen, fast zu undeutlich, um ihn zu erkennen.

»Soso, es ist Ihnen also auch aufgefallen«, sagte Fairfax. »Ja, man könnte denken, dort steht jemand und schaut nach draußen. Merkwürdig ist nur, dass dieses Foto ein paar Monate, bevor das Haus in meinen Besitz übergegangen ist, aufgenommen wurde. Das Haus war damals unbewohnt und verrammelt.«

Mr Fairfax trank einen Schluck Tee. Seine dunklen Augen zwinkerten. Wieder kam es mir vor, als amüsiere er sich insgeheim – als freue er sich geradezu über den Umriss auf dem Foto und das, was man daraus schließen konnte.

»Um welche Tageszeit wurde das Foto gemacht?«, fragte ich.

»Gegen Abend. Die Sonne geht gerade unter, wie man auf dem Bild auch sieht.«

Während er dieser Geschichte lauschte, leuchteten Lockwoods Augen vor mühsam unterdrückter Erregung. Er saß vorgebeugt da, die knochigen Ellbogen auf die Knie gestützt, die Hände verschränkt und ganz bei der Sache. »Sie wollten uns etwas über die Erscheinung erzählen«, sagte er. »Wie macht sie sich bemerkbar?«

Mr Fairfax stellte seine Tasse ab und lehnte sich seufzend zurück. Mit einer seiner großen Hände hielt er den Gehstock mit dem Eisenknauf fest, mit der anderen gestikulierte er beim Sprechen. »Ich bin ein alter Mann, Mr Lockwood. Ich selbst kann Erscheinungen weder sehen noch anderweitig wahrnehmen, jedenfalls im Allgemeinen. Aber die vergiftete Atmosphäre in diesem Haus fällt sogar mir auf. Ich brauche nur zur Tür hereinzukommen, schon schmecke ich es förmlich. Es liegt etwas Ungesundes in der Luft, Mr Lockwood, was die Seele befällt. Was die Einzelheiten betrifft ...« Er rutschte ein bisschen auf der Sesselkante herum, als täten ihm die Knochen weh. »Darüber gibt es so viele Geschichten ... Am besten erkundigt man sich bei Bert Starkins, dem Verwalter. Er kennt sie alle. Aber die beiden bekanntesten Geschichten über das Haus – die, auf die es ankommt – betreffen das Rote Zimmer und die Seufzende Treppe.«

Drückendes Schweigen breitete sich aus, das abrupt von Georges grummelndem Magenknurren gebrochen wurde. Ein Wunder, dass der Putz nicht von der Decke fiel.

»'tschuldigung«, sagte George unbekümmert. »Ich bin am Verhungern. Ich glaube, ich muss noch 'nen Donut essen. Sonst noch wer?« Niemand antwortete. Er griff sich den Teller.

»Das Rote Zimmer?«, wiederholte ich.

»Die Seufzende Treppe?« Lockwood beugte sich gespannt noch weiter vor. »Bitte erzählen Sie uns mehr darüber, Mr Fairfax.«

»Freut mich, dass ich Ihr Interesse geweckt habe«, gab der alte Mann zurück. »Ich sehe meine hohe Meinung von Ihnen bestätigt. Also, das Rote Zimmer ist ein Schlafzimmer im ersten Stock des Westflügels. Besser gesagt, früher war es ein Schlafzimmer. Heute nicht mehr. Es steht jetzt völlig leer. Es ist einer der Orte, an dem man die übernatürliche Präsenz so stark spürt, dass sie jeden umbringt, der sich dort aufhält. Alle, die je versucht haben, dort die Nacht zu verbringen, waren am nächsten Morgen tot. So erzählt man es sich jedenfalls.«

»Haben Sie selbst das Zimmer auch schon mal betreten, Sir?«, wollte Lockwood wissen.

»Ich habe einen Blick hineingeworfen. Natürlich tagsüber.«

»Und die Atmosphäre …?«

»Gesättigt, Mr Lockwood. Gesättigt mit purer Bösartigkeit.« Fairfax lehnte den Kopf in den Nacken und musterte uns über seine Hakennase hinweg. »Und ich habe gute Gründe, an die Macht dieses Zimmers zu glauben, aber darüber später mehr. Nun zur Seufzenden Treppe, die für mich das größere Rätsel darstellt. Sie führt von der Langen Galerie im Erdgeschoss nach oben in den ersten Stock. Es ist eine Steintreppe, die schon sehr alt ist. Ich habe dort nie etwas Unheimliches erlebt und kenne auch niemanden, dem es so ergangen ist, aber angeblich hat sich dort vor langer Zeit etwas Schreckliches ereignet. Seither sollen die Seelen der Betroffenen in der Treppe gefangen sein. Hin und wieder – vielleicht wenn die Besucher genug Kraft gesammelt haben, oder wenn sie spüren, dass sich ein neues Opfer nähert – soll ein schauerliches Heulen und Kreischen aus der Treppe dringen.«

Lockwood fragte sanft: »Die Treppe selbst kreischt?«

»Angeblich. Ich habe allerdings nie etwas dergleichen gehört.«

»Und dieses Rote Zimmer …«, George schluckte den letzten Bissen Donut herunter, »… das befindet sich im ersten Stock? Also auf der gleichen Ebene wie das Fenster auf dem Foto?«

»Ja, das müsste hinkommen. Wären Sie bitte so nett, keinen Zucker auf das Foto zu krümeln? Es ist der einzige Abzug, den ich besitze.«

»'tschuldigung.«

»Das ist faszinierend«, ergriff Lockwood wieder das Wort. »Ihren Ausführungen entnehme ich, dass sich im Haus mehr als ein Besucher befindet. Mehr als nur eine Quelle. Mit anderen Worten, ein ganzer Geisterschwarm. Glauben Sie das wirklich?«

»Zweifelsohne.« Fairfax nickte. »Ich kann sie spüren.«

»Aber wie hat das Ganze angefangen? Es muss einen auslösenden Moment gegeben haben, ein traumatisches Ereignis, das alles in Gang gesetzt hat … Das legt die Frage nahe: Welcher von den Besuchern war zuerst da?« Lockwood legte nachdenklich die Fingerkuppen aneinander. »Steht das Haus zurzeit leer?«

»Der Westflügel ist unbewohnt, weil sich die Gefahr dort konzentriert. Mein langjähriger Verwalter, Mr Starkins, wohnt in einem Nebengebäude.«

»Und wo sind Sie untergebracht, Sir, wenn Sie Ihr Anwesen aufsuchen?«

»In einer renovierten Zimmerflucht im Ostflügel. Sie verfügt über einen separaten Eingang und ist durch Eisentüren von allen Stockwerken des übrigen Hauses abgetrennt. Ich habe die Türen selbst einbauen lassen und keine Kosten gescheut, um sie zusätzlich zu sichern. Bis jetzt habe ich immer ruhig geschlafen.« Der alte Mann sah uns der Reihe nach eindringlich an. »Ich bin wahrhaftig kein Feigling, aber keine zehn Pferde könnten mich dazu bringen, mich eine Nacht allein im alten Westflügel von Combe Carey Hall aufzuhalten. Trotzdem …«, er streichelte liebevoll den eisernen Hundekopf, »… trotzdem ist es genau das, worum ich Sie bitten möchte.«

Mein Herz setzte einen Schlag aus. Ich zupfte an meinem Rock herum, sagte aber nichts. Lockwood hatte immer noch leuchtende Augen. George dagegen blickte so ausdruckslos drein wie immer. Er nahm die Brille ab und fuhr mit dem Pulloverzipfel über die Gläser.

»Sie wären übrigens nicht die Ersten, die diesen Versuch unternehmen«, fuhr Fairfax fort. »Der vorige Besitzer des Hauses hat sich vor dreißig Jahren die gleichen Fragen gestellt, die Mr Lockwood eben angesprochen hat. Er beauftragte ein kleines Team der Agentur Fittes – ein Junge, ein Mädchen und ein erwachsener Berater –, eine Voruntersuchung zu unternehmen. Die drei erklärten sich bereit, die Nacht im Haus zu verbringen, und wollten sich dort auf das Rote Zimmer konzentrieren. Sie trafen die üblichen Sicherheitsvorkehrungen. Sie ließen die Eingangstür offen stehen, um einen Fluchtweg zu haben. Sie installierten ein Telefon im Roten Zimmer, das mit dem Apparat von Bert Starkins verbunden war, um nötigenfalls Hilfe herbeizurufen. Alle drei waren erfahrene Agenten. Als es dunkel wurde, verabschiedete der Besitzer sich und ließ sie allein. Als Starkins ein paar Stunden darauf zu Bett ging, sah er noch durchs Fenster, wie sich ihre Taschenlampenkegel durch die oberen Räume bewegten. Um Mitternacht klingelte sein Telefon. Der Berater war dran und meldete, dass es ein paar Auffälligkeiten gegeben habe. Er wolle sich nur vergewissern, dass die Leitung funktioniere. Sonst sei alles in Ordnung. Er klang ganz ruhig. Starkins legte auf und ging wieder ins Bett. Das Telefon klingelte nicht noch einmal. Als er sich am nächsten Morgen mit dem Hausbesitzer vor dem Eingang traf, war das Agententeam noch nicht wieder herausgekommen. Um halb acht betraten die Männer das Haus. Es war nichts zu hören, niemand beantwortete ihre Rufe. Ihnen war klar, wo sie nachschauen mussten. Als sie die Tür zum Roten Zimmer öffneten, lag der Berater mit dem Gesicht nach unten neben dem Telefon. Er war der Geistersieche erlegen. Das Mädchen lag am anderen Ende des Zimmers zusammengekauert unter dem Fenster. Sie hatte sich so eingerollt, dass es den beiden Männern nicht gelang, ihr den Puls zu fühlen oder ihr ins Gesicht zu schauen. Wobei das auch keinen Zweck gehabt hätte. Sie war natürlich mausetot. Was dem Jungen zugestoßen war, konnte leider nicht festgestellt werden.«

»Sie meinen, woran er gestorben ist?«, fragte George.

»Ich meine, er ist nie mehr aufgetaucht.«

»Entschuldigen Sie, Sir«, sagte Lockwood, »aber als der Berater um Mitternacht anrief, hat er gesagt, um was für *Auffälligkeiten* es sich handelte?«

»Nein. Hat er nicht.« Mr Fairfax holte eine Taschenuhr heraus und warf einen Blick darauf. »Schon so spät! Ich muss in einer Viertelstunde in Pimlico sein. Kommen wir zum Schluss. Wie schon gesagt, Ihre Agentur hat mein Interesse geweckt, und ich bin beeindruckt von Ihren Fähigkeiten. Ich mache Ihnen folgendes Angebot: Ich übernehme die Entschädigungssumme für den Hausbrand in der Sheen Road und sorge dafür, dass die

BEBÜP über unsere Abmachung Stillschweigen bewahrt. Um diese sechzigtausend Pfund zu verdienen, müssen Sie sich einfach nur verpflichten, die Untersuchung zu übernehmen. Sobald Sie in Combe Carey Hall eingetroffen sind, überweise ich Ihnen das Geld. Wenn es Ihnen außerdem gelingt, den Fall aufzuklären und den Geist zu vertreiben, bezahle ich Ihnen eine weitere ansehnliche Summe. Was ist Ihr übliches Honorar?«

Lockwood nannte eine Summe.

»Ich zahle Ihnen das Doppelte. Combe Carey Hall ist ein harter Brocken.« Mr Fairfax packte den Hundekopf und machte Anstalten aufzustehen. »Noch etwas: Ich bin ein Mann der schnellen Tat. Ich möchte, dass Sie übermorgen anfangen.«

»Übermorgen?«, wiederholte George. »Aber wir müssen doch erst …«

»Ich lasse grundsätzlich nicht mit mir handeln. Im Übrigen erlaubt Ihre Lage es Ihnen nicht, Bedingungen zu stellen. Aber *ich* hätte noch eine Bedingung: Bei diesem Auftrag dürfen keine Leuchtbomben oder andere entzündliche Stoffe zum Einsatz kommen, denn Combe Carey Hall ist voller wertvoller Antiquitäten. Das soll nicht heißen, dass ich kein Vertrauen in Sie habe, aber …« Die silberüberkronten Zähne blitzten wieder. »Ich möchte einfach nicht, dass mein Haus abbrennt.« Der Sessel knarrte protestierend, als Mr Fairfax sich mühsam erhob und uns nun mit seinen dürren Beinen überragte und wie ein riesiges Insekt auf uns herabblickte. »Sie brauchen sich nicht sofort zu entscheiden. Rufen Sie mich einfach heute Abend an. Auf dieser Karte steht die Nummer meiner Sekretärin.«

Ich ließ mich in die Sofapolster zurücksinken und holte erst mal Luft. Natürlich würde er keine sofortige Entscheidung bekommen.

Bei Fittes arbeiteten nur die besten Agenten, das wussten wir alle. Und drei von ihnen waren in Combe Carey Hall ums Leben gekommen! So einen Auftrag ohne Zeit für gründliche Vorbereitungen anzunehmen, war glatter Selbstmord. Das Rote Zimmer! Die Seufzende Treppe! Klar, Fairfax' Geld würde unsere Agentur vor dem Ruin bewahren, aber was nützte uns das, wenn wir tot waren? Keine Frage: Das mussten wir *unbedingt* gründlichst diskutieren.

»Das ist sehr freundlich von Ihnen«, hörte ich Lockwood sagen, »aber wir benötigen keine Bedenkzeit. Wir übernehmen den Fall.« Er stand auf und hielt Fairfax die Hand hin. »Wir bereiten alles vor und finden uns so schnell wie möglich in Combe Carey Hall ein. Sagen wir … Sonntagnachmittag?«

# IV.

# Das Herrenhaus

# Kapitel 17

**Ich muss zugeben**, dass George und ich in den paar Monaten, die ich nun schon bei Lockwood & Co. arbeitete, immer wieder Meinungsverschiedenheiten gehabt hatten. Sie reichten von Wichtigem (wenn einer von uns eine Ladung Salz ins Gesicht bekommen hatte oder vom Degengefuchtel des jeweils anderen beinahe skalpiert worden wäre) bis hin zu eher Nebensächlichem (die Schmutzwäsche, die Sauberkeit in der Küche, Georges Angewohnheit, sein Geisterglas irgendwo abzustellen, wo man nicht damit rechnete, zum Beispiel hinter der Klotür). Wir zankten uns praktisch über alles und jedes. Einig waren wir uns so gut wie nie.

An diesem Mittag, nachdem Fairfax gegangen war, war eine dieser seltenen Gelegenheiten.

Kaum war der Rolls-Royce davongeschnurrt, fielen wir beide über Lockwood her, weil er uns vor seiner Entscheidung nicht zurate gezogen hatte. Ich argumentierte mit den zahlreichen Todesopfern, die jene Heimsuchung bereits gefordert hatte. George brachte vor, dass wir mindestens vierzehn Tage, wenn nicht einen ganzen Monat, brauchen würden, um über die Geschichte des Hauses zu recherchieren. Alles andere wäre Wahnsinn.

Lockwood hörte sich unsere Einwände gelassen an. »War's das?«, fragte er dann munter. »Gut. Erstens: Dieser Auftrag ist vermutlich unsere einzige Chance, die Agentur vor der Pleite zu retten. Mit dem Honorar können wir die Familie Hope auf einen Schlag entschädigen *und* uns die BEBÜP vom Hals schaffen. Das ist eine einmalige Gelegenheit, die wir gar nicht ausschlagen können. Zweitens: Ich bin der Chef dieser Agentur, und was ich sage, gilt. Drittens: Es ist der spannendste Auftrag, den wir je hatten! Das Rote Zimmer! Die Seufzende Treppe! Endlich eine echte Herausforderung, oder wollt ihr etwa den Rest eures Lebens damit zubringen, irgendwelche schwächlichen Vorstadtgeister zu verscheuchen? Das ist unser Durchbruch. Kneifen wäre eine Schande.«

Seine Argumentation – vor allem der zweite Punkt – überzeugte uns nicht ganz. George putzte wie ein Wilder seine Brille. »Eine Schande sind ja wohl eher die Bedingungen, die Fairfax stellt. Keine Leuchtbomben – der Typ spinnt doch!«

Lockwood ließ sich nicht beirren. »Sag ich ja. Endlich mal eine interessante Herausforderung.«

»*Interessant?*«, kreischte ich. »Kriminell ist so was!«

»Der Kerl ist ein Idiot«, sagte George. »Wenn dieser Ort nur halb so gefährlich ist, wie er uns erzählt hat, wäre es Irrsinn, dort ohne jede erdenkliche Waffe reinzugehen.«

»Genau!«, sagte ich. »Kein Mensch ist so blöd und lässt sein Griechisches Feuer zu Hause, wenn er es mit einem TYP ZWEI zu tun hat.«

»Mit einem ganzen Schwarm von ZWEIERN!«

»Die schon unzählige Menschen auf dem Gewissen haben …«

»… und auf die wir uns nicht mal richtig vorbereiten können …«

»… weil wir vorher nicht gründlich recherchieren können, ich weiß, ich weiß«, fiel uns Lockwood ins Wort. »Schließlich brüllt ihr es mir ja die ganze Zeit ins Ohr. Könntet ihr zwei Fischweiber mal die Luft anhalten und zuhören? Er mag ja ein wenig exzentrisch sein, aber Fairfax ist nun mal unser Klient und wir müssen uns nach seinen Wünschen richten. Uns bleiben immer noch unsere Degen und die Eisenketten. Wir sind also keineswegs unbewaffnet.« Er fuhr unwillkürlich zusammen. »Du starrst mich schon wieder so an, Lucy – lass das!«

»Ja, weil du unsere Bedenken überhaupt nicht ernst nimmst.«

»Im Gegenteil. Ich nehme sie sogar sehr ernst. Mir ist durchaus bewusst, dass wir mit diesem Auftrag unser Leben aufs Spiel setzen.« Er lächelte. »Aber das tun wir doch tagtäglich, oder?«

»Aber nur, wenn wir vernünftig ausgerüstet sind«, sagte George trotzig. »Und noch was: Was Fairfax da gefaselt hat, weshalb er sich ausgerechnet für uns entschieden hat, ist totaler Schwachsinn. In London gibt es mindestens fünfzehn Agenturen, die größer und erfolgreicher sind als Lockwood & Co. Kommt es dir gar nicht komisch vor, dass er ausgerechnet uns haben will? «

Lockwood schüttelte den Kopf. »Das ist für mich beinahe das Spannendste an diesem Fall. Deshalb sollten wir die Gelegenheit beim Schopf packen und einfach mal sehen, was passiert. Wenn das jetzt alles war, was ihr …«

»Das war noch *nicht* alles!«, sagte ich. »Nicht mal annähernd. Was ist mit Hugo Blake und dem Medaillon? Ich darf dich dran erinnern, dass vor nicht mal zwölf Stunden bei uns eingebrochen wurde. Was gedenkst du zu unternehmen?«

»Ich habe Blake keineswegs vergessen, aber Fairfax und sein Auftrag haben jetzt Vorrang. Er gewährt uns achtundvierzig Stunden für unsere Vorbereitungen, die sollten wir so gut wie möglich nutzen. Blake sitzt sowieso erst mal im Gefängnis. Inspektor Barnes das Medaillon auszuhändigen, hat keine Eile. Außerdem würde ich vorher gern selbst versuchen, den Code zu entschlüsseln. Das wäre neuer Stoff für die Presse … so wie die Geschichte von unserem hoffentlich durchschlagenden Erfolg in Combe Carey Hall.« Ich wollte ihn unterbrechen, aber er hob die Hand. »Keine Sorge, Lucy. Es wird nicht noch mal jemand bei uns einbrechen. Wer immer dahintersteckt, er weiß jetzt, dass wir vorgewarnt sind. Und deine Freundin Annie Ward hat fünfzig Jahre darauf gewartet, dass ihr Gerechtigkeit widerfährt, da kann sie sich auch noch ein paar Tage länger gedulden. Also an die Arbeit! George, ich hätte da ein paar Punkte für dich, die du recherchieren könntest.«

»Logisch«, grummelte George. »Die Geschichte von Mr Fairfax' Anwesen.«

»Unter anderem. Mach nicht so ein Gesicht. Du recherchierst doch für dein Leben gern! Du müsstest eigentlich einen Freudentanz aufführen. Lucy – du hilfst mir, das Haus aufzuräumen und die Ausrüstung zu überprüfen. Sind alle so weit zufrieden? Auf geht's!«

Zufrieden oder nicht, wenn Lockwood in dieser Stimmung war, hatte es erfahrungsgemäß keinen Zweck, ihm zu widersprechen. George fuhr ins Archiv und ich half Lockwood im Untergeschoss. Uns standen arbeitsreiche achtundvierzig Stunden bevor.

An diesem ersten Nachmittag kümmerte sich Lockwood darum, dass die Sicherheitsvorkehrungen am Haus repariert und nachgerüstet wurden. Die Eingangstür bekam neue Schlösser und das Fenster zum Untergeschoss ein stabiles Eisengitter, das sowohl Lebende als auch Tote fernhalten würde. Während die Arbeiter bohrten und schraubten, hängte Lockwood sich ans Telefon. Er rief den Degenfachhändler *Mullet & Söhne* an und bestellte nagelneue Waffen. Danach telefonierte er mit *Satchell* in der Jermyn Street und vereinbarte eine große Lieferung von Eisenspänen und Salz zum Ausgleich dafür, dass wir unsere Leuchtbomben nicht einsetzen durften.

Ich breitete währenddessen alle unsere Waffen und Ausrüstungsgegenstände auf dem Fußboden aus. Ich putzte die Degen und Ketten und füllte die Tüten mit den Eisenspänen auf. Dann ging ich unseren Vorrat an Silberplomben durch und suchte die stärksten Behälter, Bänder und Netze heraus. Zum Schluss nahm ich mit Bedauern die Leuchtbomben von unseren Gürteln und brachte sie ins Lager. Das körperlose Gesicht in Georges Geisterglas schaute mir aufmerksam dabei zu und gab stumme Kommentare ab, bis es mir reichte und ich das Glas zudeckte.

Während der Vorbereitungen ließ Lockwood sich immer wieder ablenken, offensichtlich ob der Größenordnung unseres nächsten Abenteuers. Er platzte vor Tatendrang – ich hatte ihn nie beschwingter gesehen, er stürmte durchs Haus, immer drei Stufen auf einmal nehmend – und war trotzdem seltsam geistesabwesend. Er sprach kaum und unterbrach seine Tätigkeiten immer wieder, um mit abwesendem Blick vor sich hin zu starren, als ersinne er einen hoch komplizierten Plan, dessen Ende noch nicht abzusehen war.

George blieb den ganzen Tag im Archiv. Als ich ins Bett ging, war er noch nicht zurückgekommen, und als ich am nächsten Morgen aufstand, hatte er das Haus bereits wieder verlassen. Zu meiner Überraschung machte Lockwood sich ebenfalls ausgehfertig. Er stand vor dem Spiegel in der Diele und rückte eine viel zu große Stoffmütze auf seinem Kopf zurecht. Außerdem trug er einen billigen Anzug und hatte eine abgegriffene Aktenmappe in der Hand. Als ich ihm Guten Morgen wünschte, antwortete er mir in breitem Dialekt, wie es sonst gar nicht seine Art war.

»Und? Nimmt man mir ab, dass ich vom Land komme?«

»Glaub schon. Ich versteh dich jedenfalls kaum. Wo willst du denn hin?«

»Nach Combe Carey, ins Dorf. Mich mal umsehen. Es wird spät werden.«

»Soll ich vielleicht mitkommen?«

»Nett von dir, aber einer muss hier die Stellung halten, und zu tun gibt es auch noch genug. Nachher treffen die Lieferungen von Satchell und Mullet ein. Kannst du sie bitte entgegennehmen und einen Blick auf die neuen Degen werfen? Ruf den alten Mullet an, wenn die Ware nicht in Ordnung ist. Die Lieferung von Satchell überprüfe ich selbst, wenn ich wieder da bin. Und nimm dir unsere Ausrüstung lieber noch ein zweites Mal vor. Hast du schon Proviant eingepackt? Ach ja …«, er kramte in seiner Jackentasche und förderte den kleinen Glasbehälter zutage, »… ich möchte dir Annie Wards Kette noch einmal anvertrauen. Wir werden uns in ein paar Tagen darum kümmern, aber bis dahin gib gut acht darauf. Am besten hängst du sie dir wieder um. Sicher ist sicher.« Mit diesen Worten klemmte er die Aktenmappe unter den Arm und ging zur Tür. »Lass nur die

Lieferanten ins Haus, niemanden sonst. Womöglich stellt sich unser maskierter Freund beim nächsten Mal etwas geschickter an.«

* * *

Es wurde Abend. Die Wintersonne stand wie eine blasse lila Scheibe tief über den Dächern. Die Portland Row Nummer 35 war kalt und leer, ihre Stockwerke waren voller gräulicher Schatten und düsterer Ecken. Ich war allein. George und Lockwood waren noch nicht wieder zurück. Ich hatte die Lieferungen in Empfang genommen, die Ausrüstung ein zweites Mal überprüft, Essen und Trinken zusammengepackt und meine Kleidung für den kommenden Tag gebügelt. Danach hatte ich an Esmeralda eine Runde Fechten geübt. Jetzt lief ich durch das immer dunkler werdende Haus und kämpfte gegen meine schlechte Laune an.

Es war nicht der bevorstehende Einsatz, der mir zu schaffen machte, auch wenn das Bewusstsein, wie gefährlich er war, mich immer wieder ansprang wie ein Schwarm lauernder Phantome. Ich musste Lockwood recht geben – wir durften uns solch ein großzügiges, außergewöhnliches Angebot nicht entgehen lassen, wenn die Agentur überleben sollte. Auch wenn der Fall unzählige Fragen aufwarf – nicht zuletzt die, was es mit dem Roten Zimmer und der Seufzenden Treppe auf sich hatte –, so vertraute ich doch auf Georges Recherchefähigkeiten und wusste, dass wir nicht gänzlich unvorbereitet sein würden.

Aber obwohl ich verstand, dass der Fall unsere ganze Aufmerksamkeit erforderte, fühlte ich mich irgendwie ausgeschlossen. George wühlte in Büchern und Papieren, Lockwood sammelte vor Ort (hoffentlich) weitere Informationen über Combe Carey Hall, und ich? Ich hockte zu Hause, schmierte Marmeladenbrote und zählte Waffen durch. Das war natürlich auch notwendig, aber besonders aufregend war es nicht. Ich wollte einen wichtigeren Beitrag leisten.

Was mich am meisten ärgerte, war der Umstand, dass wir unseren anderen Fall vernachlässigten. Ich war nicht Lockwoods Meinung, dass es ein paar Tage Zeit hatte, bis wir uns wieder mit dem Medaillon und der Inschrift befassten. Schon gar nicht nach dem Einbruch! Ich fand, wir sollten an der Sache dranbleiben, und der Anruf, den ich im Lauf des Nachmittags entgegennahm, bestätigte mich in dieser Überzeugung. Der Anrufer war nämlich Inspektor Barnes, der mir mitteilte, dass Hugo Blake wieder auf freien Fuß gesetzt werden sollte.

»Keine ausreichenden Beweise«, sagte Barnes kurzangebunden. »Er hat kein Geständnis abgelegt, und wir können ihm nicht nachweisen, dass er damals mit Miss Ward ins Haus gegangen ist. Inzwischen sind auch seine Anwälte tätig geworden. Uns läuft die Zeit davon. Wenn nicht noch irgendetwas auftaucht, was ihn belastet – oder er doch noch den Mund aufmacht –, dann geht er morgen als freier Mann hier raus.«

»Wie bitte? Sie dürfen ihn nicht einfach laufen lassen! Er ist schuldig!«

»Mag sein, aber wir können es nun mal nicht *beweisen.*« Ich sah förmlich vor mir, wie Barnes' Schnurrbart bebte, als er das Wort in den Hörer bellte. »Dass er sie seinerzeit heimgefahren hat, genügt nicht. Uns fehlt das entscheidende Indiz, dass er die Tat begangen hat. Wenn ihr Idioten das Haus nicht niedergebrannt hättet, wäre vielleicht noch etwas zu finden gewesen. Aber so, wie die Dinge nun mal liegen, kommt der Kerl aller Wahrscheinlichkeit nach ungeschoren davon.« Der Inspektor schnaubte noch einmal, dann legte er auf und ließ mich mit meiner Empörung allein.

*Uns fehlt das entscheidende Indiz …*

Ich nahm den kleinen Behälter vom Hals und drehte ihn im letzten Tageslicht hin und her. Durch die Glaswand sah das goldene Medaillon ein wenig verzerrt aus, es schien sich zu winden wie ein Aal im flachen Wasser. *Tormentum meum, laetitia mea …* Ich konnte die Inschrift nur mit Mühe entziffern. Und was stand doch gleich auf der Innenseite? *A ‡ W. H. II. 115 …* Diese Buchstaben und Zahlen mussten den entscheidenden Hinweis enthalten. Hinter dem war Blake her. Darum wollte er die Kette unbedingt zurückhaben. Sollten wir das Medaillon lieber doch dem Inspektor überlassen? Vielleicht konnte er das Rätsel ja lösen …

Vielleicht aber auch nicht. Vielleicht kam Blake auch dann ungeschoren davon, wie schon die fünfzig Jahre zuvor.

Mich packte die kalte Wut. Wenn wir die Inschrift nicht entschlüsselten, und zwar jetzt sofort, war es zu spät. Blake würde niemals ein Geständnis ablegen und Zeugen seiner Tat gab es nicht.

Niemanden, außer …

Ich schaute wieder den Glasbehälter an.

Mein Einfall war so ungeheuerlich, dass ich eine ganze Weile wie betäubt dastand und dem stockenden Klopfen meines Herzens lauschte. Es ging gar nicht so sehr darum, dass ich bei meinem Vorhaben mein Leben riskieren würde, aber ich fürchtete Lockwoods Zorn, der mir schließlich streng untersagt hatte, ohne seine Erlaubnis etwas Gefährliches zu unternehmen. Vernünftigerweise hätte ich seine Rückkehr abwarten müssen, aber mir war klar, dass er mir das Experiment, das mir vorschwebte, nicht erlauben würde. Damit hätte ich wirklich einen Tag verschwendet – der den Mörder Blake nur seiner Entlassung näher brachte.

Ich wanderte ziellos durchs Haus und ging meinen Plan immer wieder in Gedanken durch. Draußen ging inzwischen die Sonne unter. Schließlich landete ich in der Küche und stieg von dort aus langsam die Eisentreppe zum Untergeschoss hinunter. Das Regal mit der Trophäensammlung an der Rückwand glich einem schwarzen Gitterrost. An diesem Abend fluoreszierte nur die Piratenhand, und zwar violett, die übrigen Artefakte blieben dunkel.

Es war das Risiko wert. Wenn alles klappte, brauchten wir die Inschrift in dem Medaillon nicht mehr zu entschlüsseln. Dann konnte ich Blakes Schuld auch so beweisen. Wenn es nicht klappte – auch kein Drama. Lockwood würde nie davon erfahren.

Die Eisenketten lagen frisch geölt auf dem Fußboden und warteten darauf, verpackt zu werden. Ich hob eine der längsten und massivsten auf, deren Glieder fünf Zentimeter stark waren, und schleifte sie in den Fechtraum, wo Joe und Esmeralda in melancholischem Schweigen von der Decke hingen. Ich legte mit der Kette einen doppelten Kreis von etwa einem Meter zwanzig Durchmesser. Die Enden überkreuzten sich. Vorsichtshalber schloss ich die beiden letzten Glieder noch mit einem Fahrradschloss aneinander. Ich wollte sichergehen, dass der Kreis auf keinen Fall geöffnet werden konnte. Die Kette war ein ganz schweres Geschütz und dafür gemacht, Geistern vom Typ Zwei standzuhalten. Sie stammte höchstwahrscheinlich aus den Fairfax-Eisenwerken. Normalerweise stellte sich der Agent hinein und schützte sich auf diese Weise vor Angriffen.

Heute galten andere Regeln.

Der Fechtraum hatte keine Fenster, deshalb war es dort, wenn man kein Licht machte, immer dunkel. Ein Blick auf die Uhr verriet mir, dass es erst fünf Uhr nachmittags war – eigentlich zu früh für eine komplette Manifestation. Aber ich konnte es mir nicht leisten zu warten. Lockwood und George konnten jederzeit zurückkommen. Und wenn ein Geist so richtig versessen auf etwas war, scherte er sich bestimmt nicht um die Uhrzeit.

Ich stieg über die Kette in den Kreis und holte den Glasbehälter aus der Tasche. Dann kniete ich mich hin, öffnete den Verschluss, klappte den Deckel auf und ließ die Kette mit dem Medaillon in meine Hand gleiten. Ich zuckte zusammen. Das Schmuckstück war so schmerzhaft kalt, als käme es aus dem Eisfach. Ich legte es vorsichtig auf den Boden, stand wieder auf und verließ den Kreis.

So weit, so gut. Ich erwartete nicht, dass sich sofort eine Wirkung einstellen würde, also ging ich ins Büro hinüber und holte noch ein paar Sachen. Ich war nur zwei Minuten weg, aber als ich den Fechtraum wieder betrat, war es dort bitterkalt geworden. Joe und Esmeralda schaukelten leise hin und her.

»Annie Ward?«, fragte ich.

Keine Antwort. Aber ich spürte einen Druck auf meinen Schläfen und eine, wenngleich noch schwache, Anwesenheit. Mit einem Blatt Papier in der Hand und einer Tüte Salz in der Tasche blieb ich in einigem Abstand zu dem Kettenkreis stehen.

»Annie Ward?«, fragte ich noch einmal. »Ich weiß, dass du es bist.«

In dem Bannkreis erschien etwas silbrig Leuchtendes. Der schwache zweidimensionale Umriss eines Mädchens, er streckte sich, schrumpfte wieder, flackerte und erlosch fast.

»Wer hat dich umgebracht, Annie?«

Der Umriss flackerte wieder auf, aber er sprach kein Wort, so angestrengt ich auch lauschte. Der Druck in meinem Kopf wurde allmählich schmerzhaft.

»War es Hugo Blake?«

Keine Reaktion, zumindest keine sichtbare. Aber einen Sekundenbruchteil lang vernahm ich ein leises Gemurmel, als spräche jemand in einem entfernten Raum. Abermals lauschte ich. Mein Schädel pochte vor Anstrengung… Nein. Sie war weg. Falls sie überhaupt da gewesen war.

Es wäre ja auch zu schön gewesen. Wenn es so einfach wäre, einen Verstorbenen zu befragen, hätten alle großen Agenten diese Kunst beherrscht. Aber nur Marissa Fittes war das gelungen, bei ihren legendären Unterhaltungen mit Geistern vom Typ Drei. Ich machte mir nichts vor. Gleich würde ich das Salz aus der Tasche holen und diesem Unfug ein Ende bereiten.

Aber eine letzte Möglichkeit hatte ich noch.

Ich hatte Georges Fotokopie schon in der Hand und hielt sie hinter dem Rücken verborgen. Nun zog ich sie hervor, entfaltete das Blatt und trat dicht an den Bannkreis heran. Ich hielt das Blatt so, dass der junge Blake auf den beiden Bildern in den Kreis schaute. Auf dem Porträtfoto trug er Abendanzug, Hut und Handschuhe, auf dem anderen, dem Gruppenbild am Brunnen, stand er hinter Annie Ward.

»Hier!«, sagte ich. »War er es? War es H…«

Ein nervenzerfetzendes Geistergeheul zerriss die Stille, ein Schrei voller Wut und Trauer traf mich und haute mich um. Ein Windstoß tobte durch den Raum, blies die Eisenketten mit Macht auseinander, bis sie einen perfekten Kreis bildeten, und traf mit Wucht die Ziegelwand. Roter Staub wirbelte auf und die beiden Strohpuppen pendelten so heftig, dass sie fast die Decke streiften. Ich war auf den Rücken gefallen und schlitterte Richtung Tür. Mein Kopf tat so weh, dass ich leise wimmerte. Als ich mich halb aufrichtete, sah ich, wie der Geist gegen den Bannkreis ankämpfte. Jedes Mal, wenn er die Ketten berührte, verdampften kleine Plasmaspritzer. Sein Umriss war grotesk verzerrt. Der Kopf war in die Länge gezogen, der Rumpf spindeldürr und abgeknickt wie ein morscher Knochen. Nichts erinnerte mehr an das blonde Mädchen. Das Geistergeheul ertönte in immer neuen Wellen, die mich taub und gelähmt zurückließen.

Im Fallen hatte ich die Fotokopie losgelassen, aber die Salzbombe hatte ich noch in der Tasche. Ich setzte mich auf, holte aus und schleuderte sie in den Kreis.

Plastik riss auf, Salzkörner flogen umher – und das tobende, heulende Etwas war genauso schlagartig verschwunden wie meine Kopfschmerzen.

Ich saß benommen auf dem Boden, blinzelnd, mit offenem Mund, Haarsträhnen im Gesicht. Die beiden Strohpuppen schaukelten wie besessen hin und her, dann pendelten sie aus.

»Aua!«, entfuhr es mir. »Das hat wehgetan.«

»Sieht ganz so aus.«

Lockwood und George standen in der Tür und starrten mich ungläubig an.

»Stopp!«, sagte ich. »Sei mal still, George! Ich erklär's euch.«

Zwei Minuten waren vergangen, aber es war mir nicht gelungen, zu Wort zu kommen. Gut, ich hatte erst mal Wichtigeres zu tun. Sobald mein Kopf nicht mehr dröhnte, hatte ich als Erstes die Halskette aus dem Kreis geborgen. Das hört sich einfacher an, als es war, denn sie war mit einer gefrorenen Salzkruste überzogen, von der meine Fingerkuppen Blasen bekamen. Ich hatte sie wieder in ihrem Behälter verstaut, was ebenfalls leichter gesagt war als getan, wenn einen ein George Cubbins die ganze Zeit anbrüllte. Aber ich musste mit den beiden reden, und zwar schnell. Lockwood sagte keinen Ton. Er hatte rote Flecken im Gesicht und kniff die Lippen zusammen.

Ich hob die Fotokopie vom Boden auf. »Ich habe nur nachgeholt, was wir schon längst hätten versuchen sollen. Ich habe Annie Ward diese Bilder gezeigt. Wer ist darauf zu sehen? Hugo Blake. Wie hat sie reagiert? Sie ist ausgerastet. Ich habe noch nie einen Geist so heulen gehört.«

»Du hast sie absichtlich freigesetzt?«, fragte Lockwood. »Das war dumm von dir.«

Als ich ihn anschaute, fiel mir das Herz in die Hose. »Ich habe sie nicht freigesetzt!«, verteidigte ich mich. »Höchstens ein bisschen. Und ich habe damit Erfolg gehabt, im Gegensatz zu unseren anderen Versuchen.«

George schnaubte. »Erfolg? Hat sie mit dir gesprochen? Nein. Hat sie ein Dokument unterschrieben, das vor Gericht Bestand hätte? Noch mal nein.«

»Ihre Reaktion war unmissverständlich, George. Ursache und Wirkung. Das kannst du nicht einfach leugnen.«

Lockwood nickte, aber er sagte: »Trotzdem war es dumm von dir. Gib mir das Blatt.«

Ich reichte ihm mit brennenden Augen wortlos die Kopie. Jetzt war alles aus. Ich hatte ein zweites Mal gegen die Vorschriften verstoßen. Diesmal würde Lockwood mir nicht verzeihen, das sah ich ihm an. Meine Zeit bei Lockwood & Co. war um. Erst jetzt begriff ich, was ich da leichtfertig weggeworfen hatte.

Lockwood machte ein paar knirschende Schritte über den salzbedeckten Boden und hielt die Kopie unter die Deckenlampe. George ging leider nicht zu ihm, sondern baute sich vor mir auf. Seine Augen traten so weit hervor, dass sie sich beinahe von innen gegen die Brillengläser drückten.

»Ich fass es nicht, Lucy! Bist du verrückt geworden? Einen Geist *absichtlich* freizusetzen!«

»Es war ein Experiment. Außerdem hast du's grade nötig, du mit deinem blöden Geisterglas.«

»Das ist etwas ganz anderes. Ich sorge dafür, dass der Geist eingesperrt bleibt. Außerdem handelt es sich um eine wissenschaftliche Forschungsreihe, die unter streng kontrollierten Bedingungen stattfindet.«

»Unter streng kontrollierten Bedingungen? Neulich habe ich das Glas in der Badewanne gefunden!«

»Da habe ich getestet, wie der Geist auf Wärme reagiert.«

»Auf Wärme und auf Badezusatz oder was? Alles war voller Schaum … sag mal, nimmst du das Ding etwa auch mit *rein*, wenn du ein Bad nimmst?«

George wurde rot. »Nein. Jedenfalls nicht immer. Ich … ich wollte bloß Zeit sparen. Ich wollte grade in die Wanne steigen, als mir einfiel, dass ich das Wasser für ein Experiment über das Verhalten von Ektoplasma unter Wärmeeinwirkung nutzen könnte. Ich wollte feststellen, ob sich das Ektoplasma zusammenzieht und …« Er unterbrach sich und wedelte abwehrend mit den Händen. »Halt mal! Es geht hier nicht um *mich*! *Du* bist diejenige, die in unserem Haus einen Geist entfesselt hat.«

»Lucy …«, setzte Lockwood an.

»Ich habe den Geist nicht entfesselt!«, schrie ich wütend. »Siehst du das Salz nicht? Ich hatte alles im Griff!«

»Na klar doch«, sagte George abfällig. »Deswegen hast du flach wie eine Flunder am Boden gelegen, als wir reingekommen sind. Du hattest mehr Glück als Verstand, dass du den Geist in letzter Sekunde wieder gebannt hast. Das Biest hat uns schon letztens beinahe umgebracht und jetzt …«

»Ach, halt die Klappe! *Du* hast dich vor einem Geist nackt ausgezogen!«

*»Lucy!«* Wir verstummten. Lockwood stand noch in der gleichen Haltung da und hielt die Kopie unters Licht. Er war sehr blass und seine Stimme klang völlig verändert. »Du hast dem Geist diese Kopie gezeigt?«

»Äh … ja. Ich …«

»Wie herum hast du sie gehalten? So rum? Oder so rum?«

»So rum, wie du sie zuletzt gedreht hast.«

»Das heißt, der Geist konnte alles gut sehen?«

»Ja, aber er hat nur kurz draufgeschaut, dann ist er ausgerastet. Ihr habt es ja miterlebt.«

»Allerdings«, erwiderte George grimmig. »Sag doch auch mal was dazu, Lockwood! Es ist jetzt schon das zweite Mal, dass Lucy uns alle in Gefahr bringt. Sag ihr, dass …«

»… dass sie ihre Sache gut gemacht hat«, schnitt ihm Lockwood das Wort ab. »Du bist ein Genie, Lucy! Du hast die entscheidende Verbindung hergestellt. Das ist der Schlüssel zu allem.«

Ich war fast genauso überrascht wie George, dem die Kinnlade runterfiel. »Äh … danke«, stotterte ich. »Glaubst du … glaubst du, das wird zur Aufklärung des Falles beitragen?«

»Allerdings.«

»Dann sollten wir das Medaillon jetzt zur Polizei bringen, oder etwa nicht? Wollen wir Barnes das Medaillon zeigen?«

»Noch nicht. George hat recht: Die Reaktion des Geistes zählt streng genommen nicht als Beweis. Aber keine Sorge, ich bin zuversichtlich, dass wir den Fall Annie Ward dank deines Einsatzes sehr bald zu einem zufriedenstellenden Abschluss bringen können.«

»Das hoffe ich…« Ich war immer noch baff – und gleichzeitig ungeheuer erleichtert. »Aber da ist etwas, das du wissen solltest. Hugo Blake wird wieder auf freien Fuß gesetzt«, sagte ich und erzählte von dem Telefonanruf.

Lockwood lächelte, wirkte auf einmal ganz entspannt, ja fröhlich. »Ich würde mir darüber keine Sorgen machen. Wir haben das Haus gut gesichert. Hier bricht so schnell keiner mehr ein. Trotzdem denke ich, wir sollten das Medaillon während unseres Ausflugs nach Combe Carey nicht hierlassen. Nimm es mit, Lucy – häng es wieder um. Ich verspreche dir, dass wir uns so bald wie möglich damit beschäftigen. Aber zuerst«, sagte er grinsend, »ist Mr Fairfax' Auftrag an der Reihe. George hat diesbezüglich einige Neuigkeiten.«

George nickte. »Ich habe einiges über die Heimsuchung aufgetrieben.«

Ich starrte ihn an. »Und ist es so schlimm, wie Fairfax sagt?«

»Nö.« George nahm die Brille ab und rieb sich müde die Augen. »Laut meinen Recherchen ist es allerhöchstwahrscheinlich noch viel, viel schlimmer.«

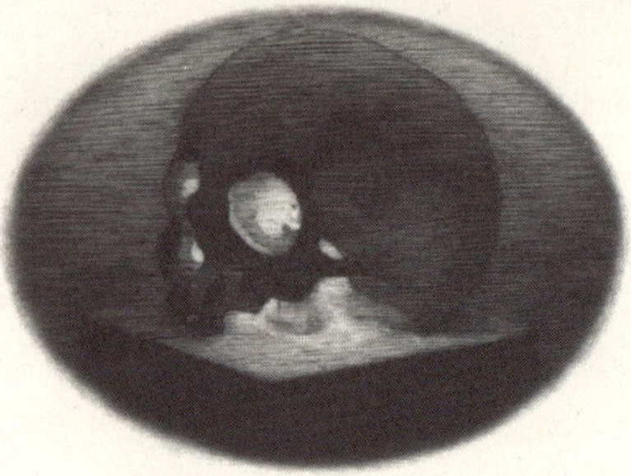

# Kapitel 18

**Vom Londoner Büro** von Lockwood & Co. in das Städtchen Combe Carey zu gelangen, ist eigentlich ganz einfach. Man nimmt ein Taxi für die kurze Strecke zum Bahnhof Marylebone, steht eine Weile auf Bahnsteig sechs herum und unternimmt dann eine nette vierzigminütige Zugfahrt – erst durch graubraune Vorstädte und dann durch die winterlichen Felder von Berkshire –, bis man schließlich unterhalb der bemoosten Mauern von Sankt Wilfred im alten Bahnhof von Combe Carey eintrifft. Eine höchstens anderthalbstündige Reise. Einfach, schnell, direktemang und so bequem, wie eine Reise nur sein kann.

Tja, theoretisch jedenfalls. Wenn du und deine Kollegen aber zu dritt sechs schwere, mit Metallgegenständen vollgestopfte Reisetaschen mitschleppen müsst, dazu eine Degentasche mit vier alten Reservedegen, und du außerdem noch einen nagelneuen Degen am Gürtel hast, der dir dauernd im Weg ist, sieht die Sache schon anders aus. Es ist auch nicht hilfreich, wenn dein Chef und sein Stellvertreter praktischerweise ihr Geld zu

Hause vergessen haben und du diejenige bist, die eure Zugfahrkarten bezahlen soll – *plus* den Zuschlag für das Übergepäck. Und wenn ihr euch deswegen so lange zankt, dass ihr den ersten Zug verpasst, hebt das auch nicht gerade die Laune.

Mal ganz abgesehen von der Kleinigkeit, zu einem der verrufensten Häuser Englands unterwegs zu sein und nur hoffen zu können, dort nicht umzukommen.

Dieser letzte Aspekt wurde durch Georges unterwegs zum Besten gegebenen Ergebnissen seiner zweitägigen Recherchen keineswegs verbessert. Er hatte ein mit penibel geschriebenen Notizen gefülltes Ringbuch dabei, und während der Zug munter an den Kirchtürmen und Geisterlampen der in den baumbestandenen Ausläufern sanfter Hügel verborgen gelegenen Dörfern vorbeirumpelte, ergötzte er uns mit deren garstigen Details.

»Grundsätzlich ist das, was uns Fairfax erzählt hat, richtig. Das Herrenhaus gilt seit Jahrhunderten als verflucht. Erinnert ihr euch, dass es ursprünglich ein Kloster war? Ich habe ein mittelalterliches Dokument dazu gefunden. Die Mönche, die sich dort niedergelassen hatten, waren als die *Abtrünnigen vom Heiligen Johannes* bekannt und hatten sich *abgekehret von Gottes Lobpreisung, um fürderhin den dunklen Künsten zu frönen*, was immer das heißen soll. Aber eine Gruppe Landadliger bekam bald Wind davon und brannte das Kloster nieder. Sie nahmen sich das Land des Ordens und teilten es untereinander auf.«

»Vielleicht ein Trick?«, fragte ich. »Sie haben die Mönche verleumdet, um sich das Land unter den Nagel zu reißen.«

George nickte. »Kann sein. Seither gehörten die Ländereien einer Reihe wohlhabender Familien – den Careys, den Fitz-Percys und den Throckmortons – und sie alle wurden dadurch noch wohlhabender. Das Haus selbst hat jedoch von Anfang an nichts als Ärger gebracht. Viel konnte ich darüber nicht finden, aber bereits im 15. Jahrhundert verließ ein Besitzer es wieder, weil er die *Gegenwart des Bösen* gespürt hat. Das Gebäude ist insgesamt zwei- oder dreimal abgebrannt und – jetzt kommt's! – im Jahr 1666 hat ein Ausbruch der Pest alle Bewohner dahingerafft. Scheints kam ein Gast des Wegs und fand drinnen sämtliche Bewohner des Hauses tot vor, bis auf ein verlassenes kleines Baby, das weinend in seiner Wiege lag.«

Lockwood stieß einen Pfiff aus. »Grausig. Das könnte den Geisterschwarm erklären.«

»Konnten sie das Baby retten?«, wollte ich wissen.

George konsultierte seine Notizen. »Ja. Ein Cousin hat den Kleinen adoptiert und er wurde später Lehrer. Auch kein schönes Schicksal, aber besser als der Tod. Die unheilvollen Vorkommnisse im Haus setzten sich bis in unsere Zeit fort. Es gab eine ganze Reihe tödlicher Unfälle und Fairfax' Vorgänger, ein entfernter Verwandter von ihm, hat sich erschossen.«

»Also kein Mangel an potenziellen Besuchern«, schlussfolgerte Lockwood. »Irgendeine Erwähnung dieser Seufzenden Treppe oder des berüchtigten Roten Zimmers?«

»In einem Auszug aus Corbetts *Sagen aus Berkshire.*« George blätterte eine Seite um. »Da heißt es, zwei Kinder aus dem Dorf seien bewusstlos am Fuß der *Alten Treppe* im Herrenhaus aufgefunden worden. Ein Kind starb gleich, aber das andere erholte sich so weit, dass es berichten konnte, sie seien von einem *unflätigen und dämonischen Lamentieren, einem grausamen und schrecklichen Aufschrei* heimgesucht worden.« George schlug das Ringbuch zu. »Dann starb auch dieses Kind.«

»Was bedeutet *Lamentieren*?«, fragte ich.

»Damit dürfte unser Seufzen gemeint sein.« Lockwood

starrte hinaus in die vorbeiziehende Landschaft. »Geschichten über Geschichten … was wir dringend brauchen, sind Fakten!«

George rückte mit selbstgefälliger Miene seine Brille zurecht. »Was das angeht, kann ich euch ebenfalls weiterhelfen.« Er zog zwei gefaltete Papiere aus dem Ringbuch, strich sie glatt und legte sie auf das Tischchen unter dem Abteilfenster. Auf dem ersten Blatt war der von Hand gezeichnete Plan eines weitläufigen Gebäudes mit zwei Stockwerken zu sehen. Wände, Fenster und Türen waren sorgfältig mit Tinte eingetragen und teilweise mit Anmerkungen versehen: *Große Eingangshalle*, *Bibliothek*, *Herzogzimmer*, *Lange Galerie* … Über dem Ganzen stand in Georges ordentlicher, kleiner Handschrift: *Combe Carey Hall – Westflügel*.

»Hervorragende Arbeit, George«, lobte Lockwood ihn. »Wo hast du das her?«

George kratzte sich die Knubbelnase. »Aus dem Archiv der Königlichen Bauakademie an der Pall Mall. Die haben da alle möglichen Pläne und Grundrisse. Dieser stammt aus dem 19. Jahrhundert. Seht euch die Treppe an – das reinste Ungetüm. Wahrscheinlich beherrscht sie den ganzen Eingangsbereich. Der andere Plan …«, er legte das andere Blatt obenauf, »ist viel älter, vielleicht sogar mittelalterlich. Es ist eine sehr grobe Skizze, aber sie zeigt das Gebäude, als praktisch nur noch die Ruine des ursprünglichen Klosters stand. Es war damals viel kleiner und besaß eine Menge Räume, die man offenbar abgerissen hat, als man es als Wohnhaus wieder aufgebaut hat, jedenfalls sind sie auf dem späteren Plan nicht mehr zu erkennen. Aber man sieht, dass die große Treppe schon existierte und auch die Bereiche, aus denen später die Eingangshalle und die Lange Galerie wurden. Die Galerie war ursprünglich der Speisesaal der

Mönche, das Refektorium. Auch im Obergeschoss stimmen mehrere Räume mit dem Plan aus dem 19. Jahrhundert überein. Wenn man die beiden Zeichnungen vergleicht, kann man sehen, welche Teile des Westflügels die ältesten sind.«

»Und wo die Heimsuchung vermutlich ihre Quelle hat«, setzte Lockwood hinzu. »Ausgezeichnet. In diesen Räumen beginnen wir heute Nacht mit unseren Untersuchungen. Was ist mit den anderen Informationen, um die ich dich gebeten hatte, George? Kann ich mal einen Blick drauf werfen?«

George holte einen dünnen grünen Hefter aus seiner Tasche. »Bitte sehr. Alles, was über John William Fairfax aufzutreiben war. Er hat Combe Carey Hall vor sechs, sieben Jahren übernommen. Der schlechte Ruf des Hauses hat ihn offenbar nicht abgeschreckt. Ich habe dir jede Menge Zeitungsartikel über ihn kopiert: Interviews, Kurzporträts und so weiter.«

Lockwood schlug den Hefter auf und lehnte sich in seinen Sitz zurück. »Mal sehen ... Hmm, scheint, er ist ein entschiedener Befürworter der Fuchsjagd. Liebt Jagen und Angeln ... Spendet jede Menge für wohltätige Organisationen. Ach, und er war in seiner Jugend ein begeisterter Laientheaterspieler ... Hier ist eine Kritik: *Will Fairfax glänzt als Othello* ... Alle Achtung. Aber eigentlich nicht verwunderlich. Ich finde, sein Auftreten hat heute noch etwas Theatralisches.«

»Aber was nützen uns diese Informationen?« Ich betrachtete immer noch die beiden Pläne des Herrenhauses, musterte den Schwung der Treppe und überlegte, wo wohl das Rote Zimmer sein mochte.

»Komplette Hintergrundinformationen zu einem Fall sind immer nützlich ...« Lockwood vertiefte sich in den Hefter und die Unterhaltung versiegte. Der Zug ratterte weiter vor sich hin.

Ich betastete die Vorderseite meiner Jacke, spürte den harten Umriss des kleinen Gegenstandes darunter – den Behälter mit der Kette des toten Mädchens. Wie von Lockwood gewünscht, trug ich ihn sicher um den Hals. Hoffentlich hatte er mit seiner Einschätzung recht, dass wir den Fall bald zum Abschluss bringen würden. Vorausgesetzt natürlich, wir überlebten die Nacht in Combe Carey Hall.

Am Bahnhof erwartete uns ein Wagen. An der Kühlerhaube lehnte ein junger Mann mit zerzaustem Haar und las in einer älteren Ausgabe von *Höllische Heimsuchungen*. Als wir, mit unseren Taschen beladen, auf ihn zuwankten wie drei Sherpas beim Aufstieg zum Mount Everest, ließ er die Zeitschrift sinken und musterte uns teils belustigt, teils mitleidig. Er tippte sich ironisch grüßend an die Stirn. »Mr Lockwood? Ich habe Ihre Nachricht bekommen. Ich bringe Sie zum Haus.«

Unser Gepäck wurde hinten im Wagen verstaut und mit Mühe zwängten George und ich uns auf die Rückbank. Lockwood ließ sich lässig auf den Beifahrersitz gleiten. Das Taxi bog so scharf auf die Straße ein, dass die Enten vom Dorfteich aufflatterten und ich gegen George geschleudert wurde. Ärgerlich rappelte ich mich wieder hoch. Der Fahrer pfiff vergnügt durch die Zähne, während wir durch eine von Ulmen gesäumte Allee fuhren.

»Ihr Auto ist nicht mit Eisengittern gesichert«, bemerkte Lockwood konversationshalber.

»Das ist hier nicht nötig«, entgegnete der junge Mann.

»Eine sichere Gegend? Keine Besucher hier?«

»Nö. Die tummeln sich alle im Haus.« Der Fahrer riss das Lenkrad herum, weil er einem Schlagloch ausweichen wollte. Ich landete abermals auf Georges Schoß.

George blickte auf mich herunter. »Brauchst du Hilfe? Du kannst auch liegen bleiben, wenn dir das lieber ist.«

»Nein danke. Ich komme schon klar.«

»Meinen Sie mit *Haus* Combe Carey Hall?«, fragte Lockwood. »Wir übernachten heute dort.«

»In dem erneuerten Flügel? Oder bei Bert Starkins, dem Verwalter?«

»Nein, im Haupthaus.«

Stille. Der Fahrer nahm die Hände vom Lenkrad, bekreuzigte sich, berührte das kleine Heiligenbildchen am Armaturenbrett und spuckte abergläubisch aus dem Fenster. Dann blickte er nachdenklich in den Rückspiegel. »Ihre rote Tasche gefällt mir. Da würden meine Fußballsachen prima reinpassen. Haben Sie was dagegen, wenn ich morgen mal vorbeikomme und die Tasche mitnehme? Mr Fairfax hat bestimmt keine Verwendung dafür und der alte Starkins auch nicht.«

»Tut mir leid«, erwiderte Lockwood, »aber wir brauchen sie morgen selber noch.«

»Ich komm trotzdem morgen vorbei. Fragen kostet ja nix.«

Die Straße stieg jetzt an, führte erst durch dichten Wald, dann durch einen Flickenteppich aus dunkelbraunen, von Wintergrün eingefassten Feldern.

»Waren Sie denn schon mal im Herrenhaus drinnen?«, erkundigte sich Lockwood.

»Ich bin doch nicht lebensmüde!«

»Das heißt, Sie wissen, was man sich darüber erzählt? Über die Geister, meine ich.«

Der Fahrer bog in letzter Sekunde scharf ab. Der gesamte Inhalt des Wagens wurde nach links geschleudert und mein Kopf wurde zwischen der Fensterscheibe und Georges weicher

Wange platt gedrückt. Für ein paar Sekunden hörte ich nur sein Schnaufen an meinem Ohr, und als er sich mit viel überflüssigem Gestrampel wieder aufgerichtet hatte, waren wir schon durch ein heruntergekommenes Tor gefahren und brausten eine lange, schnurgerade Auffahrt hinauf.

»... ermordet, verschwunden und nie wieder aufgetaucht«, sagte der junge Fahrer gerade. »*So* hat das alles angeblich angefangen. Jeder hier kennt die Geschichte. Ein Todesfall führte zum nächsten, und die Kette wird nicht abreißen, solange das Haus steht. Meine Mutter meint, man sollte den alten Kasten niederbrennen und die Asche mit Salz bestreuen. Aber der Besitzer lässt sich ja von keinem was sagen, so versessen ist er auf seine kleinen Experimente. Da wären wir. Macht zehn Pfund fünfzig plus zwei Pfund für das Übergepäck.«

»Sehr interessant«, sagte Lockwood. »Vor allem der erste Teil.«

Wir hielten im Wendekreis der gekiesten Auffahrt. Durch mein Fenster sah ich eine weite, parkähnliche Landschaft, bestanden mit Eichen und Buchen, und ein Stück des Sees von Fairfax' Foto. Das Gras wucherte und das Seeufer war mit struppigem Schilf beinahe zugewachsen. Aus dem Fenster auf Georges Seite erspähte ich einen mächtigen Baumstamm mit borkiger Rinde, zwei Sockel mit riesigen Steinurnen und ein Stück graue Fassade.

Lockwood unterhielt sich noch mit dem Fahrer. Ich stieg aus und half George mit dem Gepäck. Combe Carey Hall ragte abweisend vor uns auf. Die Luft war klamm und kalt.

Hoch über uns bohrten sich die hohen Schornsteine auf dem Dach wie Hörner in die Wolken. Wir standen vor dem linken Abschnitt des Herrenhauses, also vermutlich dem ältesten Teil, dem Westflügel. Die alten Steinmauern waren teilweise noch erhalten und nach oben hin mit Ziegeln ergänzt worden. Es gab zahllose Fenster aller Größen und auf unterschiedlicher Höhe, in deren Scheiben sich der graue Novemberhimmel spiegelte. Geborstene Säulen stützten ein hässliches Vordach aus Beton über der doppelflügligen Eingangstür, die man über einige geschwungene Stufen erreichte. Am Ende des Gebäudeflügels stand eine riesige uralte Esche. Ihre knochenbleichen Äste drückten sich wie gigantische Spinnenbeine gegen die Mauern.

Rechts der Eingangstreppe schloss sich der kleinere Ostflügel an. Er war ganz aus Ziegeln erbaut und erkennbar neueren Datums. Aufgrund eines Planungsfehlers standen die beiden Flügel schräg zueinander, sodass es wirkte, als strecke sich das ganze Haus heimlich und wolle mich gefangen nehmen. Es war ein hässliches, bedrückendes zusammengewürfeltes Monster von einem Gebäude und hätte mich auch dann abgestoßen, wenn ich nichts über seine Geschichte gewusst hätte.

»Zauberhaft!«, sagte Lockwood munter. »Unsere Unterkunft für die Nacht.« Er hatte erstaunlich lange angeregt mit dem Fahrer geplaudert. Jetzt überreichte er dem jungen Mann ein Bündel Scheine – eindeutig mehr als zwölf Pfund fünfzig – sowie einen verschlossenen braunen Umschlag.

»Würden Sie den bitte abliefern? Es ist wichtig.«

Der junge Mann nickte. Dann brauste das Taxi in einem Hagelschauer aus aufspritzenden Kieselsteinen röhrend davon und hinterließ eine Duftfahne aus Angstschweiß und Benzingestank. Im gleichen Augenblick kam ein älterer Mann die Vortreppe herunter.

»Was sollte das denn?«, fragte ich.

»Ach, ich hatte nur vergessen, den Brief einzuwerfen. Ich erklär's dir später.«

»Schh!«, machte George. »Das ist bestimmt der alte Starkins. *Alt* ist gar kein Ausdruck, was?«

Der Verwalter war in der Tat ein greisenhaftes, vertrocknetes Wesen, dem die Zeit längst alle Frische und allen Lebenssaft entzogen hatte. Unser Auftraggeber Mr Fairfax wirkte trotz seiner Gebrechlichkeit immer noch kraftvoll und unbeugsam, sein Verwalter dagegen ähnelte eher der Esche neben dem Haus: knorrig und verwachsen, aber sich beharrlich ans Leben klammernd. Er hatte dichtes weißgraues Haar und ein schmales Gesicht, das sich beim Näherkommen als ein Netzwerk aus tiefen Falten entpuppte und an Risse in gesprungenen Sandsteinfliesen erinnerte. Seine Kleidung zeugte von trauriger Förmlichkeit: Er trug einen altmodischen schwarz samtenen Gehrock, aus dessen Ärmeln bleiche, mit Altersflecken übersäte magere Hände ragten. Auch die Beine in der Nadelstreifenhose waren unglaublich dünn und seine Schuhe so lang und spitz wie seine Nase.

Er blieb stehen und musterte uns mit trübseligem Blick. »Willkommen in Combe Carey. Mr Fairfax erwartet Sie bereits, aber er ist momentan nicht abkömmlich. Er wird Sie aber gleich empfangen und hat mich gebeten, Ihnen in der Zwischenzeit das Anwesen und das Haus zu zeigen.« Seine Stimme klang spröde wie das Rascheln belaubter Weidenruten.

»Vielen Dank«, sagte Lockwood. »Sind Sie Mr Starkins?«

»Der bin ich. Ich kümmere mich seit nunmehr dreiundfünfzig Jahren um dieses Haus, also länger als mein halbes Leben. Ich könnte Ihnen Sachen erzählen … Kann ruhig jeder wissen.«

»Ich, ähm … sicher doch. Das ist ausgezeichnet. Wo können wir unser Gepäck abstellen?«

»Lassen Sie's einfach hier. Wer soll das Zeug schon klauen? Die Bewohner des Hauses jedenfalls nicht, die regen sich nicht vor Sonnenuntergang. Kommen Sie. Ich zeige Ihnen den Park.«

Lockwood bremste ihn. »Entschuldigung, aber wir haben eine lange Fahrt hinter uns. Gibt es … gibt es hier irgendwo eine Waschgelegenheit?«

Die Falten wurden noch tiefer, sodass die Augen des Alten beinahe darin verschwanden. »Da müssen Sie sich gedulden, junger Mann. Ich soll Sie noch nicht reinlassen. Mr Fairfax möchte Sie persönlich herumführen.«

»Es ist ein wenig dringend.«

»Dann verkneifen Sie sich's.«

»Sie könnten mir einfach den Weg zeigen.«

»Ausgeschlossen!«

»Dann muss ich leider mal kurz hinter einer dieser Urnen verschwinden. Merkt ja keiner.«

»Die Stufen hoch, durch die Eingangshalle, die kleine Tür links neben der Treppe«, sagte Starkins widerstrebend.

»Herzlichen Dank. Bin gleich wieder da!« Lockwood flitzte los.

»Wenn er sich jetzt schon fast in die Hose macht, wie will er dann heute Nacht klarkommen, wenn die Dunkelheit über die Lange Galerie hereinbricht?«, brummte der Alte.

»Äh … keine Ahnung.« Auch ich fand Lockwoods Verhalten befremdlich.

»Wir fangen schon mal ohne ihn an«, sagte Starkins. Er deutete auf den Westflügel. »Diese Mauern sind der älteste Teil von Combe Carey. Es sind die Außenmauern des ursprünglichen Klosters – hier sieht man noch eins der Kapellenfenster –, das von der ketzerischen Bruderschaft vom Heiligen Johannes erbaut wurde. Üble Burschen waren das! Es heißt, sie hätten sich von Gott abgekehrt, um …«

»… *den dunklen Künsten zu frönen*«, ergänzte ich den Satz. Starkins warf mir einen scheelen Blick zu. »Wer macht hier die Führung, Sie oder ich? Aber Sie haben ganz recht. Hier wurden die schändlichsten Rituale und Opferungen abgehalten … Man mag gar nicht daran denken. Aber es sprach sich rum und zum Schluss haben sich die Herzöge das Kloster geschnappt. Die sieben schlimmsten Übeltäter wurden in einem Brunnen ersäuft, die übrigen mitsamt dem Kloster angezündet. Ja, sie alle starben unter schrecklichem Gekreisch hinter diesen Mauern. Ich habe Ihnen übrigens die Gästezimmer im ersten Stock hergerichtet. Jedes Zimmer hat ein eigenes, modern ausgestattetes Bad.«

»Vielen Dank.«

»Gibt es den Brunnen noch?«, wollte George wissen.

»Nein. Als ich ein Kind war, konnte man hier im Hof noch den unbenutzten Brunnen sehen, aber er wurde schon vor Jahren mit Sand zugeschüttet und mit einem Eisendeckel verplombt.«

George und ich betrachteten das Gebäude eine Weile. Ich versuchte herauszufinden, welches das Fenster war, hinter dem die eindeutig übernatürliche Erscheinung auf Mr Fairfax' Foto gestanden hatte.

Im ersten und zweiten Stock entdeckte ich mehrere Fenster, die infrage kamen.

»Glauben Sie, dass es die toten Mönche sind, die das Haus heimsuchen?«, fragte ich. »Es hört sich ja fast so an.«

»Das zu beurteilen, ist nicht meine Aufgabe«, antwortete Bert Starkins. »Es könnten die Mönche sein, oder aber Sir Rufus

Carey der Wahnsinnige, der 1328 das erste Wohnhaus auf den Ruinen des Klosters errichtet hat. Da ist ja Ihr Freund mit der schwachen Blase wieder. Wird aber auch Zeit.«

Lockwood kam auf uns zugetänzelt. »Noch mal Entschuldigung«, sagte er. »Habe ich schon was verpasst?«

»Mr Starkins hat uns gerade von Rufus dem Wahnsinnigen erzählt.«

»Er trug auch den Beinamen der *Rote Herzog*, weil er feuerrotes Haar hatte und zudem viel Blut an seinen Händen klebte«, erzählte der Alte weiter. »Er soll sich im Haus eine eigene Folterkammer eingerichtet haben, wo er seine Feinde hinbrachte und …« Er unterbrach sich. »Aber das ist nichts für die zarten Ohren einer Dame.«

»Nur keine Hemmungen«, sagte George. »Sehen Sie sich Lucy doch an. Die ist so was von kaltschnäuzig … die haut nichts mehr um.«

»Ich habe tatsächlich schon einiges erlebt«, erwiderte ich zuckersüß.

Starkins brummelte: »Sagen wir mal so: Sir Rufus hat sich dort des Nachts gern mit seinen Feinden … vergnügt. Wenn sie dann ihr Leben ausgehaucht hatten, hat er ihre Schädel auf den Stufen der großen Treppe aufgereiht und Kerzen reingestellt, die dann aus den Augenhöhlen schienen.«

Der Verwalter verdrehte schaudernd die alterstrüben Augen. »So ging das jahrelang – bis sich in einer stürmischen Nacht eines der Opfer befreien konnte und Sir Rufus mit einer verrosteten Handschelle die Kehle aufschlitzte. Seither hört man die Seelen der Gefolterten heulen, jedes Mal, wenn der Geist des Roten Herzogs die Flure heimsucht. Es heißt, es klingt, als kreische die Treppe selbst.«

Wir wechselten einen vielsagenden Blick. »Hat die Seufzende Treppe daher ihren Namen?«, fragte Lockwood dann.

Der Verwalter zuckte die Achseln. »Kann schon sein.«

»Haben Sie das Geschrei denn auch schon mal gehört?«, fragte ich.

»Bloß nicht! Ich geh doch nicht nachts durchs Haus!«

»Oder kennen Sie jemanden, der es gehört hat? Vielleicht einer Ihrer Freunde?«

»Freunde?«, wiederholte Starkins, als hätte er das Wort noch nie gehört. »Freunde zu haben, ist nicht meine Aufgabe. Ich bin Verwalter. Lassen Sie uns weitergehen.«

Er wanderte mit uns einmal um das ganze Gebäude herum, wies uns auf architektonische Besonderheiten hin und gab uns einen kurzen Abriss über die vorigen Bewohner. Uns wurde bald klar, dass für ihn jeder Stein und jeder Strauch mit irgendeiner Schauergeschichte verknüpft war. Die Mönche und Sir Rufus waren nur der Anfang gewesen. Demnach waren so gut wie alle Vorbesitzer des Herrenhauses entweder irre, mies oder eine fiese Kombination von beidem gewesen. Während sie sich so durchs Leben meuchelten und folterten, waren Unzählige zu Tode gekommen.

Schon eine einzige dieser Geschichten hätte genügt, um den schlechten Ruf des Hauses zu erklären – die schiere Anzahl jedoch ließ den Zuhörer abstumpfen und am Wahrheitsgehalt des Erzählten zweifeln.

Lockwood hatte Mühe, ein skeptisches Grinsen zu unterdrücken, und George trottete gähnend und Grimassen schneidend hinterher. Ich selbst gab es bald auf, mir all die Namen und Ereignisse einzuprägen, und betrachtete lieber wieder das Haus. Mir fiel auf, dass es abgesehen vom Haupteingang keine anderen ebenerdigen Zugänge zu geben schien, abgesehen von dem modernisierten Ostflügel, den Mr Fairfax nutzte. Sein Rolls-Royce parkte vor diesem Seiteneingang. Der Chauffeur war trotz der Kälte in Hemdsärmeln und polierte die Kühlerhaube.

Hinter dem Ostflügel erstreckte sich der triste nierenförmige See. Außerdem gab es hier noch einen Rosengarten und einen runden Turm mit abgebröckelten Zinnen.

»Den hat seinerzeit Sir Lionel errichten lassen«, verkündete Bert Starkins.

»Sehr originell«, sagte Lockwood.

»Gleich kommt's!«, zischelte George mir zu.

»Von der Spitze dieses Turms hat sich im Jahre 1863 Lady Caroline Throckmorton in den Tod gestürzt«, hob der Verwalter an. »Es war ein lieblicher Sommerabend. Sie stand mit wehenden Gewändern auf der Brustwehr, ihre schlanke Gestalt zeichnete sich vor dem blutroten Sonnenuntergang ab. Die Dienerschaft gab sich die größte Mühe, sie mit der Aussicht auf Tee und Mohnkuchen wieder hereinzulocken. Vergebens. Es heißt, sie trat so leichtfüßig ins Leere, als wollte sie aus einem Omnibus aussteigen.«

»Dann ist sie doch wenigstens gelassen in den Tod gegangen«, sagte ich.

»Glauben Sie? Im Fallen hat sie die ganze Zeit geschrien und mit den Armen gerudert.«

Eine Pause trat ein. Ein Windstoß kräuselte das kalte Wasser des Sees. George räusperte sich. »Ähem … aber die Rosen sind sehr hübsch.«

»Ja … das Beet wurde angelegt, wo sie aufschlug.«

»Und ein schöner See …«

»Darin ist Sir John Carey ertrunken. Bei einem nächtlichen Bad. Er schwamm bis in die Mitte und ging dann wie ein Stein unter, heruntergezogen von der Schwere seiner Übeltaten.«

Lockwood zeigte rasch auf ein kleines, von Büschen umstandenes Häuschen. »Und hier ...?«

»Seine Leiche wurde nie gefunden.«

»Wie schrecklich. Ich meinte eigentlich, was es mit diesem Haus ...«

»Er liegt immer noch dort unten im Schlamm, zwischen Steinen und vermodertem Laub ... Verzeihung, was sagten Sie eben?«

»Das kleine Haus. Gibt es dazu auch eine schröckliche Geschichte?«

Der Alte sog nachdenklich die Wangen ein. »Nicht, dass ich wüsste«, sagte er dann.

»Gar keine?«

»Nö.«

»Sicher nicht? Kein ruchloser Eifersuchtsmord, keine grausige Selbsttötung? Nicht mal ein kleiner Dolchstich ins Herz oder so?«

Der Verwalter sah Lockwood misstrauisch an. »Wollen Sie mich etwa auf den Arm nehmen, junger Herr?«

»Das würde mir im Traum nicht einfallen.«

»Ich hab das Gefühl, dass Sie mir meine Geschichten nicht glauben.« Starkins drehte mühsam den Kopf und richtete die wässrigen Augen auf George und mich. »Und Sie beide auch nicht.«

»O doch!«, beeilte ich mich zu versichern. »Wir glauben Ihnen jedes Wort. Stimmt doch, George, oder?«

»Fast jedes.«

Bert Starkins' Miene verfinsterte sich. »Sie werden sich bald selbst davon überzeugen können, ob ich die Wahrheit gesagt habe. Jedenfalls gibt es in diesem kleinen Haus keine Geister, weil *ich* dort wohne. Ich weiß Bescheid, wie man sich lästige Besucher vom Hals hält.« Auch aus der Entfernung sah man die Eisenstäbe über die Dachrinne ragen.

Der Alte würdigte uns keines weiteren Wortes mehr. Er stakste voran, umrundete die letzte Ecke und brachte uns wieder zum Haupteingang. Dort stellten wir fest, dass jemand unser Gepäck die Stufen hochgetragen hatte. In der offenen Tür stand eine hohe, hagere Gestalt und winkte zur Begrüßung mit dem versilberten Spazierstock.

# Kapitel 19

»**Willkommen, Mr Lockwood,** willkommen!« John William Fairfax schüttelte Lockwood die Hand, George und mich bedachte er nur mit knappem Nicken. Der Fabrikant wirkte noch größer, ausgemergelter und insektenähnlicher als bei unserer ersten Begegnung. Sein dunkelgrauer Anzug schlotterte in Falten um seine mageren Gliedmaßen. »Sie sind so pünktlich, wie Sie versprochen hatten. Auch ich habe mein Versprechen gehalten. Ich habe vor zehn Minuten das Geld auf Ihr Konto überwiesen, Mr Lockwood, sodass die Zukunft Ihrer Agentur gesichert ist. Gratuliere! Wenn Sie mich jetzt bitte in meine Räumlichkeiten im Ostflügel begleiten wollen? Von dort aus können Sie wie besprochen bei Ihrer Bank anrufen. Mr Cubbins, Miss Carlyle – am Kamin in der Langen Galerie wartet ein kleiner Imbiss. Lassen Sie Ihr Gepäck ruhig hier stehen. Starkins wird sich darum kümmern.«

Lautstark weiter plaudernd ging er mit Lockwood von dannen, wobei sein Stock über den Steinfußboden klackerte.

George ging nicht gleich ins Haus, sondern trat sich erst die

Schuhe auf der Fußmatte vor der Tür ab. Auch ich blieb noch einen Augenblick stehen, aber nicht wegen meiner Schuhe. Nein, zum allerersten Mal, seit mich Jacobs als Kind unter Androhung von Prügeln in ein verfluchtes Bauernhaus gejagt hatte, missachtete ich die erste und wichtigste Grundregel.

Ich zögerte und verharrte ängstlich an der Tür.

Die Eingangshalle war ein großer quadratischer Raum mit weiß getünchten Wänden und einer gewölbten Holzdecke. Laut Georges alten Plänen war sie ein Überbleibsel des ursprünglichen Klosters und mit ihren Ausmaßen und ihrer Schlichtheit erinnerte sie tatsächlich an eine Kirche. Von ganz oben, wo sich die alten Balken trafen, blickten kleine geschnitzte Figuren mit Flügeln und langen Gewändern auf uns herab. Ihre Mienen waren unergründlich, denn die Zeit hatte ihren Gesichtszügen zugesetzt. An den Wänden hingen Ölgemälde, überwiegend Porträts vornehmer Damen und Herren aus längst vergangenen Jahrhunderten.

Bogenförmige Durchgänge auf beiden Seiten führten in die angrenzenden Räume. Direkt mir gegenüber jedoch erhob sich ein höherer Bogen fast bis zur Decke und dahinter …

… dahinter befand sich eine Treppe. Die breiten Stufen hatten tiefe Mulden von den unzähligen Füßen, die sie hinauf- und hinuntergestiegen waren, und der Stein war blank wie polierter Marmor. Die steinerne Balustrade führte bis zu einem Treppenabsatz empor, über dem ein rundes Glasfenster in die Wand eingelassen war. Durch die Scheibe glommen die letzten Sonnenstrahlen und färbten die Stufen rot.

Der Anblick der Treppe verschlug mir den Atem. Ich blieb reglos stehen – und ich lauschte.

Neben mir trat sich George stampfend die Plattfüße ab. Der

alte Starkins hievte ächzend und schnaufend die erste Tasche über die Schwelle und ließ sie auf den Boden plumpsen. Irgendwelches Personal eilte mit voll beladenen Tabletts an mir vorbei, Kuchenteller, Teetassen und Besteck klirrten. Ich hörte Lockwood lachen, als er Fairfax in einen Nebenraum folgte.

Soll heißen: Um mich herum herrschte jede Menge Lärm. Aber als ich lauschte, hörte ich etwas anderes – Stille. Die Stille des Hauses selbst. Ich spürte sie überall um mich herum, eine wachsame Stille, beinahe lauernd. Die Stille erstreckte sich die Treppe hoch, breitete sich in allen Stockwerken aus, kroch durch offene Türen und ballte sich unter einsamen Fenstern. Sie war allumfassend und unendlich. Und sie wartete auf uns, das spürte ich. Mir war, als schwebe etwas Großes, Schweres über mir, bereit, mich unter sich zu begraben.

George war mit Schuheabtreten fertig und nahm die Verfolgung der Kuchentabletts auf. Starkins plagte sich immer noch mit unserem Gepäck ab. Fairfax und Lockwood waren verschwunden.

Ich drehte mich um und warf einen Blick auf die Zufahrt und den Park. Das Tageslicht zog sich aus der winterlichen Landschaft zurück. Schatten sammelten sich in den Furchen der Felder hinter dem Park. Bald würde die Dunkelheit alles überschwemmen und die Stille im Haus würde sich regen …

Panik schnürte mir die Brust zu. Aber ich musste ja nicht hineingehen. Ich konnte immer noch umkehren.

»Na, nervös?«, fragte Bert Starkins, der mit einer Tasche auf dem Arm an mir vorbeischlurfte. »Die Kleine von Fittes hatte vor dreißig Jahren auch Muffensausen. Ich könnt's Ihnen nicht verdenken, wenn Sie sich verdrücken.« Er beobachtete mich mit mürrischem Mitgefühl.

Seine Worte brachen den Bann. Meine Lähmung war gewichen. Ich schüttelte meinen benommenen Kopf. Langsam und wie aufgezogen trat ich über die Schwelle, durchquerte die eiskalte Eingangshalle und bog in die Lange Galerie ab.

Die Galerie besaß eine Art düstere Schönheit und war auf der ganzen imposanten Länge gesäumt von zahllosen Sprossenfenstern, die sie erhellten. Der Raum stammte erkennbar aus derselben Zeit wie die Eingangshalle: die gleichen weiß getünchten Wände, die gleiche gewölbte, mit Figuren geschmückte Eichendecke, reihenweise altersbraune Ölgemälde. In einem riesigen Kamin prasselte ein Feuer. Die hintere Wand war von einem verblichenen Wandteppich bedeckt. Darauf war eine kuriose mythologische Szene dargestellt, zu der sechs dicke Engelchen, drei füllige halb nackte Frauen und ein zwielichtig aussehender Bär gehörten. Neben dem Kamin stand ein Tisch, der von den Angestellten gerade eingedeckt wurde.

George hatte sich bereits ein Törtchen geschnappt und betrachtete mampfend den Wandteppich. »Lecker«, nuschelte er. »Versuch mal die mit Vanillepudding.«

»Gleich. Ich muss erst mit Lockwood reden.«

»Gutes Timing. Da kommt er.«

Lockwood und Fairfax kamen aus der Eingangshalle herein. Lockwood gesellte sich zu uns. Seine Miene war beherrscht, aber seine Augen leuchteten.

»Hast du die Atmosphäre hier im Haus gespürt?«, fing ich an. »Wir …«

Er ließ mich gar nicht ausreden. »Wisst ihr, was? Die haben unsere Taschen durchsucht.«

»Was?!«, riefen George und ich wie aus einem Mund.

»Während ihr mit Starkins draußen wart, hat Fairfax sein Personal angewiesen, unser Gepäck zu überprüfen. Er wollte ganz sichergehen, dass wir kein Griechisches Feuer dabeihaben.«

George stieß einen empörten Pfiff aus. »Das darf er nicht!«

»Weiß ich. Schließlich haben wir ihm unser Wort gegeben.«

Fairfax stand vor dem Teetisch und wies einen seiner Angestellten zurecht, der irgendetwas falsch gemacht hatte. Er fuchtelte mit dem Arm und stampfte mit dem Stock auf.

»Und woher weißt du das?«, fragte ich mit gesenkter Stimme.

»Er hat es mir selbst gesagt. Gleich nachdem ich mit der Bank telefoniert hatte. Es war ihm überhaupt nicht peinlich! Er meinte, das hätte er bei jedem gemacht. Weil das Haus ein Baudenkmal ist und voller antiker Möbel, blablabla. In Wirklichkeit wollte er mir klarmachen: *mein Haus, meine Spielregeln*. Entweder wir spielen danach oder gar nicht.«

»An der ganzen Sache war von Anfang an irgendwas faul«, sagte George. »Was soll das? Wir dürfen keine Leuchtbomben mitnehmen, er lässt uns keine Zeit, gründlich zu recherchieren… Und dann schickt er uns in eins der angeblich schlimmsten heimgesuchten Anwesen im ganzen Land und…«

»Nicht nur *angeblich*«, unterbrach ich ihn. »Spürt ihr denn nichts? Hier überall?«

Ich sah meine Kollegen erwartungsvoll an. Lockwood nickte. »Doch. Ich spür's auch.«

»Bist du immer noch der Meinung, dass wir…«

»Mr Lockwood!« Fairfax' tiefe Stimme hallte durch den lang gestreckten Raum. »Der Tee ist so weit, nehmen Sie doch bitte Platz. Ich möchte Ihnen gern erklären, was Sie heute Abend zu tun haben.«

Der Kuchen schmeckte gut, der Tee war von Pitkin Brothers und die Wärme und das Knistern des Kaminfeuers vertrieben vorübergehend die unheilvolle Stille. Fairfax setzte sich ebenfalls an den Tisch, beobachtete uns unter schweren Lidern hervor und pries die Vorzüge des Hauses: die mittelalterlichen Gewölbedecken, die Porzellansammlung, die wertvollen Möbel, die seltenen Renaissanceporträts in der Eingangshalle und im Treppenhaus. Er kam auf den exklusiven Weinkeller zu sprechen, der sich direkt unter unseren Füßen befand, auf den mittelalterlichen Kräutergarten, den er wiederherstellen wollte, auf die Ruinen des Klosterkreuzgangs, die im See begraben lagen. Alles, was mit unserem Auftrag zu tun hatte, überging er stillschweigend, bis wir unseren Tee getrunken hatten. Dann schickte er die Angestellten hinaus und redete endlich Klartext.

»Die Zeit drängt. Starkins und ich würden uns gern verabschieden, bevor es endgültig dunkel wird. Sie haben unzweifelhaft noch Ihre eigenen Vorbereitungen zu treffen, bevor Sie mit Ihrer Arbeit beginnen können, darum fasse ich mich kurz. Wie schon gesagt, geht es um diesen Teil des Gebäudes. Aber das haben Sie vielleicht bereits gespürt.«

Er sah uns erwartungsvoll an. Lockwood, der mit dem langen, schlanken Zeigefinger eine Rosine auf seinem Teller im Kreis jagte, erwiderte verbindlich lächelnd: »Ja, die Nacht verspricht spannend zu werden, Sir.«

Fairfax lachte in sich hinein. »Das ist die richtige Einstellung. Kommen wir zum Ablauf. Nach Einbruch der Dunkelheit lasse ich Sie hier allein. Der Haupteingang bleibt die ganze Nacht unverschlossen, falls Sie genötigt sind, aus dem Gebäude zu fliehen. Zusätzlich führt auf jedem Stockwerk eine Eisentür zu meiner Wohnung im Ostflügel. Diese Türen bleiben verschlossen, aber im Notfall rütteln Sie einfach daran, dann komme ich Ihnen zu Hilfe. Hier im Westflügel gibt es aufgrund der übernatürlichen Einflüsse Probleme mit elektrischen Geräten, aber wir stellen Ihnen ein Telefon in die Eingangshalle, das mit Starkins' Wohnung verbunden ist. Alle sonstigen Zimmertüren – bis auf eine Ausnahme – bleiben ebenfalls unverschlossen. Sie können sich also frei bewegen. Was die Ausnahme betrifft …«, er klopfte auf die Brusttasche seines Jacketts, »… so trage ich den Schlüssel bei mir und werde ihn Ihnen nachher aushändigen. So weit noch Fragen?«

»Es wäre hilfreich, wenn Sie uns noch den Bereich zeigen könnten, der besonders betroffen ist«, sagte Lockwood. »Aber natürlich nur, wenn dafür noch Zeit ist.«

»Selbstverständlich. *Starkins!*« Für sein Alter konnte Fairfax erstaunlich laut brüllen. Sein noch älterer Verwalter rang im Herbeieilen die knochigen Hände. »Boris und Karl sollen das Telefon aufstellen«, sagte Fairfax. »Ich führe Mr Lockwood so lange durchs Haus.« Als der Verwalter unter Verbeugungen abgezogen war, fuhr Fairfax fort: »Ich halte große Stücke auf Starkins, aber er ist ein fürchterlicher Angsthase. Er würde sich um diese Uhrzeit niemals nach oben wagen, dabei ist die Sonne noch gar nicht untergegangen. Aber ich denke, seine Vorsicht hat ihn so lange am Leben erhalten. Gehen wir!«

Wir standen auf und folgten Fairfax durch den Raum. Vor einer Tür gegenüber dem Kamin blieb er stehen. »Hier geht es zu den Räumen auf der Gartenseite, zum Empfangssalon, zum Wintergarten und zu den Küchenräumen. Auch dieser Teil des Hauses ist alt, aber nicht so alt wie die Galerie, die noch aus der Erbauungszeit des Klosters stammt. Früher gelangte man von hier aus in verschiedene Nebengebäude, aber sie wurden vor langer Zeit abgerissen.« Er deutete auf die Wand mit dem Wandteppich. »Heute ist das Haus dort zu Ende.«

Er führte uns zurück in die Eingangshalle und dort zu einem der Durchgänge. Dahinter lag ein quadratischer, mit Teppichen ausgelegter Raum, der von deckenhohen Bücherregalen verdunkelt wurde. In die hintere Wand war eine beschlagene Metalltür eingelassen. Unbequem aussehende, moderne Stühle aus Eisenrohr und Leder standen vor ein paar Studiertischen. Eine Wand war über und über mit gerahmten Fotos bedeckt, überwiegend Schwarz-Weiß-Aufnahmen. Das größte Bild, das den Ehrenplatz in der Mitte innehatte, zeigte einen ernst dreinblickenden jungen Mann. Er trug ein altmodisches Wams mit Halskrause und eine Strumpfhose und schien in die Betrachtung eines fleckigen Totenschädels versunken.

Lockwood trat vor das Foto. »Sagen Sie, Sir, das sind doch Sie, oder?«

»Ganz recht. Als junger Mann habe ich den Hamlet gegeben. Ich habe die meisten männlichen Shakespeare-Rollen gespielt, aber der Dänenprinz war meine Lieblingsrolle. *Sein oder nicht sein* … hin- und hergerissen zwischen Leben und Tod … Man soll sich ja nicht selbst loben, aber ich war wirklich gut. Also denn: Dies ist die Bibliothek, wo ich bei meinen Besuchen den Großteil meiner Zeit verbringe. Mein Vorgänger hatte keinen Sinn für gute Literatur, also habe ich meine eigene Sammlung hergebracht und den Raum renoviert. Wenn ich durch die Tür dort hinten trete, bin ich sofort in meinen gesicherten Privaträumen. Die Möbel stammen natürlich aus meiner eigenen Firma, sie halten Geister fern.«

»Wirklich ein schöner Raum, wenn ich das anmerken darf«, sagte Lockwood.

»Sie dürften während Ihres Einsatzes nicht viel Gelegenheit haben, sich hier aufzuhalten«, erwiderte Fairfax.

Wir kehrten in die Eingangshalle zurück, wo Starkins soeben ein altmodisches schwarzes Telefon auf ein Tischchen neben eine bemalte Vase stellte. »Die Quelle der Heimsuchung befindet sich zweifelsohne im ältesten Teil des Hauses. Also in der Eingangshalle, der Langen Galerie oder höchstwahrscheinlich oben. Hoppla – passen Sie doch auf!« Zwei Angestellte entrollten gerade das Telefonkabel neben dem Tisch. »Die ist aus der Han-Dynastie! Haben Sie eine Ahnung, wie wertvoll die ist?«

Fairfax schimpfte weiter, aber ich hörte nicht mehr hin. Ich schlenderte durch die Eingangshalle und lauschte mit all meinen Sinnen, aber in der wachsamen Stille war nur mein eigener Herzschlag zu spüren. Vor mir schwang sich die große Treppe zum ersten Absatz empor und verschmolz weiter oben mit der Dunkelheit. In jede zweite Geländersäule waren seltsame Geschöpfe mit Schuppen und Hörnern gemeißelt, die alle eine kleine Sockelplatte in den Klauen hielten.

George kam zu mir und murmelte: »Hörst du was?«

»Eher im Gegenteil. Es ist alles wie zugedeckt.«

»Wie ich sehe, bewundern Sie die berühmte Seufzende Treppe!« Fairfax hatte sich wieder zu uns gesellt. »Sehen Sie die Drachen auf den Balustern? Auf den Sockelplatten soll damals der Rote Herzog die Schädel seiner ermordeten Feinde zur Schau gestellt haben. Wer weiß, vielleicht können Sie die Geschichte ja morgen früh bestätigen. Wobei ich um Ihretwillen hoffe, dass Sie die Treppe nicht schreien hören.«

*Tock-tock-tock*, stieg er auf seinen Stock gestützt die Stufen hoch. Wir folgten ihm in schweigender Prozession und öffneten uns dabei unseren Wahrnehmungen. Ich ließ die Hand über das

Geländer gleiten und versuchte lauschend, irgendwelche übernatürlichen Spuren zu entdecken.

So schritten wir unter dem Fenster entlang, durch das die letzten Strahlen der Abendsonne auf uns fielen, erklommen den nächsten Treppenabschnitt und erreichten schließlich auf halber Höhe einen breiteren Absatz. Ein dunkelroter Läufer und eine rote Vliestapete schluckten jeden Laut. Es roch hier oben eigenartig süßlich, wie schwerer tropischer Blumenduft mit einem Hauch von Verwesung. Ein langer, breiter Flur, an den ich mich noch von Georges Plänen erinnerte, führte, der Flucht des Hauses folgend, von Osten nach Westen. Auf beiden Seiten reihten sich Türen aneinander. Manche standen halb offen und ich erhaschte einen Blick auf dunkle Möbel, Ölgemälde und Spiegel in wuchtigen Goldrahmen. Fairfax schenkte alldem keine Beachtung. Ohne nach rechts und links zu schauen, stapfte er den Flur entlang und blieb erst vor der Tür am westlichen Ende stehen.

Ob es nun vom Treppensteigen kam oder von der muffigen Luft hier oben, jedenfalls atmete er schwer.

»Hinter dieser Tür«, sagte er nach einem Augenblick, »befindet sich der Raum, von dem ich Ihnen erzählt habe. Das Rote Zimmer.«

Es war eine schwere Holztür, geschlossen und verriegelt, nicht viel anders als all die anderen, an denen wir vorbeigekommen waren. Bis auf das Zeichen, das sie trug. Jemand hatte irgendwann ein großes, schiefes X in die mittlere Türfüllung gehackt. Eine Kerbe war kurz, die andere lang, beide waren mit Gewalt tief ins Holz getrieben worden.

Fairfax stützte sich auf seinen Stock. »Hören Sie gut zu, was ich Ihnen jetzt sage, Mr Lockwood. Weil dieses Zimmer besonders gefährlich ist, bleibt es immer verschlossen. Ich möchte Ihnen nun den Schlüssel aushändigen.«

Er machte eine große Sache daraus, klopfte seine sämtlichen Anzugtaschen umständlich ab und kramte in einer nach der anderen herum. Schließlich kam der Schlüssel zum Vorschein: Klein und golden hing er an einem dunkelroten Band. Lockwood nahm ihn nonchalant entgegen.

»Ich gehe davon aus, dass die Heimsuchung in diesem Raum ihre Quelle hat«, fuhr Fairfax fort. »Ob Sie sich selbst davon überzeugen wollen, bleibt Ihnen überlassen. Sie müssen das Zimmer nicht betreten. Sie werden sicherlich auch schon von hier draußen spüren, dass ich recht habe.«

Mag sein, dass er noch mehr dazu sagte, aber ich war vollauf damit beschäftigt, das zarte eindringliche Raunen auszublenden, das die Stille des Hauses plötzlich brach. Die raunenden Stimmen waren ganz nah und sie gefielen mir überhaupt nicht. Aus dem Augenwinkel sah ich, dass Lockwood aschfahl geworden war. Sogar George war blass um die Nase und klappte seinen Kragen hoch, als fröstelte ihn.

* * *

Das Telefon in der Eingangshalle war endlich neben der Vase installiert. Sein Kabel schlängelte sich über die Bodenfliesen bis zu einer Buchse in der Bibliothek. Die Männer waren verschwunden. Nur der alte Bert Starkins wartete noch füßescharrend neben der Haustür, eine Silhouette im Halbdunkel, begierig, seinen Kollegen zu folgen.

»Noch zehn Minuten, Sir!«, rief er seinem Arbeitgeber zu.

Fairfax sah uns fragend an. »Mr Lockwood?«

»Zehn Minuten geht in Ordnung. Länger brauchen wir nicht.«

Wir räumten schweigend unter den hohen, schmalen Fenstern der Galerie unsere Taschen aus, suchten die Ausrüstung zusammen, befestigten sie und zogen die Gurte stramm. Weil wir die Leuchtbomben zu Hause gelassen hatten, hatten wir die übrige Ausrüstung ein bisschen aufgestockt.

Ich trug meinen Degen am Gürtel, dazu eine Taschenlampe samt Reservebatterien, drei Kerzen plus Feuerzeug und Streichhölzern, fünf kleinere Silberplomben, drei Tüten Eisenspäne, drei Salzbomben, drei Fläschchen Lavendelwasser, mein Thermometer und mein Notizbuch samt Stift. Quer über meine Brust spannte sich wie eine Schärpe ein zweiter Gurt, der mit einer Doppelreihe Plastikdosen bestückt war. Jedes Behälterpaar enthielt jeweils zweihundertfünfzig Gramm Eisenspäne und zweihundertfünfzig Gramm Salz. Obendrein trug ich eine zwei Meter lange, aufgerollte Eisenkette über der Schulter, die mit Luftpolsterfolie umwickelt war, damit sie nicht so klirrte. Und zu guter Letzt hatte ich in der Jackentasche ein Päckchen Notproviant: einen Energydrink, zwei Brote und einen Schokoriegel. Die Thermosflasche mit dem heißen Tee, die längeren Ketten und größeren Plomben waren in einer großen Tasche verstaut.

Außer meinen üblichen Sachen hatte ich Thermohandschuhe, eine Thermoweste und entsprechende Leggings sowie ein zusätzliches Paar dicke Socken übergezogen. Für die Mütze war es noch nicht kalt genug, darum stopfte ich sie in die Tasche. Außerdem trug ich natürlich den Behälter mit Annie Wards Kette um den Hals.

Meine Kollegen waren ähnlich ausstaffiert. Lockwood hatte außerdem noch seine dunkle Brille in die Brusttasche seines Mantels gesteckt. Die Waffengurte waren schwer und hinderlich, aber dafür trug jeder von uns genug Eisen bei sich, um sich im Notfall auch allein verteidigen zu können. Falls wir getrennt wurden, konnte sich jeder seinen eigenen Bannkreis ziehen. In unseren Reisetaschen hatten wir außerdem noch doppelreihige, fünf Zentimeter dicke Ketten, die selbst den stärksten Besuchern standhielten, aber die würden wir vermutlich gar nicht brauchen.

Wir waren fertig. Das Licht vor den Fenstern war fast verloschen. Drüben im Kamin tanzten nur noch vereinzelt kleine orangefarbene Flämmchen. Dunkelheit kroch über die hohe Decke der Langen Galerie und sammelte sich in den Winkeln und Windungen der mächtigen Steintreppe. Und wenn schon! Der Tag war um, die Nacht brach an und die Besucher des Herrenhauses erhoben sich, aber das Team von Lockwood & Co. war bestens gerüstet. Wir hielten zusammen und würden uns nicht bange machen lassen.

»Das wär's dann wohl«, sagte Fairfax. Er stand neben Starkins an der Tür. »Morgen früh um neun komme ich wieder her und erwarte Ihren Bericht. Noch irgendwelche Fragen?«

Er schaute uns nacheinander auffordernd an. Lockwood stand mit der Hand auf dem Degenknauf da, seine Lippen umspielte das übliche leise Lächeln, so entspannt, als wartete er nur auf das nächste Taxi. Neben ihm stand George – so aufreizend gleichgültig wie immer, blinzelte er hinter seinen runden Brillengläsern hervor, die Hose fast bis zur Brust hochgezogen, damit sie dem Gewicht des schweren Gürtels trotzte. Und ich … Was für ein Bild gab *ich* wohl in diesen letzten Minuten ab? Hoffentlich ein gutes. Hoffentlich sah man mir meine Angst nicht an.

»Noch Fragen?«, wiederholte Fairfax.

Wir antworteten nicht. Wir warteten darauf, dass er endlich die Klappe hielt und ging.

»Dann bis morgen!« Er hob theatralisch die Hand zum Abschiedsgruß. »Viel Glück!« Er nickte seinem Verwalter zu und ging die Vordertreppe hinunter. Starkins zog die Haustür hinter sich zu. Einen Augenblick lang rahmten die mächtigen Türflügel seine gebeugte Gestalt ein, die sich wie ein knorriger Galgenbaum vor der Abenddämmerung abzeichnete, dann fielen sie krachend ins Schloss. Der dumpfe Widerhall pflanzte sich durch die Eingangshalle und die angrenzenden Räume fort und schien in den staubigen Fluchten des Hauses nicht verebben zu wollen.

»Wär das nicht lustig, wenn Fairfax seinen Stock vergessen hätte?«, sagte George. »Dann müsste er noch mal wiederkommen und ihn holen und der ganze schöne Effekt wäre im Eimer.«

Lockwood und ich gingen nicht darauf ein. Das dumpfe Echo war endlich verstummt und die lauernde Stille schlug über uns zusammen wie Wasser in einem tiefen Brunnenschacht.

# Kapitel 20

»Das Wichtigste zuerst«, sagte Lockwood. »Ihr wartet hier.«

Unter den Blicken der längst verblichenen Vorbesitzer von Combe Carey durchquerte er die Eingangshalle, öffnete eine kleine Tür neben der Treppe und verschwand. Stille. George und ich sahen einander fragend an. Es plätscherte. Wieder Stille. Das Rauschen einer Toilette. Lockwood kam wieder zum Vorschein, trocknete sich die Hände am Mantel ab und schlenderte lässig auf uns zu. »Jetzt fühl ich mich wohler«, verkündete er. Unter seinem Arm klemmte ein feucht glänzendes Paket.

»Was hast du da?«, fragte George.

Lockwood hielt das Paket triumphierend in die Höhe. »Sieben Stück der stärksten Leuchtbomben, die man bei Satchell kaufen kann!«, sagte er. »Befestigt sie an euren Gürteln wie sonst auch und dann kann's losgehen.« Er riss das Klebeband und die nasse Plastikhülle ab. Zwei silbrig glänzende Behälter fielen heraus.

»Lockwood«, setzte George verdutzt an, »wo hast du …«

»Du hattest die Bomben unter dem Mantel versteckt!«, rief ich. »Du hast sie versteckt, als wir ankamen. Während wir mit Starkins draußen warteten.«

Er lächelte und seine Zähne blitzten im Halbdunkel auf. »Kluges Mädchen«, sagte er grinsend. »Ich hatte sie im Futter meines Mantels befestigt. Sobald wir hier waren, hab ich mich auf die Toilette verdrückt und sie im Spülkasten versteckt. Halt die Hände auf, Lucy.«

Ich nahm erfreut die beiden Leuchtbomben in Empfang und befestigte sie an der vorgesehenen Stelle an meinem Gürtel. Lockwood zog zwei weitere hervor und gab sie George.

»Ich hatte vermutet, dass Fairfax uns filzt oder vielleicht unsere Ausrüstung überprüft«, fuhr Lockwood fort, »und ich wollte, dass sie vorher außer Sichtweite und in Sicherheit sind. Ich muss aber zugeben, dass ich nicht erwartet hatte, dass er unser Gepäck heimlich durchsuchen lässt, sobald wir ihm eine Sekunde den Rücken kehren. Aber das zeigt nur, was für ein Mensch er ist.«

»Was ist er denn für ein Mensch?«, fragte George, während er die Behälter in seinen Händen anstarrte.

»Ein grässlicher. Das sieht man auf den ersten Blick. Und noch zwei Stück für mich ...«

Ich schüttelte den Kopf und sagte staunend: »Wenn er das jemals rauskriegt ...!«

»Ach was.« Lockwood hatte wieder sein Wolfsgrinsen aufgesetzt. »Es bereitet mir nun wirklich keine schlaflosen Nächte, dass ich ihn hintergangen habe. Wenn er unbedingt die Bedingungen diktieren muss, braucht er sich nicht zu wundern, wenn wir sie ein bisschen zu unseren Gunsten abändern.«

»Ich mache dir doch gar keine Vorwürfe«, sagte George. »Das

hast du toll hingekriegt. Aber wenn wir hier auch nur ein antikes Stuhlbein ankokeln, zahlt uns Fairfax den zweiten Teil des Geldes nicht. Beziehungsweise wird er es machen wie die Hopes und uns verklagen. Dann stehen wir genauso blöd da wie vorher.«

»Na und? Klar verklagt er uns dann. Aber dafür rettet uns das Griechische Feuer womöglich das Leben. Habt ihr schon vergessen, was aus dem letzten Agententeam geworden ist, das die Nacht hier verbracht hat? *Uns* wird man nicht mausetot auf dem Fußboden finden! Womit wir bei Bombe Nummer sieben wären ...«

Er schüttelte die Verpackung und eine letzte, größere Röhre rollte heraus. Wie die anderen trug sie das Firmenlogo der Firma Sunrise, aber die Papierhülle war nicht weiß, sondern dunkelrot. Aus einem Ende ragte eine lange Zündschnur.

»Das neueste Modell«, erklärte Lockwood und befestigte die Leuchtbombe an seinem eigenen Gürtel. »Der Typ bei Satchell meinte, dass die Leute von Fittes und Rotwell diese Bomben gern bei größeren Ansammlungen von Geistern einsetzen – Blitzkriegsverschüttete, Seuchenopfer oder so. Wenn das Ding hochgeht, verschießt es Silber, Eisen und Magnesium gleichzeitig. Und zwar mit einem mächtigen Wumms, wir müssen also ordentlich Abstand halten. Ich hoffe, die Bombe ist ihr Geld wert, teuer genug war sie jedenfalls. So ... und wohin jetzt mit dem Müll?« Er knüllte die feuchte Verpackung zusammen und stopfte sie kurzerhand in die wertvolle Han-Vase. »Erledigt. An die Arbeit.«

Wir wählten die Bibliothek als unsere Basisstation. Der Raum lag sowohl nah an der Haustür als auch an einer der Verbindungstüren zum Ostflügel, und die Stahlrohrsessel würden jede

Besucheraktivität abmildern. Wir schleppten unsere Taschen hinein und stellten eine batteriebetriebene Lampe auf einen Tisch. Lockwood dimmte das Licht herunter.

»Wir haben uns ja vorhin schon kurz umgeschaut. Ist jemandem etwas aufgefallen?«

»Hier wimmelt es nur so von Geistern«, sagte ich.

George nickte zustimmend. »Vor allem …«

»Im Flur vor dem Roten Zimmer, stimmt's?«

»Stimmt.«

»Hast du etwas gehört, Lucy?«

»Meinst du in dem Flur? Raunende Stimmen. Verstehen konnte ich nichts, aber die Stimmen klangen irgendwie … irgendwie boshaft. Im übrigen Haus war alles ruhig. Aber ich *weiß*, dass diese Stille im Lauf der Nacht gebrochen wird.« Entschuldigend setzte ich hinzu: »Das klingt nicht besonders logisch, oder?«

»Doch, doch«, sagte Lockwood. »Geht mir ganz ähnlich. Ich spüre überall Todesschein, aber ich kann ihn noch nicht richtig sehen. Was ist mit dir, George?«

»Ich bin nicht so sensibel wie ihr beide, aber mir ist trotzdem etwas aufgefallen.« Er hakte sein Thermometer vom Gürtel und hielt es uns hin. »Als wir vorhin mit Fairfax hier in der Bibliothek waren, betrug die Temperatur sechzehn Grad. Jetzt ist sie schon auf dreizehn gefallen. Ziemlich schnell.«

»Sie wird noch viel weiter fallen«, sagte Lockwood. »Aber lasst uns systematisch vorgehen. Wir notieren die Temperaturunterschiede und unsere Wahrnehmungen. Zuerst im Erdgeschoss inklusive der Treppe, dann war der Keller dran. Danach machen wir eine Pause. Anschließend: die übrigen Stockwerke. Die Nacht ist lang und das Haus ist groß. Wir bleiben zusammen. Keiner macht sich selbstständig. Unter keinen Umständen! Wenn einer aufs Klo muss, begleiten ihn die anderen. Ganz einfach.«

»Für mich dann bitte keinen Tee mehr«, sagte ich.

* * *

Das Haus wimmelte tatsächlich von Geistern, und es dauerte nicht lange, bis sich die ersten bemerkbar machten.

Dank der Möblierung gab es in der Bibliothek relativ wenige übernatürliche Spuren, doch als wir die Lampe ausknipsten und im Dunkeln standen, entdeckten wir selbst hier kleine, hin und her huschende Lichtflecken und -strahlen. Die Lichter waren zu schwach und zu flüchtig, um zu einer richtigen Manifestation zu verschmelzen, aber es handelte sich zweifelsfrei um Ektoplasma. Gemäß den Anweisungen im *Leitfaden* maß George in allen vier Ecken und in der Mitte des Raumes die Temperatur und trug die Werte auf dem Grundriss ein. Ich gab ihm dabei mit gezücktem Degen Rückendeckung. Dann setzten Lockwood und ich unsere Gaben zur weiteren Überprüfung des Zimmers ein. Ohne großen Erfolg. Die Stille senkte sich wie eine Decke über meine Ohren. Lockwood meldete ein paar ältere Rückstände von Todesschein, aber die geschmacklosen Theaterfotos an der Wand schien er spannender zu finden. Wir knipsten die Lampe wieder an.

Dann kam die Eingangshalle an die Reihe. Hier maß George eine Durchschnittstemperatur von nur elf Grad. Die Ektoplasmarückstände waren spürbar stärker und tanzten wie Glühwürmchen um uns herum. Über dem Fußboden waberten erste Fetzen grünlichen Geisternebels, aber so schwach, dass man ihn auch mit zusammengekniffenen Augen kaum erkennen konnte.

Er kroch dicht über den Boden und sammelte sich in den Ecken.

Auch die anderen Phänomene nahmen Fahrt auf. Wenn ich mich konzentrierte, hörte ich am Rande meiner Wahrnehmung ein dumpfes, atmosphärisches Knistern wie von einem Radio. Es erstarb und schwoll regelmäßig wieder an, ergab aber nie ein eindeutiges Geräusch. Aus irgendeinem Grund irritierte mich das. Ich versuchte es auszublenden.

In der Zwischenzeit hatte Lockwood drei Todesscheine ausgemacht, alle beunruhigend hell.

»Glaubst du, sie stammen aus neuerer Zeit?«, fragte ich.

Lockwood nahm seine dunkle Brille ab und steckte sie wieder weg. »Entweder das oder hier ist früher mal etwas ganz Grässliches geschehen. Unmöglich zu bestimmen.«

Die große Treppe selbst lieferte erstaunlich wenig Ergebnisse. George maß alle paar Stufen die Temperatur und errechnete anschließend den Durchschnittswert, der sich aber nicht von der Temperatur in der Eingangshalle unterschied. Ich erspürte keinen Unterschied bei den unterschwelligen Geräuschen und hörte ganz sicher kein Seufzen. Als ich behutsam mit der Hand über das Steingeländer fuhr, nahm ich lediglich ein starkes Unbehagen wahr, das offen gestanden meinen eigenen Empfindungen entsprach.

In der Langen Galerie verlor sich die hintere Wand in der Dunkelheit und es herrschte Eiseskälte. Das vormals lodernde Kaminfeuer war zu einem schwachen Flämmchen geschrumpft, es zitterte und flackerte, erlosch aber nicht. George blickte auf sein Thermometer. »Acht Grad. Tendenz fallend.«

»Ich spüre erste Anzeichen einer Maladigkeit«, sagte ich. »Ihr auch?«

Meine Kollegen nickten. Ja, jetzt ging es los. Die wohlbekannte Mutlosigkeit, die einem das Herz schwer wie Blei werden lässt, sodass man sich nur noch zusammenrollen und die Augen schließen möchte …

Wir gingen gemeinsam weiter in den Raum hinein, die Hände an den Degen.

Die Mutlosigkeit steigerte sich zu lähmender Verzweiflung, als wir voranschritten, am Teetisch und dem Kamin vorbei, dem Wandbehang am entfernten Ende der Galerie entgegen. Die Temperatur fiel rapide. Geisternebel züngelte um unsere Knöchel und schwappte gegen die Sofas. Als wir uns umdrehten, ließen sich die ersten Erscheinungen blicken, verschwommene Umrisse mitten in der Eingangshalle.

Geister vom Typ Eins haben die Besonderheit, dass man sie am deutlichsten wahrnimmt, wenn man sozusagen knapp an ihnen vorbeischaut. Aber auch dann erahnt man nur einen grobkörnigen Schatten, der gleich wieder verschwindet, wenn man ihn richtig fixieren will. Zwei waren klein wie Kinder, der dritte war erwachsen, darüber hinaus konnte man nichts über sie sagen.

Wir versuchten sie nicht zu beachten, gaben uns gegenseitig Rückendeckung und widmeten uns der hinteren Wand. Hier war es noch kälter. Lockwood hob eine Ecke des Wandteppichs an und spähte dahinter.

»Hatte ich auch schon überlegt«, sagte George. »Und?«

Lockwood ließ den Teppich zurückfallen. »Nur Mauer. Aber eiskalt ist es hier.«

»Knapp sechs Grad, eher fünfeinhalb. Los, weiter.«

Als wir auch die übrigen Räume abgegangen und zur Treppe zurückgekehrt waren, hatten wir eine ganze Reihe unheimlicher Geräusche und Gerüche dokumentiert – die nicht alle von George stammten. Kein anderer Ort hatte sich als so kalt oder mit so einer beklemmenden Atmosphäre ausgestattet erwiesen wie die Lange Galerie, auch wenn sich übernatürliche Phänomene über den gesamten Westflügel erstreckten. Das bösartige statische Rauschen war lauter geworden. Lockwood hatte mehrfach Todesscheine ausgemacht und weitere Geister waren aufgetaucht. Sie kamen uns allerdings nie nahe, sondern materialisierten sich immer an den entferntesten Enden der Korridore, Stellen, die wir eben verlassen hatten oder gerade ansteuerten. Einzelheiten konnten wir nicht ausmachen, aber einige waren eindeutig Kinder. Ansonsten zeigten sie die für Typ Eins charakteristischen Merkmale: reaktionsarm, friedlich, ein bisschen traurig.

»Das ist doch Pillepalle«, sagte George, als wir dem schwachen Lichtschein von Lockwoods Kerze die Kellertreppe hinunterfolgten. »Schemen, Lauerer, Waberer … Alles nur nebensächliche Erscheinungen, die sich in der Nähe der eigentlichen, ernsthaften Heimsuchung herumtreiben. Nichts von dem, was wir bisher gesehen haben, scheint die Quelle zu sein. Wir sind noch nicht mal in ihre Nähe gekommen, wenn man von dem kalten Bereich vor dem Wandteppich mal absieht. Und ihr wisst ja, welcher Raum direkt darüberliegt, oder?«

Ich blieb die Antwort schuldig. Seit über einer Stunde hatte keiner von uns das Rote Zimmer angesprochen, dabei war uns allen dreien klar, dass unsere Nachforschungen uns früher oder später genau dorthin führen würden.

Im Kellergeschoss war es stockdunkel und zog eklig. Die Kerze erlosch augenblicklich, sodass wir zu den Taschenlampen greifen mussten. Ihr Licht beschien ein Labyrinth aus kleinen Gewölbegängen, grauem Stein, antiken Säulen und einen unebenen Steinfußboden, über den Geisternebel wogte. Manche der kleinen Alkoven waren mit kaputten Weinfässern und Flaschenregalen gefüllt, die übrigen enthielten Kaminholz, Gerümpel, Spinnweben und Ratten. Je weiter wir in den Keller vordrangen, desto dichter wurden die Spinnweben und desto heller wurde der Geisternebel. Die Temperatur sank beständig.

Der hinterste Raum war eine Sackgasse, er endete vor einer Mauer.

»Hier ist es genauso wie oben«, sagte George und trug etwas in den Grundriss ein, während ich die Taschenlampe hielt. Lockwood hielt mit dem Degen neben uns Wache. »Wir stehen direkt unter dem Ende der Langen Galerie und auch hier ist es auffallend kalt. Fünf Grad – der niedrigste Wert im ganzen Kellergeschoss. Und seht euch die Spinnweben da oben an! Diese Wand ist … He!«

Lockwood hatte uns unsanft weggestoßen und hieb mit seinem Degen in die Luft. Als die Spitze die Mauer traf, sprühten gelbe Funken auf.

»Mist! Daneben! Jetzt ist er weg.«

Auch ich hatte meine Waffe gezogen. George dagegen hatte unter der Last seines Rucksacks und der schweren Ketten das Gleichgewicht verloren und war auf den Hintern geplumpst. Wir schauten uns beide hektisch um. Der Strahl meiner Taschenlampe malte wilde Kreise in die Dunkelheit, was den Eindruck hervorrief, als ob sich die Wände um uns drehten.

»Was war das, Lockwood?«, fragte ich.

Er strich sich schwer atmend das Haar aus den Augen. »Hast du ihn denn nicht gesehen?«

»Wen denn?«

»Er stand da. Direkt neben dir. Mann, war der schnell.«

*»Lockwood ...«*

»Ein Mann. Er glitt plötzlich aus der Wand, aber nur das Gesicht und eine Hand. Es sah aus, als wolle er dich packen, Lucy. Ich glaube, es war ein Mönch. Sein Kopf war oben kahl. Sein Haar war in so eine Tonsir geschnitten.«

»Tonsur«, meldete sich George vom Fußboden.

»Tonsir, Tonsur, ist doch egal. Sah fies aus, der Bursche.«

Wir gingen wieder nach oben. Die Nebelschwaden waren ein Stückchen in die Bibliothek vorgedrungen, aber die Lampe brannte noch und die Erscheinungen hielten Abstand. Lockwood drehte das Licht ein bisschen hoch. Wir nahmen die Ketten von den schmerzenden Schultern, packten unsere Flaschen und den Proviant auf Fairfax' Bibliothekstisch und ließen uns schweigend nieder. Es war kurz nach zweiundzwanzig Uhr.

Schon seit einer ganzen Weile verspürte ich einen kalten Druck auf der Brust, und ich nutzte die Gelegenheit, den Silberglasbehälter hervorzuholen. Ein zarter blauer Schimmer drang daraus hervor. Es war das erste Mal, dass der Schmuck des toten Mädchens fluoreszierte. Das hieß, dass ihr Geist noch aktiv war. Vielleicht reagierte er auf die vielen anderen Besucher hier im Haus, aber das Leuchten konnte genauso gut eine andere Ursache haben. Bei Geistern ist man leider meistens aufs Raten angewiesen. Auch fünfzig Jahre nachdem das Problem aufgetaucht war, blieben noch viele Fragen offen.

George hatte die Hauspläne auf seinen knubbeligen Knien ausgebreitet, las sich die Eintragungen durch und klopfte dabei mit dem Stift gegen seine Schneidezähne – ein Geräusch, das mich fürchterlich nervte. Lockwood aß seinen letzten Keks, stand auf und begutachtete mit der Taschenlampe in der Hand die Bücherregale. Draußen in der dunklen Eingangshalle erschien ein einzelner Geist, flackerte kurz auf und verschwand wieder.

»Ich hab's!«, sagte George plötzlich.

Ich steckte den Behälter wieder weg. »Was denn?«

»Die Quelle. Ich weiß, wo sie ist.«

»Das wissen wir ja wohl alle. Im Roten Zimmer.« Es war ohnehin an der Zeit, dass das Thema zur Sprache kam, denn nach der Pause war das Obergeschoss dran.

»Kann sein«, sagte George, »muss aber nicht.« Er hatte die Brille abgesetzt und rieb sich müde die Augen. Als er die Brille wieder aufsetzte, war er wie verwandelt. Es ist wirklich komisch mit George. Ohne Brille wirken seine Augen klein und kurzsichtig, blinzeln ein bisschen verdutzt, wie die Augen von einem nicht sehr klugen Schaf, das sich verlaufen hat. Mit Brille wird sein Blick auf einmal scharf und unbestechlich, und er erinnert eher an einen Adler, der nicht sehr kluge Schafe zum Frühstück verspeist. Genau so sah er uns jetzt an. »Mir ist eben was aufgefallen«, verkündete er. »Die alten Pläne belegen es eindeutig und unsere Wahrnehmungen bestätigen es auch. Guckt mal hier.«

Er legte die beiden Grundrisse nebeneinander auf den Tisch.

»Das hier ist die Skizze der mittelalterlichen Klosterruine. Hier sieht man das Refektorium, aus dem später die Lange Galerie wurde. Die Räume im Obergeschoss waren die Schlafräume der Mönche. Nur noch ein Einziger ist erhalten – das sogenannte Rote Zimmer.«

»Hörst du überhaupt zu, Lockwood?«, fragte ich.

»Äh … doch …« Lockwood stand wieder vor der Fotowand. Er hatte ein großes Buch aus dem Regal genommen und blätterte eifrig darin.

»Auf der mittelalterlichen Zeichnung«, fuhr George fort, »gehen sowohl vom Roten Zimmer im ersten Stock als auch von der Langen Galerie im Erdgeschoss mehrere Flure ab, die es heute nicht mehr gibt. Sie führten zu verschiedenen Räumen auf beiden Etagen – eventuell weitere Schlafräume oder Vorratskammern oder Andachtsräume. Vermutlich war auch das Kellergeschoss damals größer, allerdings sieht man das auf der Zeichnung nicht. Aber wenn man sich den anderen Grundriss aus dem 19. Jahrhundert anschaut, sind alle diese zusätzlichen Räume verschwunden. Darauf endet der Westflügel an der Mauer, die so ungewöhnlich kalt ist.«

»Ungewöhnlich dick ist sie auch, oder?«, sagte ich.

»Das ist es ja gerade. Sie ist viel, viel dicker als die Mauer auf der mittelalterlichen Zeichnung. Sie erstreckt sich bis in den Bereich, wo früher Räume waren.«

Ein erregtes Kribbeln wie von einem leichten Stromschlag fuhr mir in den Magen und die Glieder. »Du meinst …?«

Georges Brillengläser blitzten. »Du hast's erfasst! Ich spreche von Geheimkammern.«

»Du meinst also, dass manche Flure beim Abriss der Klosterruine erhalten blieben und anschließend zugemauert wurden? Das könnte gut sein. Was sagst du dazu, Lockwood?«

Keine Antwort. Als ich mich nach ihm umdrehte, hatte Lockwood noch mehr Bände aus den Regalen gezogen und sich völlig in sie vertieft. Er wandte uns den Rücken zu, seine Thermosflasche thronte auf einem hohen Stapel. Er trank gerade geruhsam einen Schluck Tee.

»Lockwood! Was zum Teufel machst du da?«

Endlich drehte er sich um. Er hatte wieder diesen seltsam abwesenden Blick wie vor unserem Aufbruch nach Combe Carey

Hall. Als betrachte er etwas in weiter Ferne. »Entschuldige. Hast du was gesagt, Lucy?«

»Gesagt? Ich hab dich angebrüllt! Was treibst du da? George hat eine wichtige Entdeckung gemacht!«

»Ach so? Sehr schön… Ich sehe mir Fairfax' Sammelalben an. Er hat Programmhefte, Eintrittskarten und Kritiken von allen Theaterstücken eingeklebt, in denen er als junger Mann mitgespielt hat. Total spannend. Zu seiner Zeit galt er als sehr talentiert.«

Ich traute meinen Ohren nicht. »Das ist doch jetzt völlig egal! Was hat das mit unserer Heimsuchung zu tun?«

»Eigentlich nichts… Ich hab nur so ein komisches Gefühl… Kann aber noch nicht recht greifen, warum.« Urplötzlich war sein Blick wieder wach, als hätte jemand einen Schalter umgelegt. »Und du hast natürlich recht. Es gibt im Moment Wichtigeres.« Er kam wieder zum Tisch und klopfte George freundschaftlich auf die Schulter. »Was hast du da eben von Geheimkammern gesagt?«

»Geheimkammern oder Geheimgänge.« George rückte seine Brille zurecht, dann sprudelte es nur so aus ihm heraus. »Ihr wisst doch, was Fairfax über das Team von Fittes erzählt hat, das vor dreißig Jahren in diesem Haus ein schreckliches Ende gefunden hat. Der Berater und das Mädchen lagen tot im Roten Zimmer, der Junge war verschwunden. Ich habe aber noch nie gehört, dass Geister auch Menschenfresser sind, oder? Wo ist der Junge dann abgeblieben?« Er stieß den Wurstfinger auf den alten Plan des Herrenhauses. »Hier! Hinter dieser ungewöhnlich dicken Mauer! Er ist durch eine Geheimtür geflüchtet, aber ein Besucher – vielleicht sogar *der* Besucher – hat ihn erwischt und abgemurkst. Er ist immer noch irgendwo dadrin. Ich wette mit euch um drei von Arifs Schokodonuts, dass dort, wo seine Leiche liegt, auch die Quelle ist.«

Wir betrachteten den Plan in unserem kleinen Tümpel aus Licht, um dessen Ufer der Geisternebel schwappte. Lockwood hielt den Kopf gesenkt und verschränkte die Hände so fest, dass die Knöchel weiß hervortraten. Er dachte offensichtlich angestrengt nach.

»Alles klar«, sagte er dann. »Ich habe euch auch etwas mitzuteilen.«

»Hoffentlich geht es nicht wieder um Fairfax' Alben«, entschlüpfte es mir.

»Nein. Hört zu. George hat mal wieder den Nagel auf den Kopf getroffen. Die Quelle der Heimsuchung von Combe Carey Hall ist vermutlich hinter dieser Mauer verborgen. Das heißt, wir müssen nach der Geheimtür suchen und die kann nur im Roten Zimmer sein. Ich gehe inzwischen davon aus, dass einige der Schauergeschichten über dieses Haus Humbug sind, die Sache mit der Seufzenden Treppe zum Beispiel. Mit dem Roten Zimmer ist das etwas anderes. Wir haben alle drei vor der Tür die Atmosphäre darin gespürt. Diesen Raum zu betreten, ist keine Kleinigkeit.« Er schaute uns nacheinander an. »Aber wir brauchen das Rote Zimmer nicht unbedingt zu betreten, das hat Fairfax selbst gesagt. Er ist schon zufrieden, wenn wir die Nacht im Haus verbringen, und hat uns bereits die Summe überwiesen, mit der wir die Forderung der Hopes begleichen können. Klar, wenn wir die Quelle aufstöbern, legt er noch ordentlich was drauf, aber die Agentur wird auch ohne dieses Geld weiter bestehen.«

»Ist das so?«, fragte George skeptisch. »Mit wie vielen neuen Aufträgen rechnest du denn, bitte schön? Fairfax' Angebot ist die große Ausnahme. Unser guter Ruf hat sich mit dem Haus der Hopes in Rauch aufgelöst.«

Lockwood versuchte gar nicht erst, diese Behauptung zu widerlegen. »Ich hatte ja schon gesagt, dass wir einen aufsehenerregenden Erfolg brauchen, um uns von diesem Fehlschlag zu erholen. Es würde aber auch schon genügen, wenn wir den Fall Annie Ward lösen, und dank Lucy stehen wir kurz davor. Was allerdings leider keine Garantie bedeutet, dass es uns auch gelingt.« Er seufzte. »Die zweite Möglichkeit wäre die, das Rätsel der Quelle in diesem Haus zu lösen. Aber eine risikoreiche. Was immer sich an diesem Ort verbirgt, ist Furcht einflößend machtvoll.« Lockwood lehnte sich zurück und lächelte – diesmal war es nicht das volle Megawattlächeln, mit dem er einen jedes Mal wieder um den Finger wickelte, sondern ein warmes freundschaftliches Lächeln. »Ihr kennt mich ja – ich glaube, dass wir auch dem gewachsen sind. Aber ich will euch auf gar keinen Fall überreden. Wenn ihr an dieser Stelle abbrechen wollt, ist es auch in Ordnung. Ich richte mich ganz nach euch.«

George und ich schauten einander an. Ich wartete darauf, dass er etwas sagte, er wartete darauf, dass ich etwas sagte. Währenddessen verklang das übernatürliche Geknister in meinem Kopf, als wolle die übernatürliche Macht, die von dem Haus Besitz ergriffen hatte, ebenfalls hören, wie ich mich entschied.

Bis gestern hätte ich mich wahrscheinlich zurückgehalten. Ich hatte mich in Krisensituationen zu oft falsch entschieden, um meinen Instinkten noch zu trauen. Aber nachdem ich mich erst einmal überwunden hatte, das Herrenhaus zu betreten, und dann anschließend während unseres Rundgangs hatte ich zunehmend Selbstvertrauen gewonnen. Unser Team arbeitete gut zusammen, besser denn je. Wir gingen umsichtig vor, gründlich, sogar sachkundig … Ich bekam eine Ahnung davon, was aus Lockwood & Co. eines Tages werden könnte. Und das wollte ich nicht so einfach drangeben. Ich holte tief Luft.

»Ich bin dafür, dass wir wenigstens einen kurzen Blick wagen. Natürlich nur unter der Bedingung, dass wir uns einen schönen, breiten Fluchtweg offen lassen. Wenn es zu brenzlig wird, hauen wir ab, raus aus dem Haus, so schnell wie möglich.«

»Klingt einleuchtend. Und du, George?«

George blies die Pausbacken auf und ließ die Luft geräuschvoll entweichen. »Ich bin der gleichen Meinung. Lucy hat ausnahmsweise mal einen vernünftigen Vorschlag gemacht. Vorausgesetzt …«, er klopfte auf seinen Gürtel, »… dass wir *alle* unsere Waffen einsetzen, wenn es erforderlich ist.«

»Dann sind wir uns also einig«, sagte Lockwood. »Taschen einsammeln und los.«

Jetzt, da die Entscheidung gefallen war, trödelten wir nicht mehr lange herum, aber wir wurden auch nicht leichtsinnig. Wir stiegen die Treppe langsam und mit offenen Augen und Ohren hoch. Die Geister hielten immer noch Abstand, aber der Nebel reichte uns inzwischen bis an die Knie. Lockwood erspähte auf dem Treppenabsatz und unter den Schlafzimmertüren Todesschein. Was mich betraf, so nahm ich wieder die bedrohliche Stille wahr, die schmerzhaft auf meine Schläfen drückte. Die Luft war dick wie Sirup und der widerliche, süßlich-faulige Geruch verfolgte uns.

Die raunenden Stimmen, die ich vor der zerkratzten Tür gehört hatte, waren allerdings verstummt. Als ich einen Blick über die Schulter warf, sah ich am Rand unseres Taschenlampenscheins eine ganze Schar Phantome wabern.

»Als ob sie drauf warten, dass wir reingehen«, sagte ich leise.

»Wer hat die Pfefferminzbonbons?«, fragte George. »Ich spür's schon von hier aus, dass wir da drin welche brauchen.«

Lockwood holte den Schlüssel mit dem dunkelroten Band aus der Tasche und steckte ihn ins Türschloss. »Lässt sich ganz leicht drehen«, stellte er fest. Es machte *Klick!* »Wie Lucy gesagt hat – wir werfen nur einen kurzen Blick hinein.«

George nickte und ich rang mir ein zuversichtliches Lächeln ab.

»Wird schon schiefgehen«, sagte Lockwood aufmunternd. »Kommt!«

Er drückte die Klinke herunter und das Grauen dieser Nacht nahm seinen Anfang.

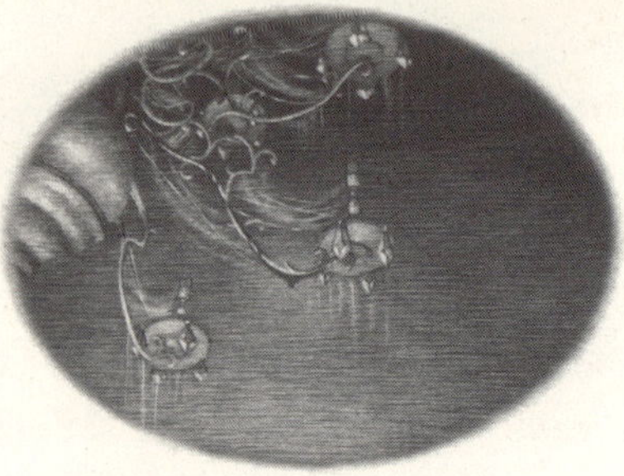

# Kapitel 21

**Die Tür quietschte** nicht schaurig oder so. Um ehrlich zu sein, war das auch gar nicht nötig.

Sie schwang einfach auf und uns wehte ein Schwall kalter, trockener Luft entgegen, die nach Staub und Verlassenheit roch. So wie in jedem Raum, der lange nicht benutzt wird. Lockwood richtete seine Taschenlampe in die Dunkelheit; ihr runder, sanfter Schein erfasste blanke altersgraue Dielen mit dunklen Flecken, die sich in den Raum hinein erstreckten. An manchen Stellen sah man auch Teppichfetzen, die der Dreck der Jahrhunderte mit den Brettern verleimt hatte.

Lockwood ließ den Strahl weiterwandern, bis er auf die gegenüberliegende Wand traf. Über der hohen, weiß lackierten Scheuerleiste schloss sich eine ehemals dunkelgrüne, vor Schmutz und Alter fast schwarz gewordene Tapete an. An manchen Stellen war sie abgerissen, dahinter kam die nackte Wand zum Vorschein. Der Lichtstrahl wanderte aufwärts: Wir erspähten eine Wand, die sich zu einer reich mit Stuck verzierten Decke wölbte, in deren Mitte ein großer Kronleuchter prangte.

An seinen geschliffenen Gehängen schwebten Strähnen aus grauen Spinnweben, die sich jetzt im Luftzug der offenen Tür sanft bewegten.

Spinnen … Ein untrügliches Anzeichen.

Lockwood richtete die Taschenlampe wieder auf unsere Füße. Der Flurläufer endete genau vor der Türschwelle. Dort war ein dickes Eisenband in den Boden eingelassen. Dahinter begannen die staubigen Dielen und die Trostlosigkeit des Roten Zimmers.

»Hat einer von euch schon was gespürt?«, fragte Lockwood. Seine Stimme klang merkwürdig dumpf.

Als wir verneinten, trat Lockwood über das Eisenband, und George und ich folgten ihm mit den schweren Taschen. Kalte Luft umwirbelte uns, als wir vorsichtig die Dielen betraten.

Ich hatte erwartet, dass uns beim ersten Schritt über die Schwelle übernatürliche Kräfte entgegenschlagen würden, aber alles blieb ruhig. Nur der Druck in meinem Kopf nahm zu. Der Geisternebel zeigte sich hier noch nicht und auch die raunenden Stimmen ließen sich nicht vernehmen. Wir stellten unsere Taschen ab und leuchteten den Raum mit drei Lampen systematisch ab.

Das Zimmer war lang und rechteckig und nahm die gesamte Breite des Gebäudeflügels ein. Die Stirnwand war zugleich die Abschlussmauer des Westflügels und entsprach der Wand mit dem Wandteppich in der Langen Galerie darunter. Die Wand hatte weder Tür noch Fenster, aber die Tapete war auch hier zum Teil heruntergerissen und enthüllte das Mauerwerk.

Auf der rechten Seite gab es auch kein Fenster, links dagegen drei, von denen zwei zugemauert waren. Das verbleibende besaß einen breiten zurückgeklappten Holzladen.

Abgesehen von dem Kronleuchter enthielt der Raum kein einziges Möbelstück.

»Besonders *rot* ist es hier ja nicht«, sprach George aus, was auch mir durch den Kopf ging.

»Jetzt mal schön der Reihe nach«, sagte Lockwood streng. »Lucy, du hilfst mir, einen Bannkreis zu ziehen. George, du sicherst bitte den Fluchtweg.«

Mit den Lampen zwischen den Zähnen öffneten Lockwood und ich die Taschen und holten die schweren Eisenketten heraus. Wir legten sie auf dem Fußboden zu einem Kreis – unser Schutz gegen alles, was in diesem Zimmer hausen mochte.

George beugte sich in der Zwischenzeit über seinen Rucksack, zog den Reißverschluss an einem Seitenfach auf und wühlte darin herum. »Ich hab einen BTS dabei.«

»Einen BTS?«, wiederholte ich.

»Das ist ein Besuchersicherer Türstopper. Die neueste Erfindung, hab ich bei Satchell gekauft. Kostspielig, aber sehr nützlich.« Schon hielt er triumphierend ein dreieckiges Holzstück in die Höhe.

»Ist das nicht ein ganz normaler Keil?«

»Von wegen! Das ist ein BTS mit Eisenkern.«

»Das Ding sieht aus, als hättest du es in der Mülltonne gefunden. Was hat es gekostet?«

»Weiß ich nicht mehr.« George schob den Keil unter die offene Zimmertür und versetzte ihm noch einen kräftigen Tritt. »Nenn ihn, wie du magst. Er hindert die Tür am Zuschlagen und das kann uns das Leben retten.«

Was das anging, hatte er allerdings recht. Im Fall des Poltergeistes von Shadwell waren zwei Grimble-Agenten von ihren Kollegen getrennt worden, weil ein Windstoß die Badezimmertür zugeschlagen hatte. Die Tür hatte sich trotz aller Anstrengungen nicht mehr öffnen lassen und die beiden Agenten waren von umherfliegenden Sanitärobjekten erschlagen worden. Danach hatte die Tür wieder anstandslos funktioniert.

»Streu doch auch noch eine Handvoll Salz auf die Schwelle«, sagte Lockwood. »Nur für alle Fälle.« Wir hievten die Taschen in den fertigen Kettenkreis. »Sobald einer von uns das Kommando gibt, ziehen wir uns hierher zurück. Temperatur?«

»Sechs Grad.«

»So weit, so gut. Im Augenblick scheint dieses Zimmer der friedlichste Ort im ganzen Haus zu sein. Das sollten wir ausnutzen. Lasst uns die Geheimtür suchen. Es ist diese Wand, oder, George?«

»Genau. Wir halten Ausschau nach jeder Art Hinweis auf einen verborgenen Eingang. Einen Knopf oder Hebel, irgend so was. Klopft die Wand auch ab, ob sie irgendwo hohl klingt.«

»Gut. Lucy und ich fangen an, du bleibst hier und gibst uns Rückendeckung.«

Lockwood und ich begaben uns an die beiden entgegengesetzten Ecken der Wand und unsere Schritte hallten in dem leeren Zimmer wider. Wir hatten die Kegel unserer Taschenlampen klein gestellt, damit uns das Licht möglichst nicht von anderen Wahrnehmungen ablenkte. Durch die verdreckte Scheibe des nicht zugemauerten Fensters auf meiner Seite blinkten die Lichter des fernen Dorfes und ein paar winterliche Sterne.

Ich knipste meine Taschenlampe aus und ließ beide Handflächen über die Wand gleiten. Die Oberfläche war glatt, die Tapete nirgendwo eingerissen. Ich strich nach rechts und links, nach oben und unten. Zwischendurch hielt ich immer wieder inne und lauschte, aber alles blieb still.

»Riecht ihr das auch?«, fragte Lockwood plötzlich. Im Schein seiner Taschenlampe sah ich, dass er die Nase kraus zog.

»Was denn?«

»Es riecht irgendwie … süßlich und trotzdem säuerlich. Der Geruch kommt mir bekannt vor, aber ich weiß nicht, woher.«

»Klingt verdächtig nach Lucy, finde ich«, brummte George hinter uns.

Die Minuten verstrichen. Meine Hand streifte die von Lockwood. Wir hatten uns in der Mitte der Wand getroffen. Wir hielten kurz inne, dann kehrte jeder wieder an sein Ende zurück und klopfte die Wand im Gehen mit den Knöcheln ab.

»Plasmabildung«, meldete George, »aber nur ganz kleine Schlieren.«

»Sollen wir lieber aufhören?«

»Nein, macht erst mal weiter.«

Als ich schon fast wieder am anderen Ende in der Fensterecke angekommen war, hörte sich mein Klopfen plötzlich anders an. Er klang höher und hallender, als sei die Wand hohl.

»Hier könnte etwas sein«, sagte ich. »Hier ist eine Stelle, die hohl klingt. Wenn man –«

»Was war *das* denn?!«, unterbrach mich George. Irgendwo aus dem dunklen Zimmer ertönte ein dumpfes, nachdrückliches *Plopp!*. Lockwood und ich drehten uns um.

»Kommt lieber in den Kreis«, sagte George. »Und lasst eure Taschenlampen aus. Ich mache meine an.«

Der Lichtstrahl glitt langsam an uns vorbei, über die Wände, die Zimmerdecke und den Fußboden. Alles sah genauso aus wie vorher.

Oder doch nicht? Die Atmosphäre hatte sich unmerklich verändert. Etwas lag in der Luft. Etwas Hinterhältiges.

Rücken an Rücken standen wir zu dritt in unserem Bannkreis und drängten uns aneinander.

»Ich mache meine Lampe jetzt aus«, sagte George.

Das Licht erlosch. Wir starrten in die Finsternis.

»Was hörst du, Lucy?«, fragte Lockwood.

»Das Raunen hat wieder angefangen. Ganz plötzlich. Und die Stimmen sind ziemlich laut.«

»Kannst du feststellen, wo sie herkommen?«

»Von überall her.«

»Und du, George? Was siehst du?«

»Leuchtende Lichtkringel und Schlieren. Sie sind hell, aber sie blitzen nur flüchtig auf. Sie konzentrieren sich nicht auf eine Stelle.«

Stille. »Und du, Lockwood?«, fragte ich dann.

»Jetzt sehe ich Todesschein«, antwortete er mit hörbarer Überwindung.

»Einen Todesschein oder mehrere?«

»Dutzende. Keine Ahnung, wieso sie mir nicht schon vorher aufgefallen sind. Dieses Zimmer ist eine Todeskammer …« Er holte scharf Luft. »Degen raus!«

Drei Schulterpaare prallten gegeneinander und es klirrte metallisch.

»Ich hab's auch gespürt«, sagte George. »Die Lichter haben plötzlich verrücktgespielt. Aber jetzt ist es vorbei.«

»Lucy?«

»Das Raunen ist lauter und zorniger geworden, aber dann ist es wieder abgeebbt. Was sollen wir machen?«

»Da! Ich rieche es wieder!«, kam es von Lockwood. »So durchdringend. Das müsst ihr …« Frustriert rief er: »Riecht ihr denn *beide* nichts?«

»Tut mir leid«, sagte ich. »Lockwood, hör mir lieber zu. Was sollen wir jetzt machen? Sollen wir abhauen?«

»Ich glaube, wir sollten abhauen. Irgendwas Machtvolles braut sich hier zusammen. Ahhh – dieses Leuchten ist aber grell!« Ich hörte, wie er nach seiner dunklen Brille kramte und sie hastig aufsetzte.

»Aber Lucy hat doch gesagt, dass sie eine Geheimtür entdeckt hat«, wandte George ein. »Wollen wir nicht erst noch ...«

»Keine Tür. Nur eine Stelle an der Wand, die irgendwie hohl klingt.«

»Auch egal«, sagte Lockwood. »Wir verlassen dieses Zimmer – jetzt!«

*Plopp!*, ertönte es in der Dunkelheit, ein leises, aber sattes Geräusch. Dann noch mal. Und noch mal.

»Das kommt von der Tür«, sagte George. »Irgendwas versperrt uns den Fluchtweg.«

»Nein, ich glaube, es kommt ...«

»Ruhe! Lauscht einfach«, unterbrach uns Lockwood.

*Plopp-plopp-plopp* ... Regelmäßig und bedächtig. Zwischen jedem *Plopp* zählte ich fünf Herzschläge. Es ließ sich nicht sagen, wo das Geräusch herkam oder wodurch es verursacht wurde, aber es kam mir irgendwie bekannt vor ... Vor meinem geistigen Auge erschien das untere Badezimmer in der Portland Row, wo ich manchmal duschte, und wo man ständig Gefahr lief, über Georges schmutzige Unterwäsche zu stolpern und sich den Hals zu brechen. War es dieses unterschwellige Angstgefühl, das mich die Verbindung zwischen den beiden Räumen herstellen ließ? Nein, es war etwas anderes. Es war der defekte Duschkopf, aus dem es tropfte.

*Plopp-plopp-plopp* ...

»Mach deine Taschenlampe an, Lockwood«, flüsterte ich. »Es ist direkt vor dir.«

Er gehorchte sofort. Vielleicht war er auch draufgekommen.

Der Lichtschein fiel wie ein zierlicher Goldring auf den Dielenboden. In seiner Mitte wurde ein dunkler, unregelmäßiger Umriss wie eine unförmige Spinne mit zu vielen Beinen sichtbar. *Plopp!* Der Spinne wuchs noch ein Bein. *Plopp!* Wieder ein Bein, diesmal dünner und länger. Bei jedem *Plopp!* zuckte der dunkle Spinnenleib. Er glänzte schwarz mit einem leicht rötlichen Schimmer.

Lockwood ließ den Lichtstrahl der Taschenlampe langsam aufwärtswandern und erhaschte den nächsten Tropfen im freien Fall. Er richtete die Taschenlampe noch weiter nach oben, bis das Licht die stuckverzierte Zimmerdecke beschien. Zwischen den Ornamenten breitete sich ein dunkler Fleck aus. In seiner Mitte sammelte sich eine sirupartige dunkle Flüssigkeit, die zähe Tropfen bildete, bevor sie zu schwer wurden und platschend zu Boden fielen.

»Endlich weiß ich, wonach es hier riecht«, sagte Lockwood halblaut.

»Nach Blut«, sagte ich.

»Genau genommen nach Plasma«, berichtigte George mich. »Der Besucher hat eine äußerst unübliche, nicht körperliche Erscheinungsform gewählt, die …«

»Bitte keine Vorlesung! Es sieht aus wie Blut, es riecht wie Blut – für mich ist es Blut!«

Inzwischen sammelte sich so viel Flüssigkeit an der Decke, dass es noch an einer zweiten Stelle zu tropfen anfing, näher bei uns und in kürzeren Abständen. Als ich meine eigene Taschenlampe auf den Fußboden richtete, sah ich, dass längliche Blutspritzer wie Finger nach unserem Kettenkreis tasteten.

»Passt bloß auf«, warnte George. »Das Zeug hat die gleiche verheerende Wirkung wie jede Geisterberührung.«

»Raus hier«, kommandierte Lockwood. »Nehmt die Taschen und lasst die Ketten einfach liegen, wir haben ja noch andere. Seid ihr so weit? Dann kommt!«

Wir verließen den Schutzkreis und hasteten zur Tür, wobei wir achtgaben, nicht in das dunkle Zeug zu treten, von dem wabernde bösartige Schwingungen ausgingen. Im Zimmer war es bitterkalt geworden.

»Tschüss und auf Nimmerwiedersehen!«, sagte George, als wir schon fast an der Tür waren.

Aber die Tür … war zu.

Einen Augenblick standen wir stocksteif. Ich spürte, wie eine Welle aus Panik meinen Magen durchflutete. Lockwood machte drei rasche Schritte und rüttelte an der Klinke. »Ich krieg sie nicht auf!«

»Wo ist der verdammte Keil?«, fragte ich.

»Der BTS«, korrigierte mich George.

Jetzt war das Maß voll. »Es ist mir scheißegal, wie das blöde Ding heißt! Es ist weg! Du hast es nicht richtig festgeklemmt.«

»Doch.«

»Nein! Du hast ihm höchstens einen Stups versetzt, und zwar mit deinem BTF. Das heißt übrigens: Bekloppter Trampelfuß!«

»Halt die Klappe, dumme Kuh!«

»Haltet *beide* die Klappe!«, kam es von Lockwood. »Helft mir lieber mit der Tür.«

Zu dritt zogen und ruckelten wir an der Klinke, aber es hatte keinen Zweck. Die Tür war und blieb zu.

»Der Schlüssel!«, rief ich aus. »Den hast du, Lockwood. Hol ihn raus!«

»Äh … ich hab ihn draußen stecken lassen.«

»Na toll! Du bist auch nicht besser als George! Warum habt ihr dem Besucher nicht gleich ein *Herzlich willkommen*-Schild hingestellt?«

»Ich habe den Keil ordentlich unter der Tür festgeklemmt und außerdem noch Salz auf die Schwelle gestreut.« Wütend kickte George gegen ein paar der Körner. »Da! Der Geist hätte nicht mal in die Nähe der Tür kommen sollen.«

»Regt euch ab«, sagte Lockwood. Er richtete die Taschenlampe wieder an die Decke, wo es von einer dritten Stelle hinuntertropfte, bedenklich nahe der Stelle, wo wir standen. »Er reagiert auf unsere Angst. Lasst uns zurück in den Kreis gehen.«

Das schafften wir einigermaßen, auch wenn wir jetzt dafür einen deutlich größeren Umweg machen mussten. Das Getröpfel hatte sich in einen steten Strom verwandelt. Es machte jetzt nicht mehr *Plopp-plopp-plopp*, sondern man hörte es stetig herabpladdern. Die Pfütze auf dem Fußboden wurde immer größer.

»Wir werden eingeschlossen«, sagte ich. »Wie viel Plasma hat das Ding denn in sich?«

»Es muss riesig sein«, meinte George. »Das ist kein gewöhnlicher Typ Zwei. Ein Poltergeist hätte die nötigen telekinetischen Fähigkeiten – könnte die Tür zudrücken und den Schlüssel umdrehen –, aber nicht diese Manifestation erzeugen. Das Blut weist eher auf einen Wandler hin. Aber die können wiederum keine Schlüssel –«

»Ich war ja so blöd«, fiel ihm Lockwood ins Wort. »So verdammt blöde. Wie konnte ich die Sache bloß derart unterschätzen? … Lucy, wir müssen die Geheimtür finden! Zeig uns die Stelle, an der die Wand hohl klang.«

Von der großen Pfütze ausgehend, kroch jetzt ein richtiger kleiner Bach auf unseren Kreis zu. Als die Flüssigkeit mit den Ketten in Berührung kam, zischte und sprotzelte sie und zog sich dann zurück. Der Blutgeruch war betäubend, wir bekamen kaum noch Luft.

»Wollen wir nicht lieber hierbleiben?«, fragte ich. »Hier kommt er wenigstens nicht an uns ran.«

George stieß einen Schrei aus und machte einen Satz. Dabei stolperte er über eine Tasche und wäre beinahe aus dem Kreis getaumelt.

»Was zum Teufel machst du denn da?«, fluchte Lockwood und richtete die Taschenlampe auf George. Der hockte auf einer Tasche und hielt sich die qualmende Schulter.

»Über uns!«, stieß er heiser hervor.

Der Lichtstrahl zuckte nach oben. Über unserem Schutzkreis hing der mit Spinnweben bedeckte Kronleuchter. Ein einzelnes rotes Rinnsal rann von der Decke das Mittelteil herunter und von dort einen geschwungenen Kristallarm entlang. Schon bildete sich an der tiefsten Stelle der nächste dicke Tropfen.

»Das gibt's doch nicht!«, sagte ich ungläubig. »Über einem Eisenkreis!«

»Weg da!« Lockwood versetzte mir einen kräftigen Schubs, gerade als sich der Tropfen löste und mitten in unseren Kreis herunterplatschte. Wir drei wichen so weit zurück, dass wir beinahe *auf* den Ketten standen. »Wir haben den Kreis zu groß gemacht«, sagte Lockwood. »Der Einfluss des Eisens reicht nicht bis in die Mitte. Dort ist er schwach, und der Besucher ist machtvoll genug, ihn zu überwinden.«

»Dann machen wir ihn eben kleiner«, schlug George vor.

»Aber dann müssen wir uns auf engem Raum zusammenquetschen – und es ist noch nicht mal Mitternacht. Wir haben noch sieben Stunden bis zum Morgengrauen und der Besucher hat noch nicht mal richtig losgelegt. Nein, wir müssen die Geheimtür finden. Lucy, du gehst vor.«

Mit nach oben gerichteten Taschenlampen traten wir auf der den sprudelnden Pfützen gegenüberliegenden Seite aus dem Kreis. Im selben Augenblick breiteten sich an der Decke breite rote Adern aus, die sich rasch in unsere Richtung zogen. Mir wurde schlecht vor Angst. Am liebsten hätte ich hysterisch losgeschrien.

»Halt!«, befahl ich. »Es spürt, wo wir sind. Wenn wir alle rübergehen, hat es uns gleich.«

»Gut beobachtet«, sagte Lockwood. »Komm, George. Wir lenken es ab. Du gehst andersrum, Lucy, und untersuchst die Wand.«

»Ist gut … Aber wieso eigentlich ich?«

»Weil du ein Mädchen bist. Sind Frauen nicht empfindsamer als Männer?«

»Was die Gefühle und das Verhalten anderer Menschen angeht, schon. Aber nicht unbedingt in Bezug auf Geheimtüren.«

»Ach, das ist doch fast dasselbe. Außerdem ist mit den Degen rumfuchteln eigentlich das Einzige, was George und ich können.« Schon tänzelte er durchs Zimmer, hielt in der einen Hand die Taschenlampe und vollführte mit der Waffe in der anderen Hand tollkühne Ausfälle gegen die tropfende Zimmerdecke. George tat es ihm nach, nahm sich aber die andere Seite der Decke vor.

Ich wartete nicht ab, ob sich der Besucher davon beeindrucken ließ, sondern steckte meinen eigenen Degen weg, drehte meine Taschenlampe klein und nahm sie wieder zwischen die

Zähne. So konnte ich mich einigermaßen orientieren. Links von mir war wieder das Fenster. Davor warteten frische kühle Nachtluft und ein halsbrecherischer Zehn-Meter-Sturz auf die Kieseinfahrt. Trotzdem würden wir im äußersten Notfall springen müssen – und auf diese Weise womöglich den angenehmeren Tod sterben.

Trotz der Kälte lief mir der Schweiß übers Gesicht, und meine Hände zitterten, als ich sie auf die Wand legte. Wie schon beim ersten Mal befühlte ich die Oberfläche, hinter der es hohl geklungen hatte.

Vergeblich. Alles war gleichmäßig glatt.

Ich wandte mich der Ecke zu und betastete die Kante von oben bis unten. Aus einer Eingebung heraus wandte ich mich der angrenzenden Wand zu. Vielleicht befand sich hier ein Hebel oder eine Tür. Ich stellte mich auf die Zehenspitzen und reckte mich, so hoch ich konnte. Nichts. Ich bückte mich. Wieder nichts. Ich drückte und presste. Ich schubste. So arbeitete ich mich zur Fensternische. Hatte aber kein Glück.

Als ich mich kurz umdrehte, stellte ich fest, dass wenigstens unsere Strategie einige Wirkung hatte. George und Lockwood hieben in einander entgegengesetzten Zimmerecken um sich und machten ihrer Angst mit Kriegsgeschrei, Pfiffen und wüsten Beschimpfungen des Besuchers Luft. Die Blutpfütze auf dem Boden reagierte darauf mit immer neuen Seitenarmen und auch an der Decke schlängelten sich wahre Blutflüsse um den Kronleuchter herum und auf meine Kollegen zu.

Doch auch mich hatte der Geist nicht vergessen. Voller Entsetzen sah ich, dass ein breites Blutrinnsal schon fast bis an meine Füße reichte. Über mir hatte sich von dem ursprünglichen Fleck ein Seitenarm abgezweigt, der zu mir herüberwuchs.

Von diesem Seitenarm tropfte ein dunkles, stetiges Rinnsal. Schwärzliche Flecken besprenkelten die Dielen neben meinen Schuhen. Einer traf meinen Absatz. Es zischte, ein dünner weißer Rauchfaden wand sich empor, und ich rettete mich mit einem Sprung auf das breite Fensterbrett.

Mist. Wenn ich hier oben sitzen blieb, saß ich in der Fensternische in der Falle. Ich drehte mich um, ging in die Hocke, weil ich wieder herunterspringen wollte – und streifte dabei mit der Hand den zurückgeklappten Fensterladen. Ich schaute hinüber. Und in diesem verzweifelten Augenblick hatte ich endlich die entscheidende Eingebung.

Ich richtete meine Taschenlampe auf den Fensterladen. Er bestand aus einer einzigen Holzplatte und war beinahe so hoch und breit wie die ganze Nische. Große schwarze Angeln verankerten ihn im Mauerwerk. Wenn man ihn zuklappte, würde er die gesamte Fensterscheibe verdecken.

Und dabei vielleicht etwas anderes freigeben?

Ich griff nach der Holzplatte und versuchte, sie in meine Richtung zu ziehen. Ich wollte dahinterschauen. Sie gab ein wenig nach, und ich merkte, dass sich der Laden bewegte. Im Schein meiner Lampe erkannte ich, dass dahinter ein schmaler Spalt entstanden war, gerade breit genug, um die Finger hineinzuzwängen. Vielleicht befand sich dort wirklich nur Mauer, vielleicht handelte es sich tatsächlich nur um einen Fensterladen, vielleicht aber auch …

»George, Lockwood!«, rief ich über die Schulter, an einem Strom aus Blut vorbei, der sich von der Decke ergoss. »Hier ist was! Ihr müsst mir helfen!«

Wie von Sinnen zog und zerrte ich an der Holzplatte, aber sie rührte sich keinen Millimeter mehr.

Dann wurde ich beinahe umgeschubst, als Lockwood mit einem Satz in die Fensternische sprang. Die Blutpfütze bedeckte mittlerweile fast den ganzen Fußboden. Lockwood musste sich eng an die Mauer drücken.

George folgte ihm auf den Fersen und hielt seinen Degen dabei über den Kopf. Tropfen verdampften zischend auf der Klinge, als er neben uns landete. Keiner sprach ein Wort. George überließ mir seinen Degen. Lockwood und er zogen mit vereinten Kräften an der Holzplatte.

Ich drehte mich zum Zimmer um und hielt den Degen wie einen Schild über uns drei, auch wenn das vermutlich nicht viel brachte.

Der Blutplacken an der Decke reichte nun fast von Wand zu Wand, nur in unserer Ecke gab es noch eine kleine freie Fläche.

Überall pladderten brausend Ströme aus Blut herunter, fegten durch den Raum wie Regenböen bei einem Gewitter. Der Boden schwamm in Blut. Es sammelte sich zwischen den Dielen und schwappte gegen die Scheuerleisten. Der Kronleuchter triefte, die geschliffenen Glasanhänger funkelten rot. Jetzt war klar, woher das Zimmer seinen Namen hatte, und auch, warum hier keine Möbel standen.

George keuchte, Lockwood stieß einen Schrei aus. Beide kippten rückwärts und fielen gegen mich, als der Laden nachgab. Dahinter wehten dicke Spinnweben wie verfilztes Leichenhaar. Aber meine Taschenlampe beleuchtete noch etwas anderes … eine schmale bogenförmige Öffnung.

Blut spritzte auf die Kante des Fensterladens und auf die Degenklinge, die ich über uns hielt. Ich spürte, wie es auf meinen Ärmeln und Handschuhen verdampfte.

»Los – rein!«, kommandierte ich. Lockwood und George verschwanden in der Öffnung, ich schob mich rückwärts hinterher auf einen steinernen Absatz. Das Blut lief schon an der Innenseite des Fensterladens herunter und wogte rasch auf meine Schuhe zu.

Auf der Rückseite der Geheimtür hing an einem Eisenring ein verstaubter Strick. George und Lockwood packten ihn und zogen daran. Die Geheimtür schwang nach innen zu. Blut ergoss sich durch den Spalt und spritzte auf Georges Arm. Mit einem Fluch ließ er den Strick los und fiel gegen mich, sodass auch ich das Gleichgewicht verlor. Lockwood versetzte dem Strick einen letzten Ruck. Die Tür schlug zu – und wir standen im Finstern, hörten nur noch das tosende und trommelnde Blut, mit dem das namenlose Wesen jenseits der Mauer seinen rasenden Zorn austobte.

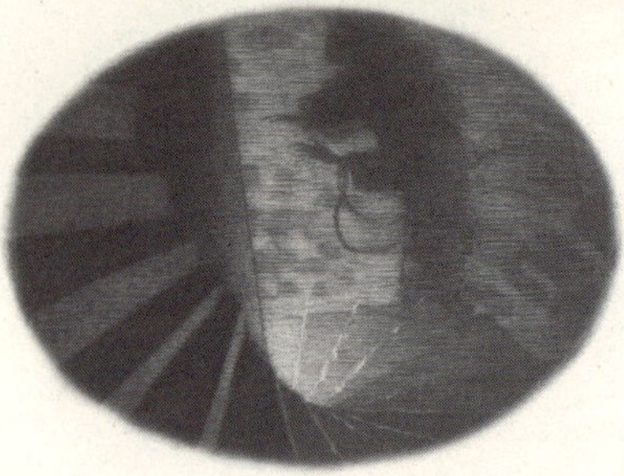

# Kapitel 22

**Plötzlich, als wäre ein Schalter** umgelegt oder ein Stecker gezogen worden, verstummte der schreckliche Lärm jäh. Wir waren wieder allein.

Die Stille ließ mich zusammenzucken. Ich saß mit dem Rücken gegen eine unebene Steinwand gelehnt und rang mit offenem Mund nach Luft. In meinen Ohren hämmerte das Blut, jeder Atemzug stach in den Lungen. In dem engen Gang war es stockdunkel, sodass ich meine Kollegen nicht sehen konnte, aber ich hörte sie ebenfalls keuchend nach Luft ringen.

Wir waren in einem Knäuel alle gleichzeitig zu Boden gegangen. Die Luft war kühl und säuerlich, aber wenigstens war der überwältigende Blutgestank verflogen.

»He, George«, krächzte ich, »alles in Ordnung?«

»Nein. Irgendwer zerquetscht mir mit seinem Hintern den Fuß.«

Ich rutschte zur Seite. »Ich meine deine Schulter, wo es dich erwischt hat.«

»Ach so. Danke der Nachfrage. Zum Glück ist das Zeug nicht

auf meine Hand getropft, aber ich glaube, meine Jacke ist hinüber.«

»Ein Glück. Ich fand sie schon immer potthässlich. Hat jemand eine Taschenlampe? Meine ist mir runtergefallen.«

»Meine auch«, sagte Lockwood.

»Hier.« George knipste seine Lampe an.

Der Lichtstrahl einer Taschenlampe schmeichelt niemandem. George und ich sahen in dem grellen Schein jedenfalls furchtbar aus, wie wir uns da mit hervortretenden Augen zusammenkauerten, das Haar von Angstschweiß verklebt. Auf Georges Arm prangte ein großer grünlicher Fleck, der immer noch qualmte, genau wie der auf Georges Degen, der über meinen Knien lag. Meine Schuhe und Leggings hatten grünliche Plasmaspritzer davongetragen.

Lockwood war wundersamerweise bis auf ein paar Flecken auf dem Mantel und eine angesengte, vom Plasma gebleichte Stirnlocke so gut wie unversehrt davongekommen. Im Gegensatz zu Georges puterrotem Gesicht war seines höchstens eine Spur blasser als sonst. Während wir beide uns japsend krümmten, saß er kerzengerade da und wartete ruhig ab, bis sein Atem wieder gleichmäßig ging. Er hatte die dunkle Brille abgenommen und seine braunen Augen funkelten. Der Unterkiefer war trotzig vorgeschoben. Ich spürte, dass er seine aufgewühlten Gefühle tief in sich verschloss. In seiner Miene lag ein Ausdruck, den ich bei ihm noch nie zuvor gesehen hatte.

»Fürs Erste haben wir's überstanden«, sagte er.

George richtete die Taschenlampe auf die Geheimtür. Eben waren noch dicke Blutrinnsale daran heruntergelaufen, aber jetzt war das Holz auf einmal wieder trocken, sauber und nur ein bisschen eingestaubt. Es gab kein Anzeichen dafür, dass überhaupt etwas passiert war. Wenn wir in das leere Zimmer zurückgekehrt wären, hätte es zweifellos genauso sauber und trocken ausgesehen. Nicht dass wir dahin *je* wieder zurückkehren würden.

Lockwood zog die in Luftpolsterfolie gewickelten Kettenschlingen über seiner Schulter zurecht. »Eigentlich ist doch alles prima gelaufen«, sagte er. »Gut, wir haben einen Satz Ketten und unsere Taschen eingebüßt, aber wir haben immer noch unsere Degen, die Eisenspäne und die Silberplomben. Und wir haben gefunden, wonach wir gesucht haben.«

Ich heftete den Blick auf die scheinbar unberührte Tür. »Warum verfolgt er uns nicht? Türen und Wände sind für Geister doch kein Hindernis.«

Lockwood zuckte die Achseln. »Manche Besucher sind so strikt an den Ort gebunden, an dem sie den Tod gefunden haben, dass sie gar nicht mehr wissen, dass es ringsherum noch etwas anderes gibt. Nachdem wir nun endlich sein Jagdrevier verlassen haben, ist es für ihn so, als hätte es uns nie gegeben, als ob wir …«

»Mit anderen Worten: Du hast nicht die leiseste Ahnung, stimmt's?«

»Stimmt.«

»Ich hätte da eine Erklärung«, kam es von George. Er fuchtelte mit der Taschenlampe. »Der Ring an der Tür ist aus Eisen, das Türblatt ist mit Eisenbändern beschlagen, und auch in den Fußboden ist eine Eisenlinie eingelassen. Das Ganze sieht ziemlich altertümlich aus, als hätte jemand schon vor langer Zeit dafür gesorgt, dass dieser Besucher hier nicht reinkann. Damit man hier sicher ist.«

Er beschrieb mit dem Lichtkegel einen Bogen, sodass wir

endlich sehen konnten, wo wir gelandet waren. Der enge Gang war, ebenso wie der Fußboden, aus alten, flachen Ziegeln gemauert. Er führte nur ein kurzes Stück geradeaus, dann traf er auf die Westwand des Hauses, die auf Georges Plänen so verdächtig dick erschienen war. Dort bestand die Wand aus behauenen Steinen und der Gang bog nach rechts ab. Wie es hinter der Biegung weiterging, war nicht zu erkennen, weil alles mit dichten grauen Spinnweben bedeckt war, die von der Decke bis auf den Boden reichten.

»Das mit den Spinnen gefällt mir überhaupt nicht«, sagte ich.

»Das Eisen hält sie von der Tür fern«, entgegnete Lockwood. »Dort, wo es um die Ecke geht, beginnt wieder das alte Klostergebäude und irgendwo da hat vermutlich auch die Heimsuchung ihre Quelle. Soll heißen: viele Spinnen und stärkeres Besucheraufkommen. Ab jetzt setzen wir beim geringsten Vorfall sämtliche Waffen ein, die wir zur Verfügung haben.«

Wir rappelten uns hoch. Ich gab George seinen Degen zurück und zog meinen eigenen. Ich fand auch meine Taschenlampe wieder, aber die Birne war beim Herunterfallen kaputtgegangen. Lockwoods Lampe blieb verschwunden und Georges schien schwächer zu werden.

»Mach sie aus. Wir müssen Batterien sparen.« Lockwood verteilte Kerzen und Streichhölzer. Die senfgelben Kerzenflammen loderten hoch und hell. »Behaltet sie im Auge. Sie sind gute Anzeiger jedweder Manifestationen.«

»Schade, dass wir keine Katze im Käfig dabeihaben, so wie Tom Rotwell damals«, meinte George. »Katzen sind ganz besonders sensibel – man muss bloß das Gejaule aushalten.«

»Glaubt ihr wirklich, dass die Quelle außerhalb des Roten Zimmers liegt?«, fragte ich. »Der Besucher war so was von stark!«

»Echt abgefahren!«, pflichtete George mir bei. »Eine Mischung aus Poltergeist und Wandler. So was hatten wir noch nie.«

»Nein, es war einfach nur ein Wandler«, widersprach Lockwood. »Er besaß keinerlei telekinetische Fähigkeiten.«

»Aber er hat doch die Tür zugezogen und abgeschlossen«, gab ich zu bedenken.

»Bist du dir da sicher?«, erwiderte Lockwood. »Ich nicht.«

»Moment mal«, sagte ich, sprach aber nur noch mit seinem Rücken, denn er war schon dabei, den Gang zu untersuchen. »Du glaubst ein zweiter Geist …« Mir ging ein Licht auf. »Du meinst, das war jemand aus Fleisch und Blut, der uns absichtlich eingeschlossen hat? Aber das würde ja heißen –«

George stieß einen lang gezogenen Pfiff aus. »Fairfax oder Starkins …«

»Aber die beiden trauen sich doch bei Dunkelheit nicht mehr ins Haus«, widersprach ich.

»Starkins nicht, das stimmt. Kommt jetzt. Die Arbeit ruft.«

Ich konnte es einfach nicht glauben. »Fairfax? Aber *wieso?*«

Lockwood schüttelte nur den Kopf. Er hatte die Biegung erreicht und duckte sich unter dem Spinnwebvorhang durch. Als er die Kerze hob, ergriffen Dutzende glänzender schwarzer Krabbeltiere die Flucht vor dem Lichtschein. »Hier hört der Ziegelboden auf und es wird schlagartig kälter. Außerdem rieche ich Miasma und verspüre Maladigkeit. Miss bitte noch mal die Temperatur, George, und komm dann her.«

George drängte sich an mir vorbei und las bei jedem Schritt sein Thermometer ab. Ich folgte ihm widerstrebend.

»Ich weiß ja, dass du Fairfax nicht leiden kannst«, fing ich wieder an, »aber deswegen ist er doch nicht gleich geisteskrank oder so.«

»Nein, geisteskrank ist er bestimmt nicht. Was sagt die Anzeige, George?«

»Von neun auf fünf Grad gefallen, und das nach einem einzigen Schritt.«

»Das wundert mich nicht. Wenn wir da reingehen, wird es bestimmt noch kälter.«

Lockwood deutete auf einen Durchgang neben sich: schwarz und klaffend wie ein offener Rachen. Das Licht der Kerzen reichte nicht weit. George machte kurz seine Taschenlampe an und beleuchtete einen zweiten Gang, breiter und höher als der, aus dem wir kamen.

Lockwoods Prophezeiung bezüglich der Temperatur bewahrheitete sich. Ich nahm die Kälte zum ersten Mal richtig wahr, holte meine Mütze heraus und zog den Reißverschluss meiner Jacke ganz hoch. Die anderen taten es mir gleich. Ich musterte derweil Lockwood, dessen Weigerung, über Fairfax und die Tür zum Roten Zimmer zu reden, mich irritierte. Wieder einmal behielt er seine Gedanken für sich und weihte uns nicht ein. So ging das seit Tagen – im Grunde seit Fairfax' erstem Anruf. Vielleicht sogar seit dem Einbruch … oder etwa schon, seit wir die Halskette entdeckt hatten?

Unwillkürlich fasste ich an meinen Hals und überprüfte die Kordel. Unter meiner Jacke lag das Silberglas hart und kalt auf meiner Brust. Ich überlegte, ob es wohl wieder fluoreszierte, weil der Geist leuchtete. Jedenfalls war er vorerst gut aufgehoben. Annie Ward war gerade nicht unsere größte Sorge.

Lockwood zog Handschuhe an und George setzte seine hässliche grüne Pudelmütze auf. Dann marschierten wir weiter, Lockwood vorneweg. Er hielt seine Kerze in die Höhe, sodass man die Spinnweben im Luftzug tanzen sah.

Aber schon nach ein paar Schritten ließ George uns anhalten. Er deutete auf die Wand rechts von sich, wo inmitten der grob behauenen Steine ein Ziegelbogen zu erkennen war. »Das muss der alte Eingang zum Roten Zimmer sein. Als das Haus wieder aufgebaut wurde, wurde er zugemauert. Das heißt, dieser Gang hier gehört noch zu dem ursprünglichen Kloster.«

»Sehr schön«, sagte Lockwood. »Werfen wir doch mal einen Blick auf die Karte. Dann sehen wir, wo ...«

Sein Kopf fuhr herum. Die Kerzenflamme flackerte und drohte zu erlöschen. Wir spürten es alle drei ... den Luftzug, der einen nahenden Besucher begleitet.

Wir warteten mit gezückten Degen.

Dann stand wie aus dem Boden gewachsen ein Junge vor uns in der Dunkelheit. Seine Gestalt leuchtete schwach. Es war schwer zu beurteilen, wie weit er weg war und ob er auf dem Boden stand oder ein Stück darüberschwebte. Das Anderlicht erhellte nur ihn selbst, sonst nichts. Als ich lauschte, glaubte ich, ein leises Schluchzen zu hören, aber der Junge blickte so ausdruckslos wie die meisten Erscheinungen.

»Seht euch die Klamotten an!«, zischelte Lockwood.

Der Junge war ziemlich jung, noch nicht mal so alt wie ich, schätzte ich. Er war blond und stämmig und hatte ein rundes, weiches Gesicht. Hätte man George ordentlich geschrubbt und in saubere, gebügelte Kleidung gesteckt, hätten die beiden Cousins sein können. Der Junge trug eine dunkle Hose und eine lange graue Jacke, die ihm ein bisschen zu weit war. Ich kenne mich zwar mit Mode nicht besonders gut aus, aber man sah am Schnitt, dass die Sachen jahrzehntealt waren. Aber im Prinzip war die Uniform noch die gleiche, ebenso wie der nach italienischem Vorbild gestaltete Degenknauf.

»Oh mein Gott«, entfuhr es mir, »das ist der Junge von Fittes, der hier drin gestorben ist!«

Das Schluchzen wurde lauter. Die Erscheinung flackerte, wandte sich dann ab und schwebte den Gang hinunter.

Dann war nichts mehr zu sehen und zu hören. Alles lag wieder dunkel und still, es roch nur noch ein bisschen faulig. Die Kerzenflammen brannten wieder hell. Wir holten alle drei gleichzeitig Luft.

»Ich könnte jetzt echt ein Pfefferminz gebrauchen«, verkündete George.

»Hat er was zu dir gesagt, Lucy?«, fragte Lockwood.

»Nein. Aber er wollte uns etwas mitteilen.«

»Es ist doch immer dasselbe mit den Besuchern! Nie sagen sie mal klipp und klar, was sie eigentlich wollen. Vermutlich wollte er uns warnen, aber wir müssen trotzdem weitergehen. Uns bleibt keine Wahl.«

Wir gingen weiter, aber langsamer als vorher. Nach nicht mal drei Metern, ungefähr dort, wo wir die Erscheinung erblickt hatten, kamen wir an einen Durchgang. Dahinter war eine Treppe.

Es war eine Wendeltreppe, die in engen Windungen steil nach unten führte. Der Durchgang war mit kleineren Steinen eingefasst.

»Vier Grad Celsius«, meldete George beiläufig. Die fluoreszierende Anzeige seines Thermometers ließ seine Brillengläser aufblinken und färbte seine Atemwolken grünlich.

»Dann müssen wir wohl da runter«, sagte Lockwood. »War die Treppe auch schon auf dem mittelalterlichen Grundriss eingezeichnet?«

»Weiß ich nicht mehr … obwohl … doch. Es gab eine Treppe

vom Dormitorium ins Refektorium. Soll ich noch mal nachsehen?«

»Nein, lass nur. Bringen wir's hinter uns.«

Wir traten den Abstieg an. Lockwood ging wieder vorneweg, dann kam ich und als Letzter George. Wir fühlten uns alle drei unbehaglich. Es war deutlich zu spüren, dass es sich hier um einen sehr alten Ort handelte, der sehr weit von jeglichem Tageslicht entfernt war. Trotz der Kälte roch es muffig, und man hatte das Gefühl, dass einen die Wände von links und rechts bedrängten. Wir mussten den Kopf einziehen, weil lange Spinnweben von der Decke hingen. Meine Augen tränten vom Rauch der Kerzenflammen, ihr Geflacker warf unheimliche Schatten auf die gewölbten Wände.

»Pass auf, dass du nirgendwo reintrittst, Lockwood«, sagte George. »Der Junge von Fittes muss irgendwo hier liegen.«

Ich drehte mich nach ihm um. »Igitt! Warum sagst du so was?«

»Wahrscheinlich, weil ich Schiss habe.«

»Hm … kann ich verstehen. Mir geht's genauso.«

Wir hatten alle drei Angst. Unsere Sinne waren aufs Äußerste angespannt, bereit, auf den kleinsten Hinweis zu reagieren. Noch war alles unauffällig: keine Geräusche, kein Todesschein, keine schwebenden Plasmaschlieren. Aber das bedeutete gar nichts. Auch das Rote Zimmer hatte zunächst einen trügerisch friedlichen Eindruck gemacht.

Auf halber Höhe öffnete sich die Treppe zu einer kleinen quadratischen Kammer mit zugemauerten Durchgängen auf beiden Seiten, dann ging es weiter abwärts. Lockwood blieb stehen. »Hier müssten wir ungefähr ebenerdig sein. Ich vermute, dass auf der anderen Seite dieser Mauer der Teppich hängt – der mit dem Bären, ihr wisst schon.«

»Dort war es besonders kalt«, sagte ich.

»Drei Komma fünf Grad«, bestätigte George. »Bis jetzt der niedrigste Wert im Haus.« Seine Stimme klang ein bisschen zittrig. »Wir sind schon ganz dicht dran.«

»Dann gehen wir ab jetzt lieber noch langsamer.« Lockwood gab eine Runde Pfefferminzkaugummi aus. Kauend stiegen wir weiter in die Tiefe, bewegten uns spiralförmig auf das Kellergeschoss zu. Mir kam ein beunruhigender Gedanke.

»Sagt mal… diese Treppe hier ist nicht zufällig *die* Treppe, oder?«

Hinter mir hörte ich George lachen. »Quatsch. Das war die andere, die große.«

»Sicher? Wird in den Geschichten über das Haus ausdrücklich gesagt, dass es sich um die Haupttreppe in der Eingangshalle handelt?«

»Ja.«

Stufe für Stufe ging es abwärts, immer rundherum, immer auf der Hut. Lockwoods Kerze flackerte heftig, die Flamme wurde kleiner, dann beruhigte sie sich wieder.

»Obwohl…«, fuhr George fort, »eigentlich nicht ausdrücklich. Es ist immer nur von der *Alten Treppe* die Rede. Aber so, wie ich es verstanden habe, geht man davon aus, dass es sich um die große Steintreppe mit den Drachen und den kleinen Schädelsockeln handelt.«

»Man geht davon aus… aha. Bloß komisch, dass wir dort nichts Übernatürliches wahrgenommen haben, oder?«

»Hier auch nicht!« Georges Ton war ganz untypisch entschieden. »Außerdem ist das doch nur eine Legende.«

Ja, vermutlich. Ich zog das nicht in Zweifel. Rein aus persönlicher Neugier zog ich einen Handschuh aus und ließ beim

Hinuntersteigen die Finger über die Wand gleiten, als wir uns langsam immer weiter in die Tiefe schraubten.

Ich war erleichtert, als ich lediglich Kälte spürte, eine leblose Eiseskälte, die sich seit Jahrhunderten in dem uralten Gemäuer eingenistet hatte. Ich fröstelte und bekam eine Gänsehaut. Das war alles. Unangenehm, aber nicht mehr. Einfach nur Kälte.

Ich wollte die Hand gerade zurückziehen, da vernahm ich die Geräusche.

Zu Anfang waren sie noch ganz leise, kamen aber rasch näher. Das Stampfen von Stiefeln. Und dazu das Klirren von Metall. Das ganze Treppenhaus hallte davon wider und jetzt mischten sich auch Männerstimmen darunter – viele Männer. Man hörte das Rascheln ihrer Kleidung, das Scharren von Schwertklingen über Stein. Plötzlich waren die Geräusche überall um uns herum, verfolgten uns auf dem Weg nach unten. Ich roch heißes Pech, Rauch und Schweiß, aber vor allem stank es beißend nach Angst. Jemand rief etwas in einer Sprache, die ich nicht verstand, aber es war ein Verzweiflungsschrei, ein Hilferuf. Kettenpanzer klirrten, man hörte einen dumpfen Schlag und ein schmerzerfülltes Ächzen.

Unaufhaltsam stampften die Stiefel weiter, stampften immer weiter nach unten, und mit jeder Treppenstufe wurde die Atmosphäre angsterfüllter. Andere Stimmen fielen in den Hilferuf ein und sie wurden immer verzweifelter und schriller. Laut und immer lauter … alles andere übertönend, das Stampfen der Stiefel und das Klirren der Kettenpanzer, bis sie sich zu einem einzigen anschwellenden Angstschrei vereinten, der tief aus der Erde zu kommen schien …

Ich riss meine Hand zurück.

Vorbei. Ich sog tief die verqualmte Luft ein und musterte ängstlich die Wand. Nein, ich hatte mich getäuscht. Gott sei Dank! Einen Augenblick war es mir vorgekommen, als hätte sich mein Schatten verändert, als sei er größer, länger, gebeugter und schärfer umrissen geworden ... Aber er war, wie er sein sollte. Und es war wieder still.

Ich streifte mühsam den Handschuh über meine steif gefrorenen Finger. Still ...

Leider stimmte das nicht ganz. Ich hörte den Nachhall des schrecklichen Schreis immer noch, wenn auch sehr leise und sehr weit weg.

»Äh ... Jungs ...?«, sagte ich.

Lockwood blieb wie angewurzelt stehen und rief aus: »Natürlich, ich Blödmann!«

George und ich starrten ihn an. »Was?«, fragte George. »Was ist denn los?«

»Warum bin ich da nicht gleich draufgekommen!«

»Worauf denn?«

»Auf die Lösung! Mann, war ich blöd!«

Ich drückte beide Hände an die Schläfen und lauschte angestrengt. »Warte mal, Lockwood«, sagte ich. »Hörst du ...«

»Mir reicht's!«, unterbrach mich George. »Du benimmst dich schon die ganze Zeit so komisch, Lockwood. Rück endlich mit der Sprache raus! Es geht doch bestimmt wieder um Fairfax, und weil sein Auftrag uns erst in diese gefährliche Lage gebracht hat, bist du uns eine Erklärung schuldig.«

Lockwood nickte. »Hast ja recht. Sobald wir die Quelle der Heimsuchung gefunden haben –«

»Nein! Ich will *jetzt* wissen, was los ist!«

Das Kreischen schwoll an, entfernt noch, aber schon wieder

lauter. Die Kerzen flackerten, verzerrte Schatten glitten über die Wände. »Hörst du das nicht, Lockwood?«

Aber er beachtete mich gar nicht. »Wir haben jetzt keine Zeit für lange Erklärungen, George. Wir müssen dranbleiben.«

George ließ nicht locker. »Dann redest du eben schneller und benutzt kurze Wörter!«

»*Klappe halten!*« Meine Kollegen schauten mich erstaunt an. Ich biss die Zähne zusammen und grub mir die Finger in die Schläfen. Das schauerliche Geschrei war unerträglich laut geworden. »Hört ihr denn nichts? Dieses schreckliche Kreischen?«

Lockwood konzentrierte sich kurz. »Nein.«

»Dann glaubt mir einfach. Das hier ist sie – die Seufzende Treppe! Nur dass es in Wirklichkeit eine Kreischende Wendeltreppe ist. Wir müssen hier weg, und zwar sofort!«

Lockwood zögerte kurz, aber er war Profi genug, eine solche Warnung nicht einfach zu ignorieren. Er griff nach meiner Hand. »Komm, wir bringen dich nach unten. Vielleicht hören die Schreie dort auf. Vielleicht bist du von uns dreien die Einzige, die in der Lage ist…« Er unterbrach sich und umklammerte meine Hand so fest, dass es wehtat. Ich spürte, wie er schwankte. Das Kreischen war jetzt so laut, dass es irgendeine Schallmauer durchbrach und auch für weniger sensible Ohren als meine zu vernehmen war.

Ich drehte mich nach George um. Er hatte die Augen weit aufgerissen, war stehen geblieben und sagte etwas, das ich nicht verstehen konnte, weil ihn die Schreie übertönten.

»Nach unten!«, brüllte Lockwood. Ich las ihm die Worte von den Lippen ab. »Nach unten!« Er hielt meine Hand immer noch fest und zog mich treppab. George kam hinter uns hergestolpert, beide Fäuste gegen die Ohren gedrückt. Die Kerzen flackerten wie verrückt, und unsere Schatten jagten über die Wände, als wir die letzten Treppenwindungen hinunterstürmten.

Rings um uns erhob sich das Kreischen, drang aus den Stufen und Steinen selbst. Die Lautstärke war ungeheuerlich – schmerzhaft wie Peitschenhiebe –, aber das eigentlich Unerträgliche war die nackte Todesangst, in der die Schreie ausgestoßen wurden. Diese Furcht bohrte sich in unsere Schädel, bis sich alles zu drehen begann und Übelkeit uns ergriff. Vor ihr gab es kein Entkommen. Sie war überall um uns herum, bedrängte uns, wollte uns überwältigen …

Abwärts und immer rundherum, rundherum … und plötzlich waren die Schatten, die neben uns herglitten, nicht mehr unsere eigenen. Sie trugen spitze Kapuzen und aus ihren weiten Ärmeln reckten sich dürre Arme. Abwärts, abwärts … halb stürzend, halb springend bahnten wir uns einen Weg durch die klebrigen Spinnweben. Die Kapuzenmänner hielten mit uns Schritt, zu Klauen gekrümmte Schattenfinger griffen nach uns, die Treppe nahm kein Ende, immer noch bohrten sich die Schreie wie rot glühende Eisen in unsere Schädel, und ich hatte nur noch einen Wunsch – dass der entsetzliche Lärm endlich verstummen möge.

Dann erreichten wir den Fuß der Treppe und taumelten in eine kleine quadratische Kammer.

Uns war so schwindlig, dass wir uns einfach auf den Boden fallen ließen. Die Kerzen entglitten unseren Händen und rollten über den Steinfußboden. Das Kreischen war nicht verstummt, und jetzt strömten die Schatten von der Treppe in die Kammer, wo ihre wirbelnden Schatten auf den Wänden in Raserei einen höllischen Tanz aufführten. Zerrissene Stricke baumelten an ihren Handgelenken.

»Das sind die Mönche!«, rief ich aus. »Die Mönche, die hier ums Leben gekommen sind.«

Sieben Mönche, hieß es in der Legende. Sieben Mönche, angeklagt der Ketzerei, im Brunnen ersäuft.

Ich hob den Kopf. Der Boden schien unter mir wegzukippen. Im Schein einer heruntergefallenen Kerze erkannte ich eine mit Steinen eingefasste, runde Öffnung im Boden, schwarz und unergründlich. Und daneben …

Zwischen uns und dem Brunnenloch lag eine kleine, zusammengekauerte Gestalt, ein armseliges Häufchen Lumpen und Knochen, mit einem Laken aus Spinnweben zugedeckt. Der Hals war verdreht, und ein viel zu weiter Jackenärmel streckte sich nach dem Brunnen aus, als wolle die Gestalt hinüberkriechen und sich in die Dunkelheit stürzen.

Der Junge von Fittes hatte es also beinahe geschafft – aber dann hatte ihn das Kreischen eingeholt. In seiner panischen Flucht die Treppe hinunter musste er gestolpert sein und sich das Genick gebrochen haben.

Wenigstens war es ein rascher Tod gewesen. Ich selbst konnte kaum noch einen klaren Gedanken fassen, so zerrte das Geschrei an meinem Verstand. Trotzdem rappelte ich mich hoch und sah, dass auch Lockwood und George wieder auf die Beine kamen. Aus Lockwoods Ohr sickerte Blut.

Wie ein Betrunkener packte er uns an den Jacken und zog uns zu sich heran. »Die Quelle!«, brüllte er aus vollem Hals. »Irgendwo hier muss sie sein!«

Er stieß uns wieder von sich. George stolperte rückwärts und kam dabei einem der Schatten zu nahe. Sofort schoss eine durchscheinende Hand mit langen, knochigen Fingern aus der Wand. Auf dem Unterarm sprossen weiße Härchen, vom Gelenk baumelte ein zerfetzter Strick. Die Hand wollte George packen, aber Lockwood war schneller. Er riss eine Salzbombe vom Gürtel und schleuderte sie gegen die Wand. Es regnete grün lodernde Körner und der Arm zog sich zurück. Der dazugehörige Schatten wiegte sich wie eine wütende Schlange hin und her.

Torkelnd und taumelnd machten wir uns daran, die Kammer abzusuchen. Aber es war zwecklos. Es gab keine Türen, keine Wandvorsprünge, keine anderen Anhaltspunkte, nur die Wände, den Boden und die gähnende Brunnenöffnung.

Ein weißer Blitz, ein Hagel aus Salz und Eisenspänen. George hatte eine Leuchtbombe nach einem Schatten in einer entfernten Ecke geschleudert. Mörtel bröckelte von der Wand, die ganze Kammer bebte. An der Stelle, die George getroffen hatte, flackerten die Schatten kurz, dann setzten sie ihren Totentanz fort.

In unserer Verzweiflung starteten wir einen letzten Angriff. Eisenspäne, Salzbomben, Griechisches Feuer – um die Schatten zum Verschwinden und das Kreischen zum Verstummen zu bringen, schleuderten wir alles, was wir hatten, mit Wucht gegen die Wände. Steine splitterten, Rauch stieg auf, Spinnweben fingen Feuer. Glühende Späne wirbelten in allen Regenbogenfarben umher. Doch die Schatten der ermordeten Mönche fuhren in ihrem wilden Tanz fort, unablässig kreischend.

Und jetzt? Eine bleierne Schwere legte sich über mich. Wir würden die Quelle niemals finden, und jetzt waren auch noch unsere Waffengürtel leer, unsere Munition war aufgebraucht, unsere Kräfte waren am Ende … Meine Bewegungen wurden langsamer, bis ich wankend stehen blieb. George hatte seinen Degen gezogen und hieb blindlings um sich, mal in Richtung

Wand, mal einfach in die Leere. Lockwood stand an der Brunnenöffnung, schaute sich hektisch nach allen Seiten um und suchte nach irgendeinem Ausweg aus unserer verzweifelten Lage.

Armer Lockwood. Es gab keinen Ausweg. Unsere Gaben und unsere Waffen konnten hier nichts ausrichten.

Ich ließ die Arme sinken und den Kopf hängen. Wir würden die Quelle nicht finden, niemals, und der Lärm würde niemals verstummen.

Es sei denn …

Mein Blick fiel auf die Brunnenöffnung.

Es gab *doch* einen Ausweg! Eine Möglichkeit, das Kreischen zu beenden. Dem Lärm in die Stille zu entkommen, statt Schmerzen zu leiden, in friedvolle Ruhe zu gleiten. Es würde so einfach sein, so einfach …

George hatte seinen Degen fallen lassen. Er kauerte auf dem Boden und barg den Kopf zwischen den Armen. Die Schatten hinter ihm führten einen Freudentanz auf.

Ich setzte mich in Bewegung. Vor mir lag der Brunnenschacht, der mit grauen Steinen eingefasste Weg zu Frieden und Stille …

Es war ganz einfach, natürlich. Im Grunde hatte ich es die ganze Zeit gewusst, von Anfang an, seit ich das Haus so zögerlich betreten hatte. Jeder meiner Schritte hatte darauf zugeführt, vorbei an all den Typ Eins Geistern, dem boshaften Raunen, dem Roten Zimmer … und schließlich die Wendeltreppe hinunter bis in diese Brunnenkammer. Hier endete alles. Hier, tief unter dem Heimgesuchten Haus, war es still, still bis in alle Ewigkeit. Es bedurfte nur noch weniger Schritte, bis das Kreischen endlich aufhören und ich ein Teil der unendlichen Stille werden würde.

Den ersten Schritt tat ich rasch und entschlossen. Als ich zum zweiten ansetzte, durchzuckte ein stechender Schmerz meine Brust. Ich blieb stehen und tastete nach dem kleinen Behälter um meinen Hals. Es war das Medaillon, das den Energiestoß abgegeben hatte, das spürte ich sogar durch das Silberglas hindurch. Typisch Annie Ward – immer musste sie Scherereien machen. Aber das spielte jetzt keine Rolle mehr. Sie würde mich in die unendliche Stille begleiten.

Der Brunnenschacht rief nach mir, versprach mir Erlösung. Freudig tat ich die letzten Schritte, trat über den Rand …

… und hing im Leeren, über dem pechschwarzen Abgrund.

Etwas hatte mich gepackt und hielt mich fest. Etwas zog mich zurück auf sicheren Boden.

Es war Lockwood. Sein Gesicht war grau und eingefallen, sein Haar zerzaust, sein langer Mantel fleckig und zerrissen. Blut lief ihm über den Hemdkragen. Er packte mich um die Taille und zog mich an sich.

»Nein«, flüsterte er mir ins Ohr. »Nein, Lucy! So soll es nicht enden.«

Er ließ mich los, nahm die umgehängten Ketten von der Schulter und ließ sie auf den Boden fallen. »Streichhölzer!«, kommandierte er. »Gib mir deine Streichhölzer. Und alle Ketten, die du hast!« Er tastete über seinen Gürtel. »Die Reservespäne und Silberplomben auch. Los, mach schon! Der Brunnen ist die Quelle der Heimsuchung, was sonst? Dort unten hausen die Besucher.«

Seine Entschlossenheit brach die Geisterstarre und die Macht des nicht enden wollenden Kreischens. Ich legte meine Ketten ebenfalls auf den Boden und die Plomben daneben. Aus einer Gürteltasche holte ich eine Schachtel Sunrise-Streichhölzer, und

Lockwood nahm seine letzte Leuchtbombe vom Gürtel. Die große mit der roten Papierhülle und der extralangen Zündschnur, damit man genug Zeit hatte, sich in Sicherheit zu bringen.

Lockwood holte sein Taschenmesser heraus und kappte die Zündschnur bis auf einen kleinen Stummel.

»Anzünden!«

Er war schon dabei, die Ketten in Richtung Brunnenschacht zu schleifen, kämpfte gegen den nervenzermürbenden Lärm an. Die sieben Schatten an der Wand hatten innegehalten und schienen ihn zu belauern. Dann stießen geisterhafte Arme aus dem Mauerwerk, reckten sich nach uns, und mit ihnen tauchten die ersten Köpfe auf.

Ich riss ein Streichholz an und hielt es an den Zündschnurstummel. Ein Funke glühte auf.

Lockwood stieß die Ketten und Plomben mit dem Fuß in die Brunnenöffnung. Dann taumelte er rückwärts, nahm mir die Leuchtbombe aus der Hand und brüllte: »Lauf, Lucy! Lauf zur Treppe!«

Aber ich konnte mich nicht rühren. Ich fühlte immer noch den tödlichen Sog des Brunnenschachts. Mir war, als steckte ich in zähem Teer fest, ich hatte nicht mal mehr die Kraft, mich umzudrehen.

Die Besucher hatten sich endgültig aus der Wand gelöst und drängten jetzt von allen Seiten auf uns ein. Zwei der ersten beugten sich schon über den immer noch am Boden kauernden George. Die anderen fünf hatten es auf Lockwood und mich abgesehen. Ihre verschwommenen, leichenblassen Gesichter spähten unter den verrotteten Kapuzen hervor. Augenhöhlen klafften, scharfe Zähne blitzten. Und das Kreischen schwoll immer noch weiter an.

Lockwood torkelte mit der Leuchtbombe zum Brunnen. Der Zündschnurstummel war bis auf einen winzigen Rest heruntergebrannt.

Er ließ die Bombe fallen. Das Zündschnurglimmen ließ die Brunneneinfassung kurz aufleuchten, dann war es verschwunden.

Lockwood drehte sich zu mir um. Dunkle Augen blickten mich aus einem schmalen, blassen Gesicht an.

Die Kapuzenmänner stürzten sich auf uns.

Dann verstummte das Kreischen, die Schatten erstarrten und eine Millisekunde später explodierte die Welt in einem stummen Blitz.

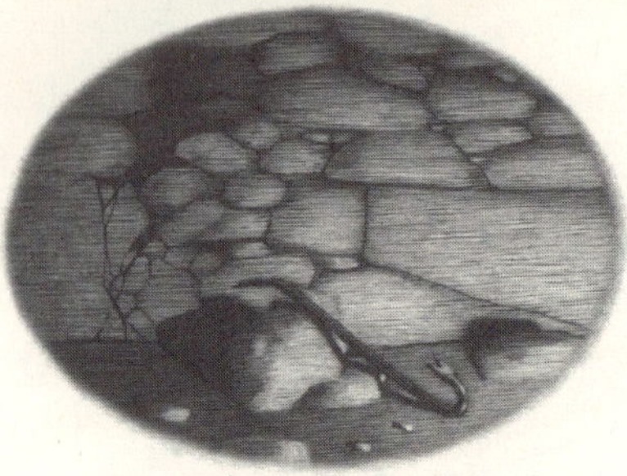

# Kapitel 23

**Ich erwachte plötzlich,** schmerzgepeinigt. Ich riss die Augen auf und auf einmal waren da meine Schwestern und Lockwood und Annabel Ward in ihrem hübschen Sommerkleid mit den gelben Blumen. Sie standen alle um mich herum und schauten lächelnd auf mich herab. Ich sah sie unscharf, mit verschwimmenden Konturen, und sie schienen in einer Art Wolke zu schweben.

Selbstverständlich ließ ich mir von ihnen nichts vormachen, außerdem hatte ich scheußliche Kopfschmerzen. Deshalb starrte ich sie bloß grimmig an, bis sie verblassten und schließlich völlig verschwanden und mich im Dunkeln zurückließen.

Besser gesagt, im Halbdunkeln, denn meine Umgebung leuchtete in einem silbrigen Schimmer.

Still war es auch, aber nicht totenstill, denn ich hatte ein Klingeln im Ohr.

Der Klingelton war hoch und blechern und so nervig wie das Sirren einer Mücke, aber ich freute mich darüber. Er bedeutete, dass meine Ohren noch etwas hörten, was wiederum bedeutete, dass ich noch am Leben war. Ich ruhte nicht in unendlicher Stille auf dem Grund des Brunnens.

Außerdem roch ich etwas, nämlich Rauch und Schießpulver, und ich hatte einen chemischen Geschmack im Mund. Ich lag auf der Seite und etwas Hartes drückte gegen meine Wange.

Als ich den Kopf heben wollte, zuckte ich zusammen. Es war wieder so schlimm wie nach dem Sturz aus dem Fenster von Mr Hopes Arbeitszimmer. Mir tat jeder einzelne Muskel und Knochen weh. Ich rollte mich schwerfällig herum und stemmte mich hoch, wobei etwas Körniges aus meinem Haar rieselte.

Die Wucht der Explosion hatte mich in die hinterste Ecke der Brunnenkammer geschleudert und da saß ich nun. Meine Stirn war blutverklebt. Ich war – wie auch alles andere im Raum – mit einer weißlichen Schicht aus Asche und Eisenspänen überzogen, die immer noch aus der Luft herabrieselten. Ich hustete und spuckte aus, worauf mein Kopf noch heftiger pochte.

Eine fahle weiße Rauchsäule stieg aus dem Brunnenschacht in der Mitte des Raumes auf. Sie war erleuchtet von einem silbrigen Schein, der flackernd und pulsierend aus der Tiefe drang. Der ganze Raum wurde von dem Magnesiumlicht erhellt. Von weit her hallte noch das Krachen der Explosion wider und die Steinfliesen unter mir bebten.

Die Brunneneinfassung war teilweise zerstört, ein tiefer Riss schlängelte sich über den Fußboden. An seinem Rand waren die Fliesen gesprungen und aufgeworfen. Wo der Riss auf die Wand traf, waren die Steine verschoben. Einige waren herausgefallen, andere ragten schief aus der Mauer. Überall lagen Splitter. Auch die reglosen Gestalten auf dem Boden waren mit Splittern bedeckt.

Drei reglose Gestalten unter einer weißlichen Ascheschicht. Drei reglose Gestalten, die von der Druckwelle umgeworfen worden waren. Reglos … und leblos?

Was den Jungen von Fittes anging, war das in Ordnung. Er war schließlich schon länger tot.

Lockwood und George dagegen …

Ich richtete mich langsam und vorsichtig auf, stützte mich dabei an der Wand ab. Mir war schwindlig, aber es ging mir deutlich besser als vorher, als mich das Kreischen halb wahnsinnig gemacht hatte. Der Angriff der Geister hatte eine Leere in meinem Verstand hinterlassen. Ich fühlte mich benommen und kraftlos wie jemand, der nach einer schweren Krankheit zum ersten Mal das Bett verlässt.

George lag mit ausgebreiteten Armen und Beinen auf dem Rücken. Er sah wie ein Kind aus, das im Schnee einen Engel macht, aber seine Brille war heruntergefallen, und eine Hand blutete. Seine Brust hob und senkte sich, er atmete mühsam.

Ich kniete mich neben ihn. »George?«

Er ächzte hustend: »Lass mich. Es hat keinen Sinn mehr. Lass mich schlafen …«

Ich schüttelte ihn kräftig und verpasste ihm eine Ohrfeige. »Wach auf, George! Bitte wach auf!«

Er blinzelte. »Aua! Die Backe war das Einzige, was mir nicht wehgetan hat.«

»Hier … deine Brille.« Ich klopfte die Asche von den Gläsern und setzte ihm das Gestell auf die Nase. Ein Glas war gesprungen. »Du musst aufstehen.«

»Ist Lockwood …?«

»Keine Ahnung.«

Ich fand ihn jenseits des Brunnens. Er lag auf der Seite und sein Mantel bedeckte wie ein gebrochener Flügel den Boden hinter seinem Rücken. Er rührte sich nicht. Mit der Ascheschicht auf dem Gesicht glich er einer Alabasterstatue: glatt, weiß und kalt. Ein Stein hatte ihn am Kopf getroffen, er hatte Blut im Haar. Ich beugte mich über ihn und wischte ihm behutsam die Asche von der Stirn.

Er schlug die Augen auf und starrte mich an.

Ich räusperte mich. »Hallo, Lockwood.«

Erst blickte er verwirrt, dann erkannte er mich.

»Ach so … Lucy.« Er blinzelte, musste husten, versuchte sich aufzurichten. »Ich dachte schon, du wärst … egal. Wie geht's dir? Alles in Ordnung?«

Ich richtete mich rasch wieder auf. »Mir geht's gut.«

George beobachtete uns durch seine gesprungene Brille. »Das ist ungerecht.«

»Was ist ungerecht?«

»*Ihn* hast du natürlich nicht geschüttelt. *Ihm* hast du keine runtergehauen.«

»Reg dich ab. Ich hol's beim nächsten Mal nach.«

»Na super. Und mir verpasst du dann sicher einen Tritt.«

»Mach ich. Versprochen.«

Der erleuchtete Rauch drang weiter aus dem Schacht und in seinem silbrigen Schein inspizierten wir unsere Blessuren. Im Großen und Ganzen hatten wir Glück gehabt, aber Lockwood und George hatten Platzwunden davongetragen, und uns allen saß der Schreck in den Gliedern. Unsere Degen waren noch da, aber alles Salz und alle Eisenspäne waren verbraucht. George hatte noch seine Reservekette über der Schulter, wogegen Lockwood und ich alle unsere Ketten in den Brunnen geworfen hatten.

Also teilten wir erst einmal die restlichen Marmeladenbrote und Energydrinks unter uns auf. George und ich hockten beim Essen der Wärme halber dicht aneinandergedrängt auf einem Trümmerbrocken. Lockwood stand ein paar Schritte abseits und blickte mit steinerner Miene in die Rauchsäule.

»Wir hätten uns den Brunnen gleich vornehmen sollen«, sagte George kauend, »aber dieser fürchterliche Lärm hat uns abgelenkt. War doch eigentlich klar, dass die Quelle dort sein musste, wo die Gebeine der toten Mönche liegen.«

Ich nickte wortlos. Ja, dort waren sie gestorben – nachdem man sie aneinandergefesselt und die Treppe hinuntergetrieben hatte. Sie wussten, was ihnen bevorstand. Die Wendeltreppe und die Wände der Brunnenkammer waren immer noch mit ihrer Todesangst getränkt.

»Ich denke, ich weiß jetzt, wie das alles zusammenpasst«, fuhr George fort. »Die Geister der Mönche waren so alt und ihr Tod so grausam, dass sie von dem ganzen Gebäude Besitz ergriffen haben. Daraus entsprangen all die anderen Besucher. Wegen dem, was hier unten passiert ist, verloren so viele spätere Bewohner den Verstand und begingen schreckliche Taten.«

»Du meinst die mordlustigen Herzöge und lebensmüden Ladys, von denen der alte Starkins gar nicht genug kriegen kann?« Ich schluckte den letzten Bissen von meinem Brot hinunter. »Glaubst du, damit ist es jetzt vorbei?«

»Hoffentlich.« George blickte zu der Rauchsäule hinüber. »Diese Leuchtbombe hat eine ganze Menge Eisen, Silber und Magnesium da hinunterbefördert. Wenn wir Glück haben, hat sich das Zeug bei der Explosion mit den Knochen vermischt und es herrscht wenigstens so lange Ruhe, bis wir den Brunnen fachgerecht verplombt haben. Die Treppe müsste jedenfalls erst mal sicher sein und das Rote Zimmer wahrscheinlich auch.«

»Meinst du, die Blutströme hatten auch mit den Mönchen zu tun?«

»Ich denke mal, das Blut war eine ihrer vielen Erscheinungsformen. Im Roten Zimmer waren sie das Blut, auf der Wendeltreppe die kreischenden Schatten – typisch Wandler. Hier unten haben sie sich dann sogar körperlich manifestiert, aber das war nicht ihre Lieblingserscheinung. Wenn ich ›sie‹ sage, ist das eigentlich falsch, denn sie haben sich sozusagen zu einem einzigen Geist verbündet, daher waren sie auch so mächtig. Solche Bündnisse sind gar nicht so selten. Erinnerst du dich noch an die berühmte Heimsuchung von Schloss Sherborne?«

»Weiß nicht… Was glaubst du, Lockwood? Du bist so still.«

Lockwood antwortete nicht sofort. Er schaute immer noch in die Rauchsäule, vor der sich seine lange Gestalt dunkel abzeichnete. Sein zerfetzter Mantel erinnerte jetzt an das sturmzerzauste Gefieder eines großen Vogels. »Was ich glaube?«, wiederholte er schließlich. »Ich glaube, dass wir zum zweiten Mal nur knapp dem Tod entronnen sind.« Er drehte sich um. Sein Gesicht war blutverschmiert, das Haar zerrauft, und wenn er sich bewegte, stäubte Asche auf. »Ich glaube, dass wir von Glück sagen können, dass wir noch leben. Ich glaube, dass ich viel zu spät kapiert habe, was hier los ist, und dass ich unseren Gegner gewaltig unterschätzt habe. Ich habe als Leiter dieses Einsatzes versagt und das tut mir leid. Aber…«, er sprach durch die zusammengebissenen Zähne weiter, »aber damit ist jetzt Schluss.«

George und ich sahen ihn verständnislos an. »Aha«, sagte ich dann. »Und was bedeutet das?«

»Dass ich ein Brecheisen brauche!«, brüllte Lockwood so laut, dass George und ich zusammenfuhren. Er war herumgefahren und stürmte mit flatterndem Mantel durch den Raum. »Ein Brecheisen, einen Schraubenzieher, irgendwas! Beeilung! Wir haben keine Zeit zu verlieren!«

»Ich habe ein Brecheisen dabei«, sagte ich und hantierte an meinem Gürtel, »aber was …«

»Her damit!« Er riss mir das Werkzeug aus der Hand, lief zu der beschädigten Wand und rammte die Klinge zwischen zwei Steine. »Jetzt hockt doch nicht so herum!«, rief er ärgerlich über die Schulter. »Glaubt ihr, wir sind auf einem Picknick? Wir müssen hier raus!«

George stand auf. »Jetzt warte doch mal. Wir sind metertief unter der Erde. Wo willst du denn hin?«

»Dreht euch mal um.« Lockwood hebelte einen Stein heraus und sprang beiseite, als der schwere Brocken zu Boden polterte. »Wenn der Rauch hier rauskann, können wir das auch.«

Weder mir noch George war aufgefallen, dass sich der Rauch aus dem Brunnen nicht unter der Decke der Kammer sammelte, sondern in Schwaden über den Boden wallte und zwischen den Steinen der beschädigten Wand verschwand. »Der Rauch wird in irgendeinen größeren Raum gesogen«, sagte Lockwood. »Hinter dieser Wand muss der Keller des Hauses liegen. Die Explosion hat schon gute Vorarbeit geleistet. Wir brauchen die Öffnung nur noch zu vergrößern. Los, helft mir!«

Sein Tatendrang steckte George und mich an, sodass wir unsere Schmerzen und die Erschöpfung vergaßen. Wir machten uns mit Taschenmesser und einem zweiten Brecheisen ans Werk, hebelten die schon losen Steine heraus und lockerten die noch fest sitzenden. Auch Lockwood schuftete weiter und zerrte zwischendurch mit bloßen Händen an den Steinen. Seine

Augen funkelten und seine Lippen bildeten eine schmale weiße Linie.

»Genau genommen hatten wir es heute Nacht mit zwei Gegnern zu tun«, sagte er und hieb auf den Mörtel ein. »Sie hängen scheinbar zusammen, sind aber von ihrer Natur her grundverschieden. Den ersten Gegner, die Heimsuchung von Combe Carey Hall, haben wir so gut wie besiegt. Wenn die Geister der Mönche erst endgültig gebannt sind, wird es nicht schwer sein, nach und nach auch die übrigen Besucher unschädlich zu machen. Unser zweiter Gegner allerdings…«, er legte das Brecheisen weg und half George, einen größeren Brocken herauszuwuchten, »… ist unser Freund John William Fairfax, und mit dem sind wir noch lange nicht fertig.«

Der Brocken löste sich, kippte nach vorn und zerbarst auf dem Fußboden. Ich räumte den Schutt rasch weg und Lockwood und George fielen wieder über die schon reichlich durchlöcherte Wand her.

»Was ist denn mit Fairfax?«, fragte ich.

»Mir war von Anfang an klar, dass an diesem Auftrag etwas faul ist. Seine Einladung hierher war mehr als nur ein bisschen seltsam. Sicher, die Konditionen waren verlockend, aber das machte es nur noch seltsamer. Warum ist Fairfax ausgerechnet zu uns gekommen, wo er in London eine Riesenauswahl an Agenturen hat? Warum ist er nicht zu Fittes oder Rotwell gegangen? Unser Ruf ist schließlich momentan etwas… angeknackst, aber er hat behauptet, er wäre von uns beeindruckt.«

»Na ja… er hat doch erzählt, dass er es als junger Mann auch schwer hatte, sich durchzusetzen.« Ich zog an einem Stein. »Er hat gesagt, ihm gefällt unser Ehrgeiz und unsere… Füße weg!… das wollte ich nicht, George… unsere Unabhängigkeit.«

Lockwood verzog verächtlich das Gesicht. »Stimmt, das hat er gesagt. Eine ziemlich fadenscheinige Behauptung, wenn man die Zeitungsartikel über ihn gelesen hat und weiß, dass er die Firma und sein Vermögen von seinem Vater geerbt hat. Aber außer der Frage, warum er uns gewählt hat, waren da noch drei andere Fragen, die mich beschäftigten. Erstens: warum jetzt? Er besitzt das Haus schon Jahre, also warum ist ihm erst jetzt eingefallen, die Heimsuchung auszutreiben? Zweitens: Warum hatte er es so eilig? Unglaubliche zwei Tage, um uns auf den Einsatz vorzubereiten! Und drittens: Warum in aller Welt durften wir keine Leuchtbomben mitbringen?«

»Der dritte Punkt hat mich auch gestört«, brummte George. »Kein vernünftiger Mensch stellt sich ohne Griechisches Feuer einem derart gefährlichen Besucher.«

»Wir schon. Und Fairfax wusste das. Er wusste, wir brauchen dringend Bares. Ihm wiederum war es mit unserem Einsatz hier so dringend, dass er uns sechzigtausend Pfund allein dafür geboten hat, dass wir das Haus betreten. Ich dachte mir, entweder hat der Mann zu viel Geld, oder es steckt etwas anderes dahinter. Deswegen bin ich am nächsten Tag nach Combe Carey gefahren und habe mich im Dorf umgehört.«

George zog wieder einen Stein heraus. »Wir sind durch!« Auf halber Höhe der Wand tat sich eine Öffnung auf. Dahinter war es so dunkel, dass man nichts erkennen konnte.

»Na schön«, sagte Lockwood aufatmend. »Wir machen eine kurze Pause. Wie spät ist es, Lucy?«

»Drei Uhr.«

»Die Nacht verstreicht. Bis zum Morgengrauen müssen wir hier weg sein. Wie gesagt, ich bin ins Dorf gefahren und als Vertreter verkleidet von Tür zu Tür gegangen.«

»Was hast du denn verkauft?«, wollte George wissen.

»Deine Comicsammlung, George. Oh, keine Sorge, ich bin kein einziges Heft losgeworden. Ich habe den Preis absichtlich hoch angesetzt. Aber auf die Weise kam ich mit den Einheimischen ins Gespräch.«

»Und? Was hast du erfahren?«, fragte ich.

Lockwood machte ein verlegenes Gesicht. »Leider war mein ländlicher Dialekt nicht besonders überzeugend. Die Leute haben kein Wort verstanden und irgendwann haben mich drei bullige Kerle um den Dorfteich gejagt, weil sie dachten, ich hätte sie beschimpft. Aber nachdem ich das mit dem Akzent gelassen habe, lief alles glatt, und ich bekam einigen Tratsch über Fairfax zu hören. Er fährt oft mit dem Firmenlaster an seinem Haus vor. Der Wagen ist bis obenhin voll mit seinen neuesten Produkten, und die Männer aus dem Dorf helfen ihm gegen Bezahlung, das Zeug ins Haus zu tragen. Größtenteils handelt es sich um normalen Haushaltsbedarf – Türsicherungen, Fensteramulette und so weiter –, aber es müssen auch größere Gegenstände dabei sein, denn sie sind in riesige Kisten verpackt. Nach ein paar Tagen lässt er alles wieder abholen. Die Dorfbewohner sind überzeugt, dass er seine neuen Produkte an den Geistern von Combe Carey Hall erprobt. Was an sich«, Lockwood strich sich das Haar aus dem Gesicht, »nicht weiter ungewöhnlich wäre. Das machen alle Firmen so. Aber es brachte mich auf eine neue Frage: Wenn dieses Haus für ihn so nützlich ist, warum will er die Heimsuchung dann ausräuchern? Warum bittet er uns her?«

»Und warum hat er uns nicht vorgewarnt, was uns hier erwartet?«, ergänzte ich. »Wenn er hier seine Experimente durchführt, muss er doch zumindest über das Rote Zimmer Bescheid wissen, wenn nicht gar über die verborgene Treppe.«

»Genau … Ich bin dafür, dass wir uns diesen großen Stein hier vornehmen. Wenn wir den rausstemmen, kann sich vielleicht sogar George durchquetschen.«

Georges Erwiderung ging im Hämmern und Klirren der Brecheisen unter. Der letzte Stein kostete uns mehrere Minuten Arbeit. Schließlich löste er sich halb aus der Wand, blieb dann aber stecken. Wir legten noch eine Verschnaufpause ein.

»Kurz gesagt«, fuhr Lockwood fort, »ich war äußerst misstrauisch geworden, was Fairfax und seine Beweggründe anging. Und es gab mir noch mehr zu denken, als ich auf der Hinfahrt im Zug las, was George bei seinen Recherchen herausgefunden hatte. Was Fairfax als junger Mann für ein wilder Bursche war. Dass er auf Wunsch seines Vaters nach der Schule in die Firma einsteigen sollte, stattdessen aber jahrelang in London zechte, zockte und sich als Schauspieler versuchte. Aber ich wäre immer noch nicht draufgekommen, worum es hier eigentlich geht, wenn Lucy nicht diese geniale Eingebung gehabt hätte.« Er machte eine Kunstpause.

»Nämlich …?«, fragte George. Ich war froh, dass er nachhakte, denn ich hatte auch keine Ahnung.

»Lucy zeigte mir das hier.« Lockwood richtete sich auf und begann, in seinen Manteltaschen herumzukramen, warf mit Pfefferminzpapierchen, Kerzenstummeln und Schnurresten um sich, bis er gefunden hatte, was er suchte: ein zerknittertes, zusammengefaltetes Blatt Papier, das er uns feierlich überreichte.

Es war die Kopie der Reportage, die George im Archiv entdeckt hatte. Die Fotostrecke über die reichen jungen Leute, die vor fünfzig Jahren Londons Cafés und Casinos unsicher gemacht hatten. Annie Ward stand dort inmitten der glamourösen Truppe, die sich um den Brunnen scharte. Von dem Porträtfoto schaute mir Hugo Blakes schmieriges, selbstgefälliges Gesicht entgegen.

»Seht mal da, am Brunnen«, sagte Lockwood.

Weil man bei dem fahlen Magnesiumlicht keine Details erkennen konnte, machte George seine Taschenlampe an. Hinter der ausgelassenen Menge stand noch eine Gruppe elegant gekleideter junger Männer in weißen Jacketts und Krawatten. Sie umstanden den verzierten Brunnen. Einer war auf den Rand unter der Fontäne geklettert, andere balancierten seitlich davon. Sie strahlten Gesundheit, Reichtum und Selbstbewusstsein aus. Der Größte stand etwas abseits, halb im Schatten des Brunnens. Er war breitschultrig und muskulös und hatte eine lange, dunkle Mähne, die ihm ins Gesicht fiel. Trotzdem erkannte man die markanten Züge – die Hakennase, die buschigen Augenbrauen und das kräftige Kinn.

George und ich waren sprachlos.

Er hatte seither stark abgenommen, aber er war es eindeutig.

»Fairfax …«, entfuhr es mir.

George nickte bedächtig. »Hab ich's mir doch gedacht!«

»Bitte? Erzähl mir nichts! Du hattest keinen Schimmer!«, fauchte ich.

»Na ja …« Er gab Lockwood die Kopie zurück. »Ich fand irgendwie, dass mit ihm was faul ist.«

»Das heißt, als ich Annie Ward das Bild gezeigt habe …«, überlegte ich laut, »… und sie ausgerastet ist …« Ich biss mir auf die Lippe. Der Silberglasbehälter unter meiner Jacke brannte eisig auf meiner Haut. »Aber das ist immer noch kein Beweis, dass …«

»Ganz recht«, unterbrach Lockwood mich, »das ist noch kein

Beweis. Außer für eines: nämlich dass Fairfax ein Lügner ist. Als er uns aufgesucht hat, tat er so, als habe er noch nie von Annie Ward gehört. Als könnte er sich noch nicht mal an ihren Namen erinnern. Dabei *muss* er sie zweifellos gekannt haben, denn als junger Mann hat er zu ihrem Freundeskreis gehört.«

»Und nicht nur das!« Ich hatte jetzt Herzklopfen und mir war schwindlig wie vorhin auf der Wendeltreppe, aber diesmal lag es nicht am Aufruhr irgendwelcher Geister. Es lag an einem Detail, das mir entfallen war, mich nun aber mit der vollen Wucht seiner Bedeutung traf. »Sie war auch Schauspielerin. Wie Fairfax. In dem alten Artikel hieß es, sie habe ihre vielversprechende Laufbahn aufgegeben, weil … ja, wieso eigentlich?«

»Wegen Hugo Blake«, sagte Lockwood. »Sie geriet unter seinen Einfluss und deshalb –«

»Wenn das alles auf das hinausläuft, was ich denke«, unterbrach ihn George und klopfte auf den halb herausgehebelten Steinblock, »meint ihr dann nicht, wir sollten allmählich weitermachen? Die Nacht ist bald um.«

Keiner mochte ihm widersprechen. Wortlos standen wir auf und rückten dem Stein wieder zu Leibe. Es kostete uns alle Kraft und diverse Attacken mit zwei Brecheisen und einem Messer, bis er endgültig locker war und herausfiel. Das Echo des Aufpralls verhallte und wir starrten in das Loch.

Lockwood bückte sich und spähte hindurch. »Ich seh nichts, aber dort müsste eigentlich der Keller sein, wo vorhin der Mönch aus der Wand kam. Sobald wir oben sind, verlassen wir das Haus sofort. Gib mir deine Taschenlampe, George. Ich klettere zuerst durch.«

Lockwood nahm die Lampe zwischen die Zähne, zog sich hoch und zwängte sich mit dem Kopf voran in die Öffnung. Er wand und drehte sich, zappelte noch einmal mit den Beinen, dann war er verschwunden.

Stille.

George und ich warteten.

Dann wurde es in der Öffnung hell, und wir hörten Lockwood sagen: »'tschuldigung. Mir war die Lampe runtergefallen. Ich bin tatsächlich in dem Keller von vorhin gelandet. Jetzt du, Lucy.«

Für mich war es leichter, durch die Öffnung zu schlüpfen, denn als ich den Kopf und die Arme hindurchgesteckt hatte, konnte Lockwood von der anderen Seite ziehen.

»Gib mir Rückendeckung, wenn ich George durchhelfe«, sagte er leise. »Ich nehme zwar an, dass sich die anderen Besucher um diese Uhrzeit ruhig verhalten, aber man weiß ja nie.«

Also stand ich mit Degen und Taschenlampe hinter ihm, als er George durch die Öffnung zerrte. Viel sehen konnte ich allerdings nicht. Undurchdringliche Schatten lagen über den Gewölbefluchten des Kellers. Ich erkannte nur die verschwommenen Umrisse von ein paar Weinregalen. Von Geisternebel keine Spur mehr. Vielleicht hatte unser Angriff auf den Brunnen tatsächlich den ganzen Geisterschwarm vertrieben. Das war unmöglich vorherzusagen.

Es war aber weniger die Heimsuchung, die mich beschäftigte, als vielmehr immer noch das alte Foto. Was mochte die junge blonde Frau und den Mann neben dem Brunnen verbunden haben?

»So weit alles klar?«, fragte Lockwood im Flüsterton, als George endlich neben ihm stand. »Wir verlassen das Haus durch die Vordertür und rennen so schnell es geht durch den Park bis zum Tor. Wenn wir das schaffen, bevor es hell wird, dann …«

»Ich hätte vorher noch eine Frage«, sagte ich. »Glaubst du, dass Fairfax auch hinter dem Einbruch bei uns in der Portland Row steckt?«

»Hundertprozentig. Als das schiefging, hat er sich etwas anderes ausgedacht und uns hierhergelockt.«

»Heißt das, er ist hinter dem Medaillon her?«

Er nickte. »Alles dreht sich um das Medaillon und das, was sich damit beweisen lässt.«

»Und was lässt sich damit beweisen, Mr Lockwood?«, fragte eine tiefe Stimme.

Es klirrte leise und zwei Gestalten lösten sich aus einer der Nischen.

Den Umrissen nach waren es zwei Männer, doch die Form der Köpfe wirkte grotesk. Einer hielt eine Pistole, der andere eine Petroleumlampe, mit der er uns so anleuchtete, dass wir geblendet die Augen zukneifen mussten.

Instinktiv griffen wir nach unseren Degen. »Halt!«, befahl die tiefe Stimme. »Schluss mit den Fechtkunststückchen. Auf den Boden mit den Waffen, wenn Sie nicht auf der Stelle erschossen werden wollen!«

»Tut, was er sagt«, wandte sich Lockwood an uns. Er selbst nahm seinen Degen ab und ließ ihn fallen, George tat es ihm nach.

Nur ich war noch bewaffnet. Ich starrte gebannt in die Richtung, aus der die Stimme kam.

»Wird's bald, Miss Carlyle?«, befahl die Stimme. »Sonst haben Sie gleich eine Kugel im Kopf.«

»Lucy!« Lockwood legte mir die Hand auf die Schulter und rüttelte mich sanft.

Ich ließ meine Waffe fallen.

Lockwood zog die Hand wieder weg und vollführte eine weltmännische Gebärde. »Liebe Lucy, lieber George … darf ich euch noch einmal unseren Gönner und Gastgeber Mr John William Fairfax vorstellen, bekannter Geschäftsmann und Besitzer der Fairfax-Eisenwerke, ehemaliger Schauspieler und – nicht zu vergessen – Mörder von Annie Ward.«

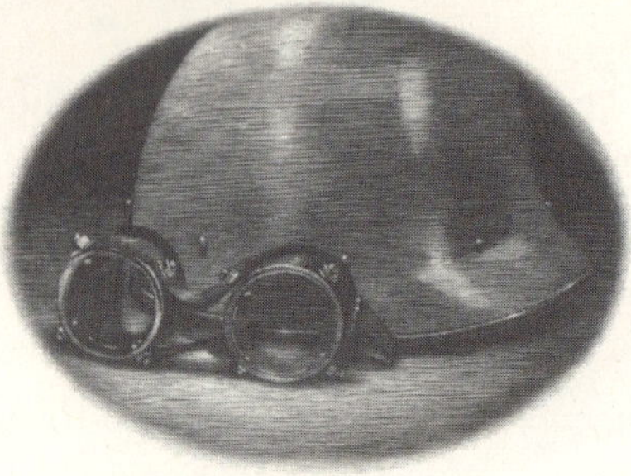

# Kapitel 24

**Fairfax trug noch** dasselbe Frackhemd und die Anzughose wie am Abend, ansonsten aber war an dem alten Mann nichts mehr wie zuvor. Er hatte das dunkelgraue Jackett gegen einen kurzärmeligen Überwurf aus eisernen Kettengliedern getauscht, der seine Brust eng umschloss und darunter in schimmernden Falten herabhing. Seine Hände und Handgelenke steckten in Metallhandschuhen mit langen Stulpen. Er stützte sich auf den wohlbekannten Spazierstock mit dem eisernen Hundekopfgriff, nur dass jetzt die hölzerne Scheide entfernt war und man den langen, schlanken Degen sah, der sich darin verborgen hatte. Am auffälligsten und absurdesten war jedoch der Helm auf seinem Kopf – eine eiserne Kappe, die seinen Schädel eng umschloss und den Nacken mit einem ausgezogenen Rand schützte. Unter der Stirnplatte saß eine Lederbrille mit gewölbten Linsen, in denen sich das Licht spiegelte, sodass man seine Augen nicht erkennen konnte. Alles in allem sah Mr Fairfax wie ein dämonischer Frosch aus, Furcht einflößend und lächerlich zugleich.

Er hob die Petroleumlampe höher und musterte uns in ihrem mit wirbelndem Qualm versetzten Licht. Dann grinste er so breit, dass seine Silberkronen blitzten.

»Sie sind ein kaltschnäuziger Kollege, Mr Lockwood. Ich bin beeindruckt. Schade, dass wir uns nicht unter anderen Umständen begegnet sind. Ich hätte Sie sofort bei mir angestellt.«

Ich weiß nicht, wie Lockwood das fertigbrachte, aber trotz der auf seine Brust gerichteten Pistole, trotz seines zerrissenen, mit Blut und Plasma bespritzten, mit Salz und Asche bestäubten Mantels, trotz der Spinnweben im Haar und den Schürfwunden im Gesicht und an den Händen bewahrte er auf bewundernswerte Weise Haltung.

»Das ist sehr nett von Ihnen«, erwiderte er. »Aber wollen Sie uns nicht Ihren Freund vorstellen?« Er deutete mit dem Kinn auf den Mann mit der Pistole. »Ich glaube nicht, dass wir schon das Vergnügen miteinander hatten.«

Der Unbekannte war nicht ganz so groß wie Fairfax, dafür aber kräftiger gebaut. Das, was man von seinem Gesicht sehen konnte, war ordentlich rasiert und wirkte noch jung. Auch er trug einen Froschhelm, ein Kettenhemd und einen Degen am Gürtel.

Fairfax kicherte in sich hinein. »Das ist Percy Grebe, mein Chauffeur und persönlicher Assistent. Er hat bei Hambleton gearbeitet, bevor die Agentur von Fittes geschluckt wurde. Ein fähiger Bursche und noch immer sehr geschickt mit dem Degen. Aber Sie kennen ihn bereits. Percy hat Ihnen neulich nachts einen kleinen Besuch abgestattet.«

»Ach so, unser maskierter Eindringling! Wie geht's Ihrem Magen? War die Wunde tief?«

»Ist schon fast wieder verheilt«, antwortete Grebe.

»Nur eine weitere kleine Unannehmlichkeit auf der langen Liste derer, die Sie uns verursacht haben, Mr Lockwood«, ergriff Fairfax wieder das Wort. »Schauen Sie sich nur die Wand an!« Er deutete vorwurfsvoll auf die Steinbrocken und das schartige Loch in der Mauer, durch das immer noch Magnesiumrauch hereinschwebte. »Ich bin wirklich empört. Ich hatte doch angeordnet, dass auf meinem Anwesen keine entzündlichen Stoffe zum Einsatz kommen sollen.«

»Dafür entschuldige ich mich«, sagte Lockwood. »Aber erfreulicherweise haben wir die Quelle lokalisiert und vernichtet, sodass wir der Begleichung der zweiten Rate unseres Honorars nach Öffnung der Banken erfreut entgegensehen.«

Fairfax kicherte wieder. »Optimismus wider jede Vernunft ist eine andere Eigenschaft, die ich bewundere, Mr Lockwood. Aber am meisten beeindruckt mich, dass es Ihnen gelingt, unter den widrigsten Bedingungen am Leben zu bleiben. Ich hatte fest damit gerechnet, dass Ihnen schon vor Stunden das Grauen des Roten Zimmers den Garaus machen würde. Ich habe gewartet, bis Sie drinnen waren, und hinter Ihnen abgeschlossen … Und jetzt – tauchen Sie wie ein unverwüstlicher Holzwurm in einem ganz anderen Teil des Hauses wieder auf! Wirklich erstaunlich. Nicht nur, dass Sie einen Ausgang aus dem Roten Zimmer entdeckt haben, Sie haben überdies die eigentliche Quelle aufgespürt … War es der Rote Herzog, wie ich immer vermutet habe?«

»Nein, es waren die Wendeltreppe und die Mönche. Wir haben den Brunnen entdeckt, in dem sie ertränkt wurden.«

»Ein Brunnen? Etwa hier nebenan?« Die gewölbten Gläser blitzten im Lampenschein auf, seine Stimme klang nachdenklich. »Soso … den müssen Sie mir gleich mal zeigen.«

George, der hinter Lockwood stand, zischelte: »Klasse … Nicht unbedingt die genialste Idee, den Brunnen zu erwähnen, Lockwood!«

Lockwood grinste. »Oh, Mr Fairfax ist ein besonnener Mann. Außerdem will er sich erst noch mit uns unterhalten, stimmt's, Fairfax?«

Unter dem Helm blieb es still. Grebe richtete immer noch die Pistole auf uns.

»Allerdings.« Fairfax' Stimme klang jetzt barscher, entschlossener. »Aber hier unten ist es mir zu ungemütlich. Ich bin müde und muss mich setzen. Bringen Sie unsere Freunde in die Bibliothek, Grebe. Wenn einer der Jungs fliehen will, fackeln Sie nicht lange und erschießen Sie das Mädchen.«

Lockwood entgegnete etwas, aber ich bekam nicht mit, was. Neben Schreck und Panik begann sich in mir jetzt Ärger zu regen. Fairfax ging ganz selbstverständlich davon aus, dass ich von uns dreien am ungefährlichsten war, das schwächste Glied des Teams. Dass man mich benutzen konnte, um die beiden anderen ruhig zu halten. Aber ich ließ mir nichts anmerken und ging mit unbewegter Miene an dem alten Mann vorbei.

In der Bibliothek waren sämtliche Lampen angeschaltet. Nach den vielen Stunden im Dunkeln schlug uns das Licht unerträglich grell entgegen. Wir hielten uns die Arme vors Gesicht und suchten Halt an den nächstbesten Stühlen. Grebe bedeutete uns, dass wir uns setzen sollten. Er selbst stellte sich mit locker verschränkten Armen vor das Bücherregal, sodass der Pistolenlauf auf seinem prallen Bizeps ruhte. Er wartete.

Nach langen Minuten hörten wir endlich das *Tock-Tock-Tock* von Fairfax' Spazierstock. Als er eintrat, funkelte sein Helm im

Lampenlicht. Mit seiner Hakennase wirkte er mehr denn je wie ein übergroßer, lauernder Raubvogel. Nach kurzem Zögern ging er zu einem Ledersessel vor der Wand mit den Fotos und ließ sich mit einem erleichterten Seufzer hineinsinken. Die Maschen seines langen Kettenhemdes klirrten leise.

»Endlich!«, sagte er. »Wir haben stundenlang in diesem verflixten Keller ausgeharrt, nachdem wir die Explosion gehört hatten. Sie können Ihre Schutzkleidung jetzt ablegen, Grebe. Hier drin gibt es keine Geister.«

Er selbst senkte den Kopf und nahm erst den Helm und dann die Brille ab. Auf seiner Stirn blieb ein roter Abdruck zurück. Seine pechschwarzen Augen blickten angestrengt, sein Gesicht war jäh gealtert.

Über ihm an der Wand blickte uns sein jüngeres in Saft und Kraft stehendes Ich von dem Foto an: Fairfax der Schauspieler, geschmeidig und attraktiv, strotzend vor Selbstbewusstsein, mit Ohrringen und in hautengen Strumpfhosen, in der Hand einen Totenschädel aus Gips. Der heutige Fairfax saß gebeugt, erschöpft und kraftlos hustend darunter. Es war fast unheimlich zu sehen, wie grausam ihm die Jahre zugesetzt, wie sie seine Lebenskraft und Lebenslust aufgezehrt hatten.

Auch Grebe nahm seinen Helm ab. Zum Vorschein kam ein ungewöhnlich kleiner Kopf, der nicht zu seinem muskulösen Körperbau passte. Der Anblick erinnerte an eine Kegelfigur. Sein Haar war militärisch kurz geschoren, der Mund schmal und verkniffen.

Fairfax legte Brille und Helm auf den Stapel Alben, den Lockwood zu Beginn unseres Einsatzes durchgeblättert hatte. Dann schaute er sich mit zufriedener Miene um. »Ich bin gern hier«, verkündete er. »Diese Bibliothek ist mein Grenzposten. Nachts stellt sie das Niemandsland zwischen dem Reich der Lebenden und dem der Toten dar. Ich erprobe hier die neuesten Produkte meiner Firma. Die Stahlrohrmöbel sorgen für meine Sicherheit, aber meine Schutzkleidung erlaubt es mir, mich auch im übrigen Haus unbehelligt zu bewegen.«

»Komische Rüstung. Sieht aus, als hätten Sie ein Kleid an«, sagte George.

»Wollen Sie mich beleidigen, Mr Cubbins?«, erwiderte Fairfax mit zu Schlitzen verengten Augen. »Ob das in Ihrer Lage so klug ist?«

»Wenn du von einem geisteskranken Tattergreis im Kettenkleid mit einer Pistole bedroht wirst, bist du eh verratzt«, gab George zurück.

Fairfax lachte kurz auf. »Das wird sich zeigen. Aber Sie liegen falsch mit Ihrer Überheblichkeit. Was mein *Kleid* betrifft: Es ist aus einem neuartigen Stahl, der natürlich überwiegend aus Eisen besteht, aber mit einem Zusatz von Aluminium. Dadurch ist das Ganze wesentlich leichter als die bisher übliche Schutzkleidung. Höchster Tragekomfort bei größtmöglicher Sicherheit! Auch der Helm ist auf dem neuesten Stand der Technik. Wussten Sie, dass der Nacken bei Agenten die verwundbarste Stelle ist, Mr Lockwood? Deshalb ist hier dieser Nackenschutz angeschweißt. Hätten Sie nicht auch gern so einen Helm?«

Lockwood zuckte die Achseln. »Er ist sicherlich … einzigartig.«

»Wieder falsch! Er ist ungewöhnlich und raffiniert, aber einzigartig ist er nicht. Die Fairfax-Eisenwerke sind nicht die einzige Firma auf der Welt, die an neuen Erfindungen arbeitet. Und diese Schutzbrille … Aber ich schweife ab.«

Er lehnte sich in seinem Sessel zurück und beobachtete Lockwood eine Weile, ohne etwas zu sagen. Als er weitersprach, wählte er seine Worte mit Bedacht. »Dort unten im Keller haben Sie ein gewisses … Medaillon erwähnt, mit dem sich irgendetwas beweisen ließe. Das hat mich neugierig gemacht. Was meinen Sie mit *beweisen* – falls Sie überhaupt etwas damit meinen? Außerdem würde mich interessieren«, er lächelte flüchtig, »wo sich dieses Medaillon befindet und wie es in Ihren Besitz gelangt ist.«

»Warum sollten wir Ihnen das verraten?«, sagte George. »Sobald Sie es wissen, werfen Sie uns in den Brunnen.« Sein bleiches, blutverschmiertes Gesicht hatte einen trotzigen Ausdruck angenommen. Meines – vermutlich – ebenfalls, aber bei mir gesellte sich zum Trotz noch tiefe Abscheu. Ich konnte mich kaum überwinden, Fairfax auch nur anzuschauen.

Lockwood dagegen war so gelassen, als plaudere er mit einem guten Nachbarn über das Wetter. »Lass nur, George. Er kann ruhig wissen, worum es geht. Dann begreift er vielleicht, wie aussichtslos *seine* Lage ist.« Er setzte sich bequem hin und schlug die Beine übereinander. »Wie Sie schon erraten haben, Fairfax, haben wir das Medaillon bei Annabel Wards Leiche gefunden. Uns war sofort klar, dass nur ihr Mörder es ihr geschenkt haben konnte.«

Fairfax gebot ihm Einhalt. »Warten Sie! Wie sind Sie darauf gekommen?«

»Durch Lucys übersinnliche Fähigkeiten. Als sie das Medaillon berührte, nahm sie starke Gefühlsspuren daran wahr, die Annies unbekannten Verehrer mit dem Augenblick ihres Todes in Zusammenhang bringen.«

Der kantige Schädel wandte sich mir zu, die schwarzen Augen musterten mich von Kopf bis Fuß. »Ach richtig, die überaus einfühlsame Miss Carlyle …« Die Art, wie er das sagte, verursachte mir eine Gänsehaut. »Aber juristisch gesehen, ist das natürlich Humbug«, fuhr er fort. »So etwas gilt nicht als Beweis.«

»Da bin ich ganz Ihrer Ansicht«, entgegnete Lockwood. »Darum lag uns ja auch so viel daran, die Inschrift auf der Innenseite des Medaillons zu entschlüsseln. Auf der Vorderseite steht: *Tormentum meum, laetitia mea* – meine Qual, meine Freude oder etwas ähnlich Albernes. Das besagt noch nicht viel, nur dass der Mann, der das Medaillon anfertigen ließ, ein selbstverliebter Fatzke gewesen sein muss. Aber das charakterisiert ja viele Mörder, nicht wahr, Fairfax? Wir brauchten etwas Aussagekräftigeres.«

In der Bibliothek hätte man eine Stecknadel fallen hören können. Der alte Mann saß reglos da, die knotigen Hände auf den Armlehnen seines Ledersessels. Er reckte gespannt den Kopf vor.

»Kommen wir zu der Inschrift auf der Innenseite des Schmuckstücks«, sprach Lockwood weiter. »Wenn ich mich richtig erinnere, lautet sie: *A ‡ W – H. II. 2. 115*. Das sind drei Buchstaben, nämlich A, W und H und dazu eine geheimnisvolle Zahlenfolge. Die Buchstaben haben uns zunächst in die Irre geführt, weil wir das A und das W Annabel Ward und das H ihrem Verehrer zugeordnet hatten. In alten Zeitungsartikeln wird Miss Wards Beziehung mit Hugo Blake erwähnt, daher fiel unser Verdacht auf ihn. Er war der Letzte, der Miss Ward lebendig gesehen hat, und seinerzeit war er auch der Hauptverdächtige. Sogar heute noch hat sich die Polizei an ihn erinnert und ihn festgenommen.

Aber tatsächlich war Blake der falsche Kandidat, was mir klar geworden wäre, hätte ich mich nur länger mit der Inschrift befasst. War es nicht seltsam, dass von Annabel Ward beide Anfangsbuchstaben dastehen, von ihrem Verehrer aber nur einer? Und was war mit den Zahlen: II.2.115? War das eine Art Code? Oder das Datum einer Verabredung? Ich muss gestehen, dass ich mit meinem Latein am Ende war.«

Lockwood warf einen Blick auf seine Armbanduhr, dann lächelte er mich an.

»Es war Lucy, die die zündende Idee hatte. Ihr ist das Foto wieder eingefallen, das Annie Ward mit ihren Freunden zeigte, darunter auch Sie, Fairfax. Da wusste ich sofort, dass Sie ein falsches Spiel mit uns treiben. Auf der Hinfahrt im Zug las ich dann einen Artikel über Ihre frühen Erfolge als Schauspieler, wobei mir wieder einfiel, dass Annie Ward ja auch Schauspielerin war. In dem Artikel stand außerdem, dass Sie damals unter Ihrem zweiten Vornamen aufgetreten sind, nämlich als Will Fairfax. Das lieferte mir eine andere mögliche Bedeutung von A ‡ W – nämlich Annie und *Will*.«

Der alte Mann hatte sich immer noch nicht geregt. Oder hatte er den Kopf kaum merklich gesenkt? Jedenfalls lagen seine Augen jetzt im Schatten, ihr Ausdruck war nicht mehr zu erkennen.

»Die Bedeutung der Zahlen ist mir allerdings erst heute Nacht aufgegangen. Aber da waren wir gerade auf der Kreischenden Wendeltreppe und ein bisschen beschäftigt, sodass ich nicht dazu kam, meine Vermutung zu überprüfen. Ich gehe aber davon aus, dass sich *H. II. 2. 115* auf ein Theaterstück bezieht, in dem Sie zusammen mit Annie Ward aufgetreten sind. Wahrscheinlich handelt es sich um irgendein rührseliges Zitat, das Ihnen beiden etwas bedeutet hat und das beweisen könnte, dass Sie Annie Ward mehr als nahestanden.« Lockwood warf einen kurzen Blick auf das Porträt an der Wand. »Ich tippe auf *Hamlet*, denn das war ja offenbar Ihre Lieblingsrolle. Aber ob ich recht habe, kann mir nur einer bestätigen, und das sind Sie.« Er faltete lächelnd die Hände im Schoß. »Also, Fairfax, liege ich mit meiner Vermutung richtig? Ich würde mal sagen, jetzt ist *die* Gelegenheit, uns aufzuklären.«

Fairfax rührte sich nicht. War er eingeschlafen? Gut möglich, so lange, wie Lockwood sich ausgelassen hatte. Drüben am Bücherregal scharrte der Mann mit der Pistole mit den Füßen, zumindest er wurde langsam ungeduldig. »Es ist gleich halb fünf, Sir«, sagte er.

Aus dem Sessel ertönte eine brüchige Stimme. »Jaja. Nur noch eine Frage, Mr Lockwood. Warum haben Sie die Inschrift nicht der Polizei gezeigt?«

Lockwood antwortete nicht sofort, aber dann erwiderte er: »Eitelkeit. Ich wollte die Inschrift selbst entschlüsseln. Ich wollte, dass Lockwood & Co. groß rauskommen. Das war dumm von mir.«

»Verstehe.« Fairfax hob den Kopf. Er sah jetzt nicht mehr einfach nur alt aus, sondern sein ausgezehrtes Gesicht mit der pergamentfarbenen Haut glich einem Totenkopf mit großen, glühenden Augen. »Eitelkeit kann schlimme Folgen haben. In Ihrem Fall bedeutet Ihre Eitelkeit für Sie und Ihre Kollegen den Tod. In meinem Fall ein langes Leben voller Reue.« Er seufzte schwer. »Ihre Beweise sind schlüssig und Ihre detektivische Begabung ist beachtlich. Die Zahlenfolge bezieht sich tatsächlich auf Hamlet. Ich habe Annie bei den Proben kennengelernt. Ich war der Dänenprinz, sie seine Verlobte Ophelia. Die Inschrift weist auf den zweiten Akt, zweite Szene und die Zeilen 115–118 hin, die da lauten:

*Zweifle an der Sonne Klarheit,*
*Zweifle an der Sterne Licht,*
*Zweifl', ob lügen kann die Wahrheit,*
*Nur an meiner Liebe nicht.*

Der alte Mann schwieg und blickte ins Leere. »Das schreibt Hamlet an Ophelia«, setzte er dann hinzu. »Er will ihr versichern, dass seine Liebe zu ihr noch unerschütterlicher ist als die Gesetze des Universums. In dem Stück ertränkt sie sich zwar und er wird vergiftet, aber das ändert nichts an dem Grundgedanken. Alles dreht sich um Leidenschaft… und Leidenschaft hat auch Annie und mich verbunden.«

Ich machte zum ersten Mal den Mund auf. »Was Sie nicht davon abgehalten hat, sie umzubringen.«

Fairfax' Augen waren ausdruckslos wie Kieselsteine, als er mich anblickte. »Sie sind noch ein Kind, Miss Carlyle. Davon verstehen Sie nichts.«

»Irrtum!« Jetzt ließ ich meiner Wut freien Lauf. »Ich weiß *genau*, wie es Annie Ward ergangen ist. Als ich das Medaillon in der Hand hatte, *war* ich sie!«

»Wie schön für Sie«, erwiderte Fairfax. »Ich habe mir immer gedacht, dass es eher ein Fluch als ein Segen sein muss, wenn man so sensibel ist wie Sie. Mich persönlich hat es noch nie gereizt, anderer Leute Todesqualen nachzuvollziehen.«

»Ich spreche nicht nur von ihrem Tod«, konterte ich, »sondern von allen ihren Empfindungen, während sie Ihre Kette trug. Von ihren Gefühlen! Ich weiß, was sie mit Ihnen durchgemacht hat.« Diese Erinnerungen waren mir noch sehr präsent. Ich konnte immer noch den Aufruhr des Mädchens spüren, ihre zügellose Eifersucht, ihre Trauer und Wut, und dann, ganz am Schluss –

»Was für eine alberne und unnütze Gabe. Aber dann wissen Sie ja auch, was für eine abgründige und schwierige Person Annie war. Sie war schrecklich flatterhaft und unglaublich launisch, aber bei alldem hinreißend schön. Wir sind gemeinsam in einer ganzen Reihe von Theaterstücken aufgetreten. Das war unser Vorwand, zusammen zu sein, denn unsere Affäre musste geheim bleiben. Annie hatte nicht die passende gesellschaftliche Stellung – ihr Vater war Schneidermeister oder so etwas, und meine Eltern hätten mich enterbt, wenn sie von unserer Beziehung erfahren hätten. Aber irgendwann bestand Annie darauf, dass ich mich öffentlich zu ihr bekennen sollte. Ich weigerte mich natürlich – was für eine abwegige Idee – und da verließ sie mich.« Er bleckte die blitzenden Zähne. »Eine Zeit lang flirtete sie mit Hugo Blake, aber ihr wurde bald klar, dass er ein Hohlkopf und ein Taugenichts war. Im Handumdrehen kehrte sie zu mir zurück.«

Er schüttelte den Kopf und seine Stimme wurde kräftiger: »Leider war Annie sehr eigensinnig. Sie schloss Freundschaften, die ich nicht guthieß, und sie traf sich immer noch mit Blake, obwohl ich es ihr verboten hatte. Wir haben uns oft deswegen gestritten und unsere Auseinandersetzungen wurden immer heftiger. Eines Abends ging ich heimlich zu ihr nach Hause. Ich hatte einen Schlüssel. Sie war nicht da. Ich wartete auf sie. Sie können sich vorstellen, wie wütend ich wurde, als ich sah, dass kein anderer als der Mistkerl Hugo Blake sie vor der Haustür absetzte. Kaum war sie zur Tür herein, stellte ich sie zur Rede. Wir stritten uns so wüst wie noch nie und irgendwann verlor ich die Beherrschung und schlug zu. Sie fiel leblos zu Boden. Ich hatte ihr mit einem einzigen Fausthieb das Genick gebrochen.«

Ich erschauerte. Todesangst und dann ein heftiger Schmerz … ich hatte es am eigenen Leib gespürt.

»Versetzen Sie sich bitte in meine Lage, Mr Lockwood. Der Erbe eines der größten Vermögen in England kniet vor der Leiche seiner Geliebten, die von seiner Hand gestorben ist. Was sollte ich denn machen? Wenn ich die Polizei rief, war alles aus. Mir drohte mindestens eine lebenslange Freiheitsstrafe, wenn nicht gar der Strang. Dann hätte ein unbeherrschter Augenblick zwei Menschen das Leben gekostet! Wenn ich ihre Leiche aber einfach an Ort und Stelle liegen ließ, hätte man mich trotzdem des Mordes überführen können. Vielleicht hatte mich ja jemand beim Betreten des Hauses beobachtet. Nein, das war zu riskant. Ich suchte nach einer dritten Lösung. Ich wollte die Leiche verstecken und alle Spuren verwischen. Ich brauchte fast vierundzwanzig Stunden, Mr Lockwood, um meiner Annie eine improvisierte Gruft zu errichten, vierundzwanzig Stunden, die ich in fünfzig Jahren nicht vergessen habe. Ich musste ein geeignetes Versteck suchen, eine Öffnung in die Wand schlagen, Baumaterial ins Haus schaffen, und das alles unbemerkt. Die ganze Zeit lag die tote Annie neben mir, und ich fürchtete jeden Augenblick, entdeckt zu werden …« Der Alte schloss die Augen und holte zittrig Luft. »Aber ich schaffte es und habe seither mit der Erinnerung leben müssen. Doch trotz aller Sorgfalt hatte ich – welch bittere Ironie – das Medaillon übersehen! Ich hatte einfach nicht mehr daran gedacht. Erst nach ein paar Wochen fiel es mir wieder ein, und ich begriff, dass es mir womöglich eines Tages zum Verhängnis werden konnte. Meine Befürchtung bewahrheitete sich. Als ich den Artikel über Ihre Agentur las, ahnte ich, dass Sie die Kette bei der Leiche gefunden hatten und versuchen würden, den Fall aufzuklären. Ich ließ meine Beziehungen spielen und erfuhr, dass die Polizei noch nichts Näheres wusste. Daraufhin schöpfte ich wieder Hoffnung. Ich beauftragte Grebe, bei Ihnen einzubrechen. Als er mit leeren Händen zurückkehrte, musste ich mir etwas anderes einfallen lassen.« Er atmete pfeifend aus. »Leider haben mich auch die Geister von Combe Carey enttäuscht und ich muss die Sache selbst zu Ende bringen. Aber vorher hätte ich noch eine letzte kleine Frage. Was haben Sie mit meinem Medaillon gemacht?«

Keiner von uns antwortete ihm. Ich lauschte derweil mit all meinen Sinnen, aber im Haus war alles still. Die Besucher hatten sich zurückgezogen. Wir hatten es nur noch mit einem Mörder, seinem Handlanger und einer Schusswaffe zu tun.

»Ich warte!«, kam es von Fairfax. Dass er uns gleich töten würde, schien ihn nicht im Geringsten aus der Ruhe zu bringen.

Doch Lockwood wirkte mindestens genauso gelassen. »Danke, dass Sie uns Ihre Geschichte erzählt haben. Das war sehr erhellend, und zudem hat es uns geholfen, noch ein wenig mehr Zeit herauszuschinden. Ich hatte wohl noch gar nicht erwähnt, dass wir nicht mehr lange hier allein sein werden. Bei unserer Ankunft in Combe Carey habe ich unseren Fahrer gebeten, Inspektor Barnes von der BEBÜP eine Nachricht zu überbringen. In meinem Schreiben habe ich gewisse Andeutungen gemacht, die ihn garantiert haben neugierig werden lassen, und ihn gebeten, sich am frühen Morgen hier mit uns zu treffen.«

George und ich wechselten einen verblüfften Blick. Mir fielen der braune Umschlag wieder ein und das Bündel Scheine, mit dem Lockwood den jungen Taxifahrer bezahlt hatte.

»Der Inspektor sollte in Kürze hier eintreffen«, verkündete Lockwood fröhlich, lehnte sich zurück und verschränkte lässig die Hände im Nacken. »Mit anderen Worten: Das Spiel ist aus, Fairfax. Wir können es uns also genauso gut gemütlich machen. Wollen Sie Grebe nicht bitten, dass er uns einen Tee aufsetzt?«

Das Gesicht des alten Mannes bot keinen schönen Anblick: Hass, Furcht und Fassungslosigkeit gingen in Wellen darüber hinweg. Dann fing er sich wieder. »Sie bluffen doch bloß, und wenn nicht – wen kümmert's? Bis irgendwer hier eintrifft, hat Sie Ihr Schicksal bereits ereilt, weil die Besucher leider kurzen Prozess mit Ihnen gemacht und Sie in den verfluchten Brunnen gestürzt haben. Barnes wird mich ganz aufgelöst vor Kummer vorfinden. Was soll er mir schon nachweisen? Also – ich frage Sie ein letztes Mal: *Wo ist das Medaillon?*«

Keine Antwort.

»Erschieß das Mädchen, Percy.«

»Halt!« Lockwood und George sprangen auf.

»Nicht!«, rief ich. »Ich sage alles.«

Alle Köpfe wandten sich mir zu. Fairfax beugte sich gespannt vor. »Na also. Hab ich's mir doch gedacht, dass du die Erste bist, die einknickt. Raus mit der Sprache, wo ist das Medaillon? In welchem Zimmer habt ihr es versteckt?«

»Lucy …«, setzte Lockwood an.

»Das Medaillon ist nicht in der Portland Row«, sagte ich. »Es ist hier.«

Ich beobachtete den Alten, sah, wie sich seine Lider vor Vergnügen ein wenig senkten und seine runzligen Lippen der Anflug eines zufriedenen Schmunzelns kräuselte. Und eben dieser Anblick, so flüchtig er auch gewesen war, öffnete mir ein schmutziges Fenster zu seinem wahren Wesen. Das verbarg er sonst hinter der Fassade des großspurigen Industriellen und auch hinter der Maske des reuigen Täters. Ich hatte in dieser Nacht in Combe Carey Hall eine Menge gesehen, aber das Schmunzeln auf diesen alten Lippen? Es war wohl das Abscheulichste von allem, das schadenfrohe Schmunzeln eines Mörders, schauriger als jede Heimsuchung. Wie viele andere Menschen, die ihm im Lauf der Jahre in die Quere gekommen waren, hatte er wohl noch kaltblütig beseitigt?

»Hier?«, wiederholte er. »Dann zeig es mir.«

»Aber gern.« Aus dem Augenwinkel sah ich, dass Lockwood mir verzweifelt Zeichen machte, um meine Aufmerksamkeit zu gewinnen. Doch ich wich seinem Blick aus. Ich hatte mich bereits entschieden. Ich wusste, was ich tat.

Ich zog das Döschen unter meiner Jacke hervor. Als ich es vom Hals nahm, glaubte ich es hinter der Glaswand fahl aufleuchten zu sehen, aber vielleicht war es auch nur die Spiegelung einer Lampe. Dann öffnete ich den Verschluss.

»Das ist doch ein Silberglas«, sagte Grebe plötzlich. »Wieso habt ihr das Medaillon da reingetan?«

Ich ließ den Inhalt des Behälters in meine flache Hand gleiten. George schnappte nach Luft, und Fairfax sagte etwas, aber ich hörte nicht hin. Ich lauschte einem anderen Geräusch. Noch war es fern, aber es kam rasch näher.

Das Medaillon war so eiskalt, dass meine Handfläche schmerzte. »Bitte sehr«, sagte ich. »Es gehört Ihnen.«

Ich hielt Fairfax das Schmuckstück mit ausgestrecktem Arm hin und drehte den Kopf zur Seite.

Der junge Fairfax auf dem Foto an der Wand betrachtete, die eine Hand in Heldenpose in die Hüfte gestemmt, mit sinnender Miene den Totenschädel. Auf dem Gesicht des alten, hinfälligen Fairfax von heute malte sich Bestürzung, als er die Halskette erblickte.

Ein Windstoß traf meine Wange und ließ mein Haar flattern. Stuhlbeine scharrten über den Teppich, Tische kamen ins Rutschen. Es gab einen lauten Knall, als alle Bücher in der Bibliothek gleichzeitig gegen die Rückwände der Regale geschleudert wurden. Percy Grebe, der an seiner Pistole herumgespielt hatte, fegte es von den Füßen, und er prallte gegen ein Regal. Dann sackte er zusammen. Lockwoods Stuhl krachte gegen den von George. Beide wurden in die Lehnen gedrückt von der Energiewelle, die von meiner Hand ausging.

Dann platzten sämtliche Glühbirnen auf einmal.

Aber es wurde nicht dunkel, jedenfalls nicht für mich, denn plötzlich stand das Mädchen im Raum. Sie trug das hübsche Sommerkleid mit den gelben Blumen. Sie stand zwischen mir und Fairfax, und das Anderlicht umfloss sie in wahren Kaskaden, ergoss sich in Strömen über Stühle und Teppiche und umspülte als kalt gleißende Flut die Lesetische.

*»Mir ist kalt«*, hörte ich sie klagen. *»So furchtbar kalt.«*

Ich vernahm wieder das leise Klopfen, wie in jener Nacht im Haus der Hopes, in der alles begonnen hatte. Diesmal klang es nicht wie ein Knöchel an der Wand oder wie ein Nagel, der in ein Brett geschlagen wird, sondern wie das gleichmäßige Pochen eines Herzens. Sonst war alles totenstill. Ganz kurz begegneten sich unsere Blicke, dann wandte sich das Geistermädchen dem alten Mann im Sessel zu.

Fairfax spürte ihre Anwesenheit, auch wenn er sie nicht sehen konnte. Er blickte Hilfe suchend um sich, dann tastete er über den Beistelltisch neben seinem Sessel. Als er die Schutzbrille gefunden hatte, drückte er sich die Gläser vor die Augen. Er spähte hindurch und erstarrte, seine Gesichtszüge entgleisten.

Das Geistermädchen schwebte auf ihn zu, Licht strömte aus seinem Haar.

Die Brille entglitt Fairfax' Hand und schlitterte in einem seltsamen Winkel seine Nase hinunter, bis sie herunterfiel. Seine Augen hatten sich vor Überraschung und schrecklicher Furcht geweitet. Wie es sich für einen Gentleman gehört, wenn eine Dame das Zimmer betritt, erhob er sich, bis er wacklig auf seinen schlotternden Beinen stand.

Das Mädchen breitete die Arme aus.

Vielleicht wollte Fairfax in letzter Sekunde noch fliehen oder sich wehren, aber die Geisterstarre hatte schon von ihm Besitz ergriffen. Sein Fechtarm zuckte nur noch einmal schwach, seine Hand hing nutzlos neben seinem Gürtel herunter.

Lockwood dagegen war es gelungen, die verhängnisvolle Benommenheit abzuschütteln. Er zog George am Arm hinter die Stühle und damit außer Reichweite des Geistermädchens.

Strudel aus Anderlicht griffen wie riesige Finger von allen Seiten nach Fairfax. Das Mädchen hatte ihn nun erreicht. Als das Plasma mit dem Kettenhemd in Berührung kam, zischte und brodelte es. Die Geistererscheinung flackerte, blieb aber standhaft. Das Mädchen schaute dem Alten in die Augen. Er öffnete den Mund, schien etwas sagen zu wollen … Da zog sie ihn in ihre eisige Umarmung.

Fairfax stieß einen lang gezogenen Schrei aus.

Das Anderlicht erlosch.

Es war stockdunkel. Ich drehte meine flache Hand um und das Medaillon fiel scheppernd zu Boden.

»Grebe will türmen! Schnell!«, hörte ich Lockwood rufen. Ich sah nur undeutlich, dass der Chauffeur zur Tür rannte und in seiner Hast gegen die Möbel stieß.

Lockwood zog den Schürhaken aus dem Kamin und lief hinterher. Auch George nahm die Verfolgung auf und schleuderte ein Kissen nach Grebes Kopf. Grebe duckte sich, sein Umriss zeichnete sich flüchtig vor der Türöffnung ab. Er drehte sich um. Ein greller Blitz, ein Knall, eine Kugel pfiff zwischen uns hindurch.

Lockwood und George verschwanden ebenfalls nach draußen. Dann ertönten aus der Eingangshalle Rufe, ein dumpfer Aufprall und erregte Stimmen. Trotz der Schmerzen in meiner Hand stolperte ich auf den Lärm zu – und staunte nicht schlecht. Der Chauffeur lag rücklings auf dem Boden, Lockwood drückte ihm den Schürhaken an den Hals, die Haustür stand sperrangelweit offen, und Inspektor Barnes stürmte, gefolgt von einem Trupp grimmig dreinschauender Agenten, in die Eingangshalle.

# V.
# Und danach

# Kapitel 25

**Was immer Lockwood** in seiner Nachricht an Inspektor Barnes geschrieben haben mochte, es hatte die beabsichtigte Wirkung erzielt. Der Taxifahrer hatte den Umschlag noch spät am selben Abend bei Scotland Yard abgegeben. Bis Mitternacht hatte Barnes zwei Mannschaftswagen mit BEBÜP-Beamten und Agenten besetzt und sie waren nach Berkshire losgebraust. Kurz nach drei Uhr morgens waren sie im Dorf eingetroffen und eine Stunde später, gegen vier, am Herrenhaus. Am Tor hatte es ein kleines Missverständnis gegeben – Bert Starkins hatte sie mit einer Horde Phantome verwechselt und hatte mit seiner Donnerbüchse eine Ladung Eisenspäne aus dem Fenster seines Hauses abgefeuert –, weswegen sie das Hauptgebäude erst kurz vor fünf hatten stürmen können. Trotzdem waren sie zwei Stunden früher da, als Lockwood kalkuliert hatte, und gerade rechtzeitig, um Percy Grebes Fluchtversuch zu vereiteln.

Was mich betraf, kamen sie keinen Augenblick zu früh.

Ich litt zwar nicht an Geistersieche, aber ich war Annie Wards letzter Manifestation aus nächster Nähe ausgesetzt gewesen und immer noch völlig benommen. Ich bibberte vor Kälte, und meine rechte Hand, auf der das Medaillon gelegen hatte, wies sogar Erfrierungen auf. Dazu kam alles andere, was wir in dieser endlosen Nacht an Schrecklichem erlebt hatten. Es war also kein Wunder, dass ich mich kaum noch auf den Beinen halten konnte und die ersten chaotischen Minuten nach dem Eintreffen der BEBÜP nur undeutlich mitbekam.

Irgendwann kümmerte sich jemand um mich. Ein Sanitäter von Fittes verpasste mir eine belebende Adrenalinspritze. Ein zweiter verband meine Hand. Ein netter BEBÜP-Beamter hatte die allerbeste Idee und machte mir einen starken Tee. Sogar Barnes, der auf und ab lief und Befehle blaffte, klopfte mir auf die Schulter, als er an meinem Sofa vorbeikam, und erkundigte sich nach meinem Befinden. Mir ging es besser, danke der Nachfrage, aber ich war froh, dass jemand anders die Verantwortung übernommen hatte.

Denn selbstverständlich nahmen die Dinge weiter ihren Lauf, auch wenn ich vorübergehend außer Gefecht war. Als Erstes wurde Percy Grebe von den Beamten in Gewahrsam genommen. Der Chauffeur hatte Fairfax' grausiges Ende nicht direkt mitangesehen, aber das, was er davon mitbekommen hatte, hatte ihm einen abgrundtiefen Schrecken eingejagt. Er war völlig fertig mit den Nerven und das löste ihm die Zunge. Kaum hatten ihn die Polizisten wieder auf die Beine gestellt, da fing er schon an auszupacken.

Als Nächstes durchkämmten die Agenten, bis an die Zähne mit Degen, Griechischem Feuer, Salzbomben und riesigen Taschenlampen bewaffnet, das ganze Haus gründlich von oben bis unten. Mit »gründlich« meine ich, dass sie dafür mehrere Stunden brauchten. Die meisten kamen von Fittes, aber es waren auch etliche von Grimble und ein paar von Tendy dabei. Sie bewegten sich nur im Schneckentempo vorwärts und führten praktisch bei jedem Schritt Messungen und Beobachtungen durch. Kommandos flogen hin und her und sie zuckten bei jedem Geräusch und jedem Schatten zusammen. Der berüchtigte Ruf von Combe Carey Hall saß ihnen im Nacken, genauso wie ihre erwachsenen Berater, die sich an der Haustür herumdrückten. Lockwood und George schauten zu und amüsierten sich köstlich.

Der erste Raum, der von der Truppe gesichert wurde, war logischerweise die Bibliothek. Hier fiel der Schein ihrer Taschenlampen auf Fairfax' reglosen Körper. Er lag auf dem Teppich in der Mitte des Zimmers, mit dem Gesicht nach unten, die Arme in einer flehenden Gebärde ausgebreitet. Als man ihn umdrehte, waren seine Augen immer noch weit aufgerissen. Die Sanitäter hielten ihre Adrenalinspritzen bereit, die aber nicht mehr zum Einsatz kamen. Es war eindeutig zu spät. Fairfax hatte eine Geistersieche ersten Grades erwischt. Er war blau verfärbt, aufgedunsen und so tot, wie man nur sein kann. Die Agenten machten sich sofort daran, mögliche Spuren in der Umgebung des noch auf dem Boden liegenden Medaillons zu sichern, aber sie fanden nichts. Annie Wards Geist hatte sich nach der Wiedervereinigung mit ihrem Mörder verflüchtigt.

Anschließend ließ Barnes den Ostflügel evakuieren, in dem Fairfax' Personal untergebracht war, und im Westflügel den Wahrheitsgehalt unseres Berichts überprüfen. Lockwood und George begleiteten ihn zum Roten Zimmer, das, wie erwartet, abgeschlossen war. Lockwood gab Barnes den Tipp, dass der Schlüssel vermutlich in Fairfax' Tasche zu finden sei. Als die Agenten auf Zehenspitzen eintraten, war alles verlassen, still und kalt.

Zu Georges großem Vergnügen gehörte unser alter Freund Quill Kipps zu dem Team von Fittes, das in dieser Nacht von Barnes angefordert worden war. Auch die Blonde mit dem langen Pony und der Schlaksige mit dem mausbraunen Schopf waren mit von der Partie. George machte sich einen Spaß daraus, Barnes auf dem Fuß zu folgen, als der Inspektor dem Team seine Anweisungen erteilte, und seinen Senf dazuzugeben.

»Gleich hinter der Geheimtür ist die berühmte Wendeltreppe«, sagte er. »Ich denke, wir haben sie gründlich von den kreischenden Mönchen gesäubert, aber ich würde trotzdem vorschlagen, dass Kipps vorgeht und nachschaut, ob alles in Ordnung ist. Am Fuß der Treppe ist der Raum mit dem Brunnenschacht, in dem damals das Massaker an den Mönchen stattgefunden hat. Dort sollte sich das Team vielleicht auch mal umsehen. Nein? Tja, Inspektor, sieht ganz so aus, als ob sie sich nicht trauen. Aber im unteren Klo hätten wir noch einen Waberer. Mit dem werden sie doch bestimmt fertig, oder?«

Letztendlich bestand kaum noch irgendwo Gefahr. Die ersten Strahlen der Morgensonne drangen durch die Fenster der Langen Galerie und ergossen ihr goldenes Licht über den Fußboden.

* * *

Inspektor Barnes blieb sich treu. Er beglückwünschte uns zwar widerstrebend zu unserem gelungenen Einsatz, verlieh aber gleichzeitig immer wieder durch Tonfall und Blick seinem äußersten Missfallen über unsere Eigenmächtigkeit Ausdruck. Sein Schnurrbart hing kummervoll herunter, als er Lockwood in der halb dunklen Bibliothek eine Moralpredigt hielt, weil wir das Medaillon nicht gleich der BEBÜP ausgehändigt hatten.

»Dafür könnte ich Ihnen eine Anzeige anhängen«, knurrte er. »Sie haben wichtige Informationen zurückgehalten, beziehungsweise ein Beweismittel von einem Tatort gestohlen. Außerdem haben Sie nicht nur sich selbst, sondern auch Ihre beiden hirnlosen Kollegen, die Ihnen offenbar wie die Hündchen überallhin nachlaufen, leichtsinnig in Lebensgefahr gebracht. Sie haben vorher gewusst, dass Sie es in diesem Haus mit einem Mörder zu tun haben!«

»Mit einem mutmaßlichen Mörder«, hielt Lockwood dagegen. »Ich hatte die Inschrift auf dem Medaillon erst teilweise entschlüsselt.«

Barnes' Schnurrbartenden bebten, als er nun augenrollend schnaubte: »Dann eben mit einem *mutmaßlichen* Mörder! Das ist fast genauso fahrlässig. Und Sie haben Cubbins und Miss Carlyle offenbar nicht in Ihre Entscheidung miteinbezogen!«

Damit, ich gebe es gern zu, sprach er aus, was auch ich dachte.

Lockwood richtete sich hoch auf. Anscheinend begriff er, dass er sich nicht nur vor Barnes rechtfertigen musste, sondern auch vor George und mir. »Ich hatte keine andere Wahl. Ich musste den Auftrag annehmen, sonst hätte ich meine Schulden niemals bezahlen können. Was die Gefahren betrifft, die uns hier erwarteten, so hatte ich vollstes Vertrauen in mein Team. Fähigere Mitarbeiter als Lucy und George findet man in ganz London nicht, wie unser Erfolg ja wohl beweist. Wir haben einen hoch aggressiven Besucherschwarm neutralisiert und darüber hinaus einen skrupellosen Verbrecher zur Strecke gebracht. Das alles übrigens ohne die Anleitung eines Beraters oder eines anderen Erwachsenen.« Er schenkte Barnes sein strahlendstes Lächeln.

Der Inspektor verzog das grämliche Gesicht. »Grinsen Sie nicht so. Es ist früh am Morgen und ich hab noch nichts gegessen … Moment mal, Kipps!« Quill Kipps ächzte unter der Last dreier riesiger durchsichtiger Plastikkisten. Zwei davon enthielten Fairfax' Sammelalben, die als Beweisstücke galten, in der dritten lagen ein ordentlich gefaltetes Kettenhemd sowie die beiden seltsamen Eisenhelme. »Wo ist das zweite Schutzhemd?«, fragte Barnes.

»Das hat der Tote noch an.«

»Dann muss man es ihm ausziehen, bevor er noch mehr anschwillt. Kümmern Sie sich bitte darum?«

»Aber nicht trödeln!«, warf George ein. »Hopp-hopp!«

Barnes schaute Kipps missmutig nach. »Dabei fällt mir ein – die beiden Helme gehörten doch Fairfax, oder?«

»Jawohl, Mr Barnes«, antwortete Lockwood mit Unschuldsmiene. »Wir haben uns schon gewundert, wozu die Dinger gut sein sollen.«

»Sie dürfen sich weiter wundern, denn die Helme sind hiermit von der BEBÜP beschlagnahmt.« Der Inspektor zögerte kurz und zwirbelte seinen Schnurrbart. »Sagen Sie … Fairfax hat Ihnen nicht zufällig erzählt, warum er diese komische Schutzkleidung angelegt hat? Was er in diesem Haus eigentlich getrieben hat?«

Lockwood schüttelte bedauernd den Kopf. »Er war viel zu beschäftigt damit, uns umzubringen.«

»Wer könnte es ihm verdenken … Mir ist aufgefallen, dass an dem einen Helm die Schutzbrille fehlt. Haben Sie eine Idee, wo die geblieben sein könnte?«

»Leider nein. Vielleicht war keine dran.«

»Vielleicht.« Nach einem letzten argwöhnischen Blick trollte sich Barnes, um unsere Abreise nach London in die Wege zu leiten. Wir blieben, wo wir waren, zusammengesunken in den Bibliothekssesseln. Keiner sagte ein Wort. Irgendwer brachte uns noch einen Tee. Wir sahen aus dem Fenster und schauten zu, wie es über den Wiesen hell wurde.

* * *

Als ein paar Wochen danach ein Team von Aufräumspezialisten in Combe Carey Hall eintraf, stellten sie fest, dass die übersinnlichen Phänomene so gut wie verschwunden waren. Man hatte ihnen unseren Einsatzbericht zukommen lassen, deshalb gingen sie als Erstes daran, den Brunnen auszugraben. In beträchtlicher Tiefe entdeckten sie die Gebeine von sieben männlichen Erwachsenen, die ursprünglich mit Stricken aneinandergefesselt gewesen waren. Unsere Sprengung hatte die Stricke zerfetzt und die Knochen durcheinandergeschleudert, außerdem war alles mit Eisen- und Silberteilchen vermischt. Die Überreste wurden geborgen und entsorgt, und danach trat ein, was Lockwood vorhergesagt hatte: Auch das übrige Haus beruhigte sich. Unter den Steinfliesen in der Eingangshalle und in den Schränken in einem der Schlafzimmer kam noch die eine oder andere zweitrangige Quelle zum Vorschein, aber da die Geister der Mönche gebannt waren, verflüchtigten sich auch die schwachen Geister vom Typ Eins bald.

Lockwood hatte sich sehr dafür eingesetzt, dass unsere Agentur an den Aufräumarbeiten beteiligt wurde, aber die neuen Besitzer des Anwesens hatten seine Anfrage rundweg abgelehnt. Es handelte sich um einen Neffen und eine Nichte von Fairfax, die auch die Leitung der Eisenwerke übernommen hatten. Trotz der

Säuberungsaktion fühlten sie sich in dem Haus nicht wohl und verkauften es schon bald. Ein Jahr später zog dort eine Privatschule ein.

Fairfax hinterließ keine direkten Erben. Wie sich herausstellte, hatte er nie geheiratet und keine eigenen Kinder. Vielleicht war Annabel Ward eben doch seine große Liebe gewesen, über die er nie hinweggekommen war.

Die Überreste des Medaillons waren von Barnes' Leuten zusammengefegt, in einem Silberglasbehälter verstaut und mitgenommen worden. Ob der Geist des toten Mädchens noch darin gefangen saß, oder ob Annie – wie ich vermutete – für immer von uns gegangen war, kann ich nicht sagen, denn ich bekam das Schmuckstück nie wieder zu sehen.

Der dreißig Jahre lang verschollene Agent von Fittes wurde noch in der gleichen Nacht von seinen heutigen Kollegen aus der Brunnenkammer geborgen und weggebracht. Nach ein paar Wochen bekam Lockwood einen Brief von Penelope Fittes, der Chefin der Agentur und Tochter der legendären Marissa Fittes. Sie gratulierte uns zur Aufklärung des Falles und bedankte sich dafür, dass wir ihren Kinderfreund und damaligen Kollegen gefunden hatten. Sam McCarthy hatte er geheißen. Er war nur zwölf Jahre alt geworden.

# Kapitel 26

## Der Schrecken von Combe Carey

### Das Geheimnis der kreischenden Wendeltreppe gelüftet

Exklusivinterview mit A. J. Lockwood
Seit mehreren Tagen machen Gerüchte hinsichtlich der jüngsten Ereignisse in Combe Carey Hall und des plötzlichen Todes des Besitzers dieses Anwesens, des Fabrikanten Mr John William Fairfax, die Runde. In der heutigen Times können wir unseren Lesern die unglaubliche, aber wahre Geschichte jener Schreckensnacht präsentieren.

Sie wird erzählt von einer der Hauptpersonen, nämlich von Anthony Lockwood, dem Inhaber der Agentur Lockwood & Co. In einem Exklusivinterview mit unserem Reporter schildert Mr Lockwood den schreckenerregenden Schwarm gefährlicher Besucher, mit dem er und sein Team es in dem alten Herrenhaus aufnehmen mussten.
Bei ihrem Einsatz entdeckten sie Geheimtüren und -gänge und vor allem den berüchtigten Todesbrunnen im Keller des Hauses. Mr Lockwood erläutert zudem die Begleitumstände von Mr Fairfax' tragischem Tod, der von der Geistersieche ereilt wurde und infolgedessen einem Herzinfarkt erlag. »Mr Fairfax hat den Westflügel trotz unserer Warnungen betreten«, sagt Lockwood. »Er war ein mutiger Mann und wollte die Besucher offenbar selbst in Augenschein nehmen, aber für Laien ist es immer lebensgefährlich, sich in einer befallenen Zone aufzuhalten.«
Mr Lockwood weihte uns auch in die neuesten Entwicklungen im Mordfall Annabel Ward ein. »Es sind Beweisstücke aufgetaucht, die belegen, dass der ursprüngliche Verdächtige, Mr Hugo Blake, unschuldig war. Auch wenn die Identität des Mörders weiterhin ungeklärt bleibt, freuen wir uns sehr, einen Unschuldigen entlasten zu können. Auch so etwas gehört zum Service unserer Agentur.«

Lesen Sie das ganze Interview auf Seite 4–5!
Nachruf auf John Fairfax auf S. 56
Eine Liste aufstrebender
Nachwuchsagenturen auf S. 83

* * *

Eine Woche nach unserer Rückkehr nach London, als wir uns gründlich ausgeschlafen und erholt hatten, fand in der Portland Row 35 eine Party statt. Es war keine besonders große Party, denn genau genommen waren wir drei die einzigen Teilnehmer, was Lockwood und George jedoch nicht daran hinderte, in großem Stil einzukaufen. George orderte im Laden an der Ecke eine gigantische Auswahl an Donuts. Ich besorgte ein paar Luftschlangen und dekorierte die Küche damit. Lockwood fuhr mit zwei geräumigen Einkaufskörben nach Knightsbridge und kam mit Würstchen und Chips, Kuchen und Keksen, Pizza und Pastete, Cola und Limo und lauter anderen Köstlichkeiten zurück. Als alles ausgepackt war, war unsere Küche unter den Bergen praktisch verschwunden. Es war das reinste Schlaraffenland.

Lockwood hob sein Glas. »Auf Combe Carey Hall und den Erfolg, den es uns beschert hat. Heute hat schon wieder ein neuer Klient angerufen.«

»Super«, sagte George. »Außer es ist wieder die Katzentante.«

»Keine Angst. Es war das Chelsea-Mädcheninternat. Im Waschraum neben dem Schlafsaal wurde eine Erscheinung gesichtet. Ein Mann ohne Arme und Beine, der auf blutigen Stümpfen über den Fußboden hoppelt.«

Ich nahm mir noch ein Würstchen. »Klingt vielversprechend.«

»Ich freu mich auch schon drauf.« Lockwood griff nach einem Riesenstück Pizza. »Das Interview in der *Times* hat's echt gebracht. Endlich die richtige Art von öffentlicher Aufmerksamkeit.«

»Vielleicht liegt es auch daran, dass wir Combe Carey Hall nicht abgefackelt haben«, meinte George. »Allerdings ist diesmal unser Klient bei dem Einsatz draufgegangen. Ich würde mal sagen, das ist noch ein klitzekleines bisschen verbesserungswürdig.«

Lockwood schenkte uns allen nach. Wir futterten in einträchtigem Schweigen.

»Ich find's blöd, dass Barnes dich überredet hat, nicht die Wahrheit über Fairfax zu sagen«, ergriff ich nach einer Weile wieder das Wort. »Es hätte öffentlich gemacht werden müssen, was er getan hat.«

»Da stimme ich dir voll und ganz zu«, erwiderte Lockwood, »aber seine Familie ist sehr einflussreich und seine Firma gehört zu den wichtigsten im ganzen Land. Wenn deren Boss plötzlich als Mörder und gemeiner Schuft entlarvt worden wäre, hätte das unabsehbare Folgen. Das konnte die BEBÜP nicht zulassen, erst recht nicht, wo das Problem täglich schlimmer wird.«

Ich legte die Gabel weg. »Und wenn es Folgen gehabt hätte – na und? Diese Vertuschungsaktion hat ja wohl nichts mit *Gerechtigkeit* zu tun, oder? Niemand wird je erfahren, was Fairfax wirklich für ein Mensch war, und was Annie Ward erleiden musste, und …«

Lockwood fiel mir ins Wort. »Es ist nur dir zu verdanken, Lucy, dass Annie Wards Geist bekommen hat, was er wollte. Sie hat sich selbst Gerechtigkeit verschafft. Nein, wir können uns in jeder Hinsicht auf die Schulter klopfen. Annie Ward hat Gelegenheit gehabt, sich zu rächen, Fairfax hat seine verdiente Strafe bekommen, Barnes konnte die eigentlichen Umstände des Verbrechens vertuschen … Und weil der Inspektor in dieser Hinsicht auf unser Stillschweigen angewiesen ist, durfte ich der *Times* saftige Schauergeschichten servieren und hatte damit eine prima Gratiswerbung für unsere Agentur. Somit sind alle glücklich und zufrieden.«

»Außer Fairfax«, sagte George.

»Oh, ja. Außer Fairfax.«

»Was die BEBÜP wohl noch so alles vertuscht?«, warf ich ein. »Ist euch auch aufgefallen, wie schnell sie da waren und sich auf das Beweismaterial gestürzt haben? Man hätte fast denken können, Fairfax' Helme und Schutzkleidung seien ihnen wichtiger als die Aufklärung seiner Verbrechen. Dieser Helm war so was von grotesk … Ich hätte ihn mir gern näher angesehen.«

»Pech«, sagte Lockwood. »Inzwischen ruht er bestimmt tief unter der Erde, in den Tresoren von Scotland Yard. Den kriegen wir nie mehr zu Gesicht.«

»Dann ist es ja gut, dass ich mir rechtzeitig das Ding hier unter den Nagel gerissen habe.« George nahm die Schutzbrille mit den Froschaugengläsern von seiner Stuhllehne. »Die ist echt seltsam. Soweit ich es beurteilen kann, bewirkt sie gar nichts. Wenn man durchschaut, sieht man nur alles ein bisschen verschwommen, und die Augen tun einem weh … Guckt mal, hier sind so komische kleine Zeichen drauf. Was glaubst du, was das sein könnte, Lucy?«

Er hielt mir die Brille hin. Sie war überraschend schwer und eiskalt. Als ich die Augen zusammenkniff, erkannte ich auf dem inneren Rand des linken Glases eine Art Stempel. »Das könnte eine Harfe sein«, sagte ich, »beziehungsweise eine griechische Leier. Man erkennt die Saiten, drei Saiten …«

George nahm mir die Brille wieder ab und schaute selbst noch einmal hin. »Stimmt. Jedenfalls ist das nicht das Firmenlogo der Fairfax-Eisenwerke.« Er ließ die Brille zwischen die Kekspackungen fallen. »Dann muss ich wohl weiter herumexperimentieren, um rauszukriegen, was es damit auf sich hat.«

»Mach das«, sagte Lockwood. Wir erhoben wieder unsere Gläser.

»Die Limo ist gleich alle«, sagte George dann, »und die Donuts auch. Aber bleibt sitzen – auch diesen gefährlichen Auftrag könnt ihr mir überlassen.« Er sprang vom Tisch auf und verschwand durch die Hintertür.

Lockwood und ich saßen einander gegenüber. Unsere Blicke begegneten sich. Wir lächelten uns an und schauten wieder weg. Das Schweigen war fast ein bisschen peinlich, so wie zu Anfang unserer Bekanntschaft.

»Ich wollte dich noch was fragen, Lucy«, sagte Lockwood schließlich.

»Nur zu.«

»Als Grebe dich erschießen sollte … da hast du doch das Medaillon rausgeholt. Hast du den Geist absichtlich freigesetzt?«

»Klar.«

»Damit hast du uns allen das Leben gerettet, insofern war es eine kluge Entscheidung. Aber …«, er betrachtete nachdenklich die Chipstüten auf dem Tisch, »… aber woher hast du gewusst, dass der Geist nicht auch auf uns losgehen würde?«

»Das konnte ich nicht wissen, aber weil Fairfax sowieso vorhatte, uns umzubringen, bin ich das Risiko einfach eingegangen.«

»Du hast es also drauf ankommen lassen. Aha.« Kurze Pause. »Und das Geistermädchen hat nichts zu dir gesagt?«

»Nein.«

»Sie hat dir nicht befohlen, das Medaillon rauszuholen?«

»Nein.«

»Und sie hat dir auch damals im Haus der Hopes nicht befohlen, ihr die Kette mit dem Medaillon abzunehmen?«

»Nein!« Ich setzte mein patentiertes verschmitztes Lucy-Carlyle-Grinsen auf. »Willst du darauf hinaus, dass dieser Geist von mir Besitz ergriffen hatte?«

»Nein, nein. Es ist nur … manchmal verstehe ich dich einfach nicht. In der Bibliothek, als du das Medaillon in der Hand hattest, da wirktest du kein bisschen ängstlich.«

Ich seufzte, denn darüber hatte ich auch schon nachgegrübelt. »Ehrlich gesagt war es nicht schwer zu erraten, dass Annie sich auf Fairfax stürzen würde. Das hätte jeder von uns vorhersagen können. Aber es stimmt schon, ich war *sicher*, dass sie uns in Ruhe lassen würde. Das brauchte sie mir nicht ausdrücklich zu sagen. Ich habe ihre Absicht auch so gespürt. Das passiert mir manchmal. Es ist wie eine zusätzliche Gabe. Dann empfange ich nicht nur die früheren Gefühle und Gedanken eines Besuchers, sondern auch seine aktuellen.«

»Mir ist schon ein paarmal aufgefallen, dass du sehr genau über die Besucher Bescheid weißt. Zum Beispiel über den Typen unter der Weide. Da hast du gesagt, dass er um jemanden trauert, den er sehr geliebt hat … Oder hat dieser Geist zu dir gesprochen?«

»Nein, er hat gar nichts gesagt. Auch das habe ich nur gespürt. Aber ich kann mich auch geirrt haben. Ich weiß nie, ob ich den Gefühlen, die ich empfange, trauen kann oder nicht.« Ich nahm mir eine Trüffelpraline, drehte sie hin und her und legte sie wieder zurück. Dann gab ich mir einen Ruck. »Hör zu,

Lockwood, manchmal liege ich auch fürchterlich daneben. Ich habe dir noch nie von meinem letzten Einsatz erzählt, bevor ich nach London gekommen bin. Damals war ich mir ziemlich sicher, dass es sich um einen gefährlichen Geist handelte, aber ich habe nicht auf mein Gefühl gehört und mein Berater auch nicht. Der betreffende Geist war ein Wandler, der uns alle zum Narren gehalten hat. Aber *hätte* ich meinem Gefühl getraut und mich durchgesetzt, dann … dann hätten vielleicht nicht so viele meiner Kollegen sterben müssen.« Ich schaute auf das Weise Tuch, weil ich Lockwood nicht ansehen konnte.

»Das klingt eher danach, als hätte euer Berater unverantwortlich gehandelt, nicht du«, sagte er. »Schau, Lucy, in Combe Carey bist du deinem Gefühl gefolgt und nur deshalb haben wir das alles überlebt.« Als ich aufblickte, lächelte er mich an. »Ich vertraue deiner Gabe *und* deinem Urteilsvermögen. Und ich bin stolz darauf, dich in meinem Team zu haben, klar? Vergiss die Vergangenheit! Nur Geister leben in der Vergangenheit. Wir haben alle schon Dinge getan, die wir heute bereuen. Was zählt, ist die Zukunft … stimmt's, George?«

George hatte die Küchentür mit dem Fuß aufgestoßen, weil er einen Kasten Limo im Arm hatte. »Na, geht's euch gut?«, fragte er. »Warum esst ihr denn gar nicht? Es ist noch so viel da. Verdammter Mist! Ich hab die Donuts vergessen!«

Ich stand rasch auf, bevor er die Getränke absetzen konnte. »Kein Problem. Ich hol welche.«

Im Untergeschoss war es immer kühl, deshalb bewahrten wir dort die verderblichen Lebensmittel auf. Als ich die warme Küche verließ, fröstelte ich ein bisschen, aber die Kälte war angenehm auf meinem erhitzten Gesicht. Ich stapfte die Eisentreppe hinunter und lauschte den Stimmen der beiden anderen, die durch die Decke drangen.

Es hatte mir irgendwie gutgetan, mich Lockwood anzuvertrauen, aber ich war auch froh über den Vorwand, mich zu verdrücken. Ich dachte nicht gern an die Vergangenheit, auch nicht an meine enge Verbindung mit dem Geist. Nicht, dass ich Lockwood angelogen hätte. Ich hatte wirklich keine Anweisungen von dem Mädchen bekommen, jedenfalls nicht bewusst. Und unbewusst? Schwer zu sagen … Aber heute Abend hatte ich keine Lust, mir darüber den Kopf zu zerbrechen. Heute Abend wollten wir einfach rumhängen und es uns gut gehen lassen.

Die Donuts standen im Hochsicherheitslager, weil es dort am kältesten war. Ich hatte den Karton in ein Regal neben der Tür gestellt. Da kam ich ran, ohne erst Licht machen zu müssen – dachte ich. Kaum drin, stolperte ich über eine Riesenschachtel Krabbenchips, die George sinnigerweise mitten auf den Fußboden gestellt hatte. Ich verlor das Gleichgewicht und krachte gegen das Regal. Erst stieß ich gegen eine harte Kante, dann landete ich auf etwas Weichem. Die Donuts. Na toll.

Ich rappelte mich hoch, klopfte mir die Zuckerkrümel vom Rock und tastete im Dunkeln nach dem Karton.

*»Lucy …«*

Ich hielt erschrocken inne. Die Tür war hinter mir zugefallen. Nur an den Rändern drangen vier schmale Streifen Licht herein, sonst sah man die Hand vor Augen nicht.

*»Lucy …«*

Eine gedämpfte Stimme, die mir direkt ins Ohr zu flüstern schien. Irgendwie weit entfernt und doch ganz nah.

Ich hatte keinen Degen dabei und keinen Waffengürtel um. Ich war völlig wehrlos.

Ich streckte die Hand in die Richtung aus, in der die Türklinke sein musste.

*»Ich habe dich beobachtet.«*

Meine Hand schloss sich um die Klinke. Ich zog die Tür ein winziges Stück auf, nicht zu viel. Noch nicht. Die vier goldenen Lichtstreifen wurden breiter, die pechschwarze Dunkelheit verwandelte sich in eine Masse körnigen Graus. Auf dem Regalbrett über den Donuts stand etwas Gewölbtes unter einem gepunkteten Tuch.

*»Ja, genau …«*, raunte die Stimme, *»hier bin ich!«*

Ich zog das Tuch weg. Der Plasmanebel in dem Glasbehälter leuchtete heute fahlgrün. Das fratzenhafte Gesicht umschloss den Totenschädel komplett und so passgenau, dass man die Knochen nur noch ahnte. Es hatte eine lange Nase und große, tief liegende Augen, in denen kleine Lichtpunkte glimmten. Der Mund grinste höhnisch.

*»Na endlich!«*, sagte der Geist. *»Ich rufe dich schon ewig.«*

Ich sah ihn ungläubig an.

*»Ja, ich bin's! Wir kennen uns doch schon. Komm näher und lass uns ein Schwätzchen halten.«*

»Von wegen.« Der Behälter war aus Silberglas. Ich war gegen ihn gefallen, hatte ihn aber nicht beschädigt. Das Glas war noch heil. Aber was war dann passiert?

*»Jetzt hab dich nicht so.«* Das Gesicht sah gekränkt aus. *»Du bist anders als die beiden anderen. Das weißt du auch.«*

Ich beugte mich vor und inspizierte das Glas. Tatsächlich: Oben, wo ich dagegen gestoßen war, hatte sich einer der gelben Plastikverschlüsse etwas gelöst und verschoben. Darunter kam ein kleines Eisengitter zum Vorschein, das mir noch nie aufgefallen war.

*»Du bist nicht so kaltschnäuzig wie Lockwood und auch nicht so fies wie dieser grässliche Cubbins. Er hat mich schrecklich gequält, hat sich immer neue Foltern für mich ausgedacht! Stell dir vor, eines Tages hat er mich sogar in die Badew…«*

Ich streckte die Hand nach dem Verschluss aus. Der Geist geriet in Panik. *»Halt! Tu das nicht! Ich will dich reich belohnen. Ich werde dir alles verraten, was ich weiß. Es geht um unschätzbar wichtige Informationen! Zum Beispiel die hier: Der Tod kommt.«* Der Geist grinste breit. *»Na, was sagst du jetzt?«*

»Tschüss«, sagte ich.

*»Du darfst das nicht persönlich nehmen!«*, rief der Geist. *»Der Tod kommt zu euch allen. Warum? Weil alles kopfsteht! Der Tod ist mitten im Leben, das Leben ist mitten im Tod, und alles, was fest stand, fließt nun… Da kannst du machen, was du willst, Lucy, du kannst die Flut nicht aufhalten…«*

Das vielleicht nicht, aber ich konnte das Glas wieder verschließen.

Und das tat ich. Der Geist verstummte. Der Mund bewegte sich noch, das ganze Gesicht bebte. Das Plasma warf Blasen, die wild im Gefäß umherstrudelten.

Heute Abend wollten wir feiern. Das würde ich mir doch nicht von einem eingemachten Geist vermiesen lassen!

Ich legte das Tuch wieder über den Behälter, nahm den Donutskarton und verließ das Lager. Ich schloss die Tür hinter mir, durchquerte den Keller und stieg die Wendeltreppe hoch.

Schon von unten hörte ich Lockwood schallend lachen. George erzählte gerade irgendeine Anekdote.

»… und dann hab ich gesehen, dass er gar keine anhatte. Stell dir das vor – ohne Hose in die Ewigkeit einzugehen!«

Lockwood lachte wieder. Er lachte aus vollstem Herzen. Garantiert warf er gerade übermütig den Kopf zurück.

Auf einmal wollte ich nur noch nach oben zu den beiden, wollte mit ihnen über Georges Geschichte lachen. Ich nahm zwei Stufen auf einmal. Mit einem Karton voller zerdrückter Donuts trat ich aus der Kälte und Dunkelheit in die warme, hell erleuchtete Küche.

Ende

# Glossar

* Geister vom Typ Eins
** Geister vom Typ Zwei

**Abwehrmittel** – Die drei grundlegenden Mittel, in der Reihenfolge ihrer Wirksamkeit, sind *Silber, Eisen* und *Salz.* Auch *Lavendel* gewährt einen gewissen Schutz, ebenso wie helles Licht und fließendes *Wasser.*

**Agentur** – Unternehmen, die sich auf die Bekämpfung und Vernichtung von *Geistern* spezialisiert haben. Allein in London gibt es Dutzende davon. Die beiden größten, die Agentur Fittes und die Agentur Rotwell, haben Hunderte von Mitarbeitern. Die kleinste, Lockwood & Co., verfügt über genau drei. Die meisten Agenturen werden von einem erwachsenen Berater geführt, aber alle sind in hohem Maße von Kindern mit ausgeprägten übersinnlichen *Gaben* abhängig.

**Alb**** – Ein gefährlicher *Geist Typ Zwei.* Albe sind den *Wiedergängern* verwandt in Stärke und Verhaltensmustern, sehen aber viel grausiger aus. Ihre *Erscheinung* zeigt den Verstorbenen als Leiche: schauerlich und eingefallen, grauenhaft abgemagert, gelegentlich verwest und von Würmern zersetzt. Albe erscheinen häufig auch als Skelette. Sie verursachen eine schwere Form der *Geisterstarre.* Siehe auch *Blutrippe.*

**Anderlicht** – Ein unheimliches, unnatürliches Licht, das von einigen *Erscheinungen* ausgeht. Siehe auch *Aura*.

**Aura** – Der Schimmer oder Glanz, der viele *Erscheinungen* umgibt. Die meisten Auren sind recht schwach und am besten aus dem Augenwinkel wahrzunehmen. Sehr kräftige, strahlende Auren bezeichnet man als *Anderlicht*. Manche Geister, wie auch die *Schwarzen Wiedergänger*, sind von einer dunklen Aura umgeben – schwärzer als die schwärzeste Nacht.

**BEBÜP** – Behörde zur Erforschung und Bekämpfung Übersinnlicher Phänomene. Eine Regierungseinrichtung, die sich dem *Problem* widmet. Sie geht dem Wesen der *Geister* auf den Grund, versucht, die gefährlichsten zu vernichten, und überwacht das Treiben der vielen konkurrierenden *Agenturen*.

**Besucher** – Siehe *Geist*

**Blutrippe**** – Eine seltene und höchst unerfreuliche Art *Geist*, die sich als blutiger Leichnam ohne Haut, mit hervortretenden Augäpfeln und einem Grinsegebiss manifestiert. Bei *Agenten* gar nicht sehr beliebt. Manche Behörden ordnen sie offiziell als Abart des *Albs* ein.

**Brabbler*** – Ein schwacher, substanzloser Geist des *Typs Eins*, bekannt für sein monotones irres Glucksen und Kichern, das sich immer so anhört, als erklänge es direkt hinter einem.

**Eiskalte Jungfrau*** – Eine nebelhafte weibliche Erscheinungsform, die meist in altmodische Roben gewandet und verschwommen in größerer Entfernung erscheint. Eiskalte Jungfrauen verursachen Anwandlungen von Melancholie und *Maladigkeit*, kommen den Menschen aber nur selten nahe.

**Degen** – Die offizielle Waffe aller *Agenten*, die übersinnliche Phänomene untersuchen. Manchmal sind die Spitzen der Eisenklingen mit *Silber* ummantelt.

**Eisen** – Ein althergebrachter und wichtiger Schutz gegen *Geister* aller Art. Die gemeine Bevölkerung schützt ihre Häuser daher mit eisernen Verzierungen und trägt es in Form von *Schutzamuletten* bei sich. *Agenten* führen eiserne *Degen* und Ketten mit sich, die sie zum Schutz und Angriff gleichermaßen nutzen.

**Eishauch** – Der jähe Temperaturabfall, der eintritt, sobald ein Geist in der Nähe ist. Eines der vier Anzeichen einer nahe bevorstehenden *Manifestation*; die anderen sind *Maladigkeit*, *Miasma* und das *Kriechende Grauen*. Der Eishauch kann sich auf ein großes Gebiet erstrecken oder an besonderen »kalten Punkten« isoliert auftreten.

**Ektoplasma** – Eine seltsame, wandlungsfähige Substanz, aus der sich die *Geister* bilden. Bei hoher Konzentration sehr gefährlich für Lebende.

**Erscheinung** – Die Gestalt, die ein *Geist* während seiner *Manifestation* annimmt. Für gewöhnlich imitieren Erscheinungen die Gestalt des Verstorbenen, gelegentlich bekommt man es aber auch mit Tieren und Gegenständen zu tun. Einige können recht ungewöhnlich sein. Der jüngst an den Limehouse Docks aufgetauchte *Wiedergänger* manifestierte sich als grünlich schimmernde Königskobra und der berüchtigte Schrecken der Bell Street erschien in der Gestalt einer Lumpenpuppe. Die meisten Geister können ihre Gestalt nicht verändern. *Wandler* sind die Ausnahme von der Regel.

**Fittes' Leitfaden für Agenten** – Berühmtes Agenten-Standardwerk, verfasst von Marissa Fittes, der Gründerin der ersten übersinnlichen *Agentur* Großbritanniens.

**Fühlender** – Die übersinnliche Begabung, die Schwingungen eines Gegenstandes zu empfangen, der mit einem Todesfall oder einer *Heimsuchung* in Verbindung steht. Diese Schwingungen können visuelle Bilder, Geräusche oder andere sinnliche Assoziationen hervorrufen. Eine der drei primären Formen übersinnlich Begabter.

**Gabe** – Die Fähigkeit, *Geister* zu sehen, zu hören oder auf andere Weise wahrzunehmen. Viele Kinder, wenn auch nicht alle, werden mit einem gewissen Ausmaß an übersinnlichen Gaben geboren. Diese Fähigkeit nimmt mit dem Älterwerden ab, kann in einigen Erwachsenen jedoch immer noch schlummern. Kinder mit einer überdurchschnittlichen Gabe schließen sich der *Nachtwache* an. Außergewöhnlich begabte Kinder arbeiten üblicherweise in einer *Agentur*. Die drei primären Formen übersinnlich Begabter sind die *Schauenden*, die *Hörenden* und die *Fühlenden*.

**Geist** – Die Seele eines Verstorbenen. Geister sind so alt wie die Geschichte der Menschheit, sie treten jedoch seit mittlerweile einigen Jahrzehnten aus unbekannten Gründen gehäuft auf. Es gibt viele verschiedene Klassifizierungen, die sich grundsätzlich jedoch in drei Grundtypen einteilen lassen (siehe *Typ Eins, Typ Zwei, Typ Drei*). *Besucher* halten sich immer in der Nähe einer *Quelle* auf, die oft der Ort ihres Todes ist. Am stärksten sind sie nach Einbruch der Dunkelheit, ganz besonders in den Stunden zwischen Mitternacht und zwei Uhr früh. Die meisten kümmern sich nicht um die Lebenden, einige treten jedoch eindeutig feindselig auf.

**Geisterglas** – Ein Gefäß aus *Silberglas* zur sicheren Aufbewahrung einer aktiven *Quelle*.

**Geisterlampe** – Eine elektrische Straßenlampe, die zur Abschreckung von *Geistern* besonders grelles Licht aussendet. Die meisten sind mit Blenden vor den Glaslinsen ausgestattet, welche sich nachts in Intervallen öffnen und schließen.

**Geisternebel** – Ein dünner grünweißer Nebel, der gelegentlich bei einer *Manifestation* auftritt. Er bildet sich womöglich aus *Ektoplasma* und ist kalt und unangenehm, aber letzendlich kann man gefahrlos damit in Berührung kommen.

**Geistersieche** – Die Auswirkung körperlichen Kontakts mit einer *Erscheinung* und die tödlichste Gefahr, die von einem aggressiven *Geist* ausgeht. Diese Krankheit beginnt mit dem Gefühl einer stechenden, überwältigenden Kälte, dann breitet sich die Geistersieche rasch in Form eisiger Taubheit im ganzen Körper aus. Die Opfer verfärben sich bläulich und ihre Körper schwellen unnatürlich an. Ein Organ nach dem anderen versagt. Ohne rasche medikamentöse Behandlung verläuft die Geistersieche üblicherweise tödlich.

**Geisterstarre** – Ein gefährlicher Zustand, der von *Geistern* des *Typ Zwei* ausgelöst wird, womöglich eine Spielart der *Maladigkeit*. Den Opfern wird jeder Wille entzogen, sie befällt eine abgrundtiefe Verzweiflung. Ihre Muskeln scheinen schwer wie Blei zu sein, sie können sich kaum mehr bewegen oder denken. Auf diese Weise sind sie dem sich nähernden hungrigen Geist hilflos ausgeliefert …

**Griechisches Feuer** – Eine andere Bezeichnung für *Leuchtbomben*. Frühe Varianten dieser Waffen wurden schon zu Zeiten der alten Griechen oder des Byzantinischen Reiches eingesetzt.

**Heimsuchung** – Siehe *Manifestation*

**Hörender** – Eine der drei primären Formen übersinnlich Begabter. *Sensible* mit dieser Fähigkeit sind in der Lage, die Stimmen der Toten wahrzunehmen, den Nachhall vergangener Ereignisse und andere übernatürliche Geräusche, die bei *Heimsuchungen* auftreten.

**Kreischer**** – Ein gefürchteter *Geist Typ Zwei*, der in der Lage ist, jede Art der *Erscheinung* anzunehmen – sichtbar oder auch unsichtbar. Kreischer stoßen grässliche, übernatürliche Schreie aus, die gelegentlich den Zuhörer so vor Schreck erstarren lassen, dass er in eine *Geisterstarre* verfällt.

**Kriechendes Grauen** – Das Gefühl unerklärlichen Grauens, das sich im Vorfeld einer *Manifestation* einstellt. Tritt oft in Begleitung von *Eishauch*, *Miasma* und *Maladigkeit* auf.

**Lauerer*** – Ein Geist vom *Typ Eins*, der sich reglos im Dunkeln verborgen hält, sich nie den Lebenden nähert, aber Beklemmung und *Kriechendes Grauen* verursacht.

**Lavendel** – Der kräftige und blumige Duft dieser Pflanze hält angeblich böse Geister fern. Viele Menschen tragen zu diesem Zweck getrocknete Zweiglein bei sich oder verbrennen sie, um den beißenden Rauch freizusetzen. *Agenten* führen gelegentlich kleine Flakons mit Lavendelwasser zum Einsatz gegen schwächere Geister des *Typus Eins* bei sich.

**Leuchtbomben** – Ein Metallbehälter mit einem zerbrechlichen Glasverschluss, der Magnesium, *Eisen*, *Salz*, Schießpulver und einen Zündmechanismus enthält. Eine wichtige *Agenten*-Waffe gegen aggressive *Geister*.

**Maladigkeit** – Ein Gefühl von Mutlosigkeit und Trägheit, das sich eines Menschen in der Regel bemächtigt, wenn ein *Geist* naht. Im Extremfall kann sie sich zu der gefährlichen *Geisterstarre* auswachsen.

**Manifestation** – Eine Geistererscheinung. Kann in Begleitung aller möglichen übersinnlichen Phänomene auftreten, darunter Geräusche, Gerüche, eigenartige Empfindungen, sich bewegende Gegenstände, Temperaturstürze und die Wahrnehmung von *Erscheinungen*.

**Mauerklopfer*** – Ein uninteressanter Geist vom *Typ Eins*, der außer Klopfen nicht viel kann.

**Miasma** – Ein übler Dunst, meist verbunden mit unangenehmen Gerüchen und Geschmacksempfindungen, die sich bei einer bevorstehenden *Manifestation* einstellen. Oft in Verbindung mit *Kriechendem Grauen*, *Maladigkeit* und *Eishauch*.

**Nachtwache** – Gruppen von Kindern, die für große Firmen oder örtliche Verwaltungen arbeiten und Fabriken, Bürogebäude und öffentliche Einrichtungen nach Einbruch der Dunkelheit bewachen. Die Kinder der Nachtwachen dürfen zwar keine *Degen* tragen, haben jedoch lange Speere mit Eisenspitzen bei sich, um *Erscheinungen* abwehren zu können.

**Ort des Verschwindens** – Die genaue Stelle, an der sich ein *Geist* am Ende einer *Manifestation* wieder dematerialisiert. Meist ein ausgezeichneter Hinweis auf den Sitz der *Quelle*.

**Phantasma**** – Alle Geister vom *Typ Zwei*, die eine flüchtige, körperlose und durchsichtige Form haben. Ein Phantasma ist bis auf seine blassen Umrisse und ein paar Details des Gesichts und der Gestalt nahezu unsichtbar. Trotz seiner unwirklichen *Erscheinung* steht es dem kräftiger wirkenden

*Alb* an Aggressivität in nichts nach – und ist umso gefährlicher, weil es so schwer auszumachen ist.

**Phantom** – Siehe *Geist*

**Plasma** – Siehe *Ektoplasma*

**Plombe** – Ein aus *Silber* oder *Eisen* bestehender Gegenstand, in dem eine *Quelle* aufbewahrt oder gesichert wird, damit der *Geist* nicht mehr daraus entweichen kann.

**Poltergeist** – Ein mächtiger und zerstörerischer *Geist* vom *Typ Zwei*. Poltergeister geben starke Wellen übersinnlicher Energie von sich, die sogar schwere Gegenstände anheben können. Sie bilden keine *Erscheinungen* aus.

**Problem** – Die Welle epidemisch auftretender *Heimsuchungen*, die Großbritannien seit nunmehr einigen Jahrzehnten überschwemmt.

**Quelle** – Der Gegenstand oder Ort, durch den ein Geist die Welt betritt, und Sitz dessen, was von seiner Seele noch übrig ist.

**Salz** – Ein weitverbreitetes *Abwehrmittel* gegen *Geister* des *Typs Eins*. Weniger wirkungsvoll als *Eisen* und *Silber*, aber billiger als diese und in fast jedem Haushalt verfügbar.

**Salzbombe** – Eine kleine salzgefüllte Kugel zum Werfen, die beim Aufprall zerplatzt und das Salz in alle Richtungen versprengt. Wird von *Agenten* eingesetzt, um schwächere *Geister* auf Abstand zu halten. Wenig nützlich bei mächtigeren Wesen.

**Schauender** – Die Fähigkeit, *Erscheinungen* und andere übersinnliche Phänomene optisch wahrzunehmen, wie zum Beispiel den *Todesschein*. Eine der drei primären Formen übersinnlich Begabter.

**Schemen*** – Ein gewöhnlicher *Typ Eins Geist* und vermutlich der am weitest verbreitete *Besucher*. Schemen können so massiv daherkommen wie *Wiedergänger* oder so durchscheinend wie *Phantasmen*, verfügen aber nicht über deren gefährliche Intelligenz. Schemen scheinen die Anwesenheit Lebender nicht wahrzunehmen und sind in unveränderlichen Verhaltensmustern gefangen. Sie strahlen Verlust- und Trauergefühle aus, zeigen aber nur selten Zorn oder andere stärkere Emotionen. Sie erscheinen fast immer in menschlicher Gestalt.

**Schleicher*** – Ein *Geist Typ Eins*, der sich zu den Lebenden hingezogen fühlt, ihnen in gewisser Entfernung folgt, sich aber nicht nahe heranwagt. *Agenten*, die *Hörende* sind, nehmen oft das Schlurfen seiner knochigen Füße sowie sein trostloses Seufzen und Stöhnen wahr.

**Schutzamulett** – Ein Gegenstand, in der Regel aus *Eisen* oder *Silber*, der dazu dient, *Geister* fernzuhalten. Kleinere Amulette können auch als Schmuckstücke getragen werden, die größeren, am Haus angebrachten, sind häufig ähnlich dekorativ.

**Schwarm** – Eine ganze Gruppe *Geister* auf einem klar umrissenen, begrenzten Raum.

**Schwarzer Wiedergänger**** – Eine furchterregende Geistervariante des *Typs Zwei*, die sich als wabernde Schwärze manifestiert. Gelegentlich lässt sich die *Erscheinung* im Zentrum erahnen, manchmal aber gleicht sie in ihrer Undurchdringlichkeit und Formlosigkeit einer schwarzen Wolke, die sich auf die Größe eines pulsierenden Herzens zusammenziehen kann oder blitzschnell den ganzen Raum ausfüllen.

**Sensibler** – Jemand, der mit einer außergewöhnlich großen übersinnlichen *Gabe* gesegnet ist.

**Silber** – Ein wichtiger und wirksamer Schutz gegen *Geister*. Von vielen Menschen in Form von *Schutzamuletten* als Schmuck getragen. *Agenten* nutzen es zum Beschichten ihrer *Degen* und als entscheidenden Bestandteil ihrer *Plomben*.

**Silberglas** – Ein besonders geistersicheres Glas, in dem *Quellen* aufbewahrt werden.

**Sperrstunde** – Als Reaktion auf das *Problem* hat die Britische Regierung in den meisten besiedelten Gegenden nächtliche Sperrstunden eingeführt. Während ihrer Dauer, zwischen Einbruch der Dämmerung und dem Morgengrauen, ist die Bevölkerung gehalten, sich in ihren durch *Abwehrmittel* geschützten Häusern aufzuhalten. In vielen Städten werden Beginn und Ende durch die *Sperrstundenglocke* verkündet.

**Sperrstundenglocke** – Große eiserne Glocken, die die nächtliche Ausgangssperre ankündigen. Werden bei ernst zu nehmenden Geisterepidemien eingesetzt. Von der Regierung eingeführte Maßnahme, die in kleineren Städten und Gemeinden eine preisgünstigere Alternative zu den *Geisterlampen* darstellt.

**Streuner**** – Ein seltener *Typ Zwei-Geist*, häufig anzutreffen in abgelegenen und gefährlichen Gegenden, ausschließlich im Freien. Erscheint häufig in der Gestalt eines zarten Kindes – jenseits eines Sees oder einer Schlucht in der Ferne auszumachen. Kommt den Lebenden nie sehr nah, löst dennoch eine besonders schwere Form der *Geisterstarre* aus, die jeden im Umkreis augenblicklich überwältigt. Opfer von Streunern stürzen sich, im Wunsch, allem ein Ende zu setzen, häufig von einem Kliff oder ertränken sich.

**Todesschein** – Ein Rest von Energie, der an der Stelle zurückbleibt, an der jemand gestorben ist. Je gewaltsamer der Tod, desto heller der Todesschein, der jahrelang anhalten kann.

**Typ Eins** – Die schwächste, häufigste und ungefährlichste Geisterklasse. Geister vom *Typ Eins* sind sich ihrer Umgebung kaum bewusst und oft in einem einzigen, sich wiederholenden Verhaltensmuster gefangen. Zu dieser Klasse zählt man: *Schemen, Waberer, Lauerer* und *Schleicher*. Siehe auch *Eiskalte Jungfrau, Brabbler* und *Mauerklopfer*.

**Typ Zwei** – Die gefährlichste Klasse, denn *Geister* vom *Typ Zwei* sind stärker als die vom *Typ Eins* und verfügen über eine gewisse Restintelligenz. Sie nehmen die Lebenden wahr und versuchen gelegentlich, ihnen Schaden zuzufügen. Die am weitest verbreiteten Variationen des *Typs Zwei* sind: *Wiedergänger, Phantasmen* und *Albe*. Siehe auch: *Wandler, Poltergeist, Blutrippe, Kreischer* und *Streuner*.

**Typ Drei** – Sehr seltene Geisterklasse, die zuerst von Marissa Fittes gemeldet wurde und seither Gegenstand heftiger Kontroversen ist. Dieser Typus kann angeblich ohne Einschränkungen mit den Lebenden kommunizieren.

**Waberer*** – Ein harmloser, eher lästiger *Geist* der gewöhnlichen *Typ Eins*-Variante. Waberern scheint die Kraft abzugehen, eine beständige *Erscheinung* auszubilden und daher manifestieren sie sich als formlose, schwach schimmernde Nebelschwaden. Waberer verursachen keine *Geistersieche*, selbst, wenn man mitten durch sie hindurchläuft – vermutlich, weil ihr *Ektoplasma* so diffus ist. Sie verursachen primär *Eishauch, Miasma* und Unwohlsein.

**Wandler**** – Ein seltener Geist vom *Typ Zwei*, der über die Fähigkeit verfügt, während einer *Manifestation* seine *Erscheinung* zu verändern.

**Wasser, fließend** – Schon in grauer Vorzeit wurde beobachtet, dass *Geister* davor zurückschrecken, fließendes Wasser zu überqueren. Heutzutage wird dieses Wissen wieder gegen sie eingesetzt. In London schützt ein Netz künstlicher Kanäle und Wasserrinnen die Haupteinkaufsstraßen. In kleinerem Maßstab nutzen manche Hausbesitzer kleine Abwassersysteme um ihre Anwesen, in die sie das Regenwasser leiten.

**Wiedergänger**** – Der am häufigsten in Erscheinung tretende *Geist* des *Typ Zwei*. Ein Wiedergänger nimmt immer eine deutliche *Erscheinung* an, die in manchen Fällen fast körperlich wirken kann. In der Regel ist sie ein exaktes Abbild des Verstorbenen kurz vor oder während seines Todes. Wiedergänger sind weniger durchscheinend als *Phantasmen* und weniger scheu als *Albe*, aber ebenso variabel. Viele verhalten sich im Umgang mit den Lebenden harmlos oder gar gutartig; womöglich sind sie zurückgekehrt, um ein Geheimnis zu lüften oder ein begangenes Unrecht wiedergutzumachen. Nichts desto weniger verhalten sich einige feindlich und suchen aufdringlich menschlichen Kontakt. Diese sollte man um jeden Preis meiden.

**DER AUTOR**

Jonathan Stroud wurde im englischen Bedford geboren. Er arbeitete zunächst als Lektor. Nachdem er seine ersten eigenen Kinderbücher veröffentlicht hatte, beschloss er, sich ganz dem Schreiben zu widmen. Er wohnt mit seiner Frau Gina und den gemeinsamen Kindern Isabelle, Arthur und Louis in der Nähe von London.
Berühmt wurde er durch seine weltweite Bestseller-Tetralogie um den scharfzüngigen Dschinn Bartimäus.

*Von Jonathan Stroud sind ebenfalls bei cbj erschienen:*

Lockwood & Co. – Der Wispernde Schädel (Band 2; 40344)
Lockwood & Co. – Die Raunende Maske (Band 3; 40362)
Lockwood & Co. – Das Flammende Phantom (Band 4; 31263)
Lockwood & Co. – Der Verfluchte Dolch (Short-Story; 23450)
Lockwood & Co. – Das Grauenvolle Grab (Band 5; 31291)
Bartimäus – Das Amulett von Samarkand (Band 1; 21695)
Bartimäus – Das Auge des Golem (Band 2; 21853)
Bartimäus – Die Pforte des Magiers (Band 3; 21957)
Bartimäus – Der Ring des Salomo (Band 4; 22303)
Die Spur ins Schattenland (22597)
Drachenglut (31258)
Die Eisfestung (02353)
Valley – Das Tal der Wächter (02520)
Scarlett & Browne – Die Outlaws (Band 1; 16596)
Scarlett & Browne – Die Berüchtigten (Band 2; 16597)

Mehr zu unseren Büchern auch auf Instagram

Jonathan Stroud

# LOCKWOOD & CO.

LONDON, ENGLAND: In den Straßen geht des Nachts das Grauen um. Menschen verschwinden und um die Ecken wabern tödliche von Geisterwesen ausgesandte Plasmanebel. Denn seit Jahrzehnten wird Großbritannien von einer wahren Epidemie an Geistererscheinungen heimgesucht.

LOCKWOOD & CO. ist eine der zahlreichen Agenturen, die sich überall gebildet haben, um gegen diese Plage vorzugehen. Gemeinsam haben die drei Agenten von Lockwood & Co. alle Hände voll damit zu tun, dem Horror von London die Stirn zu bieten und nebenbei das Ganze auch noch irgendwie zu überleben.

**Die Seufzende Wendeltreppe**
Band 1, 432 Seiten,
ISBN 978-3-570-40361-7

**Der Wispernde Schädel**
Band 2, 512 Seiten,
ISBN 978-3-570-40344-0

**Die Raunende Maske**
Band 3, 468 Seiten,
ISBN 978-3-570-40362-4

**Das Flammende Phantom**
Band 4, 512 Seiten,
ISBN 978-3-570-31263-6

**Das Grauenvolle Grab**
Band 5, 512 Seiten,
ISBN 978-3-570-31291-9

30348_5

www.cbj-verlag.de